U0117768

平安批

陈继明 著

北京十月文艺出版社
花城出版社

图书在版编目（CIP）数据

平安批 / 陈继明著. —— 北京：北京十月文艺出版
社；广州：花城出版社，2021. 10
ISBN 978-7-5302-1809-9

Ⅰ．①平… Ⅱ．①陈… Ⅲ．①长篇小说—中国—当代
Ⅳ．① I247.5

中国版本图书馆 CIP 数据核字 (2021) 第 059622 号

平安批
PING'ANPI

陈继明　著

出　　版　北京十月文艺出版社
　　　　　花　城　出　版　社
地　　址　北京北三环中路 6 号
邮　　编　100120
网　　址　www.bph.com.cn
发　　行　新经典发行有限公司
　　　　　电话（010）68423599
经　　销　新华书店
印　　刷　河北鹏润印刷有限公司
版　　次　2021 年 10 月第 1 版
　　　　　2022 年 10 月第 5 次印刷
开　　本　850 毫米 ×1168 毫米 1/32
印　　张　12
字　　数　258 千字
书　　号　ISBN 978-7-5302-1809-9
定　　价　59.80 元
质量监督电话　010-58572393
如有印装质量问题，由本社负责调换。

番客：潮汕地区指客居外国的中国人或拥有外国国籍的中国人，即早期的华侨。

番畔：潮汕人以此泛指海外各国和地区，一般则以今天的泰国、马来西亚、新加坡、越南等东南亚国家和地区为主。

水客：在水上跑生活的人，四海为家的人。

批局：邮政与银行等功能兼具的服务侨民侨属的民间机构。

批：指海外华侨通过批局汇寄至国内的汇款及家书，是一种寄、汇合一的特殊邮件载体。番畔来的信叫批，国内来的信叫信。

批脚：批局雇用的传送钱与信的专差。

姿娘：姑娘，女人。

孥仔：孩童。

猪仔：中国劳工。有些是自愿出外讨生活，多数则是由中外商人贩卖过去。可以说，猪仔买卖是黑奴买卖的延续。

乌水：大海。

厝：潮汕建筑，指房屋，用来表示具体的居住地。

拜老爷：拜神。

下山虎：潮汕最为常见的民居形式，如虎下山，故名。大门为嘴，两个前房为前爪，后厅为肚，后厅两边的两间大房为后爪。总体上后略高前略低，有聚精纳气、蓄势待发之感。

四点金：四面以房屋围合而成的一种民居形式，中有天井和小院，四个拐角各有一间大房，形如"金"字，故名。后面的两间大房夹着大厅，前面的两间大房中间是门楼和前厅。天井左右有小房，或做厨房或做柴草房。所有房间由回廊连接。是富有人家才住得起的宅第。

勿散呾：别胡说。呾，说，音"dá"。

痟：与"疯"意思相近。痟的语义更丰富，加上语气，更能表达反常的程度与情态。

目录

第一章

1

大埕西边那口井废了至少三十年。有人投井自杀后，很旺的一口井只好用两块长条的石板封起来。梦梅还记得，小时候他很喜欢透过石缝偷看井里的水，水面上如同蒙着一层油，经常有奇怪的影子在其中晃来晃去，弄不好自己能把自己吓一跳——看见一双熟到骨子里的眼睛，被人钉在水面上，动弹不得，但可以像磁铁一样吸牢上面的一张脸，谁正朝底下看就吸住谁。好不容易从井边跑开，会感到天旋地转，还恶心，就像番客们从番畔回来后常说的那样：晕陆晕陆！他们往往在家里睡了好几夜，还会那么嚷嚷，更像在夸耀。

跳井死掉的人就是番客。

大人们常说，那番客现在每天都守在井边，想办法劝人跳井。

只有再死一个人，成为替死鬼，前面那个鬼才能从井边离开，去投胎转世。梦梅很难不相信这个说法，因为，那个随时守在井边的可怜鬼总是令他牵肠挂肚，有时他甚至很想和对方说几句话。他还替对方想，两块石板不移开，再死一个人就绝无可能，那么，那个天天守在井边的可怜鬼就真的可怜。有没有别的可能呢？他想，整个大地的下方也许都是水，和大海暗中相通，大地像一条大大的舢板，漂浮在无边无际的水面上，所以跳井的那个人恐怕早就从地底下钻出去，重新做了番客。要么直接到了地球的另一侧，要么沿着韩江的任何一条支流游向大海，去了番畔。

没错，番客们都是从韩江出去再从韩江回来的。韩江两岸的人过番的唯一出口就是韩江。然而，越是这样，梦梅就越是认为，井或许是另一个出口，一个秘密出口，有人是从井里出去，从井里回来的。梦梅甚至觉得自己的眼睛可以穿透井水，直接看到马六甲、暹罗、石叻、安南那样的地方。

韩江有很多条支流，支流又有支流，各有各的名字，南溪、北溪、东溪、西溪、梅溪、凤凰溪，诸如此类。每一条溪都需要花两三个铜板摆渡才能过去。其中的两条溪在村子北边偶然相遇，临时合流，形成一条半圆的银色玉带，这条玉带就有了另一个名字，银溪。由于是两条溪合而为一，水面更宽了，流速更慢了，往往看不出水到底是不是在流，或者在朝哪个方向流。涟漪总是因风而起，像银色丝绸在荡漾，令人觉得，哪一天冰凉的丝绸会飘过来罩住整个村子。村子没有另取名字，同样叫银溪。银溪把银溪村和村子后面灯笼状的灯山从北边款款包起来，似乎要把它们一寸一寸地推向南边，让它们离大海更近些。大海看不见，但闻得见听得见，那种浓浓的海腥味和甜甜的沙滩的味道，是海鸥、鹭鸶、鸥鹕、鹌鹑们用大大小小的翅膀驮过来的。大部分鸟鸣也是液态的，合起来还是海，悬在村子头顶的海。另外还有番客、水客、批脚们，这些行过乌水的人，眼神里也有海，他们喜欢用海的眼光打量人。有些人，尤其是那些老番客的眼光，往往像一条再也不愿回到大海的旧船的眼光，有说不尽的滋味。银溪岸边就有那样的船，小得不能再小的船，老老的船，久久不再下水，也没法下水，当柴烧也不行，白蚁做的长长的泥柱子横一条，竖一条，像消失的钟声，教堂里的那种钟声。船底下恐怕早就生出根了，船周围更是长满了金不换，炒海鲜时放几片金不换嫩嫩的叶子进去，那味道就美极了，海腥味就变成另一种奇特的味道，那至少是海水和泥土合而为一的一种味道。总之，大海看不见，但不远，从家门口出发，搭半天船到了汕头就是海，要多大有多大，要多远有多远。倘若从汕头上岸，换上几层高的红头船，或者比红头船大几倍的洋船，就可以过番去任何地方。既然如此，从来没有出过远门的梦梅就难免胡思乱想，有些实在不着边际，比如他还认为，井并不是井，是窗户，大海的窗户，大海开在陆地上的窗户。大海在陆地上开遍了这样的窗户。只是他从来不敢把这个想法说出口，哪怕说给那些小伙伴。怕他们笑话，说他胡扯。他只好把这个想法埋在心里，一个人独自玩味。

一个人为什么会跳井呢？肯定是为了偷偷过番去吧！这样的自问自答，几乎伴随着梦梅长大。或者，这种胡思乱想让梦梅渐渐长大的心常常受到暗暗的抚慰，让他对未来总是抱有信心。似乎有井在，过番这条路就始终没有堵死。梦梅相信，所有的人和自己一样，做梦都想过番去。梦梅的确为过番做着一切必要的准备。银溪村的男孩其实不用任何人提醒，总会自觉地为过番做好各种准备。但时光里的男孩似乎除外，时光里的男孩好像只应该像白蚁一样，藏在自己做的泥柱子里闷声不响。于是梦梅就更加相信，自己必须比别人更会游泳，有一流的水性，才有可能跳进井里，游向番畔。少年梦梅总是悄悄想，假如一个人的水性像我一样好，有"水鬼佛"这样的绰号，就不怕跳井。因为，跳进井里便可以顺藤摸瓜，从银溪找到大海，然后就是一望无际的海面，海面上有一哄而起的海鸟，有白的鸟，有黑的鸟，还有船，大船小船，有刚刚返航的，有正要出港的，有些有帆，有些只会冒烟，拖着乌云一样的烟辫子。冒烟的船行走不靠风，靠机器，是洋人的火船，又叫洋船。

孥仔们经常冲着南边喊：

> 洋船到
> 猪母生
> 鸟仔豆
> 靠上棚
> 洋船沉
> 猪母眩
> 鸟仔豆
> 生枯蝇
> ……

没人喜欢洋船沉，猪母和鸟仔豆也不喜欢。人人知道洋船是从南洋回来的，船上满载着番批和洋货；洋船一到，整个村庄热闹非

4

凡，辉煌得像是凭空多出一个节日，所有人都会跑过来凑热闹。收到番批的人立即成为有钱人，爱圆爱扁，选精择白。得到洋货的人，也会一下子变得欢面喜笑，姿娘们可以分到肥皂、毛巾、万金油、西洋镜、橡皮筋，孥仔们有的抢到饼干，有的抢到糖果。长辈们躲在墙角不急不忙，貌似轻慢，实则心中有数，因为马上会有各种外币从箱底翻出来，西班牙十字银币、葡萄牙双柱银币、美国大鬏小鬏银币等等，谁也少不了。最受欢迎的是墨西哥银币，名叫墨银或鹰洋，图案为雄鹰，用手一摸，雄鹰仿佛可以活过来展翅飞翔，而且这种鹰洋一枚能顶好几个银圆。最最受欢迎的当然是雅银了，那种成色好、分量足，刚刚开始流通的银币。人的日子好过了，猪母的日子自然差不了，猪母的叫声都变喜气了，连一粒粒鸟仔豆也兴高采烈，能蹦起来，能蹦上屋顶去。

想不想跳井？要不要试试？有时耳边会响起这样的声音，很熟悉，梦梅心里就一紧，急忙跑向大埕的另一侧。在那棵能把大埕遮住一小半的榕树底下，又会鼓足勇气停下来，回头盯住"海的窗户"，小心地看一看，紧接着又想走过去。犹豫片刻，他一般会真的跑过去，就像故意逗自己玩一样，在即将靠近井的一瞬间拐弯，猛猛跑远，跑到后库二楼拐角的一间房子里，找出一大堆发霉的旧衣服、几百张故意刮坏的老唱片和几十袋黑黝黝的老雪茄，还有用软木塞塞住的洋酒，以及空空的饼干筒——四周印有华丽的图画：头发卷曲的番姿娘、好看的欧洲城堡之类，然后在这些东西的混合气味里想象，几年前一个青年番客如何跳进井里，如何从韩江偷偷回到大海，再如何从海上回到马六甲、暹罗、石叻那一类地方的，甚至有可能是直接从井底下直上直下钻过去的，不用费力就到了番畔。那肯定是过番的一条捷径，梦梅从来不怀疑这一点。那位番客人称十三少，是梦梅的一位叔公，阿公的亲弟弟。可怜的叔公，先在遥远的马六甲疯掉了，同在那边的很多个少爷把十三少托付给一个本村的水客，乘火船千里迢迢回到家乡，没过多久就跳井自尽了。

梦梅刚懂事的时候，关于十三少的传说还像深夜落在地上的木棉花，早晨又有可能重返枝头。十三少的另一个名字是痟番客，听说这位痟番客，人人都可以像欺负狗母蛇一样欺负他。有人把他的头剃成一枚红桃的样子，他也不生气。还听说他的疯和痟是因为他爱上了生在马六甲从来没有回过唐山的一个表妹，表妹对他没一点意思，终究嫁给了一个生活在马六甲的印度男人。大家就拿此事故意问他，是不是想表妹了？他答，是呀是呀，想表妹了，只等表妹回唐山，进洞房。看上去，他真的在等表妹不远万里回唐山来找他结婚生子，真的为此做着细致筹备，一文一文地攒着钱，每天早晨捧出一陶钵自己的尿蹲在门外吆喝，来啊来啊，一钵尿，一文钱。有人为了逗他玩，真的会出一个铜板甚至一枚龙银买走他的尿。他还喜欢盯住任何一样东西喃喃自语，瞅着木棉树下的一地黄叶，再三嘀咕，我实在想不通，为什么叶子落了，花却留在枝头？摸着苦楝树的细腻树皮，问，宝贝啊，你的肌肤为何如此光滑？站在村子后面的灯山上，指着万紫千红的田野大喊，啊，春天，春天，你可真够讲排场的！后来才知道十三少的确是诗人，名叫郑集允。弟兄们忙着做生意讨生活，他却在写诗填词，吟风弄月，有点不务正业。族谱还算尊重他，对他有较详细的介绍：

集允文章隽逸，诗赋一门，虽不甚揣摩，而与当时词客骚人登坛角胜，犹是卢后王前，任人评骘。至于杂体联对，人有求之，即信笔书应，无不超凡脱俗，皆由天资过人故也。集允诗似辋川，文如临川，有《小辋川诗草》《南洋集》《联对集》等著作在南洋印行。其诗文多佚失，唯存早年残诗二首，均无题，一为：我年才十三，好诗如好色。一见不能忘，坐卧长相忆。更喜老猿精，仓山曾养息。千年变化来，美人谢妆饰。风流本性灵，绝不事雕刻。另为：等闲谈笑见心肝，壮别宁为儿女颜？地老天荒古剑在，风萧萧兮易水寒，壮士一去兮不复还。呜呼，风萧萧，易水寒，壮士一去不复还。

这样的一个人，虽然疯了痴了，斯文还在，可爱依旧。一个斯文可爱的疯子不是上吊食药，而是跳了井，毁掉了好好一口井，真够败兴的，但也略可原谅。梦梅对这位十三少的想象也总是充满善意和怜惜，情深意长。他顽固地认为十三少并没有死，只是回到了大海，向南向南，重新做了番客。

但是，想象中的十三少有时会悄然变成一个赤溜的孥仔，很面熟，眼睛和梦梅一模一样，仔细一看，不是别人，正是梦梅自己，阿嫲口中那个梅仔。每到饭熟的时候，阿嫲就在门口大声喊，梅仔，梅仔……久呼不应，就改叫梦梅，梦梅……还不应，就开始叫绰号，阿佛，阿佛……再往后就干脆叫水鬼佛，水鬼佛……他个子小，像一枚果核，"核"和"佛"同音，就有了阿佛的绰号；加上他水性好，成天喜欢去水里掠鱼摸螺，于是阿佛都不够用了，得叫水鬼佛才可以。欲知河溪深浅，问水鬼佛就晓，村里人一向是这么说他的。因为有这么多名字，梦梅常常会突然不知道自己到底是谁，左思右想都不知道，梦梅就静下心回想阿嬷喊他"梅仔"的声音，阿嬷还没生气的时候喊他的声音——梅仔，于是他就明白了，阿嬷嗓音中那个不省事的"梅仔"就是自己了。或许正是这个念头拴住了他，让他每次都下不了跳井的决心。然而，他心里明白，连所谓跳井、寻死，在他这儿都有另一层含义：过番去、做番客、一走了之、远走高飞……可见他是多么想和前辈们一样，搭上大船过番去，哪怕终究成为一个痟番客呢。这样的情形持续了相当长一段时间：年幼的梦梅实在分不清"跳井"和"过番"之间的区别。有无数次，在家里，或在学堂，因为种种淘气——比如偷抽发霉的雪茄、不及时回家吃饭、不认真听祖母训话、不会背书写字等等，受到长辈们的指责，梦梅总会不由自主地来到井边，久久地透过石缝盯着底下的水，在越来越脏越来越臭的井水里看见了许许多多个番畔，马六甲、暹罗、石叻、安南……有时还能从井里听到钟声，和汕头、樟林、盐灶、贵屿那些教堂里传出的钟声非常像……

转眼已经二十八岁了，梦梅仍旧未能迈出国门半步，所有过番的准备眼看都白做了。其中的原因是不难说清的：那位十三少跳井自尽后没多久，马六甲那边，七少爷和十二少，弟兄二人又在同一天被人放火烧死，魂断异邦。弟兄二人碰巧都是溪前这一房的。在银溪村，溪前和溪后是两兄弟，溪前是次房，溪后是长房。两兄弟之一的郑鸿顺，被村里人称作九爷的，是梦梅的曾祖父。郑鸿顺的哥哥名叫郑鸿利，人们以为两人是亲兄弟，其实是堂兄弟，一同在马六甲发了大财，回到银溪，在银溪边上各盖了一座驷马拖车的大厝，同时开工同时竣工，一座叫时光里，一座叫平安里。时光里在银溪的上游，称为溪前；平安里在下游，称为溪后。两座驷马拖车，建筑形制相似，像小故宫，中轴对称，三进天井，大厅大堂，有火巷，有后库，有后花园，前埕的拐角再打上一口八角大泉井。那之后双方又起过不少房子，分布在村子的各个角落，但溪前、溪后这样的称呼早就不可更改。

2

时光里，平安里，单单从这两个名字就能看出溪前、溪后的不同，溪前子弟多才情，讲义气，喜欢读圣贤书，不切实际，好高骛远，"等闲谈笑见心肝"；溪后子弟刚好相反，个个冷静务实，长于运筹帷幄，善于做生意搞经营。另外，溪前辈辈乏丁少口，好不容易生出个儿子，往往又年寿不永，很难活过五十岁，这一点溪后也相反，不愁女，也不愁男，每一代都人丁兴旺。所以，溪前、溪后，当人们这样称呼双方时，意味相当丰富，一言难尽。但有一点是显而易见的，溪前、溪后，强调了两种大不相同的秉性和时运。据说最早的两弟兄，老大生了九个儿子，老二生了九个女儿，一个缺女儿，一个缺儿子，其中的二男二女只好相互交换。正是由于这个原因，时光里、平安里向来关系紧密，你中有我，我中有你，眼看要出五服了仍然亲密无间，成为方圆几十里广受赞誉的好兄弟的楷模。但是，那次纵火事件中，溪后一大堆老爷少爷全都毫发未损，死掉的两弟兄偏偏都是溪前这一房的，实在令人浮想联翩，就算溪后再三澄清，也无济于事，时光里和平安里从此肝胆秦越，日见生分。到了梦梅这一辈，连名字也是各起各的，平安里都是郑步樨、郑步桤、郑步沥、郑步芬这样的名字，而梦梅弟兄，哥哥郑梦龙，弟弟郑梦梅，已经是卧薪尝胆、从头再来的架势。郑步樨郑步沥们，十七八个步字辈，是新一代的少爷，而郑梦龙郑梦梅两兄弟，如果还有人叫少爷，大凡别有所指，听起来怪兮兮的，像在骂人。

同一天死掉的二人中，七少爷郑集炎是梦梅的祖父。二位死者的父亲郑鸿顺——梦梅的曾祖父，先前刚从番畈回来，准备在家安享晚年，却因为突然失去了全部儿子，几天内就熬瞎了双眼，人称瞎老九或九爷，"九""狗"同音，所以这样的称呼里饱含嘲弄。嘲弄也并非没有理由，九爷后来迷上了大烟，每隔一两天总要坐上轿子去澄城泡烟馆，没钱买烟了，就会提着一根长棍子去打溪后的院门，惹得院内的狗汪汪直叫，溪后的一堆姿娘中总有一个心软的，会出来递给他半把银子。实际上，烂船还有三斤钉，用人、花匠、书童、婢女，辞掉了一大半，留下了几个精干的，日常事务也仍然由管家料理；原来每天有一个人只负责开窗关窗，用接近半天时间开窗，再用接近半天时间关窗，现在不行了，要加上打扫院落；祖产变卖了一部分，田地出租了一部分，溪后每月仍有一百两银子的批银如期寄给溪前。九爷坐轿子泡烟馆的钱无论如何不成问题，老先生提上棍子打人家的门，纯粹是瞎胡闹，故意给人难堪，引得全村人都反感。几年后这位瞎九爷不小心落入池塘淹死了。瞎九爷的死意味着显赫了几辈的溪前、溪后，其中被称作溪前的这一支，家道渐趋式微。

遍地是穷人，穷，有什么了不起。但是，生来是穷人就好办，而曾经发达，一朝衰败，这家的后人就会认为自己家是全世界最穷的，就一定如老话所说：半天吊灯笼，上不着天，下不着地。这家人如果有某个后人比大家更有羞耻心，更有责任感，更在乎名誉，那么此人就一定会想办法东山再起，重振门楣。一个突然没落的人家和由来已久的穷人家之所以不同，就在于后者并没有丢失过什么，而前者曾经有过的富有和名誉中途丧失。丢失了的东西不能不找回来。但是，找回来，那是需要一个人的。梦梅的父亲名叫阿女，因为男丁稀罕，加上总是年寿不永，难终其寿，所以起了这样一个女孩的名字，穿女孩的衣服，梳女孩的辫子。阿女阿女，人们喜欢叫这个名字，从小叫到大，再叫到老，想改口都难，大名是什么，连阿女自己也记不得了。人人知道阿女这个人不务正业，但也邪不到哪儿去，自称有三好，好茶、好客、好石，都是需要砸钱才能维持的爱好。溪后每月寄给溪前老祖的一百两银子始终没断，每月必有的一封番批几十年未曾间断，其中一小半被阿女拿去花了。老祖总是心疼唯一的儿子，睁一只眼闭一只眼，最多说一句，等我死了，看你怎么办。阿女的确是村里最懂茶的一个人，只需要简单闻一下就知道茶的产地海拔和价钱，从来错不了。每天有一个茶童专门上莲花山挑山尖的泉水供他泡茶，有一次茶童偷懒，也想试试他的本事，半路上挑了水回来，水刚烧开，他就闻出不是山尖的水，茶童挨了一顿揍，以后再也不敢马虎了。阿女在村里走路腰杆向来挺得很直，目不斜视，神情萧然，好像一出生就懂得韬光养晦，碰见下棋的人，会偶尔蹲下来下一两盘，几乎不输，输了多下两盘，赢了马上就拍屁股走人，常说老虎咬棕蓑，一次就够了。老祖对自己的儿子有一个评价，我这个仔有三个优点：第一，聪明绝顶；第二，游手好闲；第三，与人无害。梦梅的哥哥梦龙，字复生，在家里叫郑梦龙，在外面叫郑复生，此人差点完成了重振家声的任务。村里人至今还说，三个梦梅都比不过一个梦龙，梦龙从小聪明过人，还招人喜爱，见了长辈从来叫不错辈分，不亢不卑，有说有笑。郑复生十七岁就考中秀才，之后科举遭废，通过科考做官的路算是堵死了，他还有两条路可以走：一是下南洋经商，二是出国留学。后来去了日本，自作主张学了军事。在日本士官学校步兵科读书时秘密加入孙中山的同盟会。父亲去信催他回国完婚，他回信说：

匈奴未灭，何以家为？

待儿先遨游数载，夺得将军印，再为溪前争光。

毕业后，由同学引荐，郑复生成为汪精卫的部下，又和袁世凯的儿子袁克定成为拜把子兄弟。1911年10月10日，武昌起义爆发，继乙未广州起义、庚子惠州起义、丁未潮州黄冈起义、丁未惠州七女湖起义、丁未钦廉防城起义、丁未镇南关起义、庚戌广州新军起义、辛亥黄花岗起义等失败的起义之后，这一次，南方的革命党人看样子不再小打小闹，要成大事。由于郑复生的原因，全家人的心都提得悬悬的，都在暗暗给孙中山的革命党人加油。可是，当时郑复生人在北方，这又让家里人十分操心，不清楚他到底在给谁做事，南方的革命党还是摇摇欲坠的清政府？家里有一套线装的《阅微草堂笔记》，一函六册，每一册都盖着慈禧太后的大印，是慈禧太后看过的书。袁世凯的大公子袁克定送给郑复生的，来历正当。但是袁家可是朝廷的人，是革命党的死敌。梦梅还记得那段时间全家人都坐立不安，老祖、父亲母亲整夜整夜地失眠，父亲经常半夜起来跶着木屐在三进天井里行来行去。他本人也一样，曾经上莲花山借过梦。莲花山顶有个地方，传说只要在那儿幕天席地睡上一觉，就会得到一个梦，梦里面必有所问之事的答案。可是那一夜他睡在一棵老茶树下，直到天亮都没能睡着。两个月后，袁世凯请汪精卫帮忙，派人刺杀主张镇压革命党的禁卫军头目爱新觉罗·良弼，汪精卫派了一个杀手，另一个就是袁克定推荐的郑复生。据说一个杀手已经够用了，杀手宜少不宜多。为了向袁氏父子示好，郑复生主动请缨去做帮手。结果炸弹把良弼的左腿炸断了，良弼两天后死在了医院，杀手和帮手，两个人当场牺牲。潮汕有句很流行的老话：富贵险中求。郑复生选择的正是这样一条险路。郑复生假若没死，溪前的前景就真的未可限量。可惜，一步错，步步错，时间长了，盲风晦雨有可能成为日常习惯，甚至成为遗传密码，溪前仍旧是原来那个总是命悬一线的溪前，男人们命比纸薄，发达与否已经顾不上考虑了，如何改变时不时就死人的命运，才是当务之急。如今，一切都压在了硕果仅存的梦梅头上。梦梅该怎么办？他又能怎么办？梦梅还没老，已经写过一首打油诗，急于总结自己的一生：

一生欢乐处

不过几个仔

百苦不知倦

唯愿仔成才

后来的溪前，连写诗填词都有点犯忌，因为有一种论调：溪前的霉运指不定就是被酸腐诗句害的。溪前代代缺男嗣，好不容易有一个，还总是喜欢舞文弄墨，干起正经事来，个个都是软骨头。"你们溪前的男人啊，做盐唔咸，做醋唔酸，白吃米饭。"老祖本人就经常这么说。老人家整九十了，被大家称作老祖，目前仍然是溪前的掌门人，手勤脚勤样样能，家里的几百亩田地（包括已经卖掉的和租出去的）各在什么位置，各有几亩几分，哪块地肥哪块地薄，适合种什么，她都一清二楚；属于溪前的几座大厝（包括已经易主的或租出去的），每间房子多大，里面放着什么家当，甚至房顶用了多少片瓦，她也说得清楚。男人都在外面，她从三十岁开始管家，田地都是她亲手购置的，房子也是在她全权主持下建起来的，她心中有数倒也不奇怪。老人家最讨厌家里人读书写字，常说："读书读书，越读越输！"连重孙们从学堂回来，都要躲在远处偷偷背书，不敢让她听见。实际上她祖上是黄冈巨室余氏，从小饱读诗书，那六本《阅微草堂笔记》就长期放在她枕边，每天都要翻几页的，她戴着老花镜看书的样子让人想起垂帘听政的西太后。而梦梅的父亲郑阿女正像传说中的咸丰皇帝或光绪皇帝，是无脚蟹，活着就算好，每天来露个面请个安就好。大家当然明白，老人家心里放不下溪前，根本不敢撒手走人，老人家的良苦用心是要溪前儿女吃一堑长一智，从来诗书不负人，读书识字、吟诗作赋当然没错，但是，千万不要成为书呆子，成为诗痴文丐，更不要成为文疯子痟番客，要像溪后男人那样驴生拼死干正事。她常说，咱们潮人的法宝就是两个字，驴拼，换成四个字就是驴生拼死。就算家财万贯，满腹经纶，还是不能缺少了驴生拼死。不过唯独她儿子郑阿女可以例外，不驴生拼死。护犊子，老祖就这么一个弱点，全村人人都知道。

就看你的了梦梅，老祖手持藏银錾花水烟壶，吸了几口，壶中的水发出好听的银质细响。梦梅从老祖手里接过水烟壶，重新捻好柔软的烟丝，用纸片从煤油灯上引来火，学着老祖的样子吸了两口，声音远不能和老祖相比，不过他有自知之明，他想，我打死也吸不出阿嬷那么迷人动听的声音。阿嬷，我有四个儿子，已经了不起了。他吐出满满一嘴粗俗的白烟才说，有撒娇的味道。老祖马上说，猪母一窝能下十二个。梦梅顽皮地一笑，说，无论如何，四个儿子，在溪前算是大事业了。老祖鼻子里响亮地哼了一声，问，再说了，你哪有四个儿子？

梦梅一听就蔫了。他的确生了四个儿子，可是换一种算法就马上少掉两个，头生子郑仰衡眼下人在溪后，是郑步沥的长子——当年溪前溪后的两个媳妇刚好同时怀孕，两人又是表姊妹，说好将来无论男女，生下后相互交换。溪前对生儿子没信心，溪后则向来不担心缺丁少男，又觉得这是和溪前冰释前嫌的一个好机会，同意换胎。结果却十分有趣，溪前偏是儿子，溪后倒是女儿。这位姿娘，名叫乃铿，眉眼周正，是个美人坯子，却有一点小瑕疵，一眼就能看见，嘴边有一块柳叶状的胎记，浅棕色，很显眼，斜贴在左脸的颧骨下方。但是，有言在先，不容反悔。好在接下来梦梅夫妇又连续生了两个儿子，乃清和乃聿。接下来是两个女儿，乃静和乃君。接下来一个儿子夭折了。接下来又是一个儿子，乃诚。乃诚不到一岁的时候，梦梅的哥哥郑复生出事了，阿嬷、阿娘，包括村里人，都建议他把这个儿子过继给哥哥郑复生，这样的话，郑复生的神牌就肯定可以进祖庙了。更重要的是，嫂子望枝是童养媳，半岁来郑家，望枝的母亲是梦梅三个姑姑中的一个，嫁给揭阳的一户普通人家，家里人一直称作揭阳姑。揭阳姑和姑父下了南洋，一去竟杳无音信，揭阳那边也没收到只言片语，至今不知死活。望枝和哥哥也始终没有圆房，现在哥哥郑复生不在世了，望枝是去还是留，当然是一个问题。不过有了这个儿子，望枝就一定会留下来的。

老祖说，就算你有四个儿子。梦梅不用想，就明白老祖要说什么。养儿子和养猪不一样，过了好一会儿，老祖才这么说。梦梅笑着问，阿嫲，我能做什么？老祖马上说，做贼做寇的事你不要去做，别的都可以。梦梅说，阿嫲，你这把年纪，我也不想出远门。老祖神态立即变得傲傲的，像个好逞能的小孩，拉长了声音说，你们别担心，我还可以，虎老雄心在，我打算最少再活十年！梦梅看看老祖，在想象上百岁的阿嫲会是什么样子。不是我不想死，我是不敢死！老祖说。这句话，老祖已经说了很多年了。随后老祖又说，等我死了，每月一百两银子的一份批银你们就别指望了。梦梅看着老祖，有些麻木不仁。老祖自言自语，寒天暑月，从无间断。算下来不少了，够起几座四点金？梦梅愣愣地看着老祖，脑子好像坏掉了，一动不动。老祖接着说，还是自言自语的口气，其实人家一分钱不给，你们溪前又能怎样？！梦梅问，怎么是我们溪前？阿嫲，你可是溪前的领头羊啊。老祖看着梦梅，不想和他斗嘴，说，坐食山空，万银耐你食多久？梦梅开始害怕再说下去了，他好想对天吼三声。他曾跟着一个上了年纪的潮剧名丑练过三年舞台发声，一声吼叫可以传到四五里之外。练功的方法是，将一个瓦钵的底部钻个孔，每到夜深人静的时候，蹲在银溪边，冲着水流的方向，举着瓦钵，嘴对着有孔的那一面运气吐声。整整三年后，声音可柔可硬，可近可远，远者四五里之外能听见。当时只是因为无聊，闲得慌，后来才发现实在太有用了，每当心里郁结难舒的时候，去野外朝天吼三声，心情马上就好多了。

要过番，就去马六甲吧，我给溪后写封信，老祖说。

梦梅没吱声，眉毛暗暗抖了一下。

去马六甲吧，溪后不会不给我一点薄面的，老祖语气坚定。

阿嬷，我不能去马六甲，梦梅说。

为什么不能去？老祖问。

梦梅说，溪后的人，食蛇还要配虎血，我去不是找死吗？

老祖大声说，不要这样说人家。

梦梅说，再说，是非之地，还是离远点。

老祖说，孥啊，白手起家可以，只是我恐怕等不及啊。

梦梅说，阿嬷，你活一百岁肯定没问题。

老祖和刚才不同，忽然又有些颓废了，而且表现在脸上，说，好吧好吧，我尽量活，尽量给你们活。梦梅看着老祖说这话的样子，又觉得可笑，不由得笑出了声音。

<h2 style="text-align:center">3</h2>

梦梅的过番实际上另有原因。

不久前梦梅去店市赶圩，临回家时在街尾碰见一个卖橄榄的老货郎，打算买些橄榄，低头挑橄榄的时候，感觉到老货郎死盯着自己的额头，似乎要跳上他的脑门。这位少爷是独苗吧？老货郎问。他吓了一跳，立即回嘴，勿散呾。老货郎马上又说，恕我直言，你家祖祖辈辈缺男丁啊。轮不到梦梅说话，老货郎毫不留情地接着说，就算有一个半个男丁，还常常短命，活不过五十岁。梦梅已经是一身汗，想起了"溪前男丁连续六代活不过五十岁"的传说，急忙丢掉矜持，问，有什么办法？老货郎一时又不说话了。梦梅摸出一个龙银递过去。老货郎并不伸手，说，你这个命，一个龙银少了。梦梅再摸出一枚雪白的鹰洋，老货郎把鹰洋和龙银收好后，再瞅瞅梦梅的额头，才说，有两种可能，一是祖坟的后靠有严重缺陷，二是曾祖或祖父遭遇了大凶，两者必具其一。梦梅老实承认，三十年前，祖父弟兄二人同一天被人纵火烧死。老货郎说，你看，我没说错吧。梦梅的声音里已经全无棱角，低声问，请问这位高人，有什么办法？老货郎拿腔拿调地说，办法有，就看你听不听了。这时又来了两个买橄榄的，梦梅退到一边，只感到天旋地转，恶心极了，不得不扶住路边的一棵龙眼树。等老货郎终于闲下来，梦梅的声音已经变得极其虚弱，含着祈求，这位高人，还望多多指教。老货郎用十分干脆的语气说，唯一的办法是远离祖地，否则不是短命就是残废。梦梅没听懂或者怀疑自己是不是听错了，老货郎的语气还是坚定不移，唯一的办法是远离祖居之地！梦梅神情呆滞，满头虚汗。老货郎说，信不信由你。梦梅谢过老货郎后，掉头就走，连挑好的橄榄都没拿。老货郎在后面再三喊叫都没听见。半路上忽然又生出个疑问，我家所有男丁是否都要离开祖地才能逃过厄运？立即回到老地方，橄榄担已经走了，把整个店市找了个遍都没找见。

　　假如过番，去马六甲还是去石叻、安南或暹罗？这个问题已经令梦梅头疼了好几天。之所以一直闷在心里，是不想把算命的事说出口，除了自己，不想让任何人知道，老祖、父母和老婆都不让知道。老祖的逼迫来得正是时候，梦梅决定马上动身，而且不再犹豫，离溪后远一点，就去暹罗。他知道，离开后，家里的姿娘一定会去所有的庙里上香叩头，直到收到他寄回的平安批为止。不过，临行前，所有的老爷，他还是亲自拜了一遍。他很惊讶，自己一下子变了，变得太彻底了，以前的他，并不是热衷于求神拜佛的一个人，他一直觉得敬畏之心比烦琐仪式更重要。但是，如今他完全走向了反面，见了每一个老爷，无论大神小神，山神海神，树神石神，都会毫不犹豫地跪下去，五体投地，一拜再拜。他觉得，谁都比他本人更有资格支配他，连一只狗都可以，一棵树都可以，更别说神仙们。在拜妈祖的时候，看见地面上弯弯曲曲的裂纹，都觉得亲切极了，传递着来自妈祖的疼爱。在家祠里，有人在擦洗"肃静"和"回避"两块牌子，红底黑字被清水洗过之后露出的鲜艳如新的色泽，让他一时大感悲伤，恍若看见了无数代祖宗的音容笑貌，连走路都显得踉跄了，至于悲伤从何而来，就实在说不清了。家祠平常兼做塾馆，有一帮家族内外的孥仔在里面读书，他好像是平生第一次听见琅琅读书声——兄道友，弟道恭。兄弟睦，孝在中……稚气极了，好听极了，让那些苍老的字句变成了鸟鸣一样的天籁之音，其中就有梦梅的几个儿女的声音。大的一班在读书，小的一班在玩耍。祠堂侧面的一间库房里，堆着几十口棺材，梦梅经过的时候刚好看见小儿子乃诚、乃诚的童养媳月英，和另几个孥仔在棺材缝里跑出跑进。怕他们看见他，他慌忙躲起来，然后快速离开祠堂。他想起了那些棺材的来历，十年前，二三十里之外的黄冈出了大事，几百个据说是孙中山从海外派来的人，发动了武装起义，血战一夜，黄冈城被攻陷，城头飘着没人认识的青天白日旗，起义军成立了军政府，四处贴满布告，署名是"广东国民军大都督孙""大明都督府孙"。很多人不懂"大明"的意思，有人说，大清前面不就是大明吗？不过，仅仅两三天之后，起义军就被潮州总兵黄金福迅速镇压，血流成河，血光弥漫，方圆几十里都能闻到呛鼻的血腥味，光黄冈余氏一门就死掉了二三十人。东灶乡的一个村子因为给起义军煮过粥，被黄金福炮轰几个小时，炮声隆隆，银溪村被震得鸡飞狗叫。黄冈余氏是老祖亲亲的娘家，老祖偷偷买了几十口棺材打算捐给娘家，但一直没办法运过去，所有的棺材至今还存放在祠堂里。银溪村也死了十几个人，他们先前刚刚修完从樟林到潮州的铁路，竟然摇身一变都成了革命者。当时梦梅还纳闷过，为什么没人动员自己参加革命，也没人动员父亲。他还记得事后父子二人心里的感受十分复杂，有很深的失落感，同时又万分庆幸。随后的一两年村里久久不得宁安，搜捕乱党的官兵时不时就会突然出现，时光里是重点搜查对象，一是因为他家每月都能收到大额批银，二是因为家里有人在日本求学。丁未之变的组织者和主要力量，是孙中山从国外（主要是日本）派回来的学生，而起义资金主要来自南洋侨商，伪装成番批寄回国内。梦梅父子被多次叫去审问，连续几天不进水米，甚至受到各种严刑拷打：吊起来抽打，给嘴里灌热热的辣椒水。好在父子二人都是硬骨头，死不承认郑复生是同盟会会员，也否认自己和乱党有任何联系，是乱党钱筒的可能更是没有，谁都知道溪前家势中落已经几十年了，之所以还能月月收到一些批银，是溪后子孙出于情义礼遇溪前老人的一点碎银子，只够一家人勉强维持生计。

随后，梦梅还特别去了灯山顶上的北帝庙，给那里的玄天大帝上了香磕了头。玄天大帝俗称北帝，是象征北方的神仙。都说潮人大部分来自北方和中原，是历朝历代被发配到此地的官员们的后裔，北帝信仰被他们一路带到南边，寄托了他们对家园和朝廷的不舍和依恋，时间长了，倒也渐渐被大家淡忘了。平时他也没觉得有必要给北帝上香叩头，现在竟然有了拜一拜北帝的强烈冲动。他在心里嘲笑自己，还没挪窝，就已经有了乡关之思。一转身，他几乎觉得，他把整个中原和整个家山都揣进自己心里了，这是从来没有过的体会。不过，这么一大圈转下来，一进家门，他立即觉得疲惫不堪，浑身酸软无力，躺在床上睡了整整一下午。

天黑前他又打起精神去了井边。那口井和南洋有说不清道不明的联系。井是海的窗户，井是下南洋的一个秘密通道，这样的想法他玩味了二十八年。他告诉自己，这次下南洋，应该想办法找到瘠番客当年的几本文集，还应该想办法弄清楚两个阿公到底是怎么死的。要不然，就真的是不肖子孙。以前他只会偶尔想一想这些事情，每次想起来，只是惭愧一下而已。"杀父之仇，不共戴天""饿死事小，失节事大""有仇不报非君子"，这些话他比谁都清楚，可是，连仇人是谁都不知道，再加上远隔重洋，时间又过去了几十年，这个仇报起来实在太难。而且，报仇没那么简单，通常还需要付出新的代价，往往仍然是生命的代价。在一个缺少男丁的家庭，哪有多余的生命可以付出？想来想去，结论总是一条，装糊涂，不知羞耻为何物，打碎牙齿往肚里咽，倒是最省心的。但是，像父亲那样，做一个游手好闲的阿舍，他又做不到。再说那也是父亲的本事，他打死也弄不清一种茶来自什么海拔，有什么样的山韵。或者说，家里已经有一个大名鼎鼎的阿舍了，他没机会做另一个了。阿舍，舍的音发飘一些，就不再只是少爷的意思，而是纨绔子弟的意思。阿女，阿舍，当面叫阿女，背后叫阿舍，时间长了，阿女有了阿舍的味道，阿舍有了阿女的味道。有那么几次，梦梅也曾被村里人称作阿舍，其中一次梦梅甚至跟人家动了拳头，打破了人家的鼻子。村里人后来看见他时目光里甚至多了些敬意。这也算是梦梅决意出门远行的一个隐秘理由。

总之，梦梅这次真的要过番了，重要的是，并非从井里出去，而是和所有的番客一样大大方方从韩江出去，再从汕头进入大海。

第二章

1

　　这是民国五年（1916）的秋天，橄榄落瓮已经有许多时日。每年的这个季节，守在家里的人——尤其是那些少年郎，就开始感到浑身上下不自在，连灶台下木柴的噼啪作响都有赶你出门的意思。于是每天都会少掉几个男人。月明星稀、狗吠声声的后半夜，大厝林立，小屋歪斜，半是豪华半是破败的村庄留给了老人、孥仔和姿娘们，还能折腾的男人总是在这个时辰悄悄离开的。下南洋，这条遥远的生路似乎和潮汕历史一样长久，日积月累，潮汕乡村的夜晚，尤其是三更之后的夜晚，早就有了摄人魂魄的气质。好像每一个逝去的灵魂都分出了一点点，凑成一个巨大的灵魂，悬在漫无边际的浑茫夜空，等有人出门了，再分出来一点点默默跟了去，一直跟到大地之外。每一个男人身上都少不了几样东西：预示平安顺利的一枚顺治铜钱，代表故土的一把井心泥，够吃半个月甚至更久的一袋子甜粿，一条用途广泛的水布，等等。但是，梦梅不打算坐靠季风往还的老式木船，梦梅起码有资格做阿舍，他当然买得起一张洋船的船票。洋船用大功率的柴油机驱动，有指南针指示方向，更快也更安全。阿嫲、阿娘、老婆、嫂子、女儿，一堆姿娘都在关心他，大家一再叮嘱：一定坐洋船，到了马上来信。嫂子望枝塞给他两个银圆，还有一个半残的批封，是她专门回揭阳找来的。只有父亲像没事人一样，云淡风轻，好像不知道而立之年的儿子要出远门，一句体己话都不说，只是塞给他一小包茶叶，是最小号的枕头包，双层纸，内细外粗，像一件艺术品，方方正正，很有型。别嫌少，最好的宋种，整个凤凰山上只剩下三棵树了，留下，到了年底再喝，父亲说。梦梅问，为什么到了年底再喝？父亲说，到了年底，返春了再喝。梦梅还是不明白。父亲木着脸，不愿多费口舌。他再三问，父亲才说，春茶，不在春天喝，等年底返春的时候喝，香味更绝。这就是父亲，一个老阿舍，喝茶不要香，要绝。而哪样味道才算绝，别人以为他在故弄玄虚，等他板着脸，用家常口吻一一描述出来，又觉得其玄不玄，其虚不虚，就像唱潮戏，有人就能把人物的心窍掰开，唱出人物的千重心事万种柔肠，有人则难。

关于茶，梦梅之所以问得如此仔细，是因为他打算把它送给郑步沥。郑步沥长期在汕头，打理溪后在汕头的公司。他想问问郑步沥，郑仰衡在上海读书的情况，毕竟是自己的亲生儿子。当然，这更是一个方便的借口，见见郑步沥，也许郑步沥会给他一些建议。由此他也发现自己是多么矛盾，自己心底里对溪后是有期待的，甚至是有祈求的。他远不是一个有勇气的人，甚至也不是有骨气的人，他总算看清自己的货色了。一个缺乏勇气和骨气的人，通常也善于原谅自己，所以他一定会和郑步沥见一面。再说双方互换了儿女，有这一层关系，是打不远骂不臭的。他和郑步沥同岁，郑步沥比他大两个月，在溪后排行老五，他应该叫五哥，不过他向来叫他步沥，两人曾经是玩伴，下河掠鱼摸螺步沥总是比不过他的。

农历九月初六一大早，梦梅坐头班车到了汕头。虽然每隔一年半载总会来汕头转转，年少时也在汕头上过几年学，对汕头埠并不陌生，但下了车，他还是不免大吃一惊。头班车里就有几个外国人，其中一个还操着标准的潮汕口音。汕头的大街上，外国人似乎比本地人还要多，有些人和本地人一样，一大早就坐在面街的骑楼下，静静地喝着茶，精致的嘴型，神圣的清晨时光，不以天下为大，不以汕头为小的神态，和本地人毫无二致。梦梅不太懂茶，但也禁不住受了感染并想起了父亲，对父亲忽然多了些敬重，心想一个好茶、好石又好客的人并不简单。

梦梅先来到码头广场，打算磨蹭磨蹭再去找郑步沥。不远，走过去，几分钟就能到。码头广场是很多街道的终点。以码头广场为圆心，街道呈放射状伸向东边、北边和西边。南边是内海，像一条大河，雾气弥漫，铁灰色的海水荡来荡去，有木舢板向东或向西缓慢划行，舢板上有人扯开嗓子尖叫了一声，不用看就知道来自海上而不是岸上，声音被海水传递过来，颤巍巍的。又有小飞艇快速冲过去，前方的旗子奋力摆动，旗子下方是黑乎乎的炮筒，炮筒旁边是两张洋人的脸。海对面是城市的另一部分，梦梅当年就在斜对面的岩石上小学和中学，英国传教士办的学校。现在，广场上聚集着上百号人，都是标准的猪仔模样，大部分光着脚，一部分还留着辫子。他的瓜皮缎帽，灰白衬衫，蓝布便裤，短头发，旧皮箱，都表明了他是另一种阶层和身份，至少不是打算去做猪仔的。他自己也清楚这一点，所以站在离岸较远的地方。他旁边还有几个外国人，穿着风衣，拄着西洋棍，带着行李。他奇怪，他们也愿意和猪仔同行？停在港湾的大船，不是洋船，正是老式的竞争力已经大大降低的红头船，三桅五层的大型木船，虽然土气，但气势雄伟。船头的红色大显斑驳，红色部分变得很暗很暗了。吃水线和水面之间的船体上寄生着很多絮状、藤状和壳状生物，有些在阳光下痛苦蠕动。隐约听见有人在诵读出海祭文：

> 灵效瀛海
> 每著神功
> ——
> 谋生异域
> 取道重溟
> ——
> 妈祖保佑
> 安涉利行

这声音随风飘来，忽然强了忽然弱了，只能听清个别字句，但调子是完整的，推心置腹，充满美感，与天地相俯仰，仿佛和行前祈祷没有多少关系。

有人正从附近的井里打水，一担一担挑上船去。更多的人在向船上转运货物，他们是标准的挑夫，因为两个竹筐各有四根绳子，所以挑夫的另一个名字是"担八索"。他们是靠力量吃饭的人，有完全一致的模样，黑黑的皮肤，穿草鞋、戴草帽、腰缠水布。当满满两竹筐货物在肩上时，两筐重物就像是救命的东西，一个个瘦弱的身体立即变得结实而柔韧，行走如风，韵味十足。

一个穿肥大短裤和背心的人过来，要帮梦梅提行李，梦梅摇头说，不，我还不走。但他心里有上船的冲动，他想，既然洋鬼子也不嫌弃……不远处就是一艘洋船，没有动静，像西装革履的洋人，优越感十足。听说洋鬼子更知道省钱，更不讲排场，看来是真的。随后一个乞食来到他面前，向他伸手。他摸出一枚铜板递过去，换来一句话：一路顺风。靠近海的地方，一个印度男人在表演什么把戏，周围挤满了人，有人在大声起哄。他提上箱子凑过去，好不容易才看清那人在耍蛇。一条肥嘟嘟的花蛇，大部分身子盘在玻璃箱内，脑袋从顶端的孔眼里伸出来，嘴里叼着一张美钞，缩回去把美钞放下，再一次伸出头来，却迟迟不见有人赏钱，蛇芯子吐纳有致，似乎发出咕咕咕的声响。印度男人发现了人群中的梦梅，立即向梦梅走来，要拉梦梅过去，梦梅装出极端怕蛇的样子急忙退了出来，再也不愿逗留，向南边的小公园走去。

外国人的洋行多在小公园这一带，遍地是西式建筑，尖顶教堂、挂着中国灯笼的花园洋房。花旗银行、太古银号、福音医院和老妈宫、存善堂、伯公庙这些闪闪发光的潮式建筑混杂其间，使各自的特征显得更加突出、更加势不两立。不过转眼一看，又觉得十分和谐，至少有一点两者极为相似，那就是过分的精心和过分的雕琢。让人眼花缭乱，叫人自卑，似乎是它们共同的目的。让一个刚刚从乡下来的人嘴皮发干，心生怯弱，证明它们的任务完成了。刚才在广场上看见的那些人为什么被称作"猪仔"，突然变得不言而喻了。梦梅开始羞愧，几分钟前，自己竟毫不迟疑地把自己排除在猪仔之外。一辆双轮人力车风风火火，从梦梅身旁一闪而过，拉车的人歪着脑袋骂梦梅，早死仔！对梦梅来说，这三个字比任何脏话都难听，但是，现在他人在汕头，不好还嘴，只好快速闪在路边。车上的番姿娘倒是歪着脑袋冲梦梅笑了笑，有点替车夫致歉的意思。梦梅想，这些番姿娘，有些也真是雅死了。男人们为什么喜欢出门远行？有些男人为什么出去后再没有回来？这是不是一个原因呢？真正到了外面，才知道"外面"这个词，要多虚有多虚，要多实有多实。出门，回家，发大财，娶番婆，光宗耀祖，事情绝没有那么简单。两个阿公同一天死在异国他乡，难道不是"出门"的代价吗？另一个阿公，痟番客，出门是才子，回来是疯子，多么不值得！而望枝嫂子的父母一去就杳无音信，又是因为什么？

溪后的鸿发洋行在国平街上，是一座四层高的洋楼，楼内的陈设和装饰却是中式的。看门的印度侏儒扛着梦梅的箱子，把梦梅带上二楼。梦梅看他那么小，不忍心，但也硬着心肠没吱声。在楼道尽头的一个大厅里见到了郑步沥。他第一次改口叫郑步沥"五哥"。郑步沥却叫他"阿佛"。他回头看着印度人说，他才是阿佛。郑步沥笑了，边笑边说，是呀是呀，每次看见他，我都想起你。梦梅说，我比他高多了。郑步沥说，不能和他比。这样的玩笑，让两人迅速亲近起来。坐下喝茶的时候，梦梅把父亲给的那包茶叶取出来，递给郑步沥，把父亲的话重复了一遍。郑步沥打开双层包装纸闻了闻，说，嗯，是好茶。梦梅看见身后墙上的立轴是郑板桥的字，忍不住多看了两眼。郑步沥说，我觉得没你的好，你的米体真是好。梦梅心里有些感动，说，我很久不练字了。为什么？郑步沥问。梦梅说，有人讨厌我练字。郑步沥问，是阿嬷吗？梦梅说，是呀，还能是谁。一句"阿嬷"让历史退回到咸丰年间甚至更早，那时候的溪前溪后还是一个荣誉整体，两家的兄弟是合起来排行的。梦梅心里难免感动，用微微变调的口气说，阿嬷觉得舞文弄墨是不务正业。郑步沥说，咱们溪前溪后有舞文弄墨的传统。梦梅觉得这是伤疤，由溪后人说出来更是伤疤，心里隐隐作痛。郑步沥说，咱们的八世祖郑彝公没开好头。梦梅连连说，是呀是呀。郑彝，他们的八世祖，康熙年间的秀才，一直没能中举，身为教书先生，却教出了一个进士，进士后来做了大官，花钱给老师盖了一座豪华大厝，名曰"进士先生第"。郑彝之后，溪前溪后也始终没出过一个举人，更别说进士。而村里有一家人，同样姓郑，同是一祖之后，一门出了三个进士，有一座更大的宅院，叫"三进士第"。正是由于这样的原因，溪后才断了读书出仕的念想，一心一意做生意。溪前这边却总是欲罢不能，男丁稀少，好不容易有一两个，还往往喜作"鬼仙之词"，像鬼才李贺一样骑着一头跛驴，背着一个破锦囊，四处找人唱和。"男儿何不带吴钩，收取关山五十州。请君暂上凌烟阁，若个书生万户侯？"李贺的教训溪后那边记住了，溪前却总是当耳旁风。郑复生选择去日本学军事而非别的，有志气，算是带了吴钩，但又没命，或者说过于热血，不惧风险，主动请缨做刺客，出师未捷身先死。梦梅指指自己的箱子，说，这不，阿嬷把我赶出来了，让我下南洋。郑步沥并没有说留在汕头，或者去上海、天津、香港，或者去马六甲，而是问，打算去哪儿？梦梅心里一酸，看着郑步沥的眼睛说，去暹罗。郑步沥说，暹罗是另一个潮汕啊，人太多了。

中午吃饭的时候，见到了郑步沥的三房，梅州那边的客家姿娘，打扮新潮，眉眼里有书卷气。三个人围着圆桌吃饭的时候，又说起梦梅去暹罗的事，这位嫂子心直口快，说，梦梅为什么不去马六甲？梦梅觉察到，郑步沥暗中踩了这位嫂子一脚。梦梅说，我不是做生意的料，这次出去，主要想了个过番的心愿，从小到大还没出过国门。郑步沥起身取来一封信，是仰衡从上海寄来的。梦梅只看了看信封，说，字有长进。郑步沥说，随你。梦梅说，最好别随我。郑步沥说，你看看信，跟我大谈国事呢，什么洋务派、立宪派、民主共和。梦梅只觉得脸上烧烧的，整个溪前的脸上都烧烧的，硬忍住没抽出信来。郑步沥说，你就看看嘛，帮我想想应该怎么回信。梦梅说，我不懂政治，也不感兴趣，就不凑热闹了。郑步沥发现气氛有些凝重，心里也想起了乃铿，就问，乃铿怎么样？梦梅只说，乃铿呀，明年就要出花园了，该找个好婆家了。郑步沥笑着说，我不管，那是你的责任。

2

次日早晨，梦梅离开了汕头。

郑步沥坚决不让梦梅坐老式木船，派人给他买好了洋船的票，还是头等舱。郑步沥又把自己的一身藏青色新西装送给他，当面要他换上，替他打了领带。又亲自送梦梅上船，临别时塞给他一个厚厚的红包。

正是梦梅昨天看见的那条洋船，三个大大的汉字"永祥号"底下是一串绕来绕去的英文。船老大是潮安庵埠人，所有的水手船工、大副二副，都是庵埠人。如此，洋船身上的那股子霸气傲气大大减少，洋船就像红头船，亲切感油然而生。开船没几分钟，船开始减速，在妈屿岛西侧停了下来。

正如所料，有人放下舢板，提着两只咯嗒咯嗒叫的活鸡划向妈屿岛。包括洋人，所有人都知道，两只活鸡是献给妈祖的。妈屿岛上有妈祖庙，这是一个不知起于何时的旧俗，出海的船都要先上妈屿岛，留两只活鸡在岛上，请求妈祖的保佑。不少乘客站在甲板上，深情注视着绿树半遮的妈祖庙。

随后船又动了，并开始渐渐提速。

越来越小的汕头埠就悄悄变成了另两个字：唐山。雪白的鹭鸶飞上飞下，咿嘎咿嘎叫个不停，有时几乎擦着人的耳朵飞过。船越快风越大。甲板上一直留着一些人，有洋人，也有像梦梅这样的，衣着时尚的本地有钱人。猪仔和水客一上船就进了底舱或经济舱，再不出来。他们对观看风景完全没兴趣。梦梅心里有一个冲动，吼三声的冲动，朝渐渐变小的妈屿岛和妈屿岛右侧的大陆吼三声，又在犹豫，好像被这身行头约束了，但终究还是吼了，第一声用了一半的功力，接下来一声比一声大，一声比一声长，第三声之后，又加了一声。梦梅身后，有人在嚷嚷，因为几只始终追着船不放的鹭鸶在梦梅的吼声里翻着筋斗，正像被实物击中了，差点坠入大海。连续四声之后，妈屿岛就完全看不见了，右前方的大陆依然清晰。梦梅心里一下子舒服了，只是两个眼睛微微有点潮湿，好像被自己的四声吼叫感动了。之后，他坚持看着大陆，故意不回头，不去关心身后一伙人的反应。不久，梦梅听见一个洋人和一个老乡在议论猪仔的事情。洋人说，早在民国元年，孙中山先生就颁布了临时大总统令，明令禁止贩卖猪仔，主张保全国体，尊重人权，人与人之间没有贵贱之分，人与人相互平等，每个人都有不可剥夺的权利和自由，为什么至今还没有实现？那位老乡笑着说，可惜，孙先生的临时大总统只当了九十二天，现在孙先生好像躲在日本。洋人说，袁世凯死了几个月了，孙先生的大总统为什么不能立即恢复？那位老乡认真想了想，说，表面看来，各路军阀争权夺利，分裂成直、皖、奉三大派系，实际上……洋人焦急地催问，实际上怎么回事？那位老乡可能看了看洋人的脸，说，实际上，各路军阀又有不同的国际背景，仰仗不同的外国势力，我担心，用不了几年，中国会被西方列强瓜分，正如英国侵占缅甸和整个马来半岛；法国侵占安南、老挝、柬埔寨，建立了法属印度支那联邦；荷兰把印度尼西亚占为己有，称为荷属东印度；而美国，取代西班牙占领了菲律宾。洋人说，你的判断很可能是对的，军阀们，包括他们背后的外国势力，首先考虑的一定是一己之私，和价值观，和国体、民权没有半点关系。那位老乡问，孙中山呢？洋人说，依我之见，孙逸仙是唯一值得期待的。那位老乡说，孙先生是一介书生，在中国，秀才造反，十年不成，我担心袁世凯死了之后，各地军阀拥兵自重，割据一方，中国很难不走向四分五裂。洋人问，陈先生自己更喜欢哪样呢？姓陈的老乡说，我们潮汕商人，有远离政治、埋头挣钱的传统，我阿公是举人，当了几年官，目睹了清廷腐败，才辞官回家，绝意仕进，创办实业。洋人问，据我了解，你们潮汕人辞官回家、弃文从商的例子很多，为什么？姓陈的老乡说，政治变数太大，往往由不了自己，而生意刚好相反，只要愿意吃苦，就没有做不好的道理。潮汕人做生意是不轻看小生意的，大生意总是从小生意开始的，生意大了还是当小生意做，低调谦卑、驴生拼死，永远如此。有两句潮汕谚语你听过没有？一句是：工夫久久可谋生，生意细细会发家。另一句是：一粒豆仔圆又圆，挨做豆腐变作钱。洋人先是哈哈大笑，然后说，谈起生意经来，你们总是有说不完的话。姓陈的老乡说，我们还有一句话：宁可饿死，也不打工。洋人马上补了一句，就算打工，也是为了取而代之。这次轮到姓陈的老乡哈哈大笑了。停了一会儿，洋人又说，丁未起义首先在潮州黄冈打响，孙中山的钱，大部分是潮汕商人出的，所以，潮汕人不问政治的说法，是不是并不准确？姓陈的老乡变得严肃起来，不知该怎么说了。

听到这儿，梦梅转身回了船舱。

回到船舱的梦梅，心情也变得相当复杂。不过，他有另外的原因。甲板上的两个人提到了袁世凯之死，让他想起了自己。不能不说，袁的死，和他的过番是大有瓜葛的。三个月前，袁的死讯曾让他陷入绝望。因为哥哥郑复生和袁克定的特殊关系，梦梅对袁家一直暗怀期待，一旦时机成熟，袁克定一定会想办法报偿郑复生家的，身为郑复生唯一的弟弟，他的机会就来了。但袁世凯竟然一命呜呼。直到刚才——当甲板上的两个人提到袁世凯之死的时候，他才明明白白地意识到，自己此次过番的决心，一部分来自袁的死。袁的死，让他，也让全家人彻底心灰意冷。于是，过番就成为唯一选择。正如很多人以各种可能的理由过番，夫妻之间吵一架都有可能成为过番的理由。过番如入邻，就是这样用数不清的大理由小理由促成的。身边的汪洋大海不再是绝路，而是生路——走投无路时的生路。然而，对他来说，生路仍然是绝路。事实上，他对衣锦还乡、东山再起，丝毫没有信心，甚至也丝毫没有兴趣。刚才，他眼里甚至闪出一个幻觉：自己随着几只翩然飞舞的鹭鸶毅然跳海了，像旧墙上的一粒沙子被风吹落。这让他再一次清晰地看见，死，不只是溪前男人摆不脱的厄运，更是溪前男人头脑发热时极易出现的冲动，是藏在血液深处的东西，所以他才急忙回到了船舱。

他比谁都贪生畏死，这也算一个发现。不过，和一伙有钱人混在一起，看着自己身上偏大的藏青色西装，他觉得别扭极了，不知道除了死还能怎样。不久那个洋人和陈先生回来了，从梦梅身边经过时，洋人主动和他打招呼，你好，我是乔治，英国人。梦梅只好介绍自己，我叫郑梦梅，饶平人。那位陈先生也跟过来，听到"饶平"二字，立即问，饶平哪儿？梦梅说，隆都。陈先生再问，隆都哪儿？梦梅说，银溪村。陈先生笑着说，我是前美的。然后三个人和另两位乘客围在一起，开始边喝潮式工夫茶边聊天。乔治谈兴更浓，他说，我是剑桥大学的人类学博士生，十年前来中国潮州准备博士论文，原计划三年完成，一晃三个三年了，至今还没写一个字，也不急着回英国去。陈先生说，鄙人姓陈，名光远，光亮的光，遥远的远，在暹罗和中国香港等地做一点小生意。一船的人都知道陈光远的大名，哪是小生意，是潮州八邑数一数二的大富豪，家里有几座皇宫一样的大厝，出资修过很多路，建过很多桥，据说修汕樟铁路的钱，一小半是陈先生出的。梦梅当然也知道。而银溪村的郑氏家族，陈光远也有所耳闻，甚至听说过溪前郑和溪后郑的区别。

几个人能聊的话题很多，不过大家对英国人乔治和他的专业更感兴趣，都想听听一个剑桥大学的人类学博士对中国潮汕有什么研究心得。乔治避重就轻，先用半开玩笑的口气说，我至少有一个发现，你们潮汕人走路有两个特点，一个是脚步声比较轻，另一个是大街上走八字步的人特多。乔治还站起来，故意用外八字走路，很夸张，很滑稽，令郑梦梅和陈光远等人大笑不已。乔治问，你们知道什么原因吗？几个潮汕人一致摇头。乔治说，走路轻，可能和从小总是光着脚走路有关，外八字大概是穿木屐的结果。大家仍旧在笑，乔治很得意，用自夸的表情问，我还不错吧？十年的韩江水没白喝吧？几个潮汕人的脸上只剩下好奇心，一模一样的好奇心，全都围住乔治，让他继续讲他眼中的潮汕。乔治做出为难的样子，皱着眉毛想了想，说，我翻遍史书，没找到一个潮汕历史人物曾经受过株连七族、株连九族这样的酷刑，你们说为什么？一伙潮汕人又是一惊，睁大眼睛相互看看，没法给出解释。乔治说，比如荆轲，刺秦失败，被秦始皇诛杀七族。再比如方孝孺，朱棣威胁他，要诛其九族，方孝孺回了一句，诛我十族又如何？于是朱棣就真的成全了他，诛其十族，还给后人留下一句话，读书种子从此绝矣。几个潮汕人中，有两三个渐渐变得跃跃欲试，急于表态，乔治一伸手制止了他们，自己接着说，潮汕籍历史人物，甚至没有一个人享受过次一级的酷刑，比如凌迟、车裂、剥皮、腰斩、阉割、烹煮等等，你们说说，到底为什么？大家争先恐后说了很多，最后，陈光远嘘了一声，说，请大家安静，听洋人乔治怎么解释。乔治鬼鬼地一笑，又稍稍等了等才说，我以为，你们潮汕人是全世界最现实主义的一群人，你们潮汕有一句话，最能说明你们的现实主义性格。

哪句话？大家都问。乔治说，"赊三千不如现八百"，眼下有现钱现利，先拿在手上就心满意足，明天后天的三千，我不稀罕。这样的性格就决定了，你们不会做没有把握的事情，不会做无法预见的事情，不会玉石俱焚，不会抛头颅洒热血，不会拿身家性命押任何宝，你们不会做那样的傻事蠢事，你们最懂得知难而退，因为，你们有地方可退，你们相信，海的另一面总是陆地，一块和潮汕平原相似的陆地，天无绝人之路，没路可走了，可以去讨海，没事可做了，鼻屎能卖钱，能把鼻子抠到流血为止。听了乔治的话，大家很安静，也很泰然，不觉得脸红，也不打算否认，不过，人人脸上都有了一点相似的伤感，这逃不过乔治的眼睛。有人还想听乔治再说下去，乔治摇头说，不，我要和你们做个生意，以物易物，好不好？我讲我的研究心得，你们呢，给我讲讲古。一听讲古，大家一个个全都眼珠子放光，人人好像都有一肚子古。

第一个古是梦梅讲的：

从前有一个少年，名叫公冶长，他有一个特长，能听懂鸟语。一天的黄昏，公冶长端坐在窗边，正在读书，听到一只鸟在窗外的树上叫个不停，仔细一听，原来是：公冶长，公冶长，南亩有羊，就在石堆旁，肥且嫩，遭犬噬而亡，你去吃了肉，我等来将骨头尝。公冶长马上就出去了，很快就找到了那只死羊，提回家，收拾好，当天晚上就把半只羊煮熟，一家人吃了个痛快。第二天，羊的主人顺着血迹找上门来，让公冶长交出羊。公冶长交出剩下的半只羊，说，羊是我从路上捡来的，一只鸟告诉我，石堆旁有一只死羊，快去捡回来。羊的主人认为公冶长胡说八道，就把公冶长扭送到官府。到了官府，公冶长的说法没变，还是说，自己能听懂鸟语，狗把羊咬死了，是鸟告诉他的。官府自然不信，把公冶长关进大牢，等候过堂。狱卒锁好门正要走，这时正好有几只鸟，从西边飞来，停在屋顶，啾啾啾叫个不停。公冶长叫住狱卒，让狱卒和自己一起听鸟语。狱卒直瞪眼睛，问公冶长，鸟在说什么？公冶长说，鸟语是一首诗：反贼自西来，旌旗正猎猎，弓矛复森森，快找县太爷。狱卒这次不敢大意，决定试试公冶长听鸟语的本领。狱卒找来两把米，一把蘸过糖水，一把蘸过盐水，把两把米撒在牢房门口。几只鸟飞下来，疯疯癫癫地啄食起来。不等狱卒发问，公冶长说，鸟又说话了。狱卒问，鸟在说什么？公冶长说，鸟语又是一首诗：米白饭香，且慢且慢，有些半甜，有些半咸。狱卒急忙跑回去，把公冶长听到的鸟语告诉了县太爷。县太爷不信，狱卒说，我们验过了，一点没错，公冶长真的能听懂鸟语。于是，县太爷派一支官兵加固东西城门的防守，又派一支官兵潜伏在城外，内外夹击，大获全胜。公冶长的事迹被朝廷知道了，皇上宣其进京，亲自试验，果然名不虚传。公冶长的官职从此便屡屡擢升，位至公卿之上。

这个古，大家一致说好。

乔治说，我听过很多古，这个古真的没听过。

有人说，该乔治说了。

乔治说，好吧，我就说说我的另一个发现。刚才这个古，也证明了我的一个发现。我实话实说，你们可不能把我丢进大海。

有人说，你随便说。

乔治说，干脆我也讲个古吧，是我亲眼所见。有一次，我在府城衙门的门口碰到了一个人，一个从乡下来的农夫，他大老远跑来，是为了申诉冤情，可是，好不容易到了衙门口，却不敢进去。守门的官兵问他办什么事。他笨嘴拙舌，咕哝咕哝，怎么都说不清楚。说不清楚倒罢了，官兵闻到一股子尿臊味，低头一看，农夫竟然尿裤子了，脚底下湿漉漉一片，冒着热气。

大家全都无声无息。

乔治问，你们听明白了，不用我解释了吧?

大家看上去还是想听乔治的解释。

乔治说，恕我直言，你们最想干的事情，其实就是当官。公冶长做梦都想当官，所以才有了这个通过听鸟语当官的古。另一方面，你们又特别趋炎附势，特别怕官，见官矮三分，那位府城农夫就是最好的例子。

有人说，公冶长是山东人。

乔治笑而不语，笑得深不可测。

又有人说，这不能怨我们，告官穷，告鬼死，宁睡垃圾堆，好过打官司，身为平头百姓，全中国的草民贱民恐怕都是如此。

乔治鼻子里很重地哼了一声。

陈光远说，好吧，我也来凑个热闹。

于是陈光远开始讲他的古:

从前有一对夫妻，家境贫寒，生了三个儿子，前两个先后结婚了，两个媳妇是同一个村子的。没多久，这家的婆婆过世了。守过三年孝之后，两个媳妇想结伴返厝看望自己的父母，但公公一直不同意。过了几天，两个媳妇又开始挂念娘家了，又去找公公。公公还是不想让她们走，又不好意思再三拒绝，后来就想出一个有趣的点子，说，不让你们回去，你们肯定会说我不近情理，那好吧，现在我允许你们回去，但你们得答应我一个条件，回来的时候，每人要给我带一样礼物，一个须用纸包些火来，另一个呢用纸包些风来。你们好好想想，能不能做到？能做到就回去，做不到就别回去。两个媳妇归心似箭，没多想，先答应了。回到娘家后，把公公的要求给大家讲了，没人知道如何准备这两样礼物。邻居家有一个待嫁的姿娘仔刚好来串门，她一听，笑着说，这太简单了，把灯笼点着，不就是用纸包起来的火吗？拿一把扇子，摇来摇去，不就是用纸包起来的风吗？于是，两个媳妇，一人提着个灯笼，一人拿着把扇子，高高兴兴回婆家了。提灯笼的那个，进门前把灯笼点着了。拿扇子的那个，打开扇子，扇来扇去跟在后面。公公一看，大为吃惊，问，这是谁出的主意？两个媳妇并没有撒谎，如实说，是邻居家一位妹仔的主意。公公问，那位妹仔是否已有许配？两个媳妇说，还没有。公公就立即请人前去给自己的小儿子说媒，一说就成了。公公也不在乎双方的生辰八字到底合不合，甚至也不管是不是良辰吉日，很快就把喜事办了。办完喜事后，公公给全家定下一条规矩，家里大大小小的事情，都由小儿媳负责管理，凡事都要和小儿媳商量。从此，小儿媳真的成了家里的小当家。她说，人穷无穷山，穷山够你搬，以后落田不可空手而去，收工也不可空手而回。去的时候，用担子挑上家里的肥料，路上碰见驴粪马粪，也要拾进担子里，回的时候，四处拔些柴草带回来。就这样，过了一段时间，这家人，家中柴草充足，田地渐趋肥沃，日子也越来越好。这家人后来打算起房子，小儿媳要求大家每天捡一些石头回来，起房的时候就不用花钱买石头了。没多久，外埕的一个角落就堆满了石头。一天，有人来家里做客，从这家人的石堆里发现了一块玉石。客人说，我最近急需一些石头，你家这些石头我出高价全部买走。公公说，我家的事情，由小儿媳说了算。小儿媳来了，一听这人愿出高价买一堆不值钱的烂石头，其中定有蹊跷，于是就狠心出了个天价。客人心里可以接受，嘴上却说，是不是贵了点？小儿媳一口咬定就这个价，一分不能少。客人假装委屈，说，那好吧，两天后我带上银子来搬石头。当天晚上，小儿媳思来想去，相信石头堆里一定有一块石头不是寻常石头，要不然对方不会出如此大的价钱。接下来的两天，小儿媳带领全家人把原来的一堆石头全部转移到秘密的地方，又从外面搬来同样多的石头，堆在老地方。第三天，客人赶着马车来了，客人如数放下银子，坐下喝茶，等这家的三个男人把一堆石头搬上马车。客人要离开的时候，小儿媳留下一小半银子，把大部分还给客人，说，一堆烂石头，不值那么多钱，我跟你闹着玩的。客人礼让一番收下银子，高高兴兴回家去了。回到家，翻来覆去也找不到那块玉石，生了两天闷气，重新来到这户人家，老老实实地说，原来那堆石头里，有一块价值不菲的玉石，我愿意出数十倍的价钱买走那块玉石。客人这次出的价，真是天价，是原来的几十倍，足以起一座像样的大厝。这次，小儿媳不再讨价还价，把客人带到藏起来的那堆石头前，让他自己找自己的玉石，很快就找见了。这户人家就这样发财了，把原来的土厝推倒，起了全村最漂亮的一座下山虎。

乔治鼓掌说，这个古也很棒。

大家纷纷起哄，该你了，该你了。

乔治说，不是我要赖，这个古也证明了我的一个发现。

大家不再嚷嚷，顿时静了下来。

乔治说，这个古，塑造了一位潮汕姿娘，和我对潮汕姿娘的认识完全一致。可以肯定地说，潮汕姿娘身上的自我牺牲精神，还有她们的聪明、顽强、本色，对于一个家庭不可或缺的作用，全世界绝无仅有。

大家一时变得相当安静，每一双眼睛里似乎都有几个姿娘的身影。舱外是凶猛的风浪声，不用说那已经是外海的风浪，无边无际的南中国海，由北向南大尺度呼啸而过的风，唐山早就看不见了，任何山都无踪无影，这个世界变得异常简单，除了天，就是海，还有一个人加上他记忆中的几个姿娘。

乔治说，你们这些男人，说话呀！

有两个人只是低声嘘着长气。

乔治说，你们，你们这些男人对你们的女人是有亏欠的，你们越是成功就越是对她们有亏欠。对不起，这是我的另一个发现。

没有任何人质疑乔治这些话。

好在有人来通知，开饭了，开饭了。

乔治问，没人请我吃饭吗？

陈光远说，好吧，我请大家吃饭。

一伙人并不客气，跟着陈光远下楼梯去了餐厅，围着一张桌子坐下后，仍然显得有气无力，目光僵直且严肃。乔治说，你们这些男人也没有必要过于伤心，你们也很棒，比如，陈先生讲的那个古里，公公的形象就是潮汕男人的代表，他不拘一格降人才，打破规矩选贤任能，把整个家业都交给小当家，很了不起。实际上，崇尚才智，认为有脑子就有银子，依凭实干，常说只要懂得使劲粗糠也能榨出油，以及在善于学习、志趣高远、知恩图报、钦慕正义、爱家爱国等方面，也没有能出潮汕男人之右者，真的，我并没有拍你们的马屁，我说的绝对是真话。一伙刚刚还在唉声叹气的潮汕贵族，这下便高兴得手舞足蹈，嗷嗷直叫。

不久，开始上菜了。

最先上来的是卤鹅和生腌龙虾。

乔治一看，直咽唾沫。

乔治说，我比你们更懂潮州菜，信不信？

有人低声说，鬼才信。

乔治就站起来，指着生腌龙虾说，这是青龙虾，不是龙仔虾。龙仔虾生活在海礁石缝里，青龙虾肯定是从凶猛的海浪里捕到的。而且最好是秋天的青龙虾，大小最好在半斤以上一斤以下。制作的关键是，不过淡水，先用高度酒浸泡，再用稻草包裹，然后敷以粗盐，渍一个昼夜，再配以若干佐料。最后沥干水分，风干。这样千锤百炼而成的青龙虾又像是神的杰作，全无人工痕迹，真是妙不可言。各位仁兄，你们现在应该知道，我的博士论文难产的原因了吧？

笑声中更多的菜上来了。

陈光远问大家，要不要酒？

乔治抢先说，当然，怎么能少了酒？

实际上陈光远已经点好了酒，一种是潮州米酒，一种是"肉冰烧"。

陈光远问乔治，肉冰烧你也知道？

乔治撇撇嘴，说，不知道。

陈光远说，这肉冰烧是海盗们发明的，主要原料是高粱和白米，但是，还有更重要的一样原料，猪白肉，米酒酿成后，放进大块的猪白肉，越肥越好，用来吸收乙醇，整整一年后捞出白肉，将酒重新蒸馏，酒的血性不变，烈度明显减弱，让酒味变成一种肉质的烈，温软的烈，入口醇厚，妥妥下肚，全身上下无一处不舒坦。可以想象，海盗们歃血盟誓，此物绝对是不能缺少的。

乔治用摇头表示赞赏。

这顿饭一直吃到了天近黄昏。一伙醉鬼吵吵闹闹回到舱内，折腾了半夜，说了无数动感情的话，然后一个一个倒头睡去。梦梅则是毫无睡意，一个人在甲板上站了很久，月光下，成群的鲸鱼和海豚在白浪里快速游动，原本平静的海面霎时巨浪翻滚，前赴后继，远远望去，白色巨浪的范围越来越大，一直延伸到几百米之外，鲸鱼喷出的一束束水柱冲天而起，水柱里还有大大小小的鱼虾蟹鳖。几只光滑的海豚竖着身子高高跃起，再横下身子重重地砸下去，发出令人惊讶的脆响。这时刚好有一个轮休的大个水手也来到甲板上，两人一同低头注视着月光下的海豚。大个水手淡然地说，龙兵过。梦梅问，这就是龙兵过？大个水手说，是呀，运气好才能碰着。梦梅想，自己第一次出海就碰着了，可见自己此行的运气不错。大个水手问，你知道海豚为什么竖着跳起来横着砸下去吗？梦梅说，不知道。大个水手说，海豚横着身子砸向海面，是为了把周围的鱼群砸晕。他心里暗暗感叹，到底是走海的人，真够熟悉大海。他说，这一船人，最亲最亲的人就是你们——船工和水手，比父母还亲。对方问，为什么？他说，你看现在，茫茫海面上四顾无依，一船人的安危存亡全在你们手上。对方说，大家都能这么想就好了。他问，有人不这么想吗？对方说，当然有呀。

后半夜，底舱的乘客突然闹腾起来，好像在打群架，火气不小，动静很大。梦梅和乔治相互看看，便一同下到底舱。还真的有人在打架。昏暗极了的灯光下，无数双眼睛都发着绿光。一方是八九个猪仔，一方是船老大、大副和四五个水手，包括前半夜和梦梅在甲板上聊过天的大个水手。看见梦梅和乔治，大个水手立即迎过来。梦梅问，怎么啦？大个水手指着身后的一堆人说，问他们。船老大也迎过来，说，船尾跟着几条大鲨鱼。乔治问，鲨鱼和打架有什么关系？船老大说，鲨鱼缀船尾，必有灾祸来。按照规矩，船上如果正好有死尸，就抛下死尸喂鱼化煞，如果没有，就要从老弱病残里挑一个。梦梅马上听明白了，大声说，胡来，民国都五年了，还来这一套？船老大说，老规矩不能破。梦梅喊，红头船时代的陋习早该废除了，火船也没必要担心几条鲨鱼。船老大说，这些人签过生死合约，合约上写得清清楚楚。梦梅问，生死合约？我怎么没签？大个水手喊，所以你们不要身在福中不知福，头等舱的乘客和水客没订生死合约，快回去吧，别多管闲事。

　　这时陈光远等人也下来了。听清原委后，陈光远说，你们是故意杀人，知道吗？

　　乔治也说，对，是故意杀人，上岸后立即报案。船老大脸色变了，不再说话。陈光远盯着船老大的眼睛说，如果必须选一个人喂鲨鱼，那就选我吧。船老大说，那怎么敢？乔治问，陈先生和他们有什么区别？大个水手喊，这些猪仔签过生死合约，合约上写得明明白白。一群猪仔喊，我们不识字，糊里糊涂签了合约。乔治说，这么说来，生死合约便是预谋杀人的证据喽。有人在不停咳嗽，并喊，放开我，放开我。船老大说，我们是有讲究的，只会挑选老弱病残，船上有很多水客，我们绝不会把水客丢下船去。乔治问，猪仔和水客又有什么不同？船老大说，我们潮汕的劫匪盗贼都不打水客的主意。乔治说，对呀，事实说明，你们是很有人性的，你们还可以做得更好，听我的，把人放了，从今天开始废除这条规矩。船老大蹲下去，埋起头不吱声。陈光远说，大家鼓掌，从今天开始，废除这条规矩。但没人鼓掌。陈光远问，大家不同意吗？有人喊，船老大还没表态。船老大久久地直着脖子，突然出现的安静中，只剩下一个人在尖声咳嗽。等咳嗽声暂停的瞬间，船老大说，这条火船是三个弟兄合伙买的，我只占百分之三十的股份，我一个人做不了主。陈光远说，先说你自己同意不同意。船老大气呼呼地说，我同意。于是所有人都用力鼓掌。那位咳嗽的老人哭着说，谢谢大家，谢谢大家，我给你们磕头了。梦梅和陈光远一左一右赶紧把老人扶起来，梦梅摸了摸老人的额头，说，烧得厉害。陈光远回到头等舱，马上又回来，手上有两颗小小的白色药片。德国产的退烧灵，服一颗，好一半，陈光远说。一个船工端来半碗淡水。陈光远说，研成粉末，效果更好。船工带着药片回灶间了。那位老人又急急地咳嗽了几声，喘着粗气，很抱歉地说，等我从暹罗回来，就不怕死了。乔治问，为什么？老人说，去暹罗和儿子见上一面，就可以放心死了。

梦梅、乔治和陈光远上到二等舱，直接去了甲板。甲板上有一层水，说明下过雨，此刻的天空却是晴朗无云，曙色喜人。这只是在海上的第一个早晨，接下来还有十几天时间。三个人扶住栏杆，注视着太阳将要升起的那一边。陈光远叹息一声，说，真不好意思。乔治问，什么不好意思？陈光远说，刚才那一幕多丢人。乔治说，不，他们对待水客的态度，船老大艰难的内心转变，那位老人满脸的歉意，都让我非常感动，不在船上，体会不到这种永恒的人性温暖和同舟共济精神。梦梅说，应该向你学习，刚才我差点要动手打人了。陈光远说，是呀是呀，我差点开了枪。乔治问，你有枪？陈光远从衣袋里摸出手枪，递给乔治。乔治把玩了片刻，问，能不能开一枪？陈光远问，你会吗？乔治说，我潮州家里也有枪。

　　一声枪响，天光大昼。

　　稍后他们回到头等舱，听说还是丢下去一个人，不过，是一个假人——那位发高烧的老人原来是一个扎灯笼的师傅，他和几个聪明的水客合作，用篾条、硬纸板和彩纸扎出一个惟妙惟肖的假人，假人的肚子里填进去一些荤料，猪骨鱼骨、剩菜残羹之类，让假人浑身上下散发着浓郁的肉香，还给假人起了个人人知道的名字，林道乾，那是曾经威震四方令人闻风丧胆的一个大海盗。名叫林道乾的假人被抛下船后，几条鲨鱼果然上当了，一眨眼就把假人撕了个粉碎。火船趁机提速前行，甩掉鲨鱼。这样一来，所有人才觉得放心了，心里的一块石头落地了，连那位幸免于难的老人，连那些愤愤不平的猪仔和水客，也都放心了。一个在红头船时代延续了数百年的陈规旧俗，突然废而不用，人人心里还真的不踏实。

3

　　连续十几天在海上，讲了很多很多古，直到没古可讲，再唱潮戏、说潮州歌册，每一样梦梅都能来两下子，这样下来，梦梅、乔治和陈光远很难不成为好朋友。由于是顺风，船跑得也比平常快，提前一天进了暹罗湾，半天后顺利停靠在炎热的曼谷港。三个人在船上已经相互留下了联系方式，上岸后又是一番依依惜别，说好一定要多联系，多见面，然后才各奔东西。那伙水客一上岸就开始忙碌了，纷纷给晕头转向的猪仔们和急欲离开的其他乘客分发各自的小广告，一边说，记得尽快寄平安批啊，寄平安批找我啊，批一封银两元，老规矩，一上岸马上就要寄的，一天都不能耽搁的，钱可以先欠着……梦梅要了一张小广告，看见上面除了广告语，还有批局的字号，还有印章，就多要了几张，仔细收起来，先离开了。

梦梅的落脚点是郑步沥介绍的，溪后的一个生意伙伴，在曼谷开碾米厂，名叫林阿为，潮阳和平人，很近的老乡，到了番畔，就更是老乡。林阿为的碾米厂开在湄南河边，梦梅直接去厂里找到了林阿为。

一个穿着工装，满身灰尘的高大后生仔从厂房里快步走过来的时候，梦梅不敢相信那就是林老板。草草交流几句之后，林阿为不说多余的话，立即扛起梦梅的行李，带梦梅回了家。一路上梦梅再三提出自己扛箱子，林阿为就像没听见，走得比梦梅还要快。不出十分钟就到了同样在湄南河边的林公馆，一座中西合璧的花园别墅，中式的院门上挂着"九牧世家"的匾，进门仍是中式花园，曲水流觞，杂以花木，花以荷花和兰花为主，光兰花就有四五种，几乎是一个兰花园了。穿过大大的花园，正面是三层洋楼，尖顶，红砖，门窗均为拱形，窗套半中半西，有潮汕嵌瓷，也有彩釉瓷砖、花岗岩、楠木等各种材料，灰雕、木雕、浮雕、通雕，样样齐全。走进别墅，宽敞的大厅则纯粹是潮汕富贵人家的味道，墙上挂满名人字画，远的有黄慎的山水立轴、刘墉的行书对联，近的有翁方纲的隶书中堂和康有为的草书四条屏。康有为的草书携风带雨，令人头皮发颤，可惜挂错了，第一条和第四条是对的，二、三条则刚好反了。内容是韩愈的《山石》，梦梅会背，一眼就看出了问题。梦梅是见了好字就移不开眼睛的人，一边仰头琢磨一边在犹豫，要不要告诉林阿为？终究没能忍住，也有借机显示一下自己水平的想法。林阿为一听就朗声大笑，说，我不识字，可不是我的错啊。梦梅当时就踩着凳子，将二、三条互换了位置。

后来知道林阿为的确不是谦虚，他真的没上过一天学，虽然不识字，却不缺少斯文，往往能不着一字，尽得风流，谈笑间自有一种令人折服的气场。还有一个被称为潮州头号才女的老婆，姓蔺，名采儿，府城人，两人同在暹罗，共同管理碾米厂。订合同，内容由蔺采儿把关，林阿为只负责签字。他说，我只会写"林阿为"三个字，加起来不到三十画，这辈子也不打算识更多的字了，不抢你们书生的饭碗了。梦梅在暹罗略有些人缘后，便知道"林阿为"三个字已经不单是一个人的名字，更是豪爽、义气和信誉的象征。据说和林阿为做生意，很多时候根本不订书面合同，只有君子协议，一诺千金，比纸上的合同还管用。在为数众多的潮籍商人里，林阿为的财富居中偏后，但名声一点也不小，无论如何是一个人物。

沾了康有为和韩愈的光，林阿为对梦梅钦佩有加，当天就请他做自己的助手，梦梅说，不敢不敢，先让我有个立锥之地就好。

林阿为说，如果不嫌弃，就住在我的员工宿舍，我给你腾出个单间，吃厂里的大锅饭，厨师是从潮阳带过来的，很地道。

梦梅说，太好了，房租和饭钱我按月付。

林阿为几乎要发火，说，你别欺负我们潮阳人。

梦梅说，阿兄，我哪敢欺负潮阳人！

安顿好自己后，梦梅马上要做的事情是寄平安批，当然越快越好，目的只是报平安，不寄钱不必脸红。不过，依习惯应该至少寄银两元，取双数，图个吉利。"批一封，银二元"，童谣也是这么说的。在海上漂泊两三个月，除了海盗、风暴、瘟疫，还有种种难以预料的突发灾难，最终有机会寄"批一封，银二元"的人，往往仅剩十之三四，所以这平安批就不单单是一封批了。

从小就知道有一种家书，叫"平安批"，在少年阿佛的想象中，人因此而分为两种，一种是寄平安批的人，一种是等平安批的人。后者比前者可怜多了，除了在家里苦等和拜老爷，什么事也做不了。收到一封平安批，心里的石头就落地了，至于以后，暂时可以不牵挂了。而前者，就算受尽磨难、吉凶未卜、生死难料，总少不了一种逍遥自在、独来独往的味道。对那些过番者的想象，在一个不识愁滋味的孥仔心里，像做梦一样无边无沿。那是一个无限大无限远的美好世界，那个世界名叫番畔，要多大有多大，要多远有多远，要多美有多美。

梦梅还记得自己第一次对邮票和邮戳感兴趣，是在岩石的教会学校读书的时候，一个英国老师收到了从诺丁汉寄来的信，他帮忙把信转交给老师的时候，想起了家里的饼干筒，想起了饼干筒周围的欧洲城堡和头发弯曲的番姿娘，于是便怯怯地问，老师，能不能把邮票送给我？老师问，为什么？梦梅说，喜欢。老师便抽出信，把信封给了梦梅。梦梅打算撕下邮票，撕起一个角，老师帮忙用剪刀连后面的信封也剪下来，告诉他，用温水泡几分钟，邮票就会自动脱落。老师还说，如果要集邮，最好把实寄封也留下来。梦梅从来没听过集邮和实寄封的说法，只觉得邮票好看才愿意收集。老师说，在我们英国，很多人爱好集邮，英国王室就有集邮的传统，据说那些邮票相当于王室的一半财富。那之后，梦梅就开始更自觉地收集邮票，但仍然只是为了好看。几个英国老师会主动把丝毫没有损伤的信封送给他，有时还有明信片。作为交换，梦梅也承担了一个任务：替老师去两里路之外的英国传教士杜神甫的住所领取包裹和邮件。和杜神甫熟了之后，又多了一个集邮的渠道。自己家收到的从马六甲或者槟城、新山、怡保寄来的番批，也开始由梦梅负责收存和管理。梦梅知道，自己家的番批是从南洋的最远端寄来的。而邻居们收到的番批，大多来自暹罗。人们说，暹罗和安南是最近的番畔。后来，来自暹罗和安南的番批他也收集了不少，他很容易就能从邻居家讨到手，因为他是招人喜爱的阿佛，再说邻居们收到批银就万事大吉了，至于批封、批封上的邮票邮戳什么的，留下来还占地方，吸水烟的人倒是可以撕成条从煤油灯上引火，但也可有可无。有些批封里，还有信。在阿佛看来，那些半懂不懂的信，都是一个口气，开头总是"敬禀者""跪禀者""敬启者"，结尾总是"金安""玉安""大安"这类话，中间的内容一律婆婆妈妈、唠唠叨叨，就像同一个人写来的。如果碰到字好一些的，阿佛可能会多看一两眼。番畔来的信叫批，国内来的信还叫信，但最多的还是批，美国、日本、安南、印度、石叻、暹罗，到处都有，多一半是暹罗的。番批和英国老师们收到的信有两个明显区别，一个是番批多数是银、信合一，首先是用来寄钱银的，其次才是家信，番批上只写着钱的数额，钱在批脚手上，由批脚一家一家亲自送上门来，收到钱和信的人要写回批，表示自己收到钱和信了，再由批脚带走；

另一个区别是番批大部分没贴邮票，只盖着一些印章和邮戳，有朱红的，有蓝色的，有黑色的，比如余事不用、专理收批、侨汇兑讫、付讫等等。批封背面的骑缝线上，从上到下一般印有多枚护封印，除了"护封"二字，还有各种各样的如意章。"护封"二字，各家有各家的写法，如意章也是千差万别，和邮票一样令人恋恋不舍。比较起来，番批比英国人的信实在更复杂、更耐看，碰到书法好的，就更是百看不厌。同一户人家的番批如果信还在，连续起来还可以当故事看。有些批脚会悄悄进村，直接找到收批人家，有些却十分张扬，会故意站在村口扯着嗓子大喊几声，收番批哟，番批来了……马上就能感觉到，整个村子都在摇晃，四处传来咣当咣当的开门声和稀里哗啦的脚步声。批脚们的声音那可是长时间锤炼出来的，扯得很长很长，颤巍巍、热乎乎的，几乎能把村子的魂勾了出去，连村里的鸡鸭猪狗一时都会静悄悄的。

想不到眼看三十岁了，梦梅自己才有机会成为寄平安批的人。梦梅离开碾米厂，步行来到三聘街。刚刚进入街区，恍若那天从隆都到了汕头，所见所闻完全是潮人世界，甚至是加倍了的潮人世界。满耳朵的潮州话被异乡的炎热空气传来传去，听着倒有些耳生，仔细体会一下，才知道那其实是另一种熟悉，就像同一样东西被擦洗干净了一样。连暹罗人都能说几句潮州话。

没走多远，就已经看到了好几家银信局或者批局，有些从小知道，要么无数次在批封上看见过印戳，要么在汕头或隆都街头看见过同一家批局在国内的分号。比如致成、万成顺、永和丰、致华丰、振盛兴、顺成利舜记、陈炳春、万兴昌等等。这些字号平时记不得，此刻从眼前次第掠过时，才发现它们像遗传密码一样藏在记忆的至深处。而今天，正像是终于觅到了记忆的源头。

随后又看见了妈祖庙，就立即改了主意，先去给妈祖上个香。红墙朱瓦的妈祖庙，比梦梅在汕头见过的任何一座妈祖庙都更大，更气派。门前是不小的广场，照壁立在广场和庙门之间，照壁上是嵌瓷的画面，澄波红日，瑞气照人，令梦梅心头忽然一热。朱漆大门前是两面大石鼓，两尊大石狮，两根高高的旗杆。进门后，梦梅粗粗看了两眼建庙的碑记，有"始建于乾隆二十年"的字样。随着人流，梦梅走进前殿。头顶有"海国安澜"的大匾，梦梅出于本能，先欣赏四个大字的书法，常见的俗体颜字，肉多筋少，但正因为如此才显得协调。大殿正中，是金身的妈祖。梦梅觉得，妈祖的目光和自己的目光有一瞬间的真切碰撞，并不单单是一个神和一个人的对视，而是一个苦难的母亲和一个苦难的儿子之间的亲密交流。这样的念头似乎冒犯了什么，所以梦梅急忙跪下去，一拜，再拜，三拜，手中并没有持香，心里也没有愿想，只是把全部敬意和辛酸都存放在简单的跪拜和作揖中。起身时早已是以泪洗面。晕晕乎乎来到殿外，摸出几枚龙银投进功德箱就匆匆离开了。

妈祖庙门外不远处有人卖猪血汤，梦梅立即馋得要死，连半步路都走不动了，过去用眼神要了一碗。不久，一碗热腾腾的猪血汤端来了，切得不薄不厚的猪血，加上半把不软不硬的真珠花菜，只喝了半口，整个潮汕便连根拔起，鱼一样滑入喉咙，好像望穿秋水的并不是一个人，而是一碗猪血汤。梦梅慢悠悠地喝起来，喝一口，看一眼三聘街上的风景，大有享用不尽的意思。

刚到暹罗吧?

你怎么知道?

看得出来。

梦梅笑了，此时刚好听见了一句潮戏台词，眼珠子打转，"西胪旧梦已阑珊"，《苏六娘》里逼亲那一段，等着听下一句——"不堪回首金玉缘"，却没有听到，怀疑刚才的声音是从这碗猪血汤里浮上来的。

不再来一碗？

梦梅笑着摇头。

一碗猪血汤下肚，只觉得两个腮帮子烧乎乎的，全身也发热，真想学身旁几个食客的样子，脱掉上衣，光着膀子。原以为潮汕是全世界最热最湿的地方，现在才明白暹罗的太阳能烤死人，湿气也很重，全身上下黏糊糊的。梦梅付了钱，继续往前走。随即看见石龙军路的万昌批局门口有不少人在排队，一看就知道主要是潮汕老乡，大裆裤，粗布衫，光膀子的，赤脚的，站着的，蹲着的，大声聊天的，蹲在地上吸水烟的，个个都松松垮垮，一身酸肉，不把暹罗当番畔的样子。于是梦梅想，刚才卖猪血汤的人很可能就是这样看出自己是新来乍到，自己还没做到目中无暹罗，整个人大概还绷着劲，生手生脚，缺了一点无所谓。

梦梅问一个人，在等什么？

对方说，等着寄批。

梦梅走进批局，看懂了大家为什么会排队：只有一个人在写批，那人很年轻，听寄批人讲完打算说给家人的话，再转为清晰的书面行文时，显得力不从心，常常抓耳挠腮，久久难以下笔，书法也很一般。旁边还有三张桌子，每张桌子上除了笔墨纸砚，还有茶具，自己会写批的人，一边喝着茶，一边慢条斯理地写着批。其中一张桌子旁坐着一老一少两个人，只是在喝茶，八成是老板和他的儿子。两人的茶具更有档次一些：小火炉，朱砂壶，玉质小杯，貌似三心二意，散漫中却透出另一种认真，一口茶下去，眼中的风月半热半冷，无悲无欢，令那些排着长队的寄批人嘴唇发干，目光飘忽。后生仔抬头示意梦梅坐下喝茶。梦梅的确想喝茶了，馋得直咽唾沫，便坐下来。梦梅说，寄个批，报个平安。后生仔说，今天人多，要等。老板模样的人说，写批先生这两天有病了，临时找人顶替，是生手。

梦梅问，我可以帮忙吗？

老者看了看梦梅，有岂敢劳驾的意味。

梦梅笑着说，免润笔啦。

老者也一笑，说，润笔一定要给。"润笔"二字让老者相信，此人肚子里可能有些墨水。后生仔立即起身离开，和另一个后生仔从柜台后面抬出一张桌子，直接摆在批局门口。砚台、笔墨、印章、算盘、批封和信纸，都准备好了。还来了一位助手，在旁边研墨、收钱、登记。

寄批的人一眨眼分成两队。

梦梅坐好后，先亲自研墨，墨锭发出的声音和刚才大有不同，细腻，甜柔。墨锭在薄薄的水中时快时慢，拖着微黑的尾巴，连砚台都显得无比受用。梦梅随即拿起笔锋有些发秃的小楷笔，抬头看向第一个人。

那人说，我要给细妹寄六个鹰洋。

那人把六枚摆在一起的鹰洋轻轻放在桌上。

梦梅用记忆中的模样开始写批封：

吉信烦至海邑江东汕州龙头角。

那位老者一直立在梦梅身后，等着瞧此人是否真的有两下子，这一看，马上说，一手好字！字真是好！真是好！米南宫的传人啊！甚至还用手势比画了一下米氏用笔。

写好批封，梦梅抬头看向寄批人。

寄批人还没出声，眼睛先湿了：前天晚上，梦见我阿娘站在我旁边不说话，面色灰土，我从梦中惊醒，整整一天都打不起精神。最让我伤心的是，做梦的晚上，正好是先母忌辰的前一日。现寄银六元给我细妹婵花，请她收到后马上去我母墓前，替我祭扫，并转告我母，儿一切安好，万勿挂念。

寄批人抹完眼泪又说，我叫李广基。

梦梅立即在信纸上写起来：

婵花细妹：

　　前天，即九月二十二日深夜，我梦见吾母，立而无言，亦无喜色，使我惊醒，一夜难眠，今日全无宁心。最为痛心者，有梦之夜，正是吾母忌辰之前一日也。今寄鹰洋六元，内抹四元由你家用，二元用作祭奠吾母之资，万望细妹在坟前禀知母亲，我在暹中一切安好，请勿挂念。

　　　　　　　　　　　　　　　　　　愚兄　广基
　　　　　　　　　　　　　　　　　丙辰九月廿三日

写完三封批后，梦梅这边的队伍越来越长，另一边只剩下寥寥数人。有人还在悄悄议论另一个人的字，称之为"鬼字"，小声说"谁要写那鬼字"。一伙目不识丁的番客也宁愿多等一点时间，要请书法更好的写批先生写批，这让批局老板也长了见识。刚才那位老者正是老板，万昌是他的名字，姓宋，惠来人。等最后一个寄批人离开后，宋万昌问梦梅，请问先生在哪里高就？梦梅说，不是先生，是亡命之徒，刚下南洋没几天，这不，才要寄平安批。宋万昌说，我看先生西装革履，器宇不凡，哪里像亡命之徒？总不是孙中山的革命党吧？梦梅有些紧张，忙说，不是不是，没那水平。宋万昌小声说，革命党不会白流血的，从丁未起义到武昌起义，动静一次比一次大，起码驱除鞑虏的任务已经完成了。梦梅说，老兄，我真的不是革命党。宋万昌重新打量一番梦梅，说，好吧，是不是都好，我们这儿正缺人手，尤其缺一个写批先生，如果愿意屈尊，就留下吧，待遇从优。做一个写批先生？这是梦梅未曾想象过的，但一听就喜欢，怦怦怦的心跳不会撒谎，好像他的野心也就这么大，做一个写批先生，做一辈子都可以。只是好事来得太容易了，不好意思马上答应。宋万昌说，吃住我们都会免费安排，月薪八十元港币。梦梅说，老兄，咱们只是一面之缘，你真的放心吗？宋老板笑着说，我自有识人的绝招。梦梅倒想听听，所谓识人的绝招，绝在何处。宋老板说，你猜。梦梅不说话，但心里已有猜想，无非是"字如其人"之类。宋老板说，其实，我所欣赏的，并不是你的字，也不是你的文，透过你的字和文，我看见了你的另一样东西，你猜是什么？是德。梦梅半信半疑之际，宋老板又说，梦见吾母，立而面无喜色，使我惊醒，日无宁心，最为痛心者，有梦之夜，正是吾母忌辰之前一日也——这些话，一字一词都很真，无德之人是写不出来的，写批之人德先到，字好文好固然重要，但德才是最难得的。梦梅脸红了，挠头摸耳地说，我只不过是尽可能表达了寄批人的心情。宋老板连连摇头说，我知道，我知道，我太知道了，能把寄批人的心情写出来并不容易。梦梅说，多谢先生赏识，那我就先干几天试试，不满意可以随时赶我走人。

回到碾米厂，梦梅把找到工作的事说给林阿为。林阿为问，他给你多少钱？梦梅说，月薪八十元港币。林阿为说，我给你三百元港币，怎么样？梦梅说，实在感谢，实在感谢，不过，我真的别无所长，帮人写写批是最适合我干的事情。林阿为问，是不是我有什么不周之处？梦梅急忙说，没有没有，老兄不必多虑。林阿为阴着脸，喘气很粗，不像在假装生气。梦梅说，批局那边我已经同意了，不好反悔。林阿为说，你让我怎么给步沥兄交代？梦梅说，我会写信给他解释的。林阿为说，这样吧，给你三天时间，是去是留，你再好好考虑考虑。

林阿为又派老婆蔺采儿来劝过梦梅。

那是梦梅第一次见蔺采儿，梦梅觉得好面熟，好像有过交往，后来才发现其中有秘密：原来，他从她的眉目间看见了一个地方的影子——府城的影子。府城，常常把它自己的影子悄悄藏在一个人的眉目间，让他带向四面八方。那是只有府城才有的一种气质。梦梅还看见，采儿脖子上戴着一条极细的金项链，那种几乎看不见的细，或许也与府城有关。耳朵形状完美，没打耳洞。一说话，果然是软软的女声，连激情和撒娇都是精致的，仍然是府城那边的雅姿娘才会有的味道。她给梦梅带来了亲手做的膀饼，梦梅尝了一口，大呼地道。采儿说，乌豆沙要在缸里闷上大半年再取出来用，才算地道。梦梅说，是呀，油油的口感和在缸里闷了大半年有关吧？采儿说，是呀，看样子你懂啊。梦梅说，我有两个姑姑在府城。采儿说，这手艺可不是在府城学的，是在上海学的。梦梅面露疑问，采儿说，我出生在上海，十岁才回府城，你看，我没缠脚。采儿大大方方跷了跷穿着木屐的右脚，让梦梅看。梦梅笑着说，还是天足好。采儿说，阿为这个人虽然不识字，但人很开明，他也喜欢我的天足。梦梅说，你们是天作之合，英雄配美人。采儿不否认，笑着说，我们认识的时候，他已经有个小脚老婆了。梦梅不便多说什么。采儿及时转移话题，说，阿为是真心实意想请你留下帮忙的，你就给他个面子吧。梦梅早就想好怎么回答了，他说，批局那边我已经同意人家了，不好反悔，我先去干几天再说吧。采儿问，没订合同吧？梦梅说，我得向阿为兄学习啊，他不是一诺千金吗？采儿笑了。

梦梅装模作样地真的考虑了三天，越考虑越明白，自己不可能在林阿为身边做事，最主要的理由是没法说出来的：如果在林阿为手下做事，梦梅的行踪就全在郑步沥的掌握之中。梦梅忘不了在汕头的那个情景，当梅州嫂子提议让梦梅去马六甲的时候，郑步沥暗暗踩了她一脚。郑步沥忌讳梦梅去马六甲，这说明了什么？两位溪前祖父的死，是否真的像人们凭空猜想的——和溪后有关？在唐山的时候，梦梅对两位祖父的死倒真的有些得过且过，如今到了暹罗，却大不相同了，梦梅决心在暹罗站稳脚跟后，顺便去马六甲摸摸底。两位祖父当时在马六甲已有番妻和子女，是公开的秘密，如果想办法找到他们的后代，能不能问出一些蛛丝马迹？原先他并不知道马来半岛和中南半岛是连在一起的，从曼谷一直向南，就可以到槟榔屿、马六甲等地，虽然很远，毕竟在同一块陆地上，如果不走一趟，梦梅是说服不了自己的。另外，他真的喜欢做一个写批先生，听寄批人描述完自己的心事和牵挂，当场用简明扼要的书面语写出来，其中的快感令他心醉神迷，他真的愿意一辈子只干这一件事情。而第三个理由，是刚刚才出现的，林阿为有那么一个漂亮的老婆，身上散发着一种让人心神不宁的气味，所以最好还是离她远一点。祖地、女人和诗，这三样东西应该是梦梅此行的三大忌讳，最好敬而远之，最好不触碰、不招惹，出发前梦梅就想清楚了。

第四天梦梅就来万昌上班了。

梦梅的平安批是隔了两天才寄出去的。

信是写好后又重写的：

祖母大人懿鉴：

敬禀者，梦梅自本月初六日凌晨自家起程，到汕头顺访步沥，了解仰衡在上海情形，睹仰衡来信，知一切安好。步沥替我办妥过番证件，并买了火船头等舱船票，于初七日中午离岸南来，蒙祖母大人和父母大人福庇，一路顺吉，水陆平安，至二十一日如期登陆曼谷，携步沥函，先在其熟人林阿为处落脚，继于万昌批局谋得一职。幸有所长，专事写批，月薪八十元港币，食宿均在批局，不另收费。因手头显宽余，故寄港币二十元，抹父亲大人五元，祈为茶宜之用，抹母亲大人，二娘、三娘大人，荆妻、吾嫂、乃铿女儿各一元，以慰远念，余者望祖母大人用于饮食调摄，及家用祭祀等等。另，待稍有闲

暇，定当多方打听揭阳姑之下落，尽早奉告。余容另叙，顺颂
金安！

梦梅　叩首

丙辰九月廿六日

信上原本打算要写另一个内容：曼谷距离马六甲不算远，可以
乘船，也可以由陆路直接南下，进入马来半岛，等我在曼谷站稳脚
跟后，再去马六甲一带看一看，争取找到两位祖父当年留在番畔的
后代，了解两位祖父的死因……终究没写，是因为担心乃铿会偷偷
转告给溪后，乃铿毕竟是溪后的亲生女儿……写信还得藏着掖着，
真正想说的话却不能说，这让梦梅心里觉得十分别扭。

4

在万昌，梦梅过的是好日子，忙时写批，闲时喝茶聊天，下班
后在唐人街散散步，理理发，吃吃潮汕蚝烙，喝喝猪血汤，进妈祖
庙、伯公庙上个香，找戏园看看潮戏。如果忘掉溪前溪后的那笔糊
涂账，忘掉东山再起的狗屁使命，忘掉九十岁还不敢死的阿嬷，还
有失去联系的揭阳姑，没圆房就已守寡的嫂子，店市街头的那个橄
榄担，忘掉乘船南下之前的所有记忆，满足于眼下的日子，就真是
完美极了。

没出一月，梦梅便大体知道了暹罗侨批业的现状，尤其是万昌
批局的经营状况。万昌批银的投递范围遍及潮、梅各地，生意一年

比一年好，平均每月接收批信三千多件、批款数十万元。批局由宋万昌本人创立于清光绪二十八年（1902）。暹罗第一家银信局是清咸丰十一年（1861）创办的，名叫万成顺银信局，距离万昌批局的创立已经整整四十一年了。到目下为止，仅仅在曼谷，至少已有三十家银信局，其中一半在潮汕各地设有同名分号。这说明侨批业经过数十年的发展，组织化、规范化程度大大提高，已经成为一个对某个地区的社会、经济和文化形态足以构成重要影响的新行业。由最初的单一水客出生入死、南下北上，随身携带批信和银两的方式，渐渐被批局的规模化经营所取代。第一个水客的出现很可能和潮汕人南下谋生的历史一样久远，明代，唐代，甚至更远。第一个水客，一定是一伙同伴中最先回唐山的那一个。更多的人暂时无法回去，就请此人顺便带上家书、银钱和物品，逐一送给委托人的家人，为了自证清誉，此人还要请收批人书写收到钱物的证明，这就是后来的回批。当然，最初不过是帮忙而已。后来过番的人越来越多，便有人专门做起了这个营生，走水，便成为一种职业，水客业渐渐走向成熟。走水的人，在水上跑生活的人，四海为家的人，便是水客。有了批局、银信局之后，走单帮的水客实际上仍旧活跃，每一趟南来北往的红头船或洋船上都能看见他们的身影。那些专为一家或多家批局服务的水客成为真正的职业。宋万昌在开批局之前先在日里做过三年猪仔，期满后逃出来，被一个老乡带到暹罗做水客，一做就是十几年。这说明做上十年八年水客，是有可能摇身一变成为批局老板的。这让梦梅很振奋，看到了溪前东山再起的希望，十年后梦梅四十岁，四十岁做老板不算迟。只是要拜托阿嫲大人至少再活十年，还要拜托眼看五十岁的父亲大人逃出溪前魔咒，母亲大人身体健康。

宋万昌做了十几年老板之后，赚钱的渠道已经不仅仅是开批局了，除批局之外还有万昌米行、万昌茶行。这又说明，批局很像一所商业学校，会自然而然把生意扩大到方方面面，开批局的人至少同时开着一家士多店，渐渐就有了银行、洋行、米行、茶行、金银首饰行、丝绸行、瓷器行等等。

批局向寄批人收取的手续费很少，与批局所做的可贵服务和所承担的极大风险远远不相匹配。那么，批局是怎么盈利的呢？

从海外给国内寄钱，往往需要在不同货币之间进行兑换，通常是当地货币折合为港币，汇兑率一般有利于批局，调拨头寸，赚取汇水，是其中一种盈利方式。另外，在火船没有取代木帆船之前，船是靠季风来往的，每年秋天，刮西北风的时候，船借顺风南下，经过一两个月的时间到南洋。而返回唐山的时间差不多要等上半年，第二年春天，当东南风开始刮的时候，再顺风势北上。那时候的一封番批，寄批人从寄批付款到收到回批，最快也要半年周期。由于在时间上没那么紧迫，待零星批款积少成多，渐渐成为大宗款额时，批局就变得像银行了，批局老板会临时成为银行老板，把手头的批款先用起来，转为定期存款或借款，支付利息，赚取利润，利润大于利息。更重要的一种盈利方式则纯粹是借鸡生蛋的商业活动：当开船日期终于迫近，即将运回唐山的番批实际上只是书信部分，银钱部分则通常购买了当地货物，比如暹罗大米、红苏木、槟榔、洋藤、胡椒，在汕头上岸后加价卖掉，收回本金和利润，本金付给侨眷，利润归于批局。再隔上半年，水客们再一次南下的时候，除了携带每一封番批的回批之外，还会顺便采购一些潮汕特产，如潮绣、潮瓷、蔗糖、茶叶等等，运至南洋，售出后，又有一次盈利。经过这样或明或暗几次三番的利滚利，批局的收入就像滚雪球一样越滚越大，渐渐变得十分可观。当然风险也超过了任何别的行业。在海上的漫长旅行，常常会遭遇飓风、海盗、瘟疫等灾难，人财两失的情况实在是家常便饭，但是，侨批业的头号规矩是，无论如何都不能让寄批人和收批人蒙受损失，批款必须如数送达侨眷手中，批局往往不得不以倾家荡产为代价来维护行业信誉。好在火船代替木帆船之后不再受季风约束，来往更频繁，有了内燃机、指南针等先进设备，行船更安全。所以侨批业仍旧是炙手可热的一个行业。

从写批到经营批局——梦梅心里真的有了这样一个热望。只是，他需要先把自己的野心藏起来，认认真真做一个写批先生。

又过了十天左右，梦梅向宋万昌提出了若干条小建议，每一条都很实在很具体，同时也发现，自己毕竟没有白做潮汕人，多少还是有些陶朱公头脑的：

（1）设计登记簿，把寄批人在唐山和番畔的情况详加记录，比如姓名、年龄、生日、来自何县何乡何村、现工作地址、本人收入情况、收批地址、侨眷姓名、家庭情况等等。一式两份，一份由批局留存，一份寄给国内的分号。这样做的好处是，一来便于建档存查，做到心中有数；二来可以减少死批、错批、沉批；三来要求水客和批脚熟记客户的情况，便于提供服务；四来有利于和广大客户建立长久的感情联系，留住人脉。说具体一些，时年八节，请两边的水客、批脚，尤其是番畔这边的，带上一些小礼物，深入村庄、厂矿、种植园、商行，给所有记录在册的寄批人和收批人送上一份温暖。下一次寄批，他们八成还会选择万昌。(2) 可以请企业主和劳工兼做水客，代揽番批，或者付给佣金，或者奉赠礼物。(3) 对于那些暂时没钱的人，可以先垫付，不收利息，还款时限可以是三天、十五天、一个月，甚至在收到回批之后。(4) 借款寄批，可以立字据，也完全可以像林阿为那样，口讲为凭。不能排除个别人也许会赖账，但肯定是极少数，无碍大局，批局却因"口讲为凭"建立了自己重然诺、守信用的良好形象。这是一张人情牌。做生意，口碑很重要，人情牌必须打好，这往往是决定成败的关键。(5) 专门设计一种独属于万昌的批封，即一个较小的白色信封，一张有格子的白色信笺。信封和信笺都由万昌特制，盖上万昌的印戳和漂亮的如意章。每一封批信里都暗藏一个批仔，以备收批人写回批。(6) 每一封番批都要编号，如天001号、地001号，"天"和"地"表示不同的批次，借用《千字文》前几句话的顺序：天地玄黄，宇宙洪荒。日月盈昃，辰宿列张。回批和票根上，也有同一个编号。(7) 可以把批封利用起来，印上广告，要么是关于批局自身的，要么是用来营利的。

　　这些小建议是梦梅用几天时间陆陆续续想起来的，晚上用小楷写在一张信笺上，次日早晨交给宋万昌。宋万昌看完，交给他儿子，说，你看看人家。宋万昌的儿子名叫三多，是宋万昌的次子，带在身边重点栽培，大儿子三余在老家，据说脑子不太灵光。三多用过于缓慢的速度看了梦梅的七条建议，抬起头时，眼神里反而多了一层呆相，好像那页纸上并没有一个字，全是锈，全都水银一样流到三多的脑子里了。宋万昌叹口长气说，我两个儿子加起来，都比不上你一个。梦梅很尴尬，好像做错了事情一样。宋老板的兴趣仍然在儿子三多身上，他盯着憨憨笨笨的三多，自己先笑了，然后转脸对梦梅说，我有时候希望他去吸毒、杀人放火、做革命党、耍流氓，可是，没用，连这些他也做不了。三多把那张纸朝桌上狠狠地一拍，起身走开了。宋万昌等三多的脚步声消失在楼上后，仍然笑着，软绵绵地笑着，说，正是因为这家伙还会生气，我才没有灰心，相信他总有一天会突然变个样子，一个人还会生气，还会拂袖而去，就还有希望，你说是不是？梦梅对这个话题有种莫名的紧张，搜肠刮肚不知道该说什么，但终于想起了一句，咱们潮汕人常说老实终须在，用不着担心。宋万昌脸上的忧虑在沉默中又增加了一层，等了等又说，大儿子三余更不成器，别说生气发火，吃屎都不知臭。梦梅总感到这个话题怪怪的，急忙反过来问了宋万昌一个不相关的问题，老兄好像对革命党并没有好感？宋万昌说，实话实说，我只知道和气生财，这党那党的，我不关心，不过几次起义，我可是没少出钱。梦梅先在心里把问题简化了，比如，喜欢皇帝还是总统？喜欢军阀割据还是民主共和？话到嘴边又忍住了，因为说到底，他本人在政治上终究也是一个糊涂虫。

隔了几天，宋万昌换掉平时常穿的西装，穿一身灰色长衫，戴一顶西式软呢帽，说要带梦梅去看一个"好地方"，到了才知道是一处潮汕人公墓，听说过，名叫义山亭。宋万昌直接进了大门，梦梅则留在门外久久琢磨门口两侧的长对联：渡过黑水，吃过苦水，满怀心事付流水；想做座山，无归唐山，终老骨头归义山。进门后，先是很讲究的大花圃，花事热烈，枝叶葳蕤，生机盎然的样子似乎远胜于外面的世界。宋万昌熟门熟路，回头朝梦梅一挥手，径直走向右侧的最深处。

没多久就看见满眼是矮矮的山包，起伏的山包上全是大大小小的坟包，一个挤一个，有些立着墓碑，有些只是一堆简朴的荒丘。大日头在上，竟觉得好冷。坟包边上有一条路，走了几百米，看见一大片房屋，除了潮汕常见的四点金、下山虎，还有西式别墅，虽然小了好几倍，但形制宛然，有模有样，足以乱真，有破旧不堪的，也有修缮一新的。一家一家离得很近，相互之间用一些松树或别的树隔开，风从看不见的山沟里吹过来，所有的树叶都向他们拍起了细碎的巴掌。一座一看就知道没少下血本的别墅门上挂着匾，比常见的匾小一圈，"汾阳佳城"四个大字却是地道的绝无敷衍的篆书，大老远就看得清，笔力不弱，结体不俗。别墅的红砖外墙明显被风化了，墙皮全部脱落，门窗半开半合。宋万昌只是走路，始终不回头，也不说话，领着梦梅从类似乡间小巷的窄路上拐来拐去，直接走向气象超群的汾阳佳城。厚重的木门上结着一张大大的蜘蛛网，中间挂着一只大肚子蜘蛛，静悄悄的，修成正果、功德圆满的样子。吱呀一声，宋万昌推门进去了，惊起一群红嘴黑翅的大野鸟。梦梅早就觉得浑身发冷，心跳怦怦，此时更是吓了个半死，几乎叫出声来。宋万昌也有点紧张，全身抖了一下，退后半步，停顿片刻，再放慢脚步踩着半人高的杂草走进去。梦梅只好硬着头皮紧紧跟在后面，走进别墅。里面还算宽敞，明明亮亮，但阴气很重，没有任何家具和饰物，没有丝毫生活的痕迹，破旧的窗帘在风中飘来飘去，发出吓人的声音。整个大厅内只有一样东西，一口硕大的棺材，停在大厅中央，悬空担在木架上。与别墅的墙体和门窗不同，棺材是半新的，油漆并非很旧，木头也完好无损。

宋万昌回头问，看懂了吧？

梦梅神情肃穆，心里明白，但摇了摇头。

宋万昌说，热带硬木，不怕虫蛀，能放好几百年。

梦梅明知故问，里面，有人吗？

宋万昌说，当然有啊，墓主应该姓郭，汾阳王郭子仪的后代。

梦梅问，怎么就不入土为安呢？

宋万昌说，临时寄放，以便将来移葬。

梦梅问，移葬？移到哪儿？

宋万昌快快看一眼梦梅，反问，还能是哪儿？

所有的答案梦梅心里都是一清二楚，不过等宋万昌一一说出时，他还是全身麻酥酥的，微微有点恶心，甚至还生出些厌世感，最后这一句反问，更是令他吃惊不小，打了个哆嗦。

宋万昌说，树高千丈，叶落归根啊。

梦梅听出宋万昌声调酸苦，而自己只觉得阴森可怕。

宋万昌点上雪茄，眼睛明显变得又红又湿，几乎要号啕大哭了。

梦梅问，油漆怎么还是半新的？

宋万昌用微弱的哭腔说，我估计每年都要漆一遍的。

梦梅故意问，这方向——也有讲究吧？

宋万昌指了指棺木较高的一侧，说，当然有讲究，那是北边，唐山的方向。

梦梅注视着棺木较高的那边，并尽可能看向更远处。

宋万昌说，唉，这就是咱们番客的命。

梦梅看一眼宋万昌的半头白发，觉得他突然老了十岁，真的是番客了，番客这个词说的就是此时此刻的宋万昌，虽然穿着中式长衫，却是地地道道的番客，老番客，平生只剩下一件事情可做：回唐山去。这个念头的另一层意思是，不以为自己是番客，自己好像还在潮汕，并没有离开家乡半步。

宋万昌说，我十六岁下南洋，转眼就成白头翁了。

梦梅说，你精神、身体都还很好。

宋万昌说，只要人在就是万幸，很多人死不见尸。

梦梅想起了自己的揭阳姑。

宋万昌说，你那揭阳姑也不用找了，如果还活着，不可能没有音信的。

梦梅心想，哪怕装样子也得找找，给望枝嫂子有个交代。

宋万昌说，我阿公也是活不见人，死不见尸。

梦梅觉得后背凉透了，说，咱们回吧。

宋万昌缓缓掐灭雪茄，低声说，来，鞠个躬。

两人先并排站好，向棺材鞠躬，尽可能郑重，连续鞠了三下。离开汾阳佳城，再看那些刚才没有怎么重视的简陋的小坟包，虽然各安其位，沉静有余，却有一种鸟一样悬在空中的味道。一群悬在空中的鸟。把义山亭内的神公庙、礼堂、牌楼等看过一遍，所有需要上香的地方还上了香，这么一圈下来，肚子也饿了，宋万昌带上梦梅去附近的潮菜馆吃饭。一进门，满眼都是蹲在长长的板凳上，捧着相同的大碗吃粿条汤的食客，一半光着脚，一半穿着木屐，吃相放任，但又暗含克制，和在潮汕所见毫无二致，每一个人都像另一个自己，而自己倒像是假人了。梦梅心想，吃一碗粿条汤再好不过了，但宋万昌执意拉他上了二楼。

咱们喝两杯吧，宋万昌说。

梦梅突然也想喝两杯了，舔了舔嘴唇。

就着几个潮汕小菜，喝了几口酒，宋万昌老话重提，又说起了自己的两个儿子，用托孤一般的口吻说，我的两个儿子都不成器啊，没一个可堪大任的。梦梅心里开始紧张，好像接下来宋万昌会一口把他吃进肚里。宋万昌又喝下去一大口酒，说，不瞒你说，最近我试探过你好几次，事实证明，你是一个难得的人才。梦梅睁大眼睛看着宋万昌，想知道他是怎么试探自己的。宋万昌喝一口酒，说，一次我把衣服故意忘在你房间，衣服里有钱包，第二天取回衣服，发现一分钱都没少，钱包连动都没动过。梦梅一脸惊讶，双眼突然睁大，额头有一堆抬头纹。宋万昌说，得罪得罪，我是先小人后君子。梦梅酒量一般，五六杯下去，已经有些天旋地转了。你不应该那样试探我。梦梅心里很不高兴，但语气还算柔和。宋万昌说，我也是万不得已，咱们这些做番批的人，什么都可以没有，唯独不能没有人品呀，你说，不试试怎么知道呢。梦梅眨了眨眼睛，主动喝了一大口酒，有一点认同并自罚的意思。宋万昌笑了笑，又说，不瞒你说，你的生辰八字，我也找人看过了。梦梅头皮猝然一紧，直喘粗气。宋万昌说，长话短说，如果不嫌弃，做我的义子吧。梦梅早就想起了这两个字：义子。在潮汕，义父义子和结拜弟兄一样普遍，几乎每个孩子都有一个义父，多一个父亲就多了一份疼爱和关切，多了一把保护伞，可以是名义上的，也可以更名换姓，成为事实上的儿子。做义子不像入赘那样广受歧视，全无世故之虞。义子和嫡子往往毫无区别，一旦收为义子，"义"字便成为多余，有时义子完全和嫡子一样享受荣誉、继承财产，甚至比嫡子还要有地位。但是，梦梅也想起了另外两个字：溪前。自己是溪前目下仅剩的儿子，做义子可以，但断断不能改姓。我不要求你改姓，宋万昌说。梦梅心里大惊，说不出半句话来。我不缺儿子，我缺的是一个能管事能持家的人，宋万昌紧盯着梦梅的眼睛，大声说。梦梅只好说，宋老板，你恐怕太高看我了。宋万昌语气坚定地说，不，我相信我的眼睛，我绝不会看错人的。梦梅一时说不清自己心里到底怎么想的，只知道从礼节上说，当然不能痛快接受，只好勉强开口，无功不受禄，我初来乍到，一事无成。宋万昌马上说，我想好了，我打算把暹罗和汕头的产业分成三份，你占六开，三余、三多各两开，至于我，每月有一份批银就可以。梦梅说，不，这个礼物实在太大了。宋万昌说，不是礼物。梦梅看着宋万昌，极度不安。宋万昌说，如果是礼物，有更合适的人，我十六岁开始做苦力，然后又做了十几年水客，九死一生，好不容易才有了这家批局，怎么可能随便当礼物送人呢？梦梅没点头也没摇头，但心里真的有了羞愧。宋万昌给自己和梦梅各添了酒，邀梦梅碰了杯，仰头喝干后才说，你不必多虑，这是最好的安排，一举三得：第一，保证万昌批局能延续下去；第二，两个犬子跟着你有福可享；第三，我回潮汕养老，每月有一份固定收入。梦梅变得有些冷静了，实心实意地说，还是再放放，从长计议。宋万昌神情悲戚，眼神发直，久久地盯着梦梅的眼睛。你在担心我的两个儿子吧？宋万昌问。梦梅慌忙说，不，倒不是。宋万昌说，两个儿子，我会想办法说服他们的。梦梅说，我有别的担心。宋万昌生气地问，你担心什么？梦梅低下头久久不说话，宋万昌再三问，梦梅才说，说实话，我担心生死有命，寿限无多，辜负了先生的重托。宋万昌一听笑了，说，别忘了，我找人看过你的生辰八字。梦梅打了个哆嗦，瞪大眼睛等宋万昌说下去。宋万昌却不说了，只说，吉人自有天相。梦梅说，人啊，谁都不敢说，过了今天，还有明天。宋万昌连续"呸"了好几声，说，勿散咂，勿散咂。梦梅不再追问生辰八字的事，是因为橄榄担的影子在眼前晃来晃去，心很虚，不敢多问，不过，"吉人自有天相"这几个字已经够让他开心几天了。

当晚梦梅一夜没睡着，把所有的事情翻来覆去想了又想：两位客死他乡的祖父，九十高龄的声称不敢死的阿嬷，哥哥郑复生，嫂子望枝，甚至女儿乃铿。乃铿十四岁了，翻过年就该出花园了，出了花园就得说媒嫁人。一份拿得出手的嫁妆，是必不可少的。乃铿如果是梦梅的亲生女儿，倒也不要紧，可人家是溪后的骨肉，可以想象，到时候多少人会等着看笑话。前不久溪后刚刚嫁过一个女儿，嫁妆是"全厅面"，首先是金银首饰、梳妆台、眠床、皮箱，其次是厅堂、卧室、灶间甚至厕所所需要的一切家当，圆桌、鼓椅、成双的交椅、碗桶、脚桶、马桶等等，还有一个从小养大的丫鬟。所有这些嫁妆，仅仅是凑够数量倒也罢了，关键是，每一样东西，其贵贱又有天壤之别。就算是一份大打折扣的嫁妆，对如今的溪前来说，都要砸锅卖铁。但是，只要同意做宋万昌的义子，问题就变得简单了。

前半夜是一个想法，后半夜又是一个想法。一阵很坚定，一阵又很犹豫。两种想法像两个势不两立的敌人，一阵你赢了，一阵他赢了，到最后梦梅的身体似乎仅仅是战场，被两个敌人的四只脚踩得稀巴烂。

后半夜，梦梅听到了椰胡的声音，从梦中惊醒，仔细听又不是椰胡的声音，是不熟悉的一种声音，心里就陡然冒出几句话来：

异邦之音

徒令人悲

魂如有失

行何以之

梦梅干脆不睡了，轻声下楼，走出批局。走在月光下的三聘街上，左看右看，看见的都是唐山建筑和汉字招牌，闻见的都是潮汕滋味，路上碰见好几只野猫，他试着用潮汕话和它们对话，它们仿佛听得懂。"唯一的办法是远离祖地，否则不是短命就是残废。"他想起了橄榄担的忠告，可是他顽固地认为，他并没有离开祖地。自从那天上了岸，直到今天，都没有体会到"远离祖地"的感觉。有时候甚至觉得，暹罗比祖地更像祖地，暹罗甚至是双倍的祖地。他离开三聘街，一直向前走，心里痒痒的，后来发现了一块农田，很空旷，农田外面又是城市，于是他明白了自己到底想干什么，心里为什么发痒。

他站稳，双手护嘴，向远方吼了起来。

5

嫂子望枝交给梦梅的那页纸是半残的批封，没信，也没封底，右上角残缺。残缺的部分是批局或水客的印章，盖在批封的右上角，印章的文字应该是批局或者水客的名号和门牌号，倒是还剩下两个字：暹京。汇款人只有姓没有名，"外付龙银一十五元查收"，这些字的下方只有四个字：赵由暹寄。"赵"字较大，"由"字较小，"暹"字也较大，"寄"字最大，占了两个字的位置。收批人是"赵应时我儿"，收批人地址还算详细：揭邑西门外草衙门。

赵应时正是梦梅的姑丈。姑丈和姑母生下望枝嫂子没多久就下南洋了，算起来已经超过三十年了。万昌的水客和职员把这页残封传来传去，有的一看就摇头，说很难很难，有的却说不难不难。难的理由是，三十几年了，物是人非，变化太大；不难的理由是，收批人的地址其实比寄批人的地址更管用，因为潮汕人在番畔通常以血缘、姓氏或籍贯为纽带，抱团生活，大分散，小集中，关系可能比在唐山时更为紧密，顺藤摸瓜，一定不难找到。另外，三十年前的批局并不多，就那么几家，如果当年的老批脚和老水客还在，就算没有书面记录，有人或许还有些印象。批脚和水客的看家本领除了认路，便是记人，熟记寄批人的姓名、住址和收批人的状况。

万昌的十几个水客和别处的水客多有联系，都答应给梦梅帮忙。几天后果然有了线索，一位年逾古稀的老水客给了个地址：

沙拉武里草衙门

沙拉武里离曼谷二百里路，老水客十分肯定地说，那里有一个村子，也叫草衙门，村里都是赵姓华人，而且都是一祖之后。

刚好年近节到，正是番客们集中寄"新年批"的阶段，也是各家批局生意最好的时节。每逢过年，家家户户免不了要大量花钱，年关到来之前偿还一年中积攒的旧债，裁制新衣，购买茶果酒馔等年货，过年期间燃烛焚香、人情往来、过从道喜、延请戏班，诸如此类，是一年中最要命的一笔开支，与亲情维系、脸面维持息息相关。除此之外还有压岁钱和红包，长辈、晚辈、佣工、下人、亲戚、邻居、朋友，相互祝福道喜，不能只凭一张嘴，一人一个红包是少不了的。潮汕向来人多地少，女人、孩子留在家里守土种地，照顾老人，祭神念佛，男人几乎都下了南洋，一个村子里，至少半数家庭长期依赖批款生活。银溪村则更多，没有批款就要断顿停灶的人口，恐怕有七八成。梦梅还记得，每年的年尾，银溪村的村民几乎什么都不干，天天引颈而望，只等批脚用尖嗓子吆喝着进村，有些还会直接去批局打问。是否收到了印制喜庆、批水丰盈的新年批，会把银溪村突然变成两个世界：热乎乎的一个世界，冷冰冰的一个世界。梦梅记得，自己家从来没收到过新年批。阿嬷每月都能收到一份批银，腊月的一份数额更大，但不是新年批。阿嬷的批银是溪后的公司寄的，往往只有钱数，并没有只言片语，是公事公办的味道，甚至是施舍的味道。以阿嬷这样的年龄，同龄人大多不在了，溪后的海外后人对她应该没什么记忆，只知道是一位老寿星、老前辈，只要还有一口气，逐月寄给一百两银子，已算仁至义尽。而新年批是一个具体的有名有姓的亲人寄来的，儿子、父亲、哥哥、弟弟等等，是特制的批封，图案喜庆，除了银，还有信，信比平常更长，更唠叨，更面面俱到，更动感情，有尽可能齐全的问候，有尽可能细致的只嫌少不嫌多的体恤，含着那个人的体温，带着那个人的笑容。

近来万昌的十几个水客已经各显其能，四处去揽收新年批。梦梅也以水客的名义出门了，他的方向是一百公里外的沙拉武里草衙门。

梦梅骑着一辆自行车，头戴斗笠，肩上斜挎批袋，腰上系着水布，后座上夹着长杆雨伞，是水客和批脚的标准行头。这样的行头之所以必要，不可或缺，有一个重要意图，明确告诉别人：我是水客或批脚，不要打我的歪主意。在潮汕，神仙和水客，都是没人敢轻慢的，敬神的钱物、庙里的供品、水客和批脚身上的银两，连最没德行的盗匪都不生妄想。偶有所犯，一旦被抓住，量刑极重，轻则坐牢，重则掉脑袋，就算轻饶，也会被唾沫星子淹死。而在番畔，尤其在暹罗、石叻、马来这些满地华人的地方，洋水客们同样受到尊敬和保护，情形如一。

这一路，梦梅走走停停，很难加快速度。除了收批写批，见了寺庙，总要进去拜一拜。暹罗的寺庙比潮汕还要多，既然供奉着同一个佛祖，心里自然觉得亲切，进去上上香磕磕头是必不可少的。但水客这身行头，似乎显得有些随意，前几次发现不那么受欢迎，不明白什么原因，后来看到寺庙里有租衣服的服务，本地人也会租衣服租鞋，换掉原来的短裤、背心或拖鞋，梦梅才明白，自己的行头可能有问题。果然，租了衣服进去后，就不再有冷眼了。每次遇到邮局，梦梅也会进去给自己寄一封信和一张明信片，信封和明信片是在曼谷就买好的，在当地贴上邮票寄出去就可以了。收信地址是曼谷石龙军路万昌批局，收信人是郑梦梅。另外还准备了一本册页，每到一个邮局就盖一个戳。这是他平生第一次有意识地收集邮戳。并不是向什么人学来的，纯粹是突发奇想，满足对邮票和邮戳的偏爱。第四天才到大城府，在大城府多待了两天，看了著名的佛影壁和佛祖的右脚印。一面石墙上站着一个人，像是从石墙深处刚走出来，外面的风吹起衣角，看上去真的像佛陀，据说越心诚看得越真切，梦梅觉得自己可能是最心诚的，因为那股风同样吹在了自己脸上，自己和佛陀在一瞬间，竟有了神奇的一致性，然后仿佛就开悟了，再看周围的一切，包括看自己，都和原来不同。佛祖的右脚印是从别处的一块石头上拓下来的，完全像真人的脚印，有点肥胖，细皮嫩肉，五个脚趾像五只幼鸟一样紧挨在一起，很孩子气，天真极了。从一只脚印认识佛祖似乎比通过背诵经文更方便，他想。

第八天才到了沙拉武里。梦梅身上的银子已经令他出脚迈步都有些吃力了。刚刚到沙拉武里，就在路上巧遇了另一个水客，陆丰人，名叫阿祥，是大城一家批局的水客，梦梅向他打听"草衙门"，他一听就知道，说，在草溪县，我去过。阿祥还说，共有三个草衙门，唐山的莆田和潮州，暹罗的草溪各有一个草衙门，草衙门不是衙门，是村子，三处的人都姓赵。据说，早在明朝万历年间，一个男人带着老婆孩子从莆田的草衙门出发，南下到了潮州，在揭邑定居下来，没有另起村名，还叫草衙门。这个男人的小老婆当时没有同行，因为她有孕在身。等儿子长到三四岁的时候，小老婆带着儿子南下找到潮州，却无论如何也找不到自己的男人，后来只好下南洋，在沙拉武里的草溪居住下来，儿子长大后娶妻生子，渐渐也繁衍成一个村子，名字还叫草衙门。一直过了二三百年，一个揭邑草衙门的人和一个草溪草衙门的人偶然相遇，说来说去，竟是同一家人。揭邑草衙门的始祖和草溪草衙门的始祖是父子关系，和各自村里的一些传说高度吻合，离开莆田的时间也对得上。区别只是草溪草衙门一直生活在明代，除了万历皇帝不知道后来的任何皇帝，男人也从来不留辫子。

别去草衙门，阿祥说。

为什么？梦梅问。

草衙门人在唐山没亲戚，从来不寄批，阿祥说。

梦梅很失望，也有些不相信。

真的，不骗你，阿祥说。

梦梅说，不要紧，我不是为了收批，我要打听一个人。

阿祥问，打听什么人？

梦梅把姑丈姑母的情况讲给阿祥。

阿祥说，三个草衙门之间只是互相知道，没有来往。

梦梅说，还是去看看吧。

阿祥便带着梦梅直接去了草衙门。

村口有寨门，门顶上的三个汉字楷书正是"草衙门"。然后朝村里走，左边是很大的水塘，右边是排列整齐的院落。接近村中央，最先看见的是一座中等规模的祠堂，门上挂着"天水旧家"的匾。大致看上去，和潮汕一带的家祠相似，门上有匾，匾的内容总是郡望，少有例外。这个习惯应该和迁徙紧密相关。越是走向远方的人，对"根"越是敏感，越要记住自己"来自何方"。潮汕的黄姓人一定要挂"江夏旧家"的匾，而湖北黄氏则没必要。潮汕的郑姓人一定要挂"荥阳世家"的匾，而河南郑氏肯定用不着。天水旧家，在潮州八邑的村庄里偶有所见，据说，赵、杨、梁、庄、纪、秦、宫、姬等姓氏一般来自甘肃天水。无论甘肃、陕西、河南，还是湖南、湖北、山东，潮汕百姓统统称之为"中原"。

祠堂门内坐着几位男性老者，地上铺着大大的草席，他们全都席地而坐，都是屈膝侧坐的姿势，面前也没有潮州那边必不可少的茶具。我们是唐山来的，阿祥向他们先作了揖，再说。梦梅已经知道，作揖是暹罗最重要的礼节。老人们看上去也像暹罗老人，又说不清哪里像。不过，梦梅禁不住想起了佛祖的脚印。唐山哪儿？一位豁牙的老人问。潮州草衙门，梦梅抢先说。说话的那位老人露出豁牙老人特有的憨厚笑容，说，我猜着了。梦梅问，有没有潮州那边的人住在这儿？那位老人摇头说，没有。梦梅蹲下来问，没有潮州人在这儿落户吗？老人摇头说，没有没有。这个老人证实了阿祥事先的介绍，草衙门人早就入了暹罗籍，但所有男丁都必须学习汉语、会说中国话，每个人都有两个名字，一个暹罗名字，一个以赵为姓氏的中国名字。

梦梅和阿祥进祠堂里草草看了两眼。

正厅两侧有一副门联，联语浅近，但很有趣，书法也是中上水平：暹罗新岁月，天水旧门庭。梦梅心里微微一亮，立即也凑出一联，有信心压过对方：

衙门无草犹睹秦衣服
暹罗有人未改汉威仪

梦梅把这副联小声讲给阿祥，阿祥用力竖起大拇指，说，写下来留给他们。梦梅正在得意中，便从批袋里找出纸笔，把自己的联写下来留在桌上。

之后两人又去村子里转了转，接连看见北帝庙、天后宫、关帝庙、伯公庙，又看见金光灿灿的暹罗式尖顶寺庙。唯独没有三山国王庙。三山指潮州那边的明山、巾山、独山，三山国王是潮汕地区特有的民间信仰，可见，草溪草衙门的确不是来自潮汕，但的确来自唐山。北帝被称作神头佛尾，神和佛原来是有区别的，佛祖为先，其次才是神，北帝是佛之尾，神之首。梦梅和阿祥在每一间庙里烧了香磕了头，途中试着和村民们说唐山话，有人能听懂，更多的人听不懂。见到的人多了，渐渐明白眼前的这些唐人，有完全不同的眼风，与世无争，了无炎凉态。"了无炎凉态"是梦梅一路上想说又说不出的感受，此刻竟然脱口而出。

和阿祥互换地址，挥手作别后，梦梅顺原路返回曼谷。回去的路上，梦梅对是否接手批局的事情突然有了更加清晰的认识。可以肯定，宋万昌是值得信赖的，他回家养老心切，不可阻挡，担心辛辛苦苦打下的家业，尤其是批局，毁于两个儿子之手，也是事出有因，值得尊重；愿意把百分之六十的产业交给梦梅是为了防患于未然，让梦梅在他离开之后足以掌控局面，不至于被两个儿子架空。但是，梦梅自己的确也不能干指头蘸盐，否则他会心有不安。再说，橄榄担的忠告，的确不能忽视。

梦梅在天地间听到了自己的声音：必须和宋万昌再深谈一次！无论如何，不能要！

回到曼谷的第三天，梦梅给家里寄了新年批：

祖母大人懿鉴：

　　敬禀者，上月初七日收到祖母大人亲笔回批，再三捧读，不忍释手，祖母大人字字娟秀，真力弥满，梦梅想起了小时候祖母手把手教我写字的情景，惭愧梦梅当时总是贪玩，喜欢下水摸鱼，上树捉蝉，有时明明听见了祖母的呼唤，阿佛阿佛的声音全村人都听见了，就我假装没听见。祖母常说，我家阿佛从来不在地上走，不在水里，就在树上。这些话，梦梅在暹罗想起来才觉真切，常常泪下如雨。还记得，一次祖母用树枝打我，是真打，不是假打，身上留下了好几条血印。惹得祖母和母亲相互疏远，好几天不说话。我也怀恨在心，把祖母打我的树枝保存下来，打算以后报仇。祖母打我的原因，今日还历历在目：有人在韩江里划着小舢板打鱼，我偷偷从水底下游过去，掀翻舢板，然后顺着水流逃走，差点被河底的暗流吸住，再也回不到水面。舢板上的人来家里告状，祖母一听，便开始当着那人的面狠狠打我，望枝嫂子为了护我，也挨了打。俟家中没有外人的时候，祖母问，知道我为什么打你吗？我点头说，知道。祖母说，知道个屁。后来母亲生气，祖母才说了真话，祖母对母亲说，我是怕阿佛淹死，溪前又少一个男丁。我躲在被窝里听明白了，但心里仍然怨恨祖母。今天想起，真的后悔难当。又有一次，有人把一块龙银丢进水塘，让几个孥仔下水捞，谁捞上归谁。其他孥仔都没捞上来，我问，我如果捞上来，能不能再奖我一个龙银？那人同意了。结果我不费吹灰之力就把龙银捞上来了。我跑回家把两个龙银交给祖母，想不到祖母马上出门找到那个人，把人家骂了个狗血喷头，于我却不见丝毫怼色，未曾有一句重话，只是长吁短叹，说，溪前的一条人命才值两块龙银，看样子溪前真的今不如昔了。祖母心里的哀伤，当时我虽有些体会，总归后知后觉，麻木不仁，常常厌烦祖母动辄溪前溪后，没完没了。又记得有一次，祖母给全家老少训话，历数前辈风流，感叹今则堕入风尘，激励溪前儿女知耻后勇、奋发图强，有"流火可以铄金，移山不可夺志"之言。我和吾兄并排坐于墙边，吾兄蔼蔼，我独惴惴，只盼祖母言简意赅，好出去呼朋引类，结伴玩耍，不知不觉竟把身旁的米袋子撕破了，暹米一冲而出，俄顷之间，满地皆白，我料必将挨一顿痛打，涟洏以哭，全家人亦手足无措，祖母则不以为忤，视之莞尔。以上种种，靡靡自述，不嫌冗杂，实因梦梅远在番畔，旅怀跌宕，又近年关，归心乍起，频忆儿时顽钝情状，一夕数惊，始知不肖。

梦梅在暹倏忽已过两月，宋万昌先生对我器重有加，虽云初至，每多礼遇，本月薪资倍于上月，年终红利，我得其半，盖因梦梅谨记庭训，勤勤恳恳，刻苦努力，写批之外，黎明即起，洒扫庭除，去瑕净垢，无一息之或懈，且多有建白于批局事务，均获采纳。宋先生年近花甲，心系唐山，急欲归里养老，故不计亲疏，邀我全权主持批局事务，赠我以六成股份，其子二人各占其二，我权衡再三，终觉不妥。嗜义之重，有甚于金玉之欲，溪前之痛或由此而来，遗训殷殷，然置身旋涡，辄在彼非此，实难动摇。况事有不可为而为者，又有可为而不为者，如若非分，兼之有愧，则不可为，故已婉拒矣。

揭阳姑之下落，已请批局水客四处探寻，后得一线索，言曼谷以北一百公里处之沙拉武里府，有一村庄，与揭阳草衙门同名同姓。梦梅即刻前往，一路兼揽批信，见庙即拜，每问之事，知十合一，唯求祖母大人寿比南山者也。第八日遇我乡一水客，带我觅见此间之草衙门，方知两处赵氏同出福建莆田，一父一子，其父先到揭邑，其子后至，觅而不得，遂下南洋，二三百年后两位赵氏后人意外相遇，各述来历，始知同祖。奈何北驰万里，南下千山，白云苍狗，亲不敌远，双方鲜有往来，暹罗草衙门无一户一人出自揭邑。

噫嘻，潮人自古为生计所迫，远涉重洋，四海谋生，运厄汪洋者常十之三四，上岸后，累死饿死病死者又有十之二三，何处鸿断鱼沉？几人衣锦还乡？呜呼哀哉，祈嫂子闻此无恙，以宽远忧，幸甚幸甚！

春风瑞气，麟趾呈祥，特寄港币三百元，用于整肃衣冠、拜祭神佛，抹出若干以为家人腰金，详者如下：

祖母：六十元

父亲：四十元

母亲：二十元

二娘：二十元

三娘：二十元

嫂子：十元

荆妻：十元

乃铿：五元

乃清：三元

乃聿：三元

乃静：三元

乃君：三元

乃诚：三元

月英：三元

余容另叙，顺颂

金安！

愚孙　梦梅

丙辰腊月初七日

写完这封长信，身为写批先生的梦梅长嘘一口气，旋即有些不安，平时替寄批人写批，是断断不能写这么长的。原因之一是，大部分寄批人不识字，寄批人如果多，排成长队，为了节省时间，就得尽可能少说些话。还有更重要的一个原因：暹罗邮政机构成立之前，由银信局或水客收揽的批信和银钱，总是直接上船，像运载货物一样自由往来，那时倒可以不那么在乎批封和信纸的厚薄、家信的长短。但是，自1883年始，和世界上很多国家一样，暹罗有了邮政电报业务，并加入"万国邮政联盟"，所有批信都需要通过当地的邮政监管。潮帮批信一方面变得不那么自由了，一方面又获得了一定优待——批信不必逐一检查，无须每封信都贴邮票，而是装成总包之后，通过称重，按总包的重量贴邮票。所以，批局制作的批封总是尽可能小，信纸总是尽可能薄。写批先生的基本素养，则是长话短说，言简意赅。梦梅从小就不明白，家里收到的批信，相当一部分为什么总是又小又薄？有些信纸薄得像烟，拿在手上生怕烟一样随风而逝。这个谜也是近来才解开的。

6

腊月十五是新年批截止的日子。

梦梅回到批局后，连续几天寄批的人都踏破了门槛，几个水客临时抽过来写批，仍然难以应付，字好字坏已经没人在乎了。

腊月十二这天的下午，梦梅写完上一个批，正准备上趟厕所，一抬头，看见一张熟悉的脸，还是洋人的脸，心里不禁一惊。

乔治，你来干什么？梦梅问。

乔治不回答，问，你怎么在这儿？你不是在碾米厂吗？

梦梅说，我换地方了。

乔治说，太好了，快帮我写个新年批。

梦梅问，你给谁寄新年批？

乔治鬼鬼地一笑，说，给我的老婆孩子呀。

梦梅一脸疑问，乔治笑一笑，说，没办法，入乡随俗，我老婆是你的老乡。

梦梅不信，认为乔治在开玩笑。

排队的人开始嗷嗷起哄。

梦梅只好坐下来，拾起毛笔，问，你自己不是会写字吗？

乔治挤着眼睛说，我的字不好，你帮我吧。

梦梅说，好吧好吧，你说，怎么写？

乔治神情有点严肃了，甚至有一点腼腆，注视着梦梅，小声说，亲爱的阿桃——我的中国天使，姓桃，我叫她阿桃，很漂亮，从小在海边长大，皮肤黑黑的，像一朵迷人的黑玫瑰，有时我就叫她黑玫瑰。我们有两个孩子，大的是女儿，名叫安娜，长得像阿桃，是个小美人，小的是儿子，叫阿瑟，长得像我，性格也像我，很淘气，像个小乞食，你不知道小家伙有多可爱。总之，告诉他们，我非常想念他们，经常梦见他们。我计划过完年再去各处走一走，大概还需要半年时间才能回潮州。我家在府城，和汕头埠的嘈杂相比，我更喜欢府城的安静和文雅，我认为潮州——我说的是府城——是全世界最有古风的地方。闲话少说，马上要过大年了，寄一封新年批，向他致以节日的问候，祝他们新年大吉，万事如意。另外——当然要寄一点钱回去，寄去六百元港币，应该是双数对不对？抹出一百给岳父大人，再抹出一百给岳母大人，安娜和阿瑟，各抹五十，再抹五十给我们的书童阿全，剩下的就由黑玫瑰自由支配，最后再说一遍，我爱他们。

梦梅边听边写，笔笔生风。

乔治说，落款我自己写。

梦梅把写好的信交给乔治，乔治看完，竖起大拇指，说，胜过颜真卿。

宋万昌凑过来看热闹，说，不是颜体，是米体。

乔治问，什么是米体？

宋万昌说，米，是米南宫。

乔治半真诚半顽皮地摇头说，对不起，我只知有盐，不知有米。

笑声中，乔治用毛笔十分认真地签上了自己的名字，的确不怎么样，蚕头鼠尾。

乔治直接支付了港币。

乔治问宋万昌，我可以帮忙写批吗？

宋万昌不辨真假，看一眼排队的人，说，这得问他们。

一伙人齐声喊，可以，可以！

乔治大声问大家，可以用横行字写批吗？

显然，没人知道什么是"横行字"。

乔治故意拉长了脸说，你们中国人把英文叫横行字，横行霸道的意思。

大家听懂了，所以有些尴尬。

乔治趁机笑着说，我走喽，我走喽。

隔了一天乔治又来了，代表陈光远来请郑梦梅和宋万昌去陈府喝茶，乔治说，据说是放了五十年的普洱，一两值五千港币。

梦梅和宋万昌跟着乔治去了陈府，见到了潮汕在暹罗的七八个富商，包括林阿为、蔺采儿夫妇。两人也是座中独有的一对夫妇，他们是一对打不散拆不开的鸳鸯，永远出双入对，潮商社交界早就习以为常。换句话说，采儿是当天唯一的女客。她穿着一身蓝色长裙，香气弥漫，引得大家齐声夸赞。乔治甚至伸长脖子嗅了嗅采儿身上的香味，问，是不是香奈儿？采儿说，香奈儿，我可买不起。林阿为说，人家自己亲手做的香水。乔治睁大眼睛，显然不相信。采儿说，真的，自己做的。乔治说，怎么做的？我想学。采儿说，很简单，把新鲜的薰衣草、迷迭香、玫瑰花捣碎，加一点酒精，加一点露水，放几个星期，过滤掉杂质，就成了。乔治佩服得五体投地，连连说，雅死了，雅死了。雅死了——这三个字原本是夸人的，乔治偷换概念，半夸香水半夸人，采儿也听懂了，用谦虚的口气表达自我欣赏，可惜，雅人无雅命。林阿为不干了，他问，什么意思？采儿说，难道不是吗？你又不休妻！乔治问，他有几个老婆？采儿指着林阿为说，问他。林阿为并不慌乱，说，在座的诸位老婆都比我多。接下来便来了一番现场统计，最多的是陈光远，有七个老婆，其中两个是番婆。陈光远也丝毫不脸红，说，七个我还嫌少呢。我有个观点，不知你们同意不同意？我认为，这个世界上少了女人，就少了百分之五十的真，百分之七十的善，百分之百的美。乔治说，我同意这个观点，但是，这不是老婆多多益善的理由。采儿问，先说你有几个老婆？乔治说，我一个都没有。梦梅问，阿桃是谁？乔治说，阿桃是我的情人，我们是同居关系。大家问，是中国人吗？乔治说，是汕头人，渔民的女儿，原来斗大的字不识一个，现在会认一千个汉字，还会写英文，不仅会写，还会说。梦梅问，为什么不结婚？乔治说，我们英国人没那么在乎形式，不结婚也有可能白头偕老，你们信不信？大家看来看去，都不表态。乔治说，我知道你们不相信。轮到梦梅了，梦梅有些羞涩地说，我嘛，我就一个，没钱多娶。乔治问，有钱就可以多娶？梦梅只笑不回答。最后是宋万昌，他说，我四十岁才有了一点钱，贫贱之交不可忘，糟糠之妻不可弃，所以我也是一个老婆。

宋万昌的话让气氛变得奇怪了，好像宋万昌的话略略扫了大家的兴。陈光远便及时招呼大家移步到名叫天然居的茶舍喝茶。大家围着一张大桌子坐下，陈光远亲自侍茶，采儿看见屋内有古琴，说，我来弹琴好不好？陈光远说，今天咱们不要音乐，也不要美女——当然采儿除外，排除一切干扰，就品茶。大家一听，只好正襟危坐，让自己静下来。陈光远举起一个小布袋，晃了晃，说，这一袋茶叶值五千港币，值不值这个价，大家马上就知道了。接下来只有砂铫里的水渐渐烧开的声音。陈光远一边烫洗茶具，一边柔声说，不过，有一个小小的请求，喝完茶，每个人要说两句联语，只能说茶，不能说别的。林阿为马上起哄，这不是欺负我们不识字的人吗？陈光远说，你和采儿算一个人。乔治说，也不能欺负洋人吧？陈光远说，如果不会写联，说一句话也行，只要说茶就好，比如，啊，我把整个春天喝进肚里了……我准备了奖品，还是一袋相同的茶叶，价值五千港币。陈光远缓缓解开小布袋，把其中的茶叶小心地纳入孟臣罐里，并介绍罐和茶，这罐出自宜兴名家孟臣之手，所以叫"孟臣罐"，这茶呢，放五十年不容易，每年都要拿出来透透气，如果坏了就要扔掉，所以才金贵。大家对五千港币的茶叶更好奇，一一接在手上看了又闻，其色其味其来历令每个人都变得笨嘴拙舌，欲言又止。孟臣罐回到陈光远手上，砂铫里的水也煮好了，大量冒出热气。陈光远把铫提开，说，等滚水止沸，走七步路的时间就可以。大家不吱声，个个心里在数数。陈光远则乘机说话，这水是清迈的乳泉水，是从石钟乳下方的泉水里取来的。陈光远开始提铫烫杯、冲茶，水入罐中，绕边而行，不急不缓，陈光远的神态也变得极为专注，如同敬神，轻声问，像不像春雨扑打鸟巢的声音？大家无言，陈光远放下砂铫，盖上罐盖，静候片刻，再揭开，刮去浮沫，再盖好，开始给面前的几个小杯里斟茶。陈光远说，第一泡茶不用丢掉。随即又说，茶斟七分，三分留作人情。采儿帮忙把茶和丝瓜茶垫送到每个人面前。陈光远解释，丝瓜茶垫的好处是，茶杯不会摩擦出声。

现在每个人面前都有了一杯茶。

那茶半红半黄，似近又远，一时没人伸手。

陈光远首先端起杯子，说，请。

先闻后啜，半口润舌，再半口徐徐滑入肺腑。

真是——好啊，不知谁慢悠悠地说。

"好"，这个字很不贴切，又别无选择。

梦梅无声，只觉得含着木香的茶香直冲头皮，然后在头顶散开去，立即就有安神开智的效果，身体内部一时变得幽深无底。

稍后有了第二杯。第一杯的记忆缥缈欲逝之际，第二杯来了，还是先闻后啜，新的茶味一部分去追赶前面的味道，一部分微微后缩，留在舌内，新意丛生。那里面有可能藏着一座山、一条河。整个身体成为一个巨大的容器，再大的山、再长的河也不怕容不下。所谓山韵石骨，泉味花香，那些在家里喝茶的种种体会，如今，无非是两个字：唐山。不过谁也不把这两个字说出来，只说茶。

好茶，压舌头，有人说。

静而活，活且静，又有人说。

有年份，有岁月，绵软而有力，又有人说。

有一种母性气质，又有人说。

在座的人，每人说一点感受，是冲动，也是义务。

梦梅说，只恨我非苏东坡。

梦梅真的这样想，如果苏东坡喝了这茶，就会有一篇好文章出来。

林阿为说，值，值五千港币。

没人回应，此时说钱，显然不合时宜。

于是又有了第三杯。茶色略略艳于上两泡，黄的部分减弱，红的部分更红，有人说，艳如新婚之夜新娘的脸。没人附和，大概觉得此话虽然准确，但过于艳俗，所以又极不准确。停顿片刻，第四杯来了，汤色更有质感。三四杯喝下去之后，多人开始打嗝，头上也有了一层轻汗。

旋即，第五杯、第六杯又来了。

喝下这两杯，就像一座建筑封了顶，茶的味道有了完整的模样，厚度和宽度都有了。之后，大家开始七嘴八舌，拉起了家常。

陈光远说，这茶能喝十几泡。

大家重新静下来，脸上有相似的神采。

陈光远朝外面拍了拍巴掌，来了一个暹罗姿娘，提来一壶清水，陈光远说，是我的书童，名叫赖拉。赖拉对大家屈膝一笑，转了一圈，给每人各斟了一杯清水。陈光远说，现在，请大家再尝一尝清水的味道。

赖拉一眨眼就隐身不见了，她消失得太快太没有痕迹。遗憾之际，大家各自饮下面前的那一小杯清水。于是赖拉的身影似乎就在清水里。

嗯，水更甜了，有人说。

甜，好甜，又有人说。

哈哈，家常白水竟然有了贵气，又有人说。

我认为像咱们潮汕盛宴上的最后一碗白粥，又有人故意解释，自己都觉得越说越远。

水让茶味变得更清晰了，又有人说。

梦梅的口气有点做作，有力挽狂澜的意图，水似清谈，茶如神聊。

宋万昌提高嗓门说，水有荷香，茶无俗韵。

乔治干脆直接，朝外面歪歪嘴，说，这水的味道，分明是赖拉的味道。

一伙男人发出一样的笑声。

只有梦梅板着脸，一动不动。

陈光远心知肚明，但是，并不叫赖拉进来，朝大家拍拍手说，言归正传，言归正传，斗联开始。并取来早就准备好的纸和笔，分别发给大家。

乔治轻轻拍一下桌子，说，我有了。

乔治快速用汉字在纸上写出自己的联，并大声读出来：

美丽无双蔺采儿

风流第一陈光远

大家传看乔治的联，一致称好。

林阿为吃醋了，问，为什么是陈光远，不是林阿为?

乔治嘟嘟嘴说，回家问你老婆去。

陈光远说，乔治的联虽然好，但和茶没关系，再说涉嫌挑拨离间。

乔治很不服气，说，我认为不错。

随后蔺采儿也写出来了：

月上天然居

居然天上月

大家一致抬头看窗外，一轮圆月悬在中天，似乎在半分钟之前才刚刚完成关键一跃，在一个最合适的角度等着被一伙人看见。

陈光远说，绝妙回文，才女！才女！

宋万昌羞答答地问，我刚才说的算不算？

陈光远问，有没有更好的？

宋万昌问，集古行不行？

陈光远说，当然行，集古妙对更见功夫。

宋万昌写出自己的集古联，并用潮语摇头晃脑读出来：

未知明年在何处

何可一日无此君

宋万昌解释，前一句是苏东坡的，后一句不知是谁的。

梦梅马上说，后一句是王子猷的。

陈光远说，王子猷是什么人，没听说过，不过，这句诗听过，"何可一日无此君"，本意可能是说酒的，用来说茶，也很好。

宋万昌说，梦梅，该你了！

梦梅说，我先介绍一下王子猷吧。王子猷是大书法家王羲之的第五个儿子，生性爱竹，"何可一日无此君"，其实是说竹子的，用来说酒说茶也贴切。

陈光远说，该你说联了。

梦梅早就想好了，故意留在最后说，我的很简单，就八个字：

入来凡口

出去丹心

　　大家一致迟疑了一下，又一致回过神来，认为梦梅的联的确更好，简朴、工整、走心，和茶关系紧密。于是毫无争议，奖品归了梦梅。这说明大家都是凑对的行家。

　　最后又把罐里的茶放在炉火上煮，炭火已经红透，茶味缥缈，随热气散入空气中，如同乡愁，尤其是大年逼近前的乡愁，于是大家站起来，谈论如何过年的话题。

　　采儿也终于可以一显身手，弹弹琴了。那把制作精良的古琴一直显得寂寞难耐，采儿坐下来，还没怎么样，已然琴人合一。几声滑音之后伯牙和钟子期的故事便从采儿手下流淌出来。刚刚喝过茶的采儿指间含着杀气，双手拨弹有力，一时没找到感觉，虽然动听，却不入心，接下来才越来越好，渐入佳境。

　　梦梅注意观察身边的乔治。

　　乔治早就陶醉得不行了。

7

　　次日早晨，下起了大雨。

　　梦梅又寄了封新年批，把茶寄给父亲，托付一个水客，请对方务必在年前亲自送到父亲手上。这一次，收信人是"父亲大人"。

　　信是这么写的：

父亲大人尊前：

　　敬禀者，不日前曾寄一批，谅已收到。今复致函，别无他事，只因昨日儿与陈光远、宋万昌、林阿为等多位在暹名士茶后斗联，以茶为题，各撰一联，冠者奖以陈年普洱一袋，据称存逾五十年，价至五千港币。儿念及父亲，窃望获胜，遂修辞其诚，出之以心，联云：入来凡口，出去丹心。不料竟以简胜繁，求仁得仁，正是当日我等所饮之茶，众皆称奇，大呼神品，儿亦知夫有茶如此，其香沁骨，良不可忘。丙辰岁尽，新年迫近，儿不能亲侍左右，谨以此物聊表歉疚。外奉港币二十元，请父亲大人查收。

　　并颂

福安！

儿　梦梅顿首

丙辰腊月十四日　风雨中

　　腊月十五过后，批局的业务大大减少，加上连续多日下雨，旅居外邦，人人都变得心事重重，应酬就渐渐多了起来，在暹潮汕人商会、宗亲会及各种同乡社团频频举办茶话会、餐会、请戏、猜谜等迎新活动。郑梦梅、陈光远和乔治三人在短期内多次见面，情投意合，到了不能不拜把子的地步。

　　腊月二十三这天，雨停了，阳光很好，陈光远请梦梅和乔治来自己家过小年。三个人来到陈府西侧的大花园里，坐在名叫"西园亭"的亭阁里，准备小酌几杯。菜上齐后，陈光远说，今天请你们来，一是过小年，二是要和两位商量个事情。梦梅和乔治相互看了一眼，都在猜想会是什么事情。陈光远说，咱们三人在船上相识，在暹罗相知，有道是十年修得同船渡，咱们肯定修了不止十年，所以我提议，选个日子拜同年，不知两位意下如何？乔治问，就像《三国演义》中刘备、关羽、张飞那样，桃园三结义？陈光远和梦梅二人都睁大眼睛，吃惊这个洋人知道得实在太多。陈光远说，乔治你什么都知道，你还是洋人吗？乔治说，没办法，谁让我是"中国通"呢！我那帮洋人朋友都叫我中国通。陈光远问，好吧，中国通，先说你同意不同意？乔治问，有什么条件吗？陈光远说，条件嘛，倒是不能没有，你肯定知道，无非是祸福同当，生死与共，不是兄弟，胜似兄弟。乔治问，不能有个人观点和意见分歧吗？陈光远和梦梅同时笑了，陈光远指指梦梅，让梦梅回答，梦梅摆手推辞。陈光远便有些为难地说，个人观点和意见分歧，当然应该有，但是，总体上，要祸福同当，生死与共。乔治问，假如祸和福、生和死涉及立场，事关原则呢？梦梅在一旁忍不住笑出了声音。陈光远说，别笑，你是才子，你来解释。梦梅只好硬着头皮说，结义结义，因义而结，义，自古以来都有明确的含义，比如，义不容辞、见义勇为、义无反顾、仗义疏财、义薄云天，这几个词中的"义"，都是同一个意思，即道义、正义、公义、大义，中国古代文献里更是有很多关于"义"的进一步说明，比如，"度义而后动""义固不杀人""义不杀少""生，亦我所欲也；义，亦我所欲也，二者不可得兼，舍生而取义者也"……乔治打断梦梅，说，后面这一句我知道，是孟夫子的话。陈光远给梦梅竖起大拇指，问梦梅，你是哪个学校毕业的？梦梅说，我只上过家塾和小学，中学没有上完，不过，我家里最多的就是书，有满满一屋子书，别忘了我可是进士先生的后代，我家没出过一个进士，甚至没出过一个举人，但代代都有教书先生。乔治说，真了不起，真了不起，不过，我的中文也是自学的。陈光远说，你们两个都了不起。乔治看上去还有疑问，陈光远让他再说，他说，义重如山、有情有义、忘恩负义、侠肝义胆，这几个"义"，似乎有不同的意思。梦梅又笑了，说，你看你看你看，糊弄不过去。陈光远也在笑。乔治说，我们英国人，就是这样，喜欢钻牛角尖，我再问一句，如果遇到分歧，到底听谁的？陈光远说，一般是听大哥的。乔治直摇头，说，在火船上，你讲过的那个古，全家老少为什么都听小儿媳的？陈光远说，你这家伙，服了服了。乔治说，再说，你们还远远不了解乔治这个人，如果，他是个坏人呢？

怎么可能是坏人？陈光远问。

完全有可能，乔治做出一种少见的表情。

梦梅注意到乔治是认真的，甚至有些动感情，便说，菜凉了。

于是三个人开始动筷子，并喝酒。

几分钟后，乔治旧话重提，说，你们真的不了解我。

梦梅和陈光远一致盯住了乔治。

乔治说，不过，你们中国人说，家丑不可外扬。

陈光远说，谁家没一点家丑呢。

乔治说，你们还是听听我家的家丑吧。

梦梅和陈光远表示愿意听。

乔治断断续续讲了一大堆"家丑"：

没错，我的确是剑桥大学的人类学博士生，我来中国潮汕的确是进行人类学考察的。为什么迟迟不能结束这次考察，其实另有原因。说来话长，我家和中国的联系，差不多快有一百年了。我的祖父是英国圣公会的传教士，很早很早就被派到中国传教，也是一个中国通，能讲一口流利的汉语。1841年被英国驻华全权代表Henry Pottinger——中文名叫璞鼎查——聘为翻译和顾问，从此投身外交界，出任英国驻广州的首任领事，后来又先后在福州、厦门等地担任领事。1845年意外病故，年仅四十岁。祖父留下了五个孩子，我父亲最小，我祖母一个人带着五个孩子，生活突然陷入极大的困境，我祖母只好向英国外交部请求帮助，希望把十五岁的长子和十三岁的次子送往中国，安排一份工作，为女王服务。1847年，两兄弟先来到香港的商务监督署。我的大伯父汉语学得最好，后来当过英、美、法三国组成的"税务监督委员会"的负责人。这个职务，从理论上说，是清廷的官员，又是领事派去的，在两难境地中我这位大伯父表现出了少有的公正和无私。当时洪秀全的太平军占领了南京，上海也因小刀会陷入混乱，上海的江海关事务处在无政府状态，各国商人和货船自由出入，没人向海关交税。大伯父上任后，对江海关进行了大胆改革，建章立制，杜绝偷税逃税，对海关内部中国官员的腐败和从事走私的外国人采取同样严厉的措施加以打击，全部税收如数交给清政府，这对正处在战时状态的清政府无疑是雪中送炭，因此受到清廷的高度赞赏。如果他的生命到此为止，我就没什么可羞愧的。可是后来，他作为英方谈判代表的编外译员，全程参加了《天津条约》的谈判。整个过程里，他凭借精通汉语又是清政府官员的优势，实际上充当了双面间谍，假装在谈判双方之间斡旋，一方面给自己捞取政治利益，一方面处处替英方说话，迫使中方的钦差大臣一再退让，签下了《天津条约》和后来的《通商章程善后条约》。你们知道，这两个条约，对中方来说是一个巨大的耻辱。条约的主要内容是，各国公使常驻北京，增加潮州、南京、营口等九个口岸为通商口岸，鸦片贸易从此合法化，每百斤鸦片纳进口税银三十两，中国海关邀请英、美、法等国洋人帮办税务。之后，大伯父回到江海关那边继续工作。表面看来，江海关在他的掌管下，贸易秩序逐渐得到恢复，关税数额明显攀升，让清政府有钱镇压太平天国运动，维持自己的统治。真相其实是给了清政府一些甜头，让侵犯和损害成为一种机制。英、美、法等国获得了更多的商业利益，而且一举多得，用鸦片大面积瓦解了中国人的精神。从任何方面看，都是很合算的。这些话不是瞎编的，是从大伯父的日记里看到的。

我保存着他的两本日记。

1861年，大伯父对当时的清廷形势做出了悲观的判断。他在日记里说，昏庸无能的清政府肯定不是洪秀全的对手，清政府很快就会灭亡。因而他以回国疗伤为由，带着家人离开了上海。

正如大伯父所料，洪秀全的太平天国起义军在江南一带势如破竹，取得了节节胜利。这时安静了若干年的海盗也乘机猖獗起来，在上海、汕头、香港一带频繁出没，各大海关的贸易活动受到极大影响，各国商人的实际利益大大受损。英国驻华公使卜鲁斯游说清政府，尽快建立一支装备先进的新式海军，可以用鸦片税购买军火。当然是从英国购买。恭亲王委托大伯父，请他迅速在英国采购六艘炮舰、四艘补给舰，总预算为七十五万两白银。收到寄来的几笔款项后，大伯父立即向英国海军廉价购买了三艘旧炮舰，另外三艘倒是向英国船厂正式下单定做的，四艘补给舰是从私人手上买来的。他的日记里并没有说明，他从中到底揩了多少油水，但傻瓜都能看得出来，他没少揩油。潮州话把傻瓜叫白仁，我觉得白仁更好，更像是傻瓜的意思。

1902年大伯父在英国去世，两年后，已经在剑桥大学读人类学博士的我，才偶然看到两本没人愿意保管的日记，也才明白，自己从读小学开始，一直到中学，大学，硕士博士，都在花大伯父的钱，大伯父和你们潮汕兄弟一样，很讲兄弟情谊，一荣俱荣，对他的母亲和几个弟弟妹妹很舍得花钱。

这也正是我来中国做人类学考察的原因。那两本日记让我对过去花掉的那些钱感到心中有愧，对一个陌生而遥远的国度有愧。

于是我决定来中国完成毕业论文。

至于我为什么到了潮汕，如果你们不嫌我啰唆，我就继续讲。我的二伯父，你们应该没忘记吧？关于他，还有很多故事。我二伯父没那么好学，很贪玩，汉语远远比不上我大伯父，但交流没问题。在香港混了几年后，大伯父把弟弟委托给潮海关税务司华为士，华为士当然不能不给大伯父这个面子，为二伯父在总税务司署量身定造了"总税务司私人秘书"一职。但是，二伯父一点也不领情，没干几天，就觉得这份工作太乏味，时不时假装有病不去上班，后来干脆辞职不干了。倒是有一个意外收获，他和税务司手下的一个美国姑娘相爱了，那个姑娘比他大三岁，专门负责处理日常文案和邮件收发。他通过这个姑娘看到了很多秘密，比如，几大海关的税收占清政府财政收入的三分之一左右，别处不知道，潮海关百分之七十的税收来自鸦片。外国人很聪明地把"鸦片"改称"洋药"。我所见到的潮海关的各种文案里，无论对内对外，都没有"鸦片"两个字，只有"洋药"。我还记得，进口洋药有好几个品种，什么公班土、喇庄土、波斯土、白皮土等等，商人们总是把品质较好的波斯土和其他烟土混合在一起，冒充质量最好、售价最高的白皮土。一开始潮海关只对美国开市，由美国人把持的海关，洋药甚至不纳一分钱的税，当时的文件里把纳税称作"完饷"。两广总督劳崇光得知"洋药进口甚多"，不觉得有任何不妥，只认为应该完饷，于是照会各领事馆和潮州美国领事馆，要求从咸丰十年（1860）正月初四起，"凡贵国船只装运洋药进口，应进关报验完饷"，至于如何完饷，清政府责成粤海关"妥立章程"。后来，粤海关专门就洋药征税办法致函潮海关，只下了一个大致规定，每箱洋药征税三十两白银，没涉及箱子大小和洋药重量。三十两白银的税，倒是划分得很详细，分别是：起卸十两，中国买主十两，零售商十两。三十两白银的税，需要外国商人掏腰包的，只是其中十两，另外二十两，批发商和零售商各交一半。批发商和零售商当然是中国人。这说明，当时的清政府是明文认可鸦片交易的，只强调要纳税而已。三方各十两，不偏不倚。但是，有一个技术问题需要解决——在洋药入关的时候，后两位纳税人还没有出现，怎么收税？潮海关又致函粤海关，专门问，对洋药每箱征税三十两，是否在进口环节一次性完成？后来收到粤海关肯定的答复，应该一次完成，并说明二十两属于货物税和商品流通税，由海关在进口环节代征。由此看出，洋药仅仅被当局视为一般商品。凡是征过税、盖过章的洋药，再也不需要任何监督和检查，大大方方地流向民间。在提及洋药时，"走私"这个概念也在使用中，指的是不经过洋关，用民船和小渔船载着洋药秘密上岸，逃避纳税的情况。有些洋人，当然也有中国人，深谙中国官场的潜规则，给一点喝茶钱就能轻易躲过检查，用小船载货上岸。这种情况才是"走私"。换句话说，走私不走私，关键不在货物是不是鸦片，而在是否经由洋关进口。

乔治还要讲，梦梅和陈光远不听了，说，先拜同年，以后有的是时间，慢慢讲。两天后三个人还是拜了同年，只是形式很简单，没有歃血为盟，没有上香拜神。原因是，时在民国，歃血为盟的确有些过时，乔治又是基督徒，也没法去妈祖庙上香磕头。实际上陈光远家里就有妈祖庙，妈祖塑像是十年前从汕头运过来的，买了两张头等舱的票，现在供奉在一间专门的房子里，规模像一座小型的妈祖庙。不过，也不是完全不讲形式，又喝了一次酒，互赠了礼物。陈光远给乔治的礼物是一台柯达相机，给梦梅的礼物是一枚印有孙中山头像的邮票，有孙中山的亲笔签名，印好后没来得及发行孙大总统就下台了，所以，也更珍贵。乔治给陈光远的礼物是一支派克钢笔，给梦梅的礼物是一块劳力士手表。梦梅给二人的礼物相同，梦梅自己写的扇面，只是内容各有不同，陈光远的内容是上回获奖的联：入来凡口，出去丹心；乔治的内容是梦梅专门另写的联：

　　西园犹似桃园
　　和气更重义气

西园正是陈府那座花园。

扇面的另一面都有几笔简单的写意花鸟，也出自梦梅之手。

当晚，陈光远还花钱请了一出潮戏，《扫窗会》，经典剧目，不久前刚刚来暹罗的潮戏班，所有的角色都由童伶出演：

> [安更鼓响，高文举上。
>
> 高文举　呵！
>
> （唱）举目云山缥缈，家乡隔在万里遥。
>
> 自从张千一去，未见他身回来，空使我望断云山音信杳。
>
> 忆昔年寒窗穷困，一身恰似浮萍草。
>
> 多蒙岳父恩义高，还把他的爱女来相招，一家人爱惜的功恩实非小。遇逢春闱一至，赠我琴剑书箱，来到京畿，幸得如愿，我就得中高第。
>
> 恨温相迫招为婿，遭缠在此寸心千里。
>
> 却把妻的恩情一旦都忘却了。提起来心焦。
>
> 嗳妻唅！耽搁你个青春年少，误了你个佳期有些多少。
>
> 似这等宝贵无归，闪得我有上梢来无下梢。
>
> 嗳！罢了我的妻唅！
>
> [高文举望科，坐读书科。
>
> [王金真上。
>
> 王金真　苦呀！
>
> （唱）曾把菱花来照，颜容瘦损渐枯槁。
>
> 正是愁人来听见寒蛩语，满腹离愁向谁告？
>
> 嗳！寒蛩呵！越添妾身愁怀抱。
>
> 哎！官人！罢了！官人我的夫唅。
>
> 你许块深深宅院，喜乐陶陶。
>
> 有谁知你妻我那时乖运蹇，落在，我那落在她圈套。

嗳！温氏呵，你本是个天降罪魔，敢将我同心掰破了。

倚你爹的官高爵高，将妾身百打来千敲。

上剪头发，下剥绣鞋，日间汲水，我夜扫庭阶。

嗳！冤家哈，怎知道妾身执帚西廊，在这西廊——

（白）把地来扫。

演出结束后，关于潮戏，乔治发表了一通看法。他认为，老戏，成人戏，却由童伶演，等于同时看了三四出戏，一出是剧情所表达的戏，一出是戏外之戏，社会含量丰富的成人戏，被一伙少不更事的孪仔演了出来，让所有苍老、残酷、阴谋、哀怨都带上了稚嫩和甜蜜，这是谁也想不到的戏剧效果。另外，两者之间显而易见的距离和演员们对距离的努力消弭，产生了一种复杂的戏剧效果，难以言表，超出预期。乔治认为，这出戏，这种形式，完全可以征服欧洲观众。还有另一出，那是一些貌似不经意的插曲，童伶们在舞台上需要坐在椅子上时，得由一个大人跑过去帮忙。这不是戏剧本身的内容，却十分有趣，似乎抹除了戏剧和生活的界限，让每一个观众，尤其是成年观众，都有跑上舞台抱童伶上椅子的冲动。甚至还有第四出戏，整个过程中，某个演员表现如果出色，打动了坐在前排的一伙富豪观众，某一个富豪会勾着身子跑向舞台，把一串金项链或一枚金戒指扔在演员面前，演员倒是很镇定，台下却会有一阵骚乱，喝彩四起。乔治觉得这也是戏剧的一部分。

梦梅也说了几句话，他细声细气地冲乔治说，关于潮戏，你可以说很多话，但是，看潮戏的时候，你肯定不会像我们一样泪流满面。梦梅又看了看陈光远，陈光远深表赞同，急忙点点头，并且眼神又不对劲了。

乔治眼睛干干的，眨巴了两下，看不懂他们。

之后三个人未能免俗，以年龄大小排了序，陈光远最大，是大哥，乔治次之，是二哥，梦梅比乔治小三岁，是细弟。正式结义为三兄弟之后，还真是不同，恍若一母所生，比较容易开诚布公，说掏心窝子的话了。还是乔治，他争着抢着要说话，要继续说上次没说完的"家丑"。他问，上次讲到哪儿了？噢，想起来了，该我大伯父出场了。

还没开口，先露出一脸的兴奋。话痨子的那种表情。

随后他就说了起来：

在进口环节一次性征收三十两税银的办法，遭到了外国商人的极力反对，他们只愿纳十两税银，从不纳税到纳十两白银，他们认为已经够意思了。再说，他们有他们的道理，他们认为，货物税和商品流通税应该由中方自己征收，和供货商没关系。双方互不相让，潮海关请教我大伯父，大伯父下令，进口时只收十两税银，但船东和外商需提供洋药买主的姓名、商号、地址、数量、日期等等，以便征收另外二十两，零售商的十两由接货方一次性代交。于是就有了一份洋药商人的名单，其中的中国商人都是如雷贯耳的名字，林乾泰、陈显龙、郑鸿利等等。这些中国商人，有些是洋人的代理，你们称作买办，有些自己开着洋行，洋行里公开销售的，当然是洋药以外的那些商品。而真正挣钱的，是洋药。洋药是有品牌的，和正规商品没区别，其中一种叫黑芙蓉，品牌名用的是汉字，木盒子上印着两朵十分漂亮的芙蓉，一朵紫红，一朵粉红。

通过美国姑娘看到的那些潮海关文案，让二伯父大开眼界。他认为傻瓜才会坐在办公室里等着领每月一份的死工资，既然鸦片生意如此好做，一箱只收十两银子的税，自己又有总税务司这样一个哥哥，为什么不好好利用一下呢。再说，有些鸦片商人连十两税银都不交，只要内部有人，花点钱打通关系，就可以随便找个地方靠岸，蒙混过关，私自卸货；即使进关，关里有自己人，少报瞒报，意思意思也就可以了。美国人、英国人、法国人，也是人啊，也吃这一套的。他们就像你们潮州人下南洋一样，同样远离祖国，远离家人，只身在外，心里难免有自己的小情绪、小算盘，有机会多挣点钱，何乐而不为呢？再说，中国有多大，遍地是烟馆，鸦片需求远远没到饱和的程度。你们知道，潮海关是一个得天独厚的大海关，韩江、练江、榕江三条大江不远不近，依次入海，像三根大血管一样，每条江又有很多支流，像无数根小血管，大大小小的血管把大海和内地完美地连接了起来。由潮海关进口的货物，可以经过韩、练、榕三江源源不断地运往整个岭东地区和它的连接带与辐射带，包括湖南、湖北、福建、江西、安徽等地，连所谓晋商、徽商，也纷纷来汕头开设商号。最大的优势还不是这些，而是鸦片贸易仅仅需要稍稍掩人耳目就可以，事实上，官方是半默许的，甚至是半鼓励的，用潮州话说，这生意坐赢无输啊！你们想想，当鸦片商人看穿清政府的这样一种态度之后，会怎么样？

另外，这些商船，带着鸦片来，不可能空手回去。丝绸、瓷器当然少不了，除了丝绸和瓷器，还有一种商品，就是猪仔。"断柴米，等饿死，无奈何，卖咕哩。"没人知道这首潮州歌谣流行了有多少年。猪仔贸易存在了多少年，也没人知道。但是，可以肯定，汕头埠的大部分洋行都参与了猪仔买卖。一开始，咕哩行是公开的，后来渐渐变得较为隐蔽，一些洋行总是中外勾结，官商联手，有钱就赚，洋药和丝绸，猪仔和瓷器，并没有什么区别。在汕头，购进一个猪仔只需要二十元港币，猪仔本人所得不过十元，运到暹罗、马来、石叻、秘鲁、古巴、巴西等地转卖，可以卖到四百元左右，巨额利润让猪仔成为炙手可热的商品。暹罗、马来、石叻是因为近，秘鲁、古巴、巴西是因为19世纪上半叶秘鲁废除奴隶制，明确提出用华工代替黑奴，于是便有上百万契约华工前往秘鲁开矿、修路、垦荒、挖鸟粪，后来延伸到整个南美洲。另外，那里的气候和潮汕相似，从潮汕运过去的苦力都是出色的农民，更会种植甘蔗和烟草，也更容易适应那里的环境。

有些猪仔是自愿出外讨生活的，多数则是由中外商人贩卖过去的，有些是被强行绑架走的，其性质和贩卖黑奴完全一致。可以说，猪仔买卖是黑奴买卖的自然延续，连手法都完全一致，比如，猪仔上船时必须全身赤裸，先要洗澡，再一人发一条新水布，把下体遮住就行。为什么要全身赤裸，还要洗澡？因为他们的衣服脏，布满细菌，在船上容易滋生瘟疫。在漫长的海上航行中，因为拥挤、潮湿和高温，很容易引发瘟疫。从汕头到古巴，两次经过赤道，全程航行一百六十天。最近的暹罗，也需要两三个月。死亡率往往高达百分之五十，死了就直接抛进大海。契约劳工，首先是生死契约，半路上死了就死了，商人不负任何责任。巴拿马运河的开凿，中美洲、加勒比地区、南亚等地的甘蔗、咖啡、棉花、橡胶种植园的发展，以及矿山和鸟粪的开采，都凝聚着猪仔们的血汗。如果说，猪仔和黑奴有什么区别，区别只是猪仔比黑奴更认命，更不会反抗。潮汕有一句谚语——穷人好肩头，富人好声喉。既然是穷人，有什么好埋怨的，把好肩头亮出来给富人下力，听富人指使，理所当然。中国劳工的悲惨遭遇，连欧美有识之士都看不下去，欧美报纸多有披露，引起各界强烈关注，大伯父多次向总理衙门反映，请求清政府重视这个问题。但清政府认为，大清帝国向来禁止臣民移居海外，华工不安本分，自弃祖国，便是天朝弃民，天朝政府没必要也没义务管他们。

刚才说过，实际上，猪仔贸易是黑奴贸易的自然延续，从事黑奴贸易和猪仔贸易的商人是同一伙人，主要是荷兰人、英国人和美国人。1860年，汕头开埠后，这种贸易更是被合法化了，最早的猪仔行是我们英国人开的，后来又有了美国人和荷兰人，主要目的地是海峡殖民地，马六甲、槟榔屿、石叻、日里这些地方。大概从1880年开始，东印度群岛的荷兰殖民者成为后起之秀，这时候的猪仔多被卖到苏门答腊岛东北部的日里，猪仔们主要在橡胶园、矿山和烟草种植园干活。一首潮州歌谣是这样说的：日里窟，唒得入，唔得出。猪仔多不识字，糊里糊涂就签了契约。据《岭东日报》记载，有一个人，稍稍识几个字，拿到船票后，看见"日里"两个字，死活不上船，被客头们摁在地上一顿毒打，最后假装上船，临上船的一瞬间，跳进海里自杀了。可见，"日里"二字有多么可怕。实际上，猪仔贸易，总是由外国商人和中国商人合作完成的。和外国人打交道的中国买办，很多人其实是客头。汕头这边有，海峡殖民地和东印度群岛也有。毫无疑问，一些潮汕商人早期发家，靠的正是鸦片和猪仔。对不起，揭你们伤疤了。实际上非洲的情况也差不多，非洲的部落之间为什么经常打仗？原因之一是，胜者可以把俘虏囤积下来，卖给黑奴贩子。只要有饥饿，就会有人肉市场。好在猪仔买卖不像黑奴买卖那样有男有女，女奴是黑奴买卖中很重要的一部分。中国男人却很好地保护了自己的姿娘，这是不幸中的万幸。

我一口气说了这么多，你们两个也都泪汪汪的，但是，你们未必思考过问题的实质在哪儿。刚才说，只要有饥饿，人肉买卖就会络绎不绝。问题是，饥饿是如何造成的？韩、练、榕三江平原是一个天高皇帝远的好地方，所以，不管是主动还是被动，总之，迁移至此的人越来越多，其结果就是土地和人口的矛盾越来越大，人口增加了，土地还是那么多。而且，大部分土地掌握在少数人手里，有了钱之后，他们首先要干两件事：一件是起房子，潮汕厝，皇宫起，家家都把房子起得像皇宫；另一件事就是购置土地，大户人家往往有几百亩上千亩土地，和豪华大厝一样，土地是富有的另一个象征。潮汕又是一个富豪辈出的地方，如果一个富豪有一千亩土地，一千个就是一百万亩。失去土地的人，表面看来只是失去了土地——一个人和家庭赖以生存的土地，实际上他们失去的是生存的基本权利。

回到我二伯父身上，他和那个美国姑娘后来分手了，不过不要紧，他很快就成为一个成功的商人，有了自己的商船，洋药来，猪仔去，一趟又一趟，做着坐赢无输的好生意。一直到我来中国做人类学考察，已经快七十岁的他，人也老了，钱也赚够了，把三艘商船和房产处理掉之后，回英国了。本来他想让我接着干，但我实在没兴趣，坚决不干。他也是一个出手大方的人，走的时候留下了一大笔钱，够我花大半辈子的。

说老实话，我当初来中国是真心实意要写博士论文的。当时我心里有一个非常幼稚的问题，我想知道中国人为什么那么怕洋人？当我知道了签订《天津条约》的来龙去脉之后，这个问题就一直困扰着我。

来到中国没多久我就搞明白了，原因其实很简单，中国人怕的不是洋人，而是洋枪、洋炮、洋船、洋舰。换过来也一样，如果中国人有洋枪、洋炮、洋船、洋舰，洋人也一样怕得要死，一样任人宰割。真相就是这么简单。说话的不是人而是工具。人类的进步，就是工具的进步，旧石器时代、新石器时代、铜器时代、铁器时代，每一次工具的进步，对人类来说都是一次重大革命，首先则是对人性本身的革命。完全可以肯定，每一次工具的进步，都对人性提出了严峻的挑战，甚至令人性发生了不可想象的变化。

乔治终于说完了，这几乎是奇迹。

之后三个人同时陷入沉默。

歇了一会儿，乔治才说，我的"家丑"说完了，你们呢？不说说吗？

梦梅和陈光远相互看了看，笑了。

陈光远突然指着梦梅说，你先说，你先说。

梦梅表情先有变化，说，那份鸦片商人的名单里，有一个名叫郑鸿利的，如果不是重名，应该是我曾祖父的堂哥，我曾祖父叫郑鸿顺，两个人是同一个祖父的后代，也就是说，两边的父亲是亲兄弟，可能是第一代下南洋的人，郑鸿利、郑鸿顺是第二代。两兄弟的商号叫郑鸿利洋行，后来有了钱庄，叫郑鸿利钱庄。郑鸿顺的大儿子郑集炎，是我的祖父，从我祖父开始，我们这一支就中落了，死的死，疯的疯。到我这一代已经是第六代，出了五服了。我们叫溪前郑，郑鸿利那一支叫溪后郑。村里人一般叫溪前、溪后。说实话，我从来不知道，我们的祖先和洋药有任何关系，只知道他们在马六甲和中国香港、上海都有生意。

接下来，梦梅讲了祖父兄弟二人的死，并明确推测，祖父兄弟二人的死和洋药有关。

但是，到底会是什么样的关系？

他说，我推测，真实情形很可能是这样的：溪后坚持做洋药买卖，溪前反对，或者早期同意，后期反对——早期双方一同做洋药生意，后期有了分歧，溪后坚持继续做洋药生意，溪前反对。我的理由是，历史上，溪后更不择手段，而溪前更古道热肠，更书生气，至少，溪前认为钱挣够了，到了洗白的时候了，因此才招来杀身之祸。

梦梅很想马上去一趟马六甲。

乔治一听，也想去。

陈光远说，也好，马六甲是你们英国殖民地，有你在，我就放心了。

梦梅说，我假装成乔治的下人。

乔治说，你应该叫我二哥。

梦梅笑着改口，对，二哥，二哥。

陈光远的口气也更像大哥了，他说，我派车送你们去，一切手续我负责办，速去速回。

乔治很认真地说，听大哥的。

梦梅说，千万保密，保密，我担心溪后听到风声。

陈光远说，好的，我明白。

8

于是梦梅向宋万昌请了假，在腊月二十九这天早晨出发了，也利用了过年的几天假期。司机名叫陈阿端，是陈光远的亲侄子，后生囝，又懂事又勤快。三个人走走停停，一路看着风景聊着天，倒也痛快。

每次碰到中国寺庙，梦梅和阿端总会进去拜一拜，上个香磕个头，乔治并不反对，往往也会跟过去拍拍照，有时还会特意模仿梦梅、阿端的样子对着神像作作揖。

回到车上，梦梅、乔治两人曾有一段关于宗教和信仰的谈话。梦梅说，你心里一定在嘲笑我们。乔治说，我不是传教士。梦梅说，说说你的想法。乔治说，你们的信仰，鲜活地保留了你们的民族记忆，尤其是你们的早期记忆，包括你们的迁徙史。我不是传教士，我是人类学博士，我有自己看问题的方法。梦梅睁大眼睛，说，愿闻其详。乔治说，比如北帝信仰，被一路南迁的中原人一直带到了中国的南方，甚至带到了地球的最南端。这次来暹罗，我有一个重要发现，中国的中原，不在中原也不在南方，也不在任何别的地方，在哪儿？在途中，在流浪途中，在远行的路上，在流浪者的心里。或者说，有两个中原，一个是地理意义上的中原，一个是精神意义上的中原，后者可以称作流浪的中原。梦梅问，还有呢？乔治说，我对释迦牟尼和大峰祖师很有好感。梦梅问，为什么？乔治说，释迦牟尼对人和自身以及人和万物之间的关系有深刻的体验与认识，他非常大胆地说出了自己的感受，空，我没办法说他是错的，在一个战乱频仍、民不聊生的地方，我更没理由说他错了。而大峰祖师，倡导行善积德，乐于行善、乐于助人，这有什么不好的？梦梅看上去相当感动，欲言又止。乔治又说，我也认为中国人有中国人的忏悔方式，比如捐赠，慷慨解囊，助人为乐，在相当程度上，是一种忏悔方式。人们都说，洋人会忏悔，唐人拒绝忏悔，我认为未必如此，真实情况很可能是，洋人的忏悔总是口头上的，一出教堂就忘得一干二净，唐人的忏悔则更无形，更隐蔽，更会变成实际行动。梦梅连连说，谢谢，谢谢。汽车突然大大摇摆了一下，差点冲进路边的水沟。梦梅说，阿端仔，你可要认真开车哟，别光听我们说话。阿端已经打起了精神，说，主要是你们说得太精彩了。乔治笑着说，没事，咱们有老爷保贺。这句潮汕口头禅让两个潮汕人听了倍感亲切，笑得开心。

三个人在巴蜀和拉廊各住了一夜，然后就到了普吉岛，在普吉岛上玩了一整天，晚上在岛上住了下来。普吉岛上处处是唐山风格的建筑，处处有唐人，说汉语几乎人人听得懂，普吉镇老城区百分之七十的居民是唐人，其中一半是潮汕人和闽南人。从海滩上回到普吉镇，住在一家唐人开的客栈里，主人是台湾人，来普吉岛已经几十年了。管事的是一个胖乎乎的名叫毛毛的女掌柜。

大过年的，没什么客人，所以，毛毛亲手弄好几个菜之后，凑过来用英语和乔治攀谈，大概想练练自己的口语。乔治说，我会说汉语，咱们说汉语吧，要不他俩会有意见。于是毛毛改说汉语。乔治问，你家是哪年来普吉岛的？毛毛说，我爷爷是第一代，我是第三代，具体时间说不上了。乔治问，你爷爷刚来的时候做什么？毛毛说，听说在锡矿当矿工。乔治问，是猪仔吗？毛毛说，应该是吧，不过，我爷爷是自己跑来的。乔治问，现在不错吧？毛毛说，现在，在普吉岛，唐人，尤其是潮汕人，是最受欢迎的一群人，所以我们经常冒充潮汕人。乔治问，为什么要冒充？毛毛说，当地女孩很喜欢嫁给潮汕男人，我几个哥哥只好冒充潮汕人。乔治问，当地女孩为什么喜欢潮汕男人？毛毛说，潮汕男人大部分很有钱，另外，也很顾家，很低调，主要是这些原因。乔治问，那么你呢，结婚没有？毛毛问，如果没有，你会娶我吗？乔治大笑，反问，你愿意做二房吗？因为，我已经有一个老婆了。毛毛问，你们洋人，也好这一口？乔治说，入乡随俗，现在我是潮汕人。

开了一番玩笑后，回到房间，梦梅和乔治继续谈女人。梦梅问，如果毛毛愿意做二房，你会娶她吗？乔治说，不会。梦梅问，为什么？乔治说，人倒可爱，可是太肥了，肥过猪。梦梅笑了，说，说人家肥过猪，我下去告诉她。乔治的眼神飘远了，自言自语，比起采儿，简直是云泥之别。梦梅心里一紧，说，又是采儿，你能不说采儿吗？乔治问，你是不是也爱上采儿了？梦梅心跳加速，脸也红了，说，采儿是人见人爱的类型，不瞒你说，我对她也有些好感。乔治说，我真的想和林阿为决斗。梦梅问，如果输了呢，甚至死了呢？乔治说，这就是中国人和英国人的区别，英国人如果选择决斗，就不会考虑输不输、死不死的问题。梦梅问，人都死了，别的还有什么意思？乔治直摇头，说，不，不，在你们看来，我们是白仁，但我们的确不会那么考虑问题。梦梅说，这个道理不是明摆着吗？乔治说，有些事情是不能讲道理的。梦梅说，我不理解。同时梦梅心里在想，自己会不会因为一个女人和一个男人决斗？答案很明确，绝不会。乔治说，我说一句潮汕人的坏话好不好？梦梅很敏感又很感兴趣。乔治说，我认为潮汕人很不浪漫主义，就算娶十个老婆，也和浪漫主义无关。梦梅半懂不懂，问，你不是夸陈光远风流第一吗？乔治说，那是对仗的需要好不好，"美丽无双"只能对"风流第一"。因为一路跑累了，两个人说到这儿再没有说下去，乔治先有了鼾声，接着梦梅也睡着了。

后半夜的某一刻，梦梅从一个香艳的梦境中惊醒。梦中，他一个人在月光下的大湖里游泳，游着游着，和采儿在湖中央相遇。他和她一句多余的话都没有，一见面就拥抱在一起，自然得像刮风下雨。两个人的身体紧紧贴在一起，上上下下，严丝合缝，但是，当时的感觉一点也不色情，身体里完全没有性冲动，唯一印象是，好像有人在旁边赞叹，瞧，他们多般配，这两个人才是天造地设的一对。后来他从水中举起她的左手，将一枚金戒指戴在她的食指上。醒来后，他想起了梦中那枚戒指的故事：

他曾经真的有那么一枚戒指，是用一颗烤番薯换来的，和一个姿娘仔。当时，梦梅不过五六岁，那位姿娘仔不过八九岁，名叫洪乌辫，是方圆几十里大受欢迎的女童伶。据说因为有一头黑发而有此名。班主姓洪，男女童伶都姓洪，名字是班主随口起的。那天晚上洪乌辫刚刚演完戏，还穿着闺门旦的戏服，眼风迷离，腰肢摇曳，肯定是演戏演饿了，饿极了，看见梦梅手中的烤番薯直咽唾沫，主动要求用金戒指换番薯。梦梅跑回家，把戒指交给阿嫲，阿嫲听清原委后，让梦梅马上回去把戒指还给人家，但那个洪乌辫耍大牌，死活不肯收，梦梅只好把戒指扔在她面前，想不到她看都不看，掉头就走，钻进戏台，再不露面。旁边有人说，她去一趟汕头、府城那样的大地方，收到的戒指、手镯、耳环，能装满满一小罐呢。既然这样，他就弯腰把戒指捡起来，带回家，偷偷藏下来。后来终究被阿嫲知道了，她要求他还是还给人家。几天后，另一个富人请戏，他事先把一根红线穿在戒指上，在洪乌辫有戏的时候，悄悄跑过去，挂在舞台一侧的帷幕上。他记得，戏还在演，但台下有了一阵阵喧哗。他回到座位上，周围的人开始不看戏，只看他。他只好站起来，跑出去。

此刻他才发现自己一直记着那枚戒指。

更重要的是，梦中，他郑重其事地把它戴在了蔺采儿的手上。

这说明了什么？他心里当然是明白的。

因而，他有点严厉地告诫自己，别忘了，祖地、女人和诗，是绝不能碰的三样东西。其实他并不担心自己会犯错误，就算他真的喜欢采儿。所以他很快又安然入睡。

早晨睡到自然醒，吃了饭，就开上车继续向南驶去，没多久梦梅就睡着了。乔治把他拍醒，说，睡觉多没意思，说说话。梦梅说，你怎么那么多话，没见过你这样的话痨子。乔治说，那是因为，我遇到了一个好听众。梦梅说，我不想听了，昨晚没睡好。乔治不管，坚持要和梦梅说话，问梦梅，在整个暹罗，潮汕人的地位都很高，可以说独享尊崇，你说说为什么？梦梅想都不想，说，因为郑信，郑信是澄海人，是他统一了暹罗，建立了吞武里王朝，现在的拉玛王朝是从郑信手里接过来的，所以潮汕人历来被暹罗人称作"皇族华人"。乔治说，好吧，这是一个原因，还有呢？梦梅还是没思考，直接说，潮籍商人占据了暹罗经济的"半壁江山"，他们也总是乐善好施。乔治打断梦梅的话，问，还有呢？梦梅猜到乔治肯定另有看法，也想听听他的看法，便说，还是人类学博士说说吧。乔治就等着这句话，他说，潮汕人在暹罗主动放弃了政治权利，不谋求政治利益，这才是最根本的原因。梦梅说，这是潮籍商人的传统，不问政治，埋头做事。乔治说，这只是事实，本质是，他们用放弃政治权利来求得生命和财产安全。梦梅问，这样有什么不好？乔治说，既然拥有土地是一个人的天赋权利，政治权利难道不是吗？梦梅说，我了解过，唐人只有和本地女子结婚，并改为暹罗名字，才有选举权和被选举权。乔治说，事实是很多人并没有这么做。梦梅说，这里面涉及感情和记忆，第一代、第二代不这么做，隔上几代人就不一样了。乔治说，涉及感情和记忆，我同意这个观点，但是，中国文人其实向来有这样一个传统，总是在热衷政治与躲避政治之间摇摆，这是毋庸置疑的。读书的唯一目的是做官，可是，一旦遇到阻力了，就会走向反面。梦梅说，出则仕，入则隐，得时则仕，不得时则隐。乔治说，对，正是这样。慢慢地，读书人的这种态度，变成了全社会的一种性格。比如，你们特别喜欢守拙，慎独，寡言，慎行，其实是一种主动示弱，你是石头，我就是鸡蛋。梦梅说，大概是这样，陶渊明说：开荒南野际，守拙归园田。中国地大物博，找一块田园躲起来还不容易吗？乔治毫无先兆地发出一声吓人的尖叫。梦梅问，怎么了二哥？乔治说，我终于找到潮汕人务实低调、精工细作的精神源头了。梦梅说，说说看。乔治说，陶渊明的诗启发了我，潮汕自古以来是一个流放官员的目的地，这里集中了全国最多的失意官员。于是，不问政治，务实低调，无技不精，种田如绣花，平安当大赚，如此等等，形成了一套完备的精神体系。这些东西别处并非没有，但是，在潮汕，有一个全民化的十分自洽的精神结构。梦梅问，你在夸我们呢还是在批评我们？乔治严肃地说，我非常尊敬你们，非常，非常，真的。

当日傍晚就到了马来境内。

在槟榔屿和吉隆坡各住了一晚后，到了马六甲，直接找到了鸡场街。"鸡场街"三个字，是从梦梅记忆深处跳出来的，阿嬷经常提到这个街名，下南洋之前，梦梅看过家里仅存的几封早期番批，里面也偶尔提到鸡场街。可以肯定的是，郑鸿利洋行和郑鸿利钱庄就开在这条街上，一个在街头，一个在街尾。祖父和他的胞弟就死在鸡场街的洋行里，据说大火从后半夜一直烧到天亮，三层楼的洋行被烧成一大堆灰。一进入马六甲地界，梦梅的神情就变了，始终直着脖子，端坐在车窗边，看着外面流动的景物一言不发。好像整个马六甲遍地都是溪后的人，而且人人都认识郑梦梅。先看见好几家潮汕人开的客栈，梦梅都坚决地摇头，好不容易才找到一家本地人开的客栈，名叫金木瓜客栈，二层小楼，店名是中文，主人却是本地人。住下后，梦梅也是死活不肯下楼，吃饭都不去，让乔治和阿端吃完饭，给自己随便带一些回来。

两个人走了之后，梦梅找出一封随身带来的早期番批，细细琢磨起来。从里到外有用的信息很少，信封上，寄信地址只是"由马六甲"四个字，寄信人不是常见的签名，是寄信人的一枚方形名章：郑集炎印。

信的内容如下：

慈亲大人膝下：

违离教益，为日旧矣，昨读手书，如闻玉音。敬悉家中诸事如常，老少平顺，儿心甚慰。儿等三人也均安好，生意趋旺，每日晨出忙事，抵暮返回鸡场街洋行内歇息，谈笑风生，其乐融融，勿念为盼。今有一喜相报，儿之番妻于本月初八日产下一子，母子吉安，我父名之为双喜，因近来洋行生意大赚一笔，喜上加喜，故名双喜也。慈亲大人华诞将至，儿以浮萍之身，欲行未能，形之于梦，不禁目汁涟涟。聊奉洋银三百元整，以应寿辰之用。

秋风渐清，愿大人益加调卫。

余容后禀，敬请

钧安！

> 儿集炎顿首
> 集亮集允均此敬候
> 乙亥九月十五日

集炎正是梦梅的祖父，溪前的大儿子。溪前、溪后的"集"字辈，大部分已经作古，听说溪后还有一个半个健在的，番畔出生，早年回银溪祭过祖。祖父有番妻，和番妻有孩子，这是肯定的，但不知是否在同一场大火里死掉了，始终没有一个可信的说法。总之，对于那次火灾，溪前、溪后都是语焉不详。

过了几顿饭的工夫，乔治和阿端才回来，给梦梅带回来一碗隆都猪脚饭。梦梅蹲在地上，急忙吃起来。乔治说，我们找到了郑鸿利钱庄，没找到郑鸿利洋行。阿端说，不过，有人还记得鸡场街上曾经有过一场大火。梦梅立即把碗放在地上，抬起头等着听后面的话。乔治问，是不是有三十年了？梦梅说，至少——至少三十年了。乔治问，那场大火，是不是从后半夜开始燃烧的，然后一直烧到天亮？梦梅点头。阿端说，烟味把邻居家的一只狗都熏疯了，满街乱跑，见人就咬，咬伤了好几个人。乔治说，满街还跑着晕头转向的老鼠，猫抓老鼠，一抓一个准。阿端说，邻居家的两只鹦鹉在浓烟中睡着了，睡了整整一天一夜才醒过来。乔治说，因为洋行里有大量洋药，浓烟里全是洋药的气味。阿端说，清理灰烬的时候，人们从灰烬里争抢两样东西，一样是还可以用的洋药，一样是没熔化的银锭银币。乔治说，大部分银锭化成水，从下水道里流走了，剩下的银子冷却下来，鸭屎一样贴在低洼处，有些封住了下水道，第二天早晨，邻居们为了抢银子和洋药打得头破血流。梦梅终于有机会提问，到底是谁放的火？阿端说，我们问了，邻居们也是瞎猜的。乔治说，很可能是情杀。乔治和阿端相互看了看，很默契，都不再说下去。梦梅说，你们两个不管谁说，一口气说完好不好？乔治说，说出来，你恐怕会和我成为仇人。梦梅问，和你？和你有什么关系？乔治说，可能和我们英国人有关系。梦梅说，你快说，你快说。乔治说，你家的一位祖父爱上了一个英印混血的姑娘，碰巧警察局长的儿子也喜欢这个姑娘，警察局长又是英国殖民总督的朋友，你想想，大火是谁放的，为什么是后半夜，又为什么没人救火？

梦梅放下隆都猪脚饭不吃了。

乔治故意躲在阿端身后，说，是英国人干的，不是我干的。

梦梅长嘘一口气，说，我倒是喜欢这个结果。

乔治从阿端身后走出来问，为什么？

梦梅抹了抹嘴角说，不是兄弟残杀，这就好。

乔治说，你们潮汕人，怎么可能兄弟残杀呢？这一点，我早就不信。

梦梅问，那溪后为什么不明说？

阿端说，情杀这种事，说出来多难听。

梦梅点头说，也是，也是。

乔治面露坏笑，说，细弟，你家祖先还是很浪漫的。

梦梅重新端起地上的猪脚饭，就着"浪漫"两个字缓缓吃起来。这两个字，虽然不太沾边，却准确地击中了梦梅的七寸。在银溪村，没有一个词和"浪漫"同义，有一个词，痴糕，意思离"好色"很近，离"浪漫"很远。后来的痟番客十三少，早在十三岁就写下了这样的诗句：我年才十三，好诗如好色。不知始于何时，好诗，好色，诗和女人这两样东西，一直都是悬在溪前男人头顶的两把利剑。起身下南洋的时候，梦梅心里就暗暗下过大决心，打死也不碰这两样东西。加上祖地，是三样。

乔治说，咱俩谁也别笑话谁，咱们都没少花过积恶钱。

梦梅抬头看着乔治，还在想好色的事。

乔治说，你们溪前祖先并没有像你认为的那样端庄正派——不挣积恶钱，拒绝鸦片和猪仔买卖。

梦梅看上去心不在焉，其实是认真的，说，现在看来是这样。

乔治说，那么，咱们是一丘之貉。

梦梅觉得乔治用词不当，这倒是难得一见的情况，很新鲜。

乔治有些兴奋，说，咱们都花过积恶钱。

梦梅把那封皱巴巴的家信递给乔治，让他看看。

乔治快快看完，大声念出其中一句：

近来洋行生意大赚一笔，喜上加喜，故名双喜也。

梦梅说，事实可能和我们的想象正好相反，当时，在我曾祖父还在世的那个年代，溪前、溪后其实已经各有侧重，溪前主要负责洋行这部分生意，溪后主要负责钱庄那部分生意，所以溪前的弟兄三人都住在鸡场街的洋行里，后来一个疯了，两个葬身火海。死掉的偏偏都是溪前的人，正是这一点，让我们有理由胡思乱想。全银溪的人都认为，是溪后放的火，然后独吞溪前、溪后共有的财产。

说上述话的时候，梦梅也基本想明白了，以上推测之所以被广为接受，是因为溪后给人的印象，如果不客气一点，的确可以这样说：食蛇还要配虎血，屙屎毒死狗，脚趾会执笔，他们不单单是吃番畔钱的人，他们有可能吃任何钱。一直以来溪前这边也愿意接受和默认这个说法，是因为这让他们有理由啼南哭北，装生假死，靠同情和自怜过日子。多少年来，他们正是这样维持脸面和生计的。

乔治问，那么，主要做洋药和猪仔生意的，不是溪后，倒是溪前？

梦梅长叹一口气，说，现在看来，这种可能性更大。

乔治说，我想听听你自己的分析。

梦梅说，这更合乎溪前、溪后双方不同的性格，溪后男人为人更圆滑，更知进退，更能深谋远虑，用鸦片和猪仔挣够钱之后，溪后及时抽身，金蝉脱壳，改做钱庄，而把洋行交给溪前继续做，我估计事实就是这样。

乔治说，还是缺少说服力。

梦梅说，你看这封信上说，近来洋行生意大赚一笔，只说洋行，没提钱庄。这算第一个证据吧。第二,三兄弟都住在洋行内,说明洋行和钱庄是相对独立的。第三,火灾之后的几十年里,我阿嫲每月都能收到一百两银子,这份批银是孝敬老人家的钱,不是公司分红,只要我阿嫲还活着就少不了,每月一份。这也说明钱庄是溪后的产业,洋行是溪前的产业,洋行在火灾中完全毁掉了。

乔治说,溪后应该给溪前说明白。

梦梅说,因为涉及死人的事,说了也是白说。

乔治问,这就是疑心生暗鬼?

梦梅说,正是,正是。

乔治说,现在坐实了,所以你我是一丘之貉。

梦梅问,我们能怎么样?

乔治说,我也不知道。

梦梅说,花过的钱又吐不出来。

乔治说,可是你显然更关心你的两位祖父是不是死于兄弟阋墙,不关心别的。

梦梅抬头想了想,没说话,算是默认。

乔治特意看了看自己白净的双手,看了正面看反面,然后说,毫无疑问,我们的双手沾满鲜血,别人不知道,我们自己知道,当然,还有上帝知道。

梦梅还是没有太大感觉,甚至觉得乔治有些婆婆妈妈,小题大做,令人生厌。

乔治问,你讨厌我了?

梦梅说,我不讨厌你,但我怕你。

乔治问,怕我?怕我什么?

梦梅说，怕一个太清醒的人在旁边。

乔治说，那我走，我离开？

梦梅说，你少说点就行。

次日，经不住乔治和阿端的劝说，梦梅同意跟随二人到鸡场街亲眼看看，并争取找到梦梅祖先当年和番妻遗留下的子孙后代。根据郑鸿利洋行原址旁边一家人提供的线索，没太费劲就找到了郑集炎的一个亲儿子，家住三保山附近，不到四十岁，眉目间的确有一些溪前子弟的味道，文气多，江湖气少，守着一家规模不大的士多店，多少会说些中国话，有个中国名字叫双喜，知道自己的中国父亲名叫郑集炎，也知道自己有一半中国人的血统，知道中国有个潮汕，形容萎靡，有气无力，同样是一蹶不振、生计维艰的模样。为了证明自己没有撒谎，他跑进屋里翻腾了半天，找出一个回批的批封，只有封没有信。

吉信顺至马六甲鸡场街　交

郑集炎　孙男　收知

饶邑隆都镇银溪　家祖母付

梦梅手持皱巴巴的批封，几乎要哭几声了。

梦梅动情地说，你是我的亲叔叔。

双喜结结巴巴地问，你是、你是郑集炎的什么人？

梦梅大声答，我是他的亲孙子。

双喜静静地盯着梦梅，似乎在辨别亲孙子到底是什么关系。

双喜又看看另外两个人。

梦梅说，他们是我的朋友。

一番艰难的对话之后，当年的情形倒差不多说清了。

当时和双喜的对话，加上后来和乔治、阿端的分析，形成了如下几条：

火灾的起因的确是一个女人，一个英印混血的美丽姑娘。

所有人认为，放火的人是郑集亮的英国情敌，但没有证据证明这一点。

郑鸿利洋行是行铺、仓库，也是办公室，顶楼还住着人，东西全部焚毁，人也无一幸免。

据推测，郑鸿利洋行的闲置资金应该存放在郑鸿利钱庄内，但是，事后钱庄声称郑鸿利钱庄和郑鸿利洋行早已分割清晰，各是各，郑鸿利钱庄并没有存放郑鸿利洋行的一分钱。钱庄和洋行在很长时间内的确没分家，但是后来的确分开了，钱庄归溪后，洋行归溪前，钱庄不再染指洋药和猪仔生意，洋行不再插手投资和借贷事务，鱼是鱼路，菜是菜路。当时洋行生意正好，可以说如日中天，所以溪前是乐于接受的。溪后为什么选择钱庄？因为，当时国际橡胶行情非常好，英美各国的橡胶股票和期货价格节节上升，有钱人张口闭口是橡胶，溪后看到了新的商机，向洋行和个人发放了大量贷款，鼓励人们购买橡胶股票。这说明溪前、溪后没有谁更正派，只有谁更灵活。太多事实证明溪后比溪前的确更灵活，更善于审时度势，溪后子孙很容易出策略家，很会合纵连横的那种，代代不乏其人。溪前则只出书呆子。哪怕不读书，也是书呆子。就像梦梅的爸爸阿女。披肝沥胆，写诗填词，玩女人，抽大烟，很多时候恐怕是这些书呆子的自暴自弃。

溪前在马六甲的后人如今所剩无几。

手中有中国家人的地址，为何始终没有联系？

双喜的身体变僵硬了，像是对这个问题做出的本能反应和曲折回答。

梦梅说，这个地址是对的，没变，有空回去看看。

双喜看着梦梅，表情比先前更木了。

梦梅说，你如果真的回去，宅院、田地、家产都有你的一份。

双喜很迟钝，好像全无宗亲的概念。

接下来，梦梅、乔治和阿端三个人变成纯粹的游客，在马六甲四处走了走，继续驱车南下，在潮汕人较为集中的新山停留了两天。在新山，专门去看了看橡胶园。这里几天前刚刚下过一场大暴雨，城市里，路面的积水还没有退尽，不少房屋的屋顶被掀翻，四处遗留着被海水冲上岸的渔船、渔排、网箱、树木。他们找到了一座橡胶园，先被拒之门外，后来还是水客面子大——梦梅说自己是水客，亮出了水客的执照，对方一看马上就同意了。和暹罗那边一样，所有猪仔集中的地方都允许水客出入，因为猪仔们最关心的事情无非是挣了钱寄回家，通过批信往来保持和家人的联系，解决了这件事情他们就安静多了，就不会惹是生非、寻衅滋事。三个人进了大门，没走几步便闻到一种怪异的臭味，和刚才在街面上闻到的臭味大不相同，令人极其恶心。随即就知道是尸体的气味，暴雨和洪涝之后，疟疾流行，死了不少猪仔。死者的尸体随便丢在垃圾区里，一个摞一个，血水和污水合而为一，漫向四处。乔治拉住梦梅和阿端，说，小心传染。三个人停下脚步，忍着恶臭观察着死者。所有死者都穿着完全相同的灰色工服，糊满了血迹和粪便，多数面朝下，撅着尖瘦的屁股，看不见五官，头发乱糟糟的，人人身后都背着一个阿拉伯数字，印在工服上，3，9，31，5，40，83……距离最近的一个死者，是109号，一张黑瘦的小脸斜放在一小片草丛上，看得见的那只眼睛，深深地陷下去，已经是骷髅的样子，可以想象整个人在死之前如何上吐下泻，受尽折磨……每一个死者都打着赤脚，109号趴在较低处，两个大脚板泡在一汪血红的污水里，厚厚的脚掌和老茧被泡得软嘟嘟的，令梦梅的双脚底下一时麻酥酥的，因为，他心里有了个词：吾国吾土。他想起，那是用同一块土地磨出的老茧，109号脚上的老茧和自己脚上的老茧毫无区别。

三个人转身走向别处时，乔治和阿端看见梦梅在偷偷抹眼泪。乔治和阿端则蹙着鼻子拒绝着如影随形的臭味，不想张嘴说话。

在乔治的坚持下，他们看了看猪仔们的工作场景和生活状况。那些没有染上疟疾的猪仔，和病得不轻但还没死的猪仔都在干活。他们沿着两米高的铁丝网一直向里面走，走了三四里路，终于到了橡胶林。

远远就看见了五六个"活着的工服"，和刚才看见的工服相比，唯一的区别是，前者是死了的，身后的号码也死了，后者是活的，身后的号码仍然在喘气，甚至发出嚓嚓嚓的声响。仔细看时，才知道声响来自别处。猪仔们每人手上都有一把长刀，薄薄的刃子一闪一闪很瘆人，左手握住刀柄，右手向树皮里压着刀身，并向下拉去。左一下，右一下，一条细细的带着弧度的树皮被巧妙割去，剩下的白色伤口，是一个斜向的长长的（眼睛状的）美丽伤口，在经历了短暂的痛苦和迷惘之后，刹那间湿润起来，渗出越来越多的白色胶乳，在即将连成一条线之前，猪仔把一个剖成两半的椰子壳接在伤口的最底端，静静等候椰子壳渐渐被黏稠的胶乳注满。一个伤口里的胶乳刚好能流满半个椰子壳，然后倒入一个不大不小的木桶里，接着换一棵树继续相同的工作。看上去这活一点也不累人，甚至令人羡慕，很想亲自试一把。乔治还真的试了一把。

梦梅和阿端没试，他们和老乡们聊了聊家常。虽然不过是几句简单的家常，也多少明白猪仔们的日子多么不容易。和插秧相比，哪个活更累？当然是割胶更累，都是弯着腰，但割胶更用力，用刀子切树皮，力度要够，又不能过大，过大伤树，影响产量，过小胶乳流不出来。一天干活几个小时？每天凌晨2点就开始干活，到天亮已经干了四五个小时，因为太阳出来，温度升高后，胶乳会变质。接近中午时不再割胶，在工地简单吃过送来的工饭之后，任务变成养护橡胶树的幼苗，总之，每天工作十几个小时。订了几年合同？五年、十年、二十年都有。收入如何？每月给家里寄多少钱？收入不到最后还不好说，每月能领到三元港币，这个钱是由橡胶园通过水客直接寄回家的，另外，猪仔们每月还能领到五枚"猪仔钱"，一种出了这家橡胶园就用不了的钱。梦梅用港币换了几个猪仔钱，一看才知道是橡胶园私制的代用币，瓷质，有圆的，有方的，有不规则的，烧制讲究，通体为白釉，正面有龟、鹿、鱼等不同纹饰的浮雕，浮雕上涂着蓝釉，反面只有一个"钱"字，周围是八卦纹。一枚猪仔钱相当于多少铜钱？一枚合中国铜钱七个，合英国银币一角。不难看穿，橡胶园用这种代用币发工资是为了牵制猪仔，让他们没法跳槽，也不方便逃跑。另外，还只能在自己的橡胶园消费，肥水不流外人田。橡胶园设有赌局、烟馆、妓院、食肆，引诱猪仔消费，猪仔钱用完了，可以赊账，意志薄弱、贪图享乐的猪仔往往欠了一屁股债，只好再三续订契约，长期留在橡胶园。好在无论如何每月有三元的港币寄回家，解决了头号难题，没有后顾之忧，甚至不担心死在橡胶园，就算死了也值。据了解，这家橡胶园的一个股东是潮汕人，所以这儿的猪仔待遇是新山所有橡胶园中最好的，三元港币不发给猪仔本人，由橡胶园直接交给批局或水客，每月按期寄出去，这张人情牌只有潮汕老板才打得出。橡胶园总会主动和批局及水客保持联系，每月发工资的那一天，请他们上门收批，甚至都不用和寄批人见面，等回批来了之后，再交给他们，等于工资凭证。这个办法不可小觑，大大缓解了猪仔们的思乡情绪，让他们感恩戴德，安心工作。

离开新山，又放下车，乘船越过柔佛海峡，去石叻玩了两天，找到了传说中的晚晴园，孙中山在南洋进行革命活动的重要基地，有人在那里卖《大革命家孙逸仙》，乔治买了三本，自己一本，梦梅和阿端各一本。乔治说，正是这本书让孙中山出了大名，日本人宫崎寅藏写的，据说在日中国留学生几乎人手一本，大家吃饭睡觉都在谈这本书，可以说，这本书对中国革命有重要意义。梦梅和阿端都表示，回去一定要仔细看看。

回程则主要是赶路，多数时间在路上跑。在怡保准备住店的时候，看见路边有人摆着木瓜摊，金黄色的木瓜非常诱人，周围蹲着五六个当地人，买了木瓜，就地拍开吃起来，吃得满脸满手都是木瓜汁。三个人直咽唾沫，登记好房间后，立即出来吃木瓜。梦梅买了三个木瓜，请摊主一切为二，再把木瓜子随便甩在路边。三个人边吃边夸，好吃好吃。梦梅发现路边那堆湿漉漉的木瓜子上挤满苍蝇，能感觉到苍蝇全都醉醺醺的，又有木瓜子从高处砸下去后，有些苍蝇弹起来，马上再落回去，有些苍蝇一动不动，宁愿被埋在深处。梦梅看得入迷，心里突然冒出一个想法，曼谷好像没看见有木瓜，那么能不能把木瓜引种到曼谷？

梦梅推推乔治，说，不拍照？

乔治快快吃完，抹一把嘴，真的取来相机，挂在脖子上，对焦，摁快门，拍完木瓜摊再拍吃木瓜的人，拍梦梅和阿端。几个吃木瓜的当地人挤在乔治身边，伸长脑袋，争着看取景器，其中一个直接把相机夺过去，翻来覆去地看，甚至在有缝隙的地方掰来掰去，想看看里面是否藏着一双眼睛。

乔治冒出一句英语，Freeze！

那人竟听懂了，把相机还给他。

梦梅说，二哥，你再说英语，看摊主能听懂吗。

乔治没听明白。

梦梅说，你问他，这堆木瓜子我们能不能带走。

乔治问过后，告诉梦梅，他说当然可以。

梦梅说，你再问他，我出工钱，能不能帮忙收拾干净。

乔治问梦梅，你要干什么？

梦梅笑着说，我自有用处。

乔治问了摊主，告诉梦梅，他说，当然可以。

梦梅说，你再问他，要多少工钱。

乔治问过后，告诉梦梅，人家说随便，不给钱也没事。

梦梅说，你再问他，别处还有没有。

乔治说，你有完没完！

梦梅抱拳说，辛苦二哥了。

乔治又问过摊主，然后说，他说，家里有一大堆。

梦梅说，我都要了，让他出个价。

乔治做了个鬼脸才问摊主，然后说，他说不要钱，帮他清理垃圾，要什么钱。

梦梅说，肯定要给钱，让他明早送到客栈。

乔治指着旁边的客栈，说给了摊主。

乔治告诉梦梅，他同意了。

回到客栈，梦梅说，这木瓜又好看又好吃，我想试试在曼谷能不能种出来。

乔治问阿端，曼谷没有木瓜吗？

阿端想了想，说，好像没有。

梦梅说，苍蝇成堆，打都打不跑，可见这木瓜营养多丰富。

乔治竖起大拇指，说，不愧是潮汕人的头脑。

梦梅露出一点得意相。

回到曼谷，直接去了陈府。

很奇怪，陈府不仅门窗紧闭，而且贴着泰语的封条。转到万昌批局，宋万昌说，陈光远因涉嫌在暹罗给孙中山筹集政治捐款，被逮捕了，目前潮汕商会正在设法营救。

宋万昌还拿出一张华文报纸——《汉境日报》，让梦梅看，梦梅翻了翻就放下了。宋万昌让梦梅仔细看副刊《国风吟苑》。梦梅在左下角看到了"郑梦梅"三个字。原来上次品茶后大家写的那一组对联，宋万昌请报社的熟人发表出来了，唯独没有乔治那副联。

乔治问，为什么没我的？

宋万昌说，我可不想惹林阿为生气。

乔治嘟着嘴，很不高兴。

宋万昌递给梦梅十元港币，说，你的稿酬。

梦梅很吃惊，问，八个字的稿酬？

宋万昌说，是呀，别嫌少。

梦梅说，我觉得太多了，才八个字！

乔治故意拉着脸说，我嫉妒！

宋万昌说，你们再写，我帮你们发表。

随后就谈了谈此行的结果，宋万昌听完后说，这样就好，这样就好。

乔治说，哈哈，你们两人同一个口气。

宋万昌问，什么口气？

乔治夸张地摇着头，夸张地叹着气。

梦梅说，他的意思是，我们只关心是不是兄弟残杀，不关心别的。

宋万昌反应过来后，笑了。

乔治问，难道不是吗？

梦梅说，不完全是，我们首先关心是不是兄弟残杀，其次关心是不是贩卖鸦片，不是不关心，而是换了个位置，首先，其次。

乔治说，首先和其次，大不一样。

第三章

1

民国六年（1917）二月十三日的午后，时光里收到了梦梅在新的一年里寄回家的第一封批，刚刚过完年，正是时光里捉襟见肘的时候。

梦梅的信是这样写的：

祖母大人懿鉴：

北风多便，惠我好音，展纸申函，如慰饥渴。家中老少欢度佳节之情状，祖母大人述之斐然，历历在目，如同亲见，心中三叹，何啻万端。梦梅在暹，与好友二三子结伴远游，作十日欢，亦甚难忘。

梦梅此番去国非久，然踯躅歧路，多有见闻，曾贪韩江之鱼，今饮湄南之水，或行或卧，于家中各事常累思不止，且间有收获，今愿与祖母大人及父母大人一一道来，求指迷津。溪前溪后，代代手足情深，先人遗范，至今抚之犹温。中遭时变，天意人事，阴晴演化，瓜桃投报，不免并存，我家后人理当一言一行，反求诸己，不可龊龊称殇，怨天尤人。尔后岁月，当以今思昔，善护景光，笃实奋发，此所望于家人者，一也。溪前之衰，始于二祖之亡，然潮汕人南下凡几百年，非某一户谁一人有此悯凶，岂惟家之不造？命之独薄？膏粱文绣之场，有不必于身亲见之者，鸡犬桑麻之地，苟能食足饭饱，虽咬菜根而知其味，以佃以渔而安其心，亦属万幸。我以为，尔后之计，当图长远，不可削足适履，倚马而待。况吾家尚有大厝多处，过半闲置，又有畎亩数百，良莠不齐，我意可将十之四五作价变卖，所得银款半存之，半用之，存之者以备不时之需，用之者以下述各项为先：乃铿成人礼及嫁妆所需，乃清乃聿乃静乃君乃诚月英诸孥读书进学所需。另者，吾嫂改宗洋教之事，我意当许之，且无碍于家产分份也。吾嫂若去意已决，当仍以长兄为大之旧例厚待之，万勿鄙视，此其二也。梦梅近已决然从万昌批局辞职，在义山亭附近廉价租得荒地十余亩，欲在曼谷试种木瓜。此木瓜为我等旅行途中偶见，其黄胜金，有一笑倾城之姿，入口之时，诧为仙果。又闻该木瓜为彼处独有，产量高、耐虫害，可丘陵可平地，可播种可移苗，当年即可结果，如善加芟制，一岁数出，除食用、药用、育售良种之外，可加工为木瓜粉、木瓜汁、木瓜干、木瓜酒等等。其籽于彼地纯为弃物，随食随蜕，蝇起蝇落，贱不论贾，我等遂广为收集，车载以还。潮地素有"千盏灯不如一支烛""有惰人，无惰田""天地补忠厚"之说，微言大义，我年三十，方有所悟，故愿摒绝功名闻达之浮想，从此脚踏实地，两袖清风，点瓜种豆，早晚耕耨，鸿鹄焉而燕雀，辙北焉而辕南，痛自濯磨，丰其毛羽。窃望祖母大人及父母大人容之谅之，期之待之，此其三也。

聊奉港币六十元，补其家用。顺寄暹地流行之《潮语圣经》一书，以我平生首次所获之稿酬购得，吾嫂用之也。

草草述怀，不罄什一。

专此，敬请

福安！

附孙儿在暹写真三帧。

又：乃诚诸孥玩水时万望注意安全。

愚孙　梦梅

丁巳正月将晦

午后，老祖正独自躲在后库的书房里吸烟，午觉之后的几口水烟是无论如何少不了的。整个时光里，她最喜欢的地方不是前面的天井和大厝，而是后库，尤其是二楼这间书房。原本是鸿顺公专门给自己设计的，但他一直没机会用，后来回到时光里，眼睛已半瞎，看不了书，做了几年鸦片鬼就一命呜呼。他留下的那把老烟枪倒是一件宝贝，嵌满各种宝石、珊瑚、绿松石、翡翠，有人出重金求购，她没舍得出手，关键是，有时候她自己也需要来两口。老烟膏她也还存着一些，装在漂亮的木盒子里，有正经八百的牌子，名叫黑芙蓉，盒子上印有两朵芙蓉，一朵粉红，一朵紫红。烟膏不是一坨一坨的，而是一颗一颗的，英国银币那么大，用黄色牛皮纸包裹，剥开牛皮纸就能用，用不着亲自捻，一颗刚好是一泡，头痛、气喘、伤心、咳嗽、拉肚子、睡不着、来月经的时候，都可以把老烟枪拿出来用一用，一泡就够了，和吸水烟一样方便。当然，一个是坐着用，一个是躺着用；一个是自己用，一个是藏在心里的某个叫不出名字的小怪兽用，实在是大不一样的。

家丁带着一个年轻批脚走进大埕，穿过三进天井，再穿过后花园，在后库的书房里找到了老祖。批脚先把一双大大的赤脚在地上蹭了蹭，再把长柄伞立在门口，提着长弓竹篮走进书房，闻到了传说中的木香，脸上溢出深受感动的痕迹。这正是批脚们抢着来时光里送批的主要原因，在时光里的任何一个房间里，都能闻到全潮州独一无二的木香味。是看见看不见的木结构和大大小小的家具散发出的气味，那香味，绝不是浮在表面的香味，而是空气本身，不和空气争伯仲，经过时光和岁月的久久淘洗，早已接近无，似有又无，似无又有，让所有扑鼻而来的香味显得俗不可耐。批脚们的鼻子灵得很，他们说，连时光里那个九十岁的老祖身上都有木香。任何一个批脚进了门，鼻子都是略略提悬的样子。现在，年轻批脚就悬着自己俊俏的鼻子，从批袋里取出一大一小两个批封，恭敬地递给老祖。

老祖请批脚稍候，用长长的指甲自己撕开批封，先看三张照片，一张是梦梅和乔治、陈光远三人的合影，梦梅和陈光远面对面斜坐在栏杆上，乔治站在陈光远身后，三人都是西装革履，盛年逢盛世的样子，照片镶在漂亮的硬纸板里，左边的空白处，依次注着三个人的名字，并有梦梅的那副联：西园犹似桃园，和气更重义气；右边的空白处有三行小楷：余三人同客暹罗，一荆相识，遂觉情感融洽，因叹人生不相见，动如参与商，是故摄真一张，以作纪念，而资永久。另一张是梦梅的单人照，穿一件白衬衣，左手向上，举着个大木瓜，手腕上的手表很醒目，身后是几个皮肤黝黑、个头矮小的马来男人，相比之下梦梅倒像一个洋人了。第三张是梦梅和阿端的合影，背后注明：我和阿端。老祖看完照片才开始读信，虽然是一目十行，却基本看清了梦梅在说什么，表情喜忧参半。看信的同时，也略略打好了回批的腹稿。还是不用批脚长弓竹篮里的那些东西，取出自家的木版水印的八行笺，再用自家写小楷专用的抄手砚和小白云，双眉微蹙，快快写好回批：

梦梅吾孙：

　　来信并港币六十元，书一本，影三帧，均已收妥，免念。士别三日，当刮目相看，吾孙之文章见识均有很大长进，读之甚慰矣。唯望枝改信洋教之议，惜乏深虑，糊涂至极。他日归里，再详示之。

　　　　　　　　　　　　　　　　　　　　祖母字

　　　　　　　　　　　　　　　　丁巳二月十三日

批脚从竹篮里取出一堆印章和印泥，在起款和落款处分别盖了如意章，然后收进一个小一号的批封里，再请老祖写封，回批人不是用笔署名，而是盖上老祖自己的私章，一枚半寸高的鸡血石印，蘸上西泠印社的印泥，轻轻呵一口热气，再下印，动作十分仔细，用力轻而慢，揭起印时，"余桂仙印"四个红字就活脱脱地留在批封的左下角，让整个批封一下子有了飞起来的可能。

一印值千金啊。老祖说。

批脚说，到底是吴昌硕的印。

老祖问，批脚弟，你怎么知道是吴昌硕的印？

批脚笑笑说，您忘了，上次听您老介绍过。

老祖拍着脑袋，说，看来我真老了，一点不记得了。

批脚说，百岁脱胎换骨，您老人家还早，还没到脱胎换骨的时候。

老祖说，老而不死谓之贼，我知道。

批脚一笑，收好东西急着要走。

老祖从桌子后面摸来一个红包，硬要塞给批脚。批脚看见红包，吓得直往后躲，就像怕蛇的人看见了蛇。老祖说，拿上拿上，图个吉利，咱们这大年还没过完呢。批脚坚决不接，把批封上的一枚告诫戳指给老祖看，"照批分银，无取酒资，无甲小银"，老祖迟疑的瞬间批脚提起竹篮大步跑出去了，跑了几步又回身取走门口的长柄伞。老祖仍旧坐在老地方，面含笑容向批脚挥手。

等批脚走远后，老祖放下门帘，打算一个人再好好看看梦梅的信。梦梅的这封信不同寻常，有实更有虚，得好好再看一遍。

重新看过一遍后，便可以肯定：

梦梅去过马六甲了，"与好友二三子结伴远游，作十日欢"，一定是前往马六甲的意思。"中遭时变，天意人事，阴晴演化，瓜桃投报，不免并存，我家后人理当一言一行，反求诸己，不可蹩蹩称殇，怨天尤人。"这几句话言之凿凿，虽然隐晦，但不难做出推断，梦梅心里的话应该是，他已经打听过了，并有了结论，两位祖父的死，种种原因"不免并存"，溪前应"反求诸己"，而不是"蹩蹩称殇，怨天尤人"。那么，至少可以排除，溪前二位老兄弟之死是溪后所为。

另外，梦梅肯定有了两个结拜弟兄，其中一个还是洋人。梦梅对望枝改信洋教的态度如此明白，毫不掩饰，恐怕和这位洋人朋友有关，竟然还大大方方寄回一本《潮语圣经》。老祖早就知道有这么一本书。她刚嫁到银溪村时，村里就有几户人家信主。信了主的人都要从老屋里搬出去，另立门户，死了之后，不看风水，不看日子，新辟墓地，墓碑上刻着十字架，有些死者名字前面有"基督门徒"四个字。当时，妈屿、达濠、樟林、盐灶、贵屿、流沙、仙洲、浮山、坎下、东里、莲阳，到处都有教堂，整个村庄就像被洋人的教堂包围起来了。河边、路畔随时能遇见穿着白袍子的洋人传教士和修女，眼尖的人甚至能认得出哪个是长老会的人，哪个是浸信会的人，哪个是圣言会的人，哪个是巴色会的人。改教之后的家庭，的确有一些明显变化，不再溺婴弃婴，不再三妻四妾，不再裹足，不再养童。大河小河里时有人在河中央受洗，就像要从河中央找个窟窿钻进去。大河小河里经常漂着福音船，时光里刚好紧邻银溪，站在后库的天台上看福音船上的人，连鼻毛都能看清。竹席搭建的船篷很简陋，比鸡窝好不了多少，两三个穿西装、戴圆形礼帽或者鸭舌帽的传教士（有时候是穿白袍子或黑袍子的女教士），加上两三个光脚的青年挑夫，一个白净的少年仆人，一个戴着草帽却光着脊梁的老年船夫，常见的福音船就是这样的。和走乡串户的小戏班一样，有一堆戏囊要搬，永远在路上，永远在别人的地盘上，有时候看上去倒是怪可怜的，让人想起拖家带口的操着异地口音的乞食。老祖还记得，她心里有时候也很佩服他们，不在家里舒舒服服待着，乞食一样四处布道，看人脸色，被人驱赶，教堂毁了再建，建了再毁，也算得上是驴生拼死了。也正因为如此，老祖当时很担心，过不了几天，全世界都会变成天主的天下、基督的天下、十字架的天下，阿弥陀佛、老爷保贺迟早都要改成阿门阿门。不过，有意思的是，转眼几十年过去了，信上帝的人和信老爷的人都还是当初那么多，谁也没多，谁也没少。大概一年前，那个名叫董姑娘的美国姿娘来到时光里，看遍了时光里的角角落落，做了很多笔记，画了很多画，顺便也给老祖画了一张素描，把那幅画留给她，还留下一句由衷的赞叹：你家富死了！走了之后再也没来过。

两个人拉拉杂杂说了很多，唯独没提及洋教。她估计，董姑娘的本意是要来给她传教的，所谓看看时光里的建筑和家具，不过是借口，她心里早就准备好了回绝的话，可惜没用上。那之后，董姑娘再也没有进来过，从时光里大门口来来往往，美国腔调的潮汕话就在几步之外，从来没进来过。上了九十岁之后，老祖自己也不喜欢出门见人了，所以，两人有过一次愉快的谈话之后至今没有再见面，好像她们一辈子只欠那么一次见面，见过了，就没有必要见第二次了。

后来一个信教的远房侄女从黄冈来时光里看望她，她问侄女，怎么就下决心改信洋教了？侄女说，说实话，我是为了每天能领到一份圣餐和一小袋米才同意去教堂听福音课的，一开始一直半信半疑，后来，一个小小的瞬间，针尖那么大的一个小瞬间，心里一动，就信了。她问，你男人没意见吗？佤女说，我男人愿意做基督徒，是因为每天能从教堂的粪坑里多挑几担粪出来。教堂的粪坑天天都积得满满的，能挑好几担出来，我男人为了多挑几担粪，就信了，信到后来，和粪就没关系了。她说，一个女传教士和我聊了一下午，天南海北聊了个遍，就是没提起基督，你说怎么回事？佤女说，富人生下来嘴巴里就含着金钥匙，说明人家信老爷信对了，根本用不着改信洋教，知道劝不动，不如不开口。佤女马上又问，声音很轻很轻，姑姑是不是想改教？她急忙大声说，没没没，我只是随便问问。

最近这段日子，女传教士越来越多，除了洋姿娘，还有本地姿娘。洋姿娘无论老少，都叫姑娘，斐姑娘、董姑娘、琳姑娘什么的；本地姿娘则一概叫传道姨，年纪轻轻的，十七八岁的，也叫传道姨，一人拄一根文明棍，扶手拐弯的那种。她们大大方方地在田间地头走来走去，和颜悦色地和人们打招呼，就好像她们的一颦一笑都是福音的一部分，不用多费口舌，福音就已经在空气里了。

教会很会想办法笼络人心，尤其是男人不在家的那些姿娘的心，比如，前些天村子南侧向西的岔路口，突然有了一个"安全岛"：一棵老榕树上，挂着一个大号的竹篮，竹篮上画着红红的十字架，篮底铺着稻草，稻草上面备有小棉被、小衣服。榕树的树干上写着"安全岛"三个大字。

不用说，安全岛就是收弃婴处。

用不着解释，人人能看懂，尤其是姿娘。

近来不太喜欢出门的老祖先前专门抽时间去看过，不过大老远就停了下来，不敢走近，因为，她年轻的时候还没有安全岛，她曾亲自丢弃过两个女婴。

一股清风吹过来，她哭了。

她想不起两个女婴的模样，丝毫都想不起来，但是，她忘不了她们的哭声，一个和一个不同。此刻，两个姿娘仔从安全岛那边跑过来，向她们的母亲跑过来了。她们手拉着手，用不同的声音欢笑着，笑声里没有任何怨恨。她们在另一个世界也在成长，但是，永远也长不大，永远是七八岁的样子。

她愣愣地站住了，没有悲伤，也没有心碎，好像忘记了这个世界上有悲伤，有心碎。直到两个姿娘仔几乎拉住了她的手，她才转身逃走了。

那之后，她越来越不爱出门，出门半步都不愿意。她眼中的洋教，不远又不近，陌生也熟悉，既没有亲近感，也好像没有太明显的厌恶。只是，她知道，她绝不会允许家里的任何人改信洋教，这是没有商量余地的。在时光里，她向来说一不二。

那本《潮语圣经》到底是什么样的一本书？书上到底说了些什么？她倒是很有兴趣了解一下。于是就皱着眉毛翻到第一页：

> 元始个时候，神创造天地，地空虚混沌，深渊个面上乌乌暗暗，神个灵孵在水面，神咀，着有光，就有光。神看着光是好，神将光暗分开，神叫光做日，叫暗做夜。有夜昏，有明起，是一日。

一字一句往下读的时候，她脸上渐渐有了忘我的笑意，有几次几乎笑出了声，就像看潮戏时从一个演员的看家戏里体会到了潮州话的韵味。天天挂在嘴上的一种语言，在舞台上，在文章里，便有了想不到的奇异的吸引力，半是亲切半是陌生，一半是很亲切的陌生感，另一半好像相反，是很陌生的亲切感。不过，老祖只看了两三行，就突然停下不看了，因为，有人在她的后脑勺上狠狠给了一拳，嗡的一声之后，书中的潮语变成了无数只虫子，哗啦啦飞向四处。急忙停下后，顺手把书合上，暗暗拨在远处，闭上眼睛，嘴里念念有词，在请求家神和先贤们的宽恕。

随后，她把《潮语圣经》藏进书柜下方的一个柜子里，只带着梦梅的照片和信，走出书房，绕过后花园，从火巷直接到了前埕。她准备去找儿子阿女。路过家祠的时候，她的头又嗡地响了一声，于是，她从"荥阳世家"的大匾下走进去。"荥阳世家"四个字也是请吴昌硕写的，和她的那枚名章是同一次求的。缓缓走进正殿后，两侧的大柱子上是那副著名的溪前式对联：

非因报应方为善
岂为功名始读书

正殿两侧的门楣上各有一块红色小匾，右为"世胄之光"，左为"巾帼丈夫"，是她过八十大寿的那一年，溪后送给她的寿礼，一言九鼎，把她捧为溪前、溪后共有的人瑞。她在蒲团上软软地跪下来，向祖先们默默表达了自己的决心，大意是，列祖列宗在上，只要我余桂仙还有一口气，就绝不允许荥阳世家被洋教玷污……

之后老祖走出时光里，要去半容小筑。为什么叫半容小筑，没几个人知道，她也是猜的：陶渊明说自己"审容膝之易安"，十三少阿弟则等而下之，名之曰"半容"，把整整一座院子设计成闲适好玩的样子，不西不中，不是四点金也不是下山虎，接近苏州园林，以"半容"和"小筑"自谦，规模一点也不小，占地面积略小于时光里，园林部分占了更大比例。十三少疯了之后回到银溪，没在其中住过一天，不久就跳井自杀了。如今，半容小筑是儿子阿女一个人的天下，阿女在里面养些花草，种些中草药，曾经有一位朋友是个老中医，和人家一起喝了几年茶，多少学了点秘方，能给人看看伤寒中暑的小病，往往还能奏效，外加玩茶玩石，结交八方茶客和石友，让半容小筑成为方圆数十里有相当影响力的闲馆，村里人习惯称之为"阿女闲间"。闲间，又称闲馆或间馆，每个村子都有，少则两三个，多则五六个。由村里一个或几个有钱人出房出资，供村中来往客人临时居住，也供村民们闲暇时来喝喝茶、下下棋、讲讲古、赛赛龙舟、敲敲锣鼓、学学潮戏、练练拳脚……总之，闲馆是一个用来休闲放松的场所。休闲和放松可以成为艺术，休闲和放松的艺术在相互攀比与竞赛中可以越来越出色，时间长了，一个闲馆可能比它所在的村子还出名，为人们所熟知，仅饶平澄海一带，知名闲馆就有十多家，绿池、醉英、松义、合如、新和居、耐饿轩、坦然、义怀等等，有老闲馆，有新闲馆。村里每年必不可少的一些文娱活动，比如营老爷、赛龙舟、闹花灯之类，常常也由闲馆负责组织。闲馆总是一个人才荟萃的地方，要什么人才有什么人才，一般也不缺少猛士勇士，所以，闲馆往往也有义务保卫乡邦，抵御盗贼骚扰和外部威胁。于是，闲馆往往又不闲，反而很忙，一个"闲"字有时倒是透着更多的杀气。历史上，每隔一段时间，由闲馆引起的民间风云，常常搞得地动山摇，不可收拾。比如，清咸丰三年（1853），附近的王厝村出了个名叫王兴顺的人，他积极响应太平天国运动，揭竿而起，联合周边各村十八个闲馆，包括银溪的两个闲馆，秘密集结数千人，做了充分的军事准备和动员，但出师未捷，很快就被官府镇压，一大批人死的死，逃的逃，七少爷和十三少兄弟正是那之后逃往马六甲投奔父辈的。当时老祖嫁到银溪没几年，接连生了四个女儿，只活下来两个，儿子阿女还没出世。几年后，北方的义和团闹得轰轰烈烈，变"反清"为"扶清"，矛头直指洋人洋教，"扶清灭洋"的旗号红遍大江南北，势如破竹，听说慈禧太后允许义和团大摇大摆进驻北京，潮汕的十八个闲馆相当羡慕，但始终静悄悄的，没烧过一座教堂，没杀过一个洋人。一朝被蛇咬，十年怕井绳，这是一个原因。另一个原因恐怕是，潮汕人和洋人的接触史远早于国内其他地区，潮汕人很早以前就跨出国门，足迹遍布欧美、南洋和东洋，而欧美、南洋和东洋的洋人出入潮汕也不止十年八年，双方和平相处、友好往来早就不成问题，最好的例子是，别处的洋人必须生活在租界里才有安全感，汕头埠满是洋人，却没有租界，十几个国家的领事馆，建在他们自己喜欢的任何地方。总而言之，十八个闲馆并没有对仇洋灭洋的义和团做出任何反应，之后，十八个闲馆就真的变成了闲馆。没过多久，家门口的黄冈事件也与闲馆无关，是一帮从国外回来的学生仔秘密策划的，事先竟没有听到一丝风声。

沿着高高低低的石板路，从时光里走向平安里，老祖没挂拐杖，走路很稳，虽然有一双标致的小脚，却没有小脚姿娘们走路时少不了的一颠一颠的样子。从仁川巷转到虎狮巷，又是几百步就到了半容小筑。

老祖推门进去，看见儿子阿女就在院门附近，坐在一块石头上，捧着一块形状像小狗的黄蜡石，歪着脑袋端详不尽，他身后的园子里已经有几十个各式各样的蜡石动物了，狗啊，猫啊，马啊，猪啊，样样齐全。他站起来，带着一脸醉意看着向自己走来的阿娘。看看你儿子怎么说的，她抖着手里的信和照片，细声细气的，就好像回到刚刚做阿娘的那个年月了。阿女并没有急于看信的意思。

阿女说，阿娘，你给我念嘛。

老祖问，你才三岁啊？

阿女拍拍手上的土，说，你看我这双手。

老祖翻翻眼睛，说，先看照片。

老祖侧身站在儿子身边，把三张照片轮流展示给儿子。

阿女看完，并不说话。

老祖问，看你儿子变了没有？

阿女如实说，和洋人站在一起，变洋气了，个子都比原来高了。

老祖说，好像长相都变了。

阿女说，脸白了，一白遮百丑。

老祖说，连口气都变了，说话无遮无拦！

阿女问，他说什么了？

老祖说，说了不少，口气大得很，指指点点的，提到了望枝。

阿女这才警惕了，问，他怎么说？

老祖就把有关望枝的那一段挑出来，小声念给儿子：吾嫂改宗洋教之事，我意当许之，且无碍于家产分份也。吾嫂若去意已决，当仍以长兄为大之旧例厚待之，万勿鄙视，此其二也。

阿女没动静，一听之乎者也他就头疼，所以根本就没听。

老祖问，阿女，听明白没有？

阿女冷着脸说，阿娘，之乎者也我听不懂。

老祖说，你儿子的意思是，同意望枝改信洋教，她也应该以长兄长嫂的名义分得应得的一份祖产。

阿女尖声说，梦梅这是放屁！

阿女不是一个轻易会发火的人，他的愤怒和他的笑容同样罕见，刚才的声音远远超出了他认为的必要的愤怒，令他自己也一惊。身后的花丛中，几只伯劳鸟被惊飞，换了个位置，吱吱吱叫个不停，打架闹窝一样。

那几只四喜鸟并没有真的飞远，马上又回到了刚才的位置。

等安静下来，老祖说，望枝的事真的不好办。

阿女说，阿娘啊，这事由你做主，在时光里，你说东，没人敢西。

老祖有些心烦，说，我想听听你的意见。

阿女马上说，中国人不信中国人的教，信狗屁洋教，孔圣人的书不读，读什么《潮语圣经》，我的态度明明白白，哪怕全潮州的人都改信洋教了，咱们溪前绝不能改。

老祖问，如果望枝铁心要改呢？

阿女说，那她就离开这个家，祖产没她的份，乃诚、月英也留下。

老祖没说话，但眼神明显软了一下。

阿女相信自己看懂了母亲的眼神，马上说，阿娘，望枝的事千万不能松口。

老祖说，咱们望枝可怜呀，比谁都可怜。

阿女觉得问题有点严重了，急忙丢下石头，扶母亲进楼，沏好茶，恭恭敬敬放在她面前，说，阿娘，这可是我手头最好的茶。

老祖此刻的心思当然不在茶上。

阿女说，阿娘，我一直想不通一个问题，那么多洋人不好好在自己家里待着，不远万里来中国传教，单单是为了行行好，帮助中国人吗？单单是为了把他们认为最好的东西送给跟他们八竿子打不着的一伙人？

老祖品着茶，用谨慎的语气说，人家来了几十年上百年了，没见人家杀人放火啊，福音医院、淑德女校、孤儿院都是人家建的，前几年的风灾、地震，最早发放救灾物资的也是他们，实在看不出他们有不良用心。

阿女说，无论如何说不通啊，猫儿无荤不在厝。

老祖说，人和猫不一样，舍生取义、杀身成仁，这些话猫是说不出来的。

阿女问，阿娘，这些话是孟夫子说的吧？

老祖瞧一眼儿子，说，哎哟，你出息了，知道是孟夫子说的。

阿女皮皮地笑了，说，老虎生不出狼儿子，无论如何我也是你儿子。

老祖哼哼两声，问，我儿子怎么了？

阿女说，你天天读圣贤书，你的儿子没正事可干，只好玩玩石头，喝喝茶，交几个朋友，人称阿舍，但毕竟是你的儿子。

老祖说，我的儿子怎么了？我还是没听懂。

阿女说，你的儿子，没人敢小看的！

老祖说，我可没小看你，懂茶，懂石头，会看病，朋友遍天下，了不起！

阿女睁大眼睛问，阿娘，我惹你生气了？

老祖眼神木木的，只盯着一个角落看。

阿女把母亲面前的茶换成新的。

老祖喝了半口茶，说，我就是替咱们望枝难过，她和任何人都不一样。

阿女小声问，哪儿不一样？

老祖说，就说拜老爷这件事吧，别人拜老爷，心里还有个人，没老，有少，咱们望枝呢？她无父无母无生无孵的，她拜给谁？

阿女愣了一下，没说出话。

老祖仍然死盯着某一处，说，我要是传教士，也会缠住望枝不放的。

阿女问，阿娘，你这是打算同意她改教吗？

老祖说，不，我打死也不会同意。

阿女说，是呀，吓我一跳。

好吧，你忙你的，我走了。老祖的声音像石门槛，又冷又硬。

老祖真的走了，头也不回。

阿女追过来，要搀扶她，被她狠狠甩开了。于是，阿女一直看着母亲从虎狮巷里走远，母亲的大襟衫被银溪那边过来的风吹得一抖一抖，眼看要把母亲吹起来。母亲后来拐进仁川巷，走向时光里，就看不见了。

2

一封番批的到来，在村子里总能引出很多话题。

谁家收到了多少钱？

比上一次多了，还是少了？

和上一次隔了多久？

给家里的老老少少分别抹了多少？

有没有把谁给漏了？

收到的是银圆还是港币？

多少钱用于清还债务？多少钱用于祭祀祖先？多少钱用于筹办嫁妆？

除了批水，信里说了些什么？

番批的首要功能是寄钱，有时候甚至是唯一功能，钱数总是公开写在批封的左上角，如"内信外付洋银五十大圆""外付龙银一百元""外付大银二十元"之类。五花八门的番畔钱币，批局或水客在收批的时候就已经兑换成银圆或港币，明明白白写在批封的左上角，接受寄批人监督，送达目的地之后，由批脚如数交给收批人。回批之所以不可或缺，是因为回批首先是收据，其次才是回信。批脚更需要用回批证明自己在规定的时间内完成了工作，维护自己身为批脚的信誉，没有贪污、没有挪用也没有拖延。如果收批人不识字，则需要批脚帮忙读信，旁边再碰巧站着几个凑热闹的，那么，连信上所说的私房话都不是秘密。

不过，梦梅的这封批是由批脚直接送进时光里，交到老祖手上的，没有任何外人在场，老祖自己又是读书人，批脚很快就离开村子了，所以一时竟没人知道梦梅这次到底寄来多少钱，信上到底说了什么话。

进士先生第附近有一座下山虎，门额上挂着"仰止山房"的匾，长年闲置，被董姑娘租下来，成为手布局，董姑娘称之为"姿娘间"。近来，村里的一小半姿娘都在这儿，给董姑娘赶制一百幅手布。董姑娘是画家，要求高，出价也比别人高。董姑娘的理想是两三年内挣够建一座大教堂的钱。由董姑娘亲自指导的绣品，中西融合，刺绣、抽纱、贴花、柳针、回针、棒针、菊叶针、蕾丝针，竭尽全力突破工具和工艺的局限，绣品也不限于手布，增加了餐布、枕套、杯垫、窗帘，甚至女人的文胸、内裤。有些纯粹是艺术品，装入镜框，登堂入室，进入拍卖市场。女红是潮汕姿娘的童子功，加上一个洋画家的构图和审美，绣品到了美国、英国、德国、法国和意大利等国总是被抢购一空，有多少卖多少，个别精品甚至能卖到天价。二十个姿娘都是经过董姑娘挑选的，是村里最好的女工，她们每天叽叽喳喳集中在这里，一人一个圆圆的绣花规，或者几个人一个大大的绣花规，有些还带着吃奶的孩子，自然就把整个下山虎挤得饱饱的。时光里的几个姿娘，梦梅的母亲郑陈氏、梦梅的老婆郑白，还有望枝、乃铿等人，均在其中。平安里的两三个姿娘也在，她们是村里最不缺钱花的姿娘，但都是一流的绣妇，个个身怀绝技，给不给钱无所谓，只是喜欢待在姿娘间，一个姿娘扎堆的地方，一边捧着绣花规绣着花，一边有一搭没一搭地聊着天，东家长西家短，想说多少有多少，比待在家里生闲愁怄闲气好多了。

乃铿的生母郑黄的手艺在所有姿娘中是盖一的，深受董姑娘喜欢。郑黄身上的旗袍就是她自己亲手缝制的，不堆金叠玉，利用了物极必反的规律，把素朴和内敛发挥到了极致，用凸和凹相互成就，凸因凹而凸，凹因凸而凹，最为自然，最为妥帖，衣领、裙边和袖口都有恰如其分的绣，只来增色，绝不抢戏。董姑娘经常说，郑黄的奥秘就是一个字，活，藤是活的，花是活的，叶是活的，风是活的，光线是活的，阴影也是活的。周围的人不服气，偷偷观察郑黄的手法，一眼两眼看不出名堂，稍稍隔上一会儿再看，就能感觉到绣花规上全是活水快风，花瓣里有光，光不是死的，是活的，甚至分得清是上午的光还是下午的光，藤是带风的，叶是露水洗过的，蝴蝶像是刚刚从花丛里飞出来的。一根细细的金线从富贵牡丹里穿出来，再从富贵牡丹里穿回去，金线的往来假如有作用，肯定不是任何实质的作用，而是谜一般的作用，就像最近这些天的风，能把大田四野吹得姹紫嫣红。

自然而然，董姑娘任命郑黄为技师。

但是，麻烦也来了，郑黄只会绣花，不会当技师，嘴比手笨多了，讲不出半点经验来，甚至不是嘴笨，而是真的没经验。我绣花的时候，我就是花，这是她唯一能说出的经验。

此话像在卖乖弄俏，大家心里不服。

实际上，郑黄的确是有个小小的秘诀的，也的确不情愿说出来，说给这么一伙有可能把香包当成放屁的人。再说咀破无酒食，教会徒弟饿死师傅的事情，谁都不想做。都怪董姑娘任命她为技师，而且董姑娘总是用双倍甚至几倍的价钱收购她的作品。这一次，她终于没忍住说出来了，她硬着心肠说，我绣花的时候，总是想，花和人一样，有点病才好看，那些不愁吃不愁穿、浑身上下没一点毛病的人，是写不进戏里的，写进戏里的人都是有病的人是不是？就像《陈三五娘》里的黄五娘，还有《西厢记》里的崔莺莺。

千真万确，这真的是一个秘诀，说出口的时候才发现，这个秘诀对自己太有用了，所以她心跳加速，好像要从心尖上给别人割肉。但大家木呆呆的，没一点反应，真的当成放屁了。

郑黄用眼神求助董姑娘。

董姑娘只是笑了笑，沉住气不说话。

郑黄觉得好不甘，说，这些话我给乃铿都没说过。

乃铿就在郑黄的左手边。

乃铿的左手边是郑白。

谁都知道郑黄、郑白二人如今是妯娌，曾经是姐妹，一个是表姐，一个是表妹，做姑娘的时候就形影不离，又同时嫁到银溪，一个溪后一个溪前，又同时怀了孕，关系一直好，好到非要把肚里的孩子互换了不可。看容貌，两人却大不一样，郑黄个矮，脸宽而白，一张饱满的圆脸，很多人称之为"旺夫相"，事实也的确如此，她刚嫁过来的时候说过一句话，说得掏心掏肺："我不相信谁家穷得连一簸箕银子都没有。"此话至今还在流传。郑白个高，脸如尖米且黑，嗓门大，凡事敢说敢唱，没拘没束，眉梢带笑，开口不离三分笑，嘴尖舌仔利。反正，姐妹俩没一点像的地方。乃铿坐在两个妈妈中间，但是，离郑白更近，看上去两人也更有亲昵感。外人一看就知道，郑黄才是乃铿的亲娘，五官的味道几乎是一样的，也是吉人天相自带贵气的样子。不过，乃铿心里向来说不清哪个妈妈更亲，生她的那个妈妈更亲，还是养她的这个妈妈更亲？名义上的更亲，还是事实上的更亲？从小这么纠缠来纠缠去的结果是，乃铿和两个妈妈其实都没那么亲，都是半亲不亲的。乃铿心里真正亲的人是她叫大娘的望枝，此刻望枝坐在天井的对面，被天井中央的一缸莲花遮住了半个身子。圆鼓鼓的大莲缸，好像整个下山虎如果不是被它压着，早就飘上天了。莲缸里装满水，有三片田田的睡莲，睡在水面上，一朵孤单的紫色莲花，高出水面仅仅半尺。莲缸外面画了一对鸳鸯，翠羽红嘴，正在戏水却不在水中，这让乃铿心里乱乱的，更加搞不清自己为什么和望枝大娘更亲。此刻明明坐在两个妈妈中间，这样的感觉竟然更明显，真是奇怪。到底为什么？她实在说不清。反正她经常觉得望枝大娘更像自己的娘亲。

冷不丁听了生母郑黄那句话，乃铿笑着说，我才不稀罕呢。

郑黄戳了戳乃铿的脑袋，说，就不给你说。

乃铿像姐妹斗嘴一样，还是笑着说，不稀罕，就不稀罕！

郑白咳了一声，制止乃铿这样和生母说话。

乃铿向郑黄缩着脖子偏着头说，不知还有什么藏着不给我说，真把我当外人了！

郑黄故意说，就是外人，就是外人！

乃铿脸一下子红透了，说，放心，我当乞食也不会踏进溪后的门槛。

郑白大声喊，乃铿，别乱说乱吠的！

乃铿竟丢下绣花规，说，好好好，我知道，在你们两个心里，我都是外人。

乃铿突然站起来气哼哼地离开了。

郑陈氏冲着乃铿的背影喊，乃铿，去看看你爸寄回来多少批水。

乃铿没回答，一转眼就从门口消失了。

没过多久，望枝也跟出去了。

时光里的几个姿娘个个面露尴尬，外人却觉得好热闹，嘻嘻哈哈只是笑，没人认为乃铿的小姐脾气有什么不好，被两个妈妈疼着爱着，再被两个爸爸娇着惯着，十父九母的，没一点小姐脾气，不撒撒娇，简直说不过去。全世界最应该有小姐脾气的恐怕就是乃铿了。原本在汕头的正光女学上学，手工和文化课都是顶呱呱的，学什么会什么，看到即学到，突然辍学不去了，原因很简单，同宿舍一个同学嘲笑她脸上的胎记，说，像一坨鸟屎落在脸上了。几个人隔着门背地里说闲话，刚好被乃铿给撞着了，听得一清二楚，然后就卷起铺盖回家了。学校老师亲自带着那个女生两次来时光里道歉，请她原谅，回学校继续上学，她终究不肯。

乃铿走了之后，话题自然就换成乃铿了。

有人感叹，乃铿这姿娘有福。

大家附和，是呀是呀，没有谁比乃铿更有福。

郑陈氏叹口气，说，就是脾性犟。

郑白补充说，脾性柔，也犟。

有人说，犟点好，好马烈，好牛犟。

有人说，姿娘人还是别太犟。

郑黄看一眼身边的郑白说，都是她惯的！

郑白马上大声还嘴，嗨嗨，脾性是天生的，哪是惯出来的！

郑黄说，一个人生，十个人惯，大家说说看，到底是天生的还是惯出来的？

大家说什么的都有，几乎要挥拳打架了。

董姑娘慢腾腾地说，乃铿辍学的事我知道，我倒觉得是好事。

郑白问，嗨，怎么是好事？

董姑娘说，有个性啊，在我们美国人看来，一个人的个性才是最宝贵的，不想上学，那就回来呗，等什么时候想上了再回去。

郑白说，站着说话不腰疼。

董姑娘知道这句谚语，但此刻她好像并没有听懂它的意思。

郑陈氏帮媳妇解释，性子大，没人敢说媒。

董姑娘说，还没出花园呢，急什么。

郑陈氏和郑白几乎同时说，不小了，今年该出花园了。

郑黄不咸不淡地说，看把你们都操心的！

郑黄看上去是真的在生气，她那张白嫩的旺夫脸总是藏不住事情的。

僵了片刻，有人想起前面那个话题——郑黄刚才那个经验：花和人一样，有点病才好看。于是用精怪的语气问郑黄，郑黄郑黄，你不说说黄五娘怎么就有病？

郑黄大大地撇了撇嘴，不想说话。

为什么有病就好呢？另一个人问，故意给台阶让郑黄下。

郑黄没情绪更没能力自圆其说。

董姑娘这时开口了，她说，我理解郑黄的意思。

"郑黄"两个字在董姑娘嘴里才有味道，带着别人说不出的优雅和亲切。把郑黄氏称作郑黄，正是董姑娘发明的。还有一个姓白的，郑白氏，一黄一白，郑白氏也被董姑娘顺便称作郑白，但语气上可就冰冷多了。别人家的姿娘都没有这个待遇。大家等董姑娘把郑黄的经验说清讲透，以便学习。

董姑娘看着郑黄，说，你自己说。

郑黄脸一红，又摇着头。

董姑娘也是有点难于说清的样子，但还是尽可能说，简而言之，就是把死功夫变成活功夫，说来说去还是一个"活"字。其实郑黄的那个说法更有意思，一个浑身上下没一点毛病的人，是写不进戏里的。你们看，咱们手中的这个绣花规也像戏台，并不是所有的花花草草、猫猫狗狗都可以绣上去的。

有人喊，你那么喜欢郑黄，怎么不拉她信耶稣呢？

这话问得很奇也很真，是每一个人都想问的，大家半惊半定，手上的动作一律停下来，等董姑娘回答。郑黄本人也是明显一愣，想听听董姑娘怎么说。

董姑娘亲昵地看一眼郑黄，说，她呀，我可不忍心。

有人抢先问，那是为什么？

看得出，董姑娘临时用嘴边的一句话换了另一句话，人家呀，念佛念得好好的。

有人大声问，谁不是念佛念得好好的？

又有人问，是呀，望枝呢，望枝不是念佛念得好好的吗？

郑陈氏急忙说，喂喂，我们望枝怎么了？

郑白也抓紧帮腔，是呀是呀，望枝嫂子怎么了？

这时外面有脚步声传过来了。

下山虎内马上安静了，等脚步声越来越响，进了院门，不是乃铿，是望枝。看见望枝提着一篮子番薯，大家全都咿咿哇哇乱叫起来。望枝是从不多话的人，提着番薯从天井走廊下直接去了灶间，看得出她对这儿很熟悉，知头知尾。灶间旋即传来水的声音，再传来刀起刀落的声音，接着是噗噗噗吹火的声音。随后望枝坐回原位，拾起绣花规，左右看了两眼，急忙低头绣自己的。

梦梅寄了多少钱？郑陈氏问。

望枝说，阿嫲不在家，也没看见批。

郑白问，乃铿呢？

望枝说，不知道，没见人。

灶间那边渐渐传过来几许炭火的气味。

没多久，乃铿也回来了。

乃铿一进门就带着笑容，没半点生气的样子，看上去，嘴边的柳叶状胎记倒是让她笑得更生动了。她偏着身子，甩着双手，以淘气的样子从一伙人身后半跑着绕过去。大家一致看见，这姿娘还没出花园，但身体已经藏不住水灵了，人又小巧，跟个皮影人儿一样，如果没有脸上的胎记，就真是百里挑一。乃铿仍旧回到两个妈妈中间，坐下后，吹吹自己的绣花规，再朝两边快快看一眼，做出吓一跳的表情，赶紧埋头找着绣针。过了片刻，乃铿问，怎么有一股子焖番薯的味？郑黄说，你再闻闻，谁家的番薯？望枝和乃铿的眼神隔空有一瞬间亲密的接触，但乃铿故意发出嗅来嗅去的声音，然后一本正经地说，嗯嗯，肯定是溪前的。大家都笑。郑黄问，怎么就能嗅出是溪前的？乃铿说，我们溪前的番薯才有这样的香味。只有乃铿这样公开说溪前、溪后才不会引起误解。望枝突然尖叫一声，跑向灶间。灶洞里的一些炭火滑出来了，望枝急忙蹲下，一手五爪，把带着火苗的木炭扶回灶洞，又放进去一些新的。灶火一明一暗，她桃红色的脸也一明一暗。

随后望枝回来了，眼圈发红。

乃铿问，大娘你眼睛怎么红红的？

望枝笑着说，烟熏的呀。

大家的目光全都看向望枝。

望枝害怕大家议论自己，赶忙问乃铿，你刚才去哪儿了？

乃铿说，我去半容那边了。

望枝问，看见来批了？

乃铿没出声，态度有点含糊，像是点头，又像是摇头。

有人问，批水多少？

乃铿说，我阿爸这次才寄了六十港币，越来越少了。

有人喊，六十港币不少了，我们一分都没有。

乃铿说，上次是三百港币，这次是六十港币，少了好几倍。

有人说，你们是身在福中不知福，我家那个过番的，整整三个月没寄批了。

郑黄说，三个月没寄，半年寄个大大的。

那人马上回了一句，我们没法和你们溪前、溪后比，我们是老鼠尾，肿得再大也不过指头大，寄十次批都攒不够一簸箕银子。最后这一句嗓音大大提高。

"一簸箕银子"的说法先把郑黄自己惹笑了。

有人帮腔，是呀，我们日食三餐，柴米油盐都指望番批呢。

另一个扶着大绣花规的矮个姿娘，整个身子刚好圈在绣花规里，侧着脑袋说，不怕你们笑掉大牙，半年没有一文批水了，从上月起我家的盐用完了，煮菜都用咸菜汁。

有人马上说，我家三顿咬咸菜根。

有人喊叫着跟了一句，让我这个穷得出名的说一句，我家里现在找不到一个钱刮痧。

这话之后，没人能接下去了。

静了片刻，郑黄说，叫穷都成本事啦!

有人马上说，穷人才知穷人苦!

又有人说，牙疼才知牙疼人!

穷人显然占多数，富人突然没理了。

有人很快又知道怎么说了，半年来一封批就算不错了，要是不见钱又不见人呢?

有人说，还是男人在家好，天天有人惜着疼着。

又有人说，好汉都过番去了，留在家里的，羊尾巴连自己屁股都掩不了。

这一句，终于引得满堂大笑。

望枝不喜欢这样的对话，她问，乃铿，你爸信上说了什么?

乃铿轻声说，没信，只有三张照片。

望枝看得出乃铿神情反常，声音也反常，估计她在撒谎。再说，梦梅弟弟自己会写信，又在批局做事，绝不可能只寄钱不写信的。望枝估计八成是信里面说到了自己。

大家都说，不可能不顺便写几句话的。

乃铿笑着说，我爸可能心虚，不好意思写信。

郑白说，你爸那么爱写信的人，怎么会不顺手写几个字呢?

乃铿低下头没再吱声。

3

半夜，乃诚和月英睡着了，一个在望枝的左边，一个在望枝的右边，而望枝自己丝毫没有睡意，她能感受到整个时光里对她的排斥和冷漠，连乃铿都不给她说实话。整个时光里，人人都可以看阿弟梦梅的信，唯独她不能。

月英在说胡话，像是半句戏词：

劝郎君，莫忧愁——

望枝想起五年前的一天，自己带着乃诚赶完圩，走在回银溪的路上，乃诚骑在她脖子上，半天没声音，可能睡着了。经过一个长长的小山沟时，听到路旁有哇哇哇的哭声，乃诚也听见了，问，阿娘，谁在哭？她左右一探，发现路旁有一堆稻草，里面藏着一个东西，凑近一看，是一个可能刚出生没几天的孥仔，身上穿着一件花衣服。她蹲下来，看清是个女孩，眼神发亮。她摇摇头顶的乃诚说，抱回家，给你做媳妇吧。乃诚当然听不懂，说，我要撒尿。她把乃诚放下来，让他自己站在草丛中撒尿。她把孥仔抱起来，发现孥仔身下垫着几尺新布，叠成长方形，铺在稻草上。她刚刚提起布，就有几枚龙银掉下来，落在草丛中。乃诚看见龙银，说，我要我要。乃诚从草丛里捡出龙银，数来数去，怎么也数不清。望枝抱着那姑娘，看着她的眼睛，相信她长大一定是个雅姿娘，心想抱回去给乃诚做个童养媳，岂不合算。望枝蹲下来，帮乃诚在草丛里找龙银，又找到两枚，一共八枚。这个数字令望枝心里一热，仿佛看见了一张和善的脸，把良好的祝愿送给抱走孩子的人。

于是望枝怀里抱着小月英，肩上扛着乃诚，回到时光里。月英这名字，是她随便起的，因为天上刚好有一弯薄薄的月亮。

那之后，一年一岁，乃诚和月英在时光里渐渐长大，形影不离，一个是哥，一个是妹，看上去是很适合做生旦的一对，到了闲馆，那些会唱几句潮戏的大人就经常把两个人堵在埕内，专把各种夫唱妇随、海誓山盟、私托终身的戏教给他们，一对小良人竟是一学就会，一个要风骨有风骨，一个要柔媚有柔媚，尤其是小一点的月英，内行外行都断定她是戏子转世，天籁之音令人叫绝，偶尔走上几圈碎步，水袖舞得有模有样，小腰肢摇曳生姿，留芳遗香，小眼风更是迷死人不偿命。连远在揭阳的戏班子都听说了，有戏爹正儿八经跑到时光里打听，愿不愿把一对儿女卖给戏班？被老祖提着棍子毫不客气地赶出去了，邻居们听见时光里老祖用极少见的恶毒嗓门在骂人：养不活的、短命的、杀千刀的、有人生没人养的……"父母无修世，卖仔去做戏"，这是一句老话，除非实在穷得揭不开锅，没有谁愿意把儿女卖给戏班子。再说潮戏是一种童声的艺术，演唱体系以童声为基础，演出主体是男女童伶。简单说，就是一伙童声稚气的孥仔用孩童之身姿、之声音、之天真，出演种种不可思议之成人戏、老戏、古戏。最好的年龄在七八岁到十五六岁之间，这段时间被称作"春期"，春期一过，身体和声音开始发育，变声后的童伶，艺术生涯立即走向终结。所以，童伶进入戏班要签"契约"的，有点像猪仔们的"生死契约"，契约期内不能随便回家，父母也不能随时探班，以戏班为家，以戏爹为父，基本失去人身自由。

童伶学戏有多残酷，尽人皆知。忍心把儿女卖给戏班的，总是穷人，总是破落人家，溪前虽然今不如昔，仍然算富家大户，有几百亩地、几座大宅院、每月能收到一百两银子的番批，无论如何没到卖儿鬻女进戏班的地步。时光里老祖气得连续几天都在骂人，甚至还咯了血，原因就在这儿，老人家觉得，如今连戏子都不把溪前放在眼里。

不过，近来望枝自己倒在考虑，把月英送进戏班的可能。因为浸信会有规定，要想正式受洗，必须先清除一些和基督教义不符的旧习惯，望枝唯一需要清除的，便是"家有养媳"这一条。月英是从路上捡来的，生父生母在哪儿，无从打听。假如不送还父母，还能怎么办？总不能掐死吧？望枝越是想成为耶稣基督的门徒，就越是愁得整夜整夜睡不着觉。当然，她是绝不敢把这个想法说出口的，月英虽然是从路边捡来的，却一直是时光里老老少少的心头肉，大家争相宠爱，从老祖到乃诚，肯定没任何人同意把她卖给戏班。另一个办法是把乃诚和月英都留在时光里，自己一个人离开。包括长房的名分，包括长房应该拥有的祖产、田地。可是，她觉得名分、祖产、田地都可以不要，两个孩子——尤其是乃诚，不能不要。如果没有乃诚，自己身为女人就什么都不是了。一个女人，无父无母倒罢了，没有男人也罢了，再没有一儿半女，恐怕就像灯芯和番批的信纸一样轻了。一个女人，啥都没有，只有主，可以吗？望枝反复问自己，却给不了自己一个满意的答案。

月英哼哼唧唧的，翻身坐了起来。

阿娘阿娘，我要——撒尿。

小月英嗲嗲的声音让望枝心里大大一惊，似乎刚刚才想起自己是小月英的阿娘，小月英是不是自己亲生的其实一点也不重要。

等等啊，我的宝贝。

望枝急忙摸着火柴，点上煤油灯。

听见动静，乃诚也醒了。

两个孥仔下了床，半闭着眼睛尿完尿，回床上了。望枝也顺便尿了尿，把尿桶盖上盖，推到床边，吹了灯，回到床上，还是躺在月英和乃诚中间。月英说，阿娘，我要听歌。望枝便开始闭上眼睛唱歌谣：

> 天顶一粒星
>
> 地下开书斋
>
> 书斋门，未曾开
>
> 阿孥哭欲食油堆
>
> 油堆未曾浮
>
> 阿孥哭欲偷牵牛
>
> 牛未醒
>
> 阿孥哭欲掠草蜢
>
> 草蜢扑扑跳
>
> 阿孥气到嘴翘翘
>
> …………

　

她的声音有出奇的魔力，正像当年她从同样的声音中睡着一样，月英和乃诚很快就睡着了，一左一右，甜嫩的鼾声让她心里感到很踏实，正是身为阿娘的那种踏实。两个孥仔都不是她亲生的，却是她屎一把尿一把亲手带大的。她知道自己虽然是两个孥仔的阿娘，至今还是处女身，三十几岁了，的确还是处女身。"春罗原莹白，早见红香点嫩色"，《西厢记》是她最不喜欢看的几出潮戏之一，就是因为里面有这类唱词，什么"莹白""红香"的。不过，好像所有的潮戏都能让她想起自己的处女身，所以她很少看潮戏，常假装自己一进戏院就犯困。两个孥仔却不知道。他们相信她就是阿娘，和别人的阿娘没有任何区别，一个是阿哥一个是阿妹，乃诚甚至早就忘了他亲眼看见月英是从路上捡来的。

她没办法让自己睡着，翻来覆去想了很多很多，想心事能磨掉很多时间，但是，时光里的时间近来好像越磨越多。夜过三更，月光把窗纸照得皎白胜雪，外面有两只鸟在叫，离窗户很近，可能是一雄一雌，雄的先叫一声，是缓缓扬上去的，拐弯的时候用了吃奶的劲，像潮戏里童伶小生的声音，针一样，调门很高，还长，雌的马上跟一声，像童伶花旦的声音，从低处开始，也是幽幽地扬上去，有撒娇的味道，有夫唱妇随的执念。然后是令人窒息的静止，静几分钟再一次响起。近来她才知道世界上有这么一种鸟，总是雌雄合着叫的，在三九二更的时候出来，在鸡鸣的空隙里凑热闹，她没有打听过这种鸟的名字，自己称之为雌雄鸟。

她重新下了床，光着脚，打开房门走出去。此刻的时光里令她感到陌生，甚至可怕，好像处处都有鬼影，处处有小鬼或者小人在窃窃私语，全是一公一母。她住在时光里最核心的一间房子里，东厢房，是大房才有资格住的房子。她不知不觉穿过花巷，绕过后库，再拐进长长的火巷。火巷又窄又深，月光照不下来，所以很黑，有若有若无的凉风从巷口吹进来，让花花草草发出窸窸窣窣的声音。她不知道自己要去哪儿，她好像要离开时光里，从此不再回来。火巷旁的侧楼上有密集的鼾声和梦话，那是管家和仆役们的声音。她一直走进宽大的外埕，月亮毫无遮拦地悬在大埕西侧。月亮的下面是井，那口用两块石板堵住的井。十三少阿公一直没捉到替死鬼，那么，他的灵魂就始终守在井边，好可怜。她常常想，从鬼的可怜，恰恰能看出人的可怜。人活一世，真是太可怜，人最大的可怜不是别的，而是孤单。她的呼吸变得紧张起来，她不敢走向井那边，她害怕的不是鬼，是孤单。有比鬼更可怕的，就是孤单。人人都孤单，但是，一些人比另一些人更孤单。她转身回到火巷，这个瞬间她突然相信自己还不是最孤单的一个人。因为，十三少比她更孤单。

她回到东厢房继续想心事。

那是两年前，正月初一的晚上，她肚子胀得像鼓，已经胀了好几天，拉不出屎，放不了屁，加上恶心和呕吐。各种裤头方用过了，连泻药都用过了，所有的老爷也拜过了，都不管用。到了正月初一的后半夜，肚子眼看要胀破了，肚子里好像有一条大蛇在滚来滚去，疼得再也忍不住了，一声一声地叫娘，娘啊，我的娘。时光里的人一听就知道望枝疼得有多厉害，因为，她很少叫娘。她不知道自己的娘长什么样，所以平常很少叫娘。幸好溪后在外面做事的一伙老爷少爷都回来了，在郑步沥等人的坚持下，并由郑步沥一路陪同，搭船把她送到汕头外马路上的福音医院。戴着听诊器的洋大夫并没有把脉，没有看舌苔，没有翻眼皮，也不问病情，这让望枝大失所望，心想完了，估计自己这一次真要去那边找父母了。洋大夫隔着衣服用手指在望枝圆圆的肚子上左一下右一下敲了敲，望枝自己都听见两边发出了不同的声音，一边像肉粽，一边像鼓。望枝看见洋大夫的眼神里已经有了主张，洋大夫又在望枝的鼓胀胀的肚子上或轻或重地压了压，问望枝疼不疼。有些地方一碰就疼，有些地方压重了才会疼。听了望枝的回答，洋大夫说了三个字：肠梗阻。望枝第一次知道，有一种病叫"肠梗阻"。随即换了地方，躺在床上做了X射线检查。一个比照相机大几倍的黑色机器在望枝的肚子上方照来照去，她吓得大气都不敢出，不过，能感觉到肚里的那条大蛇突然安静了。随后几个大夫讨论了一会儿，决定做手术。做手术，就是用刀子割破肚皮，把肠子拉出来，用人工把粘连在一起的肠子剥开。家里人，只来了梦梅和乃铿，父女二人一听要动手术，脸都黑了，不敢做主，最后还是郑步沥拍的板。于是便连夜做了手术。手术室里的电灯很亮，比白天还亮，样样东西都无遮无拦。四五个穿白大褂戴白口罩的大夫站在她两边，大部分是女大夫，通过眼睛，能认出谁是洋人谁是中国人。主刀的大夫就是刚才那位洋大夫，是一个浓眉大眼的大个子男人。枕头边的架子上摆满了亮晶晶的刀具，有长有短，寒光闪闪。站在望枝脑袋后面的一个潮汕女护士低下头，用潮汕话安慰她，勿惊啊，勿大浪事。望枝觉得自己真的没那么怕死，但就是紧张，没有道理的紧张。望枝要求让乃铿进来陪自己。于是有护士出去请乃铿进来。乃铿进来后，跪在床边，抓住望枝的一只手，用食指一下一下挖着望枝的手心，那根食指就像会说话。反正有个亲人在旁边，不管是谁，只要是亲人，心里就踏实，就算真死了，也踏实。大夫们以为乃铿是望枝的女儿，夸母女二人长得很像，都是雅姿娘。

手术后梦梅和郑步沥回银溪了。大过年的，溪后要请戏，要请人来放电影，人千人万，热闹死了，郑步沥是主心骨，少不了。乃铿还是个姿娘仔，愿意单独留在医院陪望枝，让望枝特别感动。郑步沥留下足够多的钱，让乃铿放心花。乃铿每天上街买最好吃的东西，提回来给望枝吃，有时硬要给望枝喂着吃。望枝想吃什么，乃铿就满街去找。两个时光里的外人，本来就亲，这次之后就更加情投意合了。

医院有专门的女病房，一人一张床，床顶上挂着黄丝麻织的蚊帐，白天收起来，像一个灯笼，白色被单上有些绣着"爱"字，有些绣着"仁"字、"信"字。每天晚上，都有本地传教姨来给病人布道，都是些从来没听过的词汇：耶和华、撒旦、救赎、盼望、事奉、信心、恩典、荣光、怜悯之类，还教大家唱潮语的赞美诗，背十诫，诵读《圣经》。大部分病人的身体正在康复中，或已有明显好转，只等出院回家，所以每个人的心都是最软的时候，每个人对福音医院、对大过年还在忙碌的大夫和护士心怀感激，不好意思不按照他们的要求做，正像是拿了人的手短、吃了人的嘴短。因为望枝识字，是所有女病人中唯一识字的，而且一看就知道没干过重活，细皮嫩肉，所以后来传教姨就请望枝代劳，由望枝给病友们读潮语《使徒行传》里的一些段落。望枝当然不好拒绝，红着脸读起来。一开始声音怪怪的，自己都觉得生硬、别扭，但读着读着竟变得喜欢读了，会尽量把感情用上，像小时候读唐诗宋词那样，后来竟出现了想不到的效果，不知读到某一段某一句的时候，望枝竟抽泣起来。

传道姨把望枝单独请到一个房间，和她进行私人面谈。传道姨先说自己是揭阳西浦村人，想不到望枝听到"揭阳"二字，再一次哭起来。哭完后，望枝说，我也是揭阳人，我家离西浦村不远。然后，望枝的话匣子就打开了，给传道姨讲了自己的父母，父母长什么样，自己没一点点印象，又讲了自己的男人，虽然自细一起长大，但自己至今还是姑娘身，乃铿并不是自己的女儿。传道姨听着听着也哭起来。

出院的时候，揭阳姨送给她一些书报，有《潮声》《妇女时报》《岭东日报》等等，还有一些传道的宣传广告。带回家，一开始一直藏在柜子里。大概过了一个多月，突然想看看这些书，白天不敢看，就在晚上看，等乃诚月英睡着了，在煤油灯下看。又隔了两三个月，望枝有事到汕头，顺便去福音医院找到揭阳姨。两个人又有过一次长长的"私人面谈"，望枝表达了自己想改信洋教的愿望，也说出了自己心里的疑惑、犹豫和实际困难。比如当她渐渐淡忘了自己肚子快要胀破的体会时，就离耶稣越来越远。比如想起不知道如何处理月英的事情时，就会打退堂鼓。比如想起会惹阿嫲生气时，就会于心不忍。比如想起再也不能给妈祖上香磕头，心里就很难过。比如想起要把裹脚放开，就担心被全村女人嘲笑。比如想起以后会永远背上"不认祖"的骂名，脸上就烧乎乎。不能改教的理由终归比改教的理由多得多，任何一个理由，都可以迅速把她打回原形。听了这么多"比如"，揭阳姨自知解答不好，便给望枝介绍了一个人，就是董姑娘，在潮澄饶三县交界地带传教多年的董姑娘。给你做手术的洋大夫，就是董姑娘的男人，揭阳姨说。望枝想起了割破她肚皮的那双手，突然又有了信心，回家之后，有圩的一天，望枝谎称去店市赶圩，其实向东去了盐灶。盐灶教堂的三角梅开得风风火火，但是，教堂里的基督徒少得可怜，算上花钱请来听福音的人，不过二三十个人，以姿娘孥仔为主。这让她心里又是一虚，信心又少了一小半。见了董姑娘，才知道以前见过，欢面喜笑的一个番婆，脸上有喝过多年韩江水的滋味，还会说潮汕话。

一公一母的鸟鸣已经听不见了，变成了三三两两的鸡叫，她知道离天亮还早，而自己肯定还是睡不着。想睡着，又怕睡着，怕睡着了做噩梦。好不容易睡着之后立即会噩梦不断，好像基督和很多潮汕老爷在争夺她，撕扯她，谁都战胜不了谁。但是今天她实在有些累了，想多少睡一会儿。她想起了月英的家人留下的那几尺夏布和八枚龙银，下了床，从柜子里取出夏布和龙银，单把龙银带回床上，一遍一遍地数起来。数龙银是她近来发明的一个办法，睡不着的时候就一遍一遍地数龙银，把八枚龙银数上几十几百遍，就渐渐有了睡意，但今天没用。后来她把月英搂进怀里，亲着月英的额头暗暗下决心，绝不会把月英卖给戏班。

再后来望枝就睡着了。

睡着没多久，有人敲门，望枝吓了一跳。

大娘，是我。乃铿的声音。

望枝急忙下地开了门。

乃铿手上拿着一本厚厚的书，悄声说，点灯。

望枝点着煤油灯，看清是《潮语圣经》，大吃一惊，问，哪来的？

乃铿说，阿爸从暹罗寄给你的。

望枝不敢相信，问，真的？

乃铿说，老祖藏起来不让你知道，我偷出来的，你看一眼我再放回去。

望枝随手翻了翻，看见书里夹着信。

乃铿说，阿爸的信，提到你了。

望枝就着灯光看信，从信尾开始看起，很快就找见了说自己的几句话。

望枝一下子僵在那儿一动不动。

乃铿说，给我，我放回去，千万不能声张啊。

望枝默默把书和信交给乃铿。

乃铿马上就转身离开了。

4

当晚董姑娘就睡在仰止山房。

整个仰止山房里，除了董姑娘没有别人。仅仅这一点就令人佩服。仰止山房旷废日久的原因是，传说其中一直在闹鬼，每天的后半夜天井里总会响起清晰的脚步声，一个人趿着木屐转着圈没完没了走路的声音，像一个双腿发软的病人在走路，腿发软，脚抬不高，要么就是故意的，两个木屐在红砖铺成的地面上半是拍打半是摩擦，一圈又一圈，一直响到天快亮，连邻居都能听见。全村人都知道，那是一个名叫依芸的女鬼。很多年前，仰止山房的女主人依芸在这座老旧的下山虎中上吊自杀，五岁的儿子被依芸的娘家人接走了，先后有三四家人租住过仰止山房，大家对闹鬼的描述不约而同，大体相似。后来就再也没人敢住进去了。董姑娘要在银溪村买一处不大不小的宅院做手布局，找来找去仰止山房是最合适的，至于脚步声的问题，董姑娘听了，虽然紧张，但也窃喜，心想这不正是求之不得的一个好机会吗？如果制服了女鬼，正好可以显示耶和华的神力，颂扬耶稣基督的名。董姑娘用五百大洋把仰止山房买下来，里里外外收拾干净后，所做的第一件事就是把耶稣的画像贴在厅堂的侧墙上，让厅堂正面的孔子像继续留在原来的位置，随后又把耶稣像贴在每一间屋子里。董姑娘心里知道，贴满耶稣像是为了给自己壮胆。然后还放了一串长长的鞭炮。住下的第一个晚上，刚刚睡到床上，就听见了传说中的声音。是从院门口开始的，没有前奏，直接从第一步开始，就像一个人从天井外面的矩形天空上落下来，落地时并没有发出一丝声音，然后开始走路，走路时才有了声音，正是传说中的那种声音，先向深处来，目标明确，在厅堂门口拐了弯，再走过去，有气无力，但静气十足，像钟表在行走。董姑娘睡在右侧厢房里，全身立即发凉，身体紧紧地贴在床上一动不动。脚步转了五六圈，并没有停下来的迹象。董姑娘开始默默祈祷，而脚步声仍旧响亮。董姑娘突然决定主动出击。董姑娘猛地坐起来，下了床。董姑娘大胆地推门出去，冲着脚步声，不由自主地叫了声"亲爱的依芸"，脚步声停了停，又响了起来，董姑娘咬牙向前跨出两步，站在天井边上，接着说，依芸，我爱你！全村人都爱你！我们都非常非常爱你！你的事我都知道，你的悲伤我感同身受，因为我也是女人……这句话一出口，董姑娘已是泪流满面，不知道脚步声还在不在，接着说，你儿子很可爱很聪明，仰止山房是我从你家人手上买来的，双方自愿，写了地契。董姑娘一口气说了这么多，不知道脚步声是什么时候消失的，反正真的消失了。接下来再也没听见过，有时，董姑娘甚至想念那个声音，想听一听也没办法。

　　大概过了一个月，董姑娘才意外回忆起自己和依芸对话的那个瞬间，虽然十分短暂，却有一个不难说清的心理过程：翻身坐起，愤然开门，这段时间里，她是居高临下的，她一方面鼓足勇气，一方面满腔怒火，她打算奉上帝和耶稣的名来压服一个名叫依芸的中国女鬼；不过当她推开门，抬脚出门的时候心里的态度意外发生了变化，换成了平等相待的口气，一个普通女人的口气。

董姑娘渐渐成为银溪的编外村民。

成为村民，把自己先变成当地人，和当地人同吃同睡，正是董姑娘的传教经验之一。为了真正了解当地姿娘，理解她们的内心世界，理解她们的宗教信仰，多年前，董姑娘做出了一件事情，让整个潮汕地区传教界大受震动，甚至惊动了美国的传教会总部——她正式向浸信会提出申请，暂停传教一年。在这一年时间里，她将放下自己的女传教士身份，完全放下一个西方人的先入之见，效仿耶稣替世人受罪受苦，和当地姿娘一样上香拜神，时年八节，当地姿娘要拜的每一位老爷，她都一一拜过，照猫画虎、完完整整拜了一遍，每天记日记，然后把一部题为《中国潮汕，1913》的书稿交给浸信会。此书的核心观点是：潮汕姿娘拜老爷，差不多是姿娘们和她们的男人之间的一种劳动分工。男人在外面讨生活，番畔、海那边完全是超出她们想象的地方，男人们一旦出了门，女人们的世界就变得无限大、无限远、无限苍茫。较好的情况是，每隔一段时间能收到一封番批，除了问候，还或多或少有些钱银，就像是神灵的回报和恩赐；坏的情况是，男人一去就杳无音信，三年，五年，甚至更长时间失去联系，不知死活。女人们在家里除了照顾公婆、耕田种地，剩下的事情，仍然是夜以继日地拜老爷，在每一个节日，拜所有的老爷。她曾经做过一个统计，其中一个村子的老爷多达三十个，很多女人其实并不知道自己拜的老爷姓甚名谁。而这的确无关紧要，拜越多的老爷，女人们心里就越有安全感。有一个老太太，甚至因为拜老爷而累得一病不起。毫不夸张地说，拜老爷，甚至是一些潮汕女人终生的唯一事业。所以，潮汕地区的信仰，几乎等同于女人的信仰，她们的信仰首先是一种分工，纯粹意义上的劳动分工，其次是一种心理需要，因为拜老爷可以解除心里的恐惧。如果她本人是潮汕地区某个村庄的一个姿娘，她的丈夫也在番畔谋生，她也一样会一年四季时刻不停地上香拜神，求各方神圣保佑。越是体谅到潮汕女人的内心状况，她就越是不敢简单粗暴地评价她们的信仰。所以，在《中国潮汕，1913》一书中，她向浸信会提出如下建议：一、尊重潮汕女人，理解她们在家庭中所起的关键作用，不简单地把溺婴、缠足、自杀、早婚、童媳等行为称作恶行。二、开设妇学，先于传教。邀请一些寡妇、准寡妇和女侨眷免费来女校学习，教给她们中西文化和一些新技艺，技艺以抽纱、纺织、缝纫、体育、音乐、游戏、病人护理为主，出自她们之手的产品，教会应当积极回收，让她们有收入，让她们从中得到实惠。她们中成绩优异者应安排在福音医院等机构工作。三、传教士和八国联军不同，传教士不需要结盟，不需要侵略，不需要更多版图，传教士来自美国、英国，并不代表美国和英国。四、传教士的责任，不单单是传教，更是提供另一种选择，权利在她们自己手上，不在别人手上，她们可以选择，可以不选择。五、潮汕地区是最适合推行"福音派女性气质"这一传教思路的地方，大部分潮汕家庭，长期没有男人，妇女在家庭中的作用不可取代，潮汕妇女们身上固有的温和、沉静、牺牲、本色、内敛的气质，在合适的条件下，会转化成福音派女性气质，所以，应该充分重视妇女在家庭信仰中所起的关键作用，应该广泛雇用和培训当地女信徒传道，付给她们优厚的工资，成绩卓著者，应翻倍付给工资。六、一般观点认为，潮汕家庭由男人做主，故工作对象也应该以男人为主，尤其是身在暹罗、安南、石叻、马六甲等地的男人，利用他们只身在外、多愁善感的机会，向他们传教，往往事半功倍。由他们自己把上帝的教义从外面带回国内，事实证明这是行之有效的一种方式，但是，反例也不少，丈夫跟着妻子入教的例子甚至多于前者。我所知道的两位女信徒，一个叫李珠兰，一个叫林锦平，她们收到南洋的丈夫寄来的番批后，回信给丈夫，给丈夫寄去《潮语圣经》《四福音》《使徒行传》《赞美诗一百首》等书，来来往往几次之后，她们的丈夫终于主动回乡，带领全家加入教会。所以，建议同行们充分重视潮汕地区的番批——尤其是回批这个潜在的传教渠道，主动帮不识字的侨眷写回批。七、潮汕地区的女人，白天总是忙于操持家务，或者出门干农活，或者拜老爷，没时间也没心情听福音，而且总有别人在场，会害羞或有忌讳，无法说出心里话，所以，最好的时间是夜间，是熄灯之后，夜间布道的好处是妇女可以安静下来，思考比较抽象比较内在的问题。在书里，她把夜间布道称作"一个晚上的工作"（one night's work）。不过，潮汕姿娘实在是全世界最难改变的一群人，她们才不会像鸭仔跳池塘一样，一只跳，就一只只跟着跳的。五年之间，因她的工作信而受洗者，扳着指头都能数得过来，不过十几人，平均一年不足三人。每个人受洗的时间她都记得一清二楚。其中还有四人因为继续遵循那些跟基督教义相抵触的旧习不改——或重婚，或离婚，或溺婴，或私藏祖先牌位，或纳妾，或婚内出轨，或允许女儿为人妾，等等，而被教会"革出"。她尝试以另外的标准评价自己，比如一个九十二岁的老人受了洗，每周的周日都要鸡鸣头遍时从家里出发，步行二十里路去盐灶教堂参加主日礼拜，一路上要过南溪河，翻莲花山，参加完早祷和礼拜，还要在天黑前回到家里。再比如，刚开始村里人叫她番婆，后来改了，先是番姑娘，再是董姑娘，越来越亲切了，有时他们甚至会想不起她是一个洋人。

5

几天后，董姑娘带望枝去盐灶参加了一场教堂婚礼。当婚礼进行曲响起，新娘手挽西装革履的父亲，从红地毯上缓缓走进教堂，父亲把女儿交给新郎时，望枝哭得一塌糊涂，惊动了婚礼上的所有来宾，幸好有董姑娘在身边搀扶，才坚持到婚礼结束。牧师的话，望枝只记住了一句：你可以亲吻你的新娘了。婚礼结束，所有人退出教堂，新娘把手中的花撒向下一个幸福的女人时，有一束花正好落在了望枝头上，董姑娘从地上捡起来，交给望枝，说，你是下一个。望枝只是摇头，再三把花推给董姑娘。董姑娘说，好吧，我替你拿着。没走几步，望枝突然感到有点头晕，不得不扶住董姑娘。这样又走了几步，望枝满头冒汗，身体完全瘫软，直直地坐在地上。一伙人纷纷跑来，几双手一同把望枝抬进教堂后面的屋内，平放在床上。人群里有医生，不过，等医生到来时望枝已经睁开了眼睛，说，我没事我没事。但望枝一直摸着自己的心窝，觉得刚才的心跳有问题，好像有陌生人的心跳强行加入进来，抢占了她的部分呼吸。仔细想想，实际上先前在教堂里，心跳就已经不像自己的了。望枝安静地躺了一会儿，闭上眼睛体会着新的心跳，其实是体会着一种新疼痛，辨认着它的强度，待稍稍习惯了，那种新的疼痛渐渐就变旧了。她甚至觉得疼得值，疼得好。知道一堆人围着她，她睁开眼睛对大家抱歉地一笑，急忙要坐起来。

屋里重新剩下两个人，望枝和董姑娘，望枝眼神坚定地说，我想通了，今天回去就直接告诉阿嬷，我下决心了，从明天开始，我不去拜老爷了，明天是三月初一。董姑娘问，不怕老祖把你赶出来，大厝、田亩、乃诚、月英，都不给你呢？望枝马上说，不怕，我原本什么都没有。董姑娘盯着望枝的嘴唇，惊得半天说不出话来，然后问，望枝你刚才怎么说的？望枝于是重复，真的，我原本什么都没有。她说的是真话，刚才的一瞬间，她发觉自己心里的最后一丝犹豫消失了，心里就像洗过一样，干干净净，所以她才相信自己可以不要一切，不要祖产和名分，甚至不要乃诚和月英，什么都可以不要，因为，自己原本什么都没有。望枝也才知道自己前个阶段一直是犹豫的，少少的犹豫，的确是有的，把她挡在十万八千里之外。不犹豫、不左顾右盼、不惧怕的感觉真是好，真是好，就像把自己解放了。董姑娘睁大眼睛，郑重其事地说，你如果能做到，我也不回美国了。望枝说，一言为定？董姑娘说，当然。两个人便真的拉了钩，一起说，拉钩，上吊，一百年，不许变。

望枝和董姑娘一起步行回银溪，一路上看到各地农民开始插秧了，阔荡荡的韩江平原上，一垄一垄的水田里，白鹭翻飞，吱嘎吱嘎叫个不停，撅着屁股插秧的多是姿娘和半大的孥仔。更小一点的孥仔则把几双大人的木屐摆在路上，摆成田字格，单腿在格子间跳来跳去。董姑娘很有些冲动地说，望枝你快看，此刻每一只鹭鸶的翅膀里，每一株秧苗的摇曳里，都能看到神的灵光啊。董姑娘的口气并不像在写文章，好像实实在在看见神的灵光了。望枝睁大眼睛努力看鹭鸶、看秧苗，看见的只是鹭鸶和秧苗，心里很急，很自卑。秧苗亭亭玉立的样子，秧行直如拉线的样子，处处一样，处处有别。有些地方明显在斗田，"正月斗钱，三月斗田"，斗田，斗的是直，是快，还有均不均、直不直。有些田里不过两个人，看上去也在斗，一个在东头，一个在西头，背对背，各人眼前已经插好了一片秧，都是六行，壮壮的秧苗已在水中随风摇曳，一瞬间就适应了一个初来乍到的大环境。插秧的人头上都戴着大大的斗笠，腰上扎着长长的水布，弓着腰，左手分秧，右手插秧，像雄鸡啄米一样，又有力，又准确，边插边退，到了中间，两个人顺利擦肩而过，不远不近，丝毫不差。你们说种田如绣花，看来真是如此啊，董姑娘感慨不已。望枝用真心的羡慕语气说，在你眼里什么都是新鲜的。董姑娘站在路边，盯着那些插秧的人，不想挪窝，自言自语，潮汕人是全世界最热爱大地的人，种田如绣花，还远远说不尽他们。望枝说，我们潮汕向来人多地少，不能不种田如绣花。董姑娘好像愤怒了，带着少有的训斥语气大声说，不是这样的，你们天生就热爱大地，你们全是直接从大地上生长出来的诗人，你看——董姑娘把手远远地伸出去，将军一样大幅度指了指明晃晃的田野。田里的人喊，下来呀。董姑娘真的脱掉鞋，卷起裤子下田去了。望枝站着不动，董姑娘喊，望枝，快下来呀。望枝低头看看自己的一双三寸金莲，说，我能走路就不错了。董姑娘摇摇摆摆走进水田深处，站在一个中年姿娘旁边，拉过来一个秧盆，拿起一把秧苗，弯下腰，笨拙地撕下一小撮秧苗，插下去。连续插了几撮，一看歪歪扭扭，拔掉再重插，惹得一旁的姿娘哈哈大笑。

望枝说，我给你们唱歌仔吧。

董姑娘和插秧的人同声喊，好呀好呀。

望枝有一肚子的歌仔，想起什么马上就能唱出来。

先唱一段"天地玄黄"吧，望枝说。

> 天地玄黄　宇宙洪荒
> 日月盈昃　辰宿列张
> 寒来暑往　秋收冬藏
> 闰余成岁　律吕调阳
> ……

望枝唱罢，田里的姿娘不服气，也开始唱。

于是你来我往，唱个没完。

回到时光里，天已大黑。

望枝你是点灯出门点灯归啊，郑陈氏说。

望枝听得出，婆婆气得要命，恨不得把天扫一巴掌，但又尽量忍住怒火。其实望枝一进门，已经知道家里气氛阴冷，像死了人。

不过和以往相比，望枝还算坦然。

刚刚回到自己的厝内，乃铿就来了。乃铿说，大娘，老祖在祠堂等你。望枝就跟着乃铿去了祠堂，进去一看，老祖在，公公也在，两人都在吸烟。老祖用眼神示意乃铿出去，乃铿临出门时担忧地看了望枝一眼。

你现在把盐灶当家了，老祖说。

望枝事先想好的话一句都没了，只是说，阿嬷，我对不住时光里。

老祖问，你怎么对不住时光里？

望枝意外想起了梦梅的那封信，多了些硬气，说，我想好了，我要改信洋教。

阿女拍了一把桌子，说，胡说八道。

望枝全身一抖，低头看着自己鞋上的泥巴。

老祖压着自己的火气，尽量温和地说，洋人是屙屎毒死狗的东西，别相信他们。

望枝说，是我自愿的，和洋人不相干。

阿女尖声喝叫一声，问，董姑娘不是洋人吗？

望枝只是张了张嘴，没出声。

老祖咳嗽一声，说，你想想，董姑娘为什么不劝溪后的人改信洋教？

望枝说，董姑娘没劝任何人改信洋教。

阿女喊，骗人，鬼才信。

老祖皱皱眉毛，向儿子伸伸手，让他克制。

望枝哭了起来，她真的想哭，也想以哭为武器对付两位长辈。

果然，两位长辈有些坐立不安了。

老祖说，望枝啊，你要明白，人人把我们溪前的肚皮当路踩，现在又来了洋人。

望枝哭着说，我真是自觉自愿的，和别人不相干。

阿女说，无论如何，我不同意。

望枝已经哭糊涂了，说话来不及瞻前顾后了，说了一句连她自己都想不到的话，你们有本事再给我一个郑复生，我就听你们的。

这话让整个时光里都暗暗一沉。

老祖和儿子相互看了一眼，神情发愣，明明被望枝的话吓着了。

老祖说，阿女，你有事先忙。

阿女又坐了半分钟才起身出去了。

老祖又从煤油灯上引来火，吸了几口水烟，吐出来，好像顺便叹了口气，说那个美国人董姑娘上一次来过时光里，我一直等着她再来，可惜她再也没有来。

望枝发现自己不哭了，脸上的泪痕里刮着习习凉风。

阿嫲，董姑娘是个好人。望枝勉强说。

老祖吐出一口烟，说，望枝呀，你识田螺几个弯?

这话让望枝立即显出无地自容的样子。

老祖提高嗓门说，事情没那么简单，说话甜甜，屁股挂弯镰。

望枝心里空荡荡的，一句话都没了。

老祖说，董姑娘教你们绣番花，给你们发工钱，你们就以为她好得很。别忘了，他们的军舰就停在汕头港，汕头离银溪有多远?不就是两三泡茶的工夫吗!

望枝抬头盯着老祖，额头冒汗。

老祖的目光扫过望枝的额头，说，望枝，改教的事情没商量，你可以再嫁人，家产也有你的一半，乃诚留下，月英带走。这是我背着列祖列宗做出的最大让步。

望枝扑通一下跪在老祖面前。

老祖说，你必须先答应我，永世不改教，将来改嫁了也不改教。

望枝直起身，泪汪汪地看着老祖。

老祖说，我给你十日八夜，你去细细思量吧。

老祖绕过望枝，迎着光走出祠堂。

望枝又是一宿没合眼，老祖的话比教堂里的布道更难拒绝，老祖这个人就是这样，开口七分文章，无论说什么都像风声雨声，听话的人只能定定接受，长十张嘴也反驳不了。鸡鸣三遍，雌雄鸟开始合唱的时候，所有想法变成了歌仔一样的一句老话：狗不是吃鱼的。打算写在纸上，天一亮递给董姑娘。但又觉得应该多说几句，增来减去，怎么都说不好，最后成为如下样子：

对不起，亲爱的董姑娘，望枝又要让你失望了，狗不是吃鱼的，望枝就是这样没出息，咸田螺吸不出肉。望枝太没出息了，我觉得，再这样下去，你都要替我操碎了心。我不愿让你因我受累。

无论如何，我已经蒙恩了，我不再是原来那个望枝了。

这辈子我可能还需要受磨难。

亲爱的董姑娘，原谅我。

在纸上写下这些话，望枝发觉自己心里踏实了很多，但又有了新的心事：我能不能做回原来的自己？

6

同一夜，阿女把村里四个闲间熟客叫过来，商量如何给盐灶教堂和董姑娘一点颜色。阿女先把望枝和另外几个姿娘改信洋教的事情讲给大家，然后说，咱们在家的男人不能做狗母蛇，任人打，任人欺，再说，我们袖手旁观，不管不顾，等番客们回来，将来怎么给人家交代。短手、石靠、陈三、阿虎四个人一致表示，你是老大，我们听你的。阿女说，两两一组，分两组，短手和石靠连夜赶往盐灶，放一把火，把教堂烧了，陈三和阿虎留在家，把仰止山房也烧了。我会连夜逃走，明天一早你们就四处放风，说两边是阿女干的。短手说，都是同一砂锅煮饭的亲兄弟，有难同当。阿女坚持说，不能拖累你们，你们一人撕成两三身也不够用，时光里有我没我一个样。石靠说，你不在，我们没地方喝茶了。阿女一笑，说，我阿女不是敢食畏死的人，再说我马上就五十岁了，已经是溪前几代男人中最高寿的一个。四个人一致想起了那句话——传说是一个很厉害的外地仙姑下神后说的，村里人人都知道：溪前男丁连续六代活不过五十岁。阿女见大家听明白了，便作揖打躬地说，我娘年纪不小了，如果有个三长两短，就拜托诸位了。四个人出于好奇，注意看阿女的眼睛，并没有看见一滴眼泪，连半丝伤心都没有，心里都佩服不已。阿女把事先准备好的四个布袋拿出来，一人给了一个，说，别嫌少，每人五十枚龙银，拜托大家了。四个人推辞不拿，阿女问，嫌少吗？四个人相互看了看，不再吱声。临出发前，阿女又说，盐灶教堂那边我踩过点，前面是教堂，后面是一排瓦屋，中间隔了七八步，把瓦屋烧了就可以，尽量把教堂留下，教堂里的老爷虽然姓洋，也是老爷。另外，鸡啼头遍的时候，盐灶那边先动手，手布局这边，等鸡啼三遍再动手，这样就像我一个人干的，中间的一遍鸡啼是我在路上的时间。四个人都默默点了头。

短手和石靠马上就出发了。

陈三和阿虎还想磨蹭，阿女说，你们先回家吧，我也马上要出门了。

陈三和阿虎踏踏探探不挪窝。

阿女说，我有脚就有路走，你们放心。

陈三说，记住，早点回来啊。

阿女说，听造化。

阿女找出两包好茶，一人一包，硬把两人推出门去。

两人向阿女鞠了躬，闪身走了。

随后阿女回到时光里看了一眼阿娘，又去灶间拿了几个红桃粿、一块鸭肉，再摸黑走进祠堂，跪下磕了几个头，再回到半容小筑，换了身衣服，把丝绸衫裤脱掉，换上大裆裤蓝布衫，腰间系上一条红方格的水布，立即由一个资深阿舍变成一个老年批脚，再加上斗笠、市篮、长伞，就真的是一个像模像样的批脚了，只是稍显白净和贵气。临行前还把一支土制的驳壳短枪藏进市篮，颇有一种视死如归的架势。锁好门，把钥匙塞在门外的砖缝里，就绕了一个大圈，向村外匆匆走去。狗吠声渐渐多了起来，一律冲向阿女的脚步声。到了村外，阿女回过身，看了看灰蒙蒙的灯山，此刻，夜影中的灯山更像一盏灯笼了，挂在天上的灯笼，只是不发光。从番畔回来的人，远远看见灯山尖尖的山顶，就等于到家了，出门的人，同样少不了在村外回过身，郑重地看一眼小小的可以独属于任何一个游子的灯山。这个仪式，再傲性的男人也难免俗。

7

后来望枝真的睡着了，被喊叫声吵醒时，天色已大亮，不正常的亮，跑出门一看，村子的西北角火光冲天，红一片紫一片。

望枝心里发慌，担心手布局出事了。救火啊，救火啊，快来救火啊，果然是董姑娘的声音。一时望枝有强烈的预感，这把火可能和自己有关。乃诚和月英在床上喊叫，但望枝顾不上管他们，一口气跑出时光里。

很多人正从各个角落跑向村子的西北角。

望枝看见，火和烟嘭嘭嘭从手布局的天井里冲向高空，先是方的，再是圆的，是标准的火烟，野藤杂草燃烧时发出的那种火烟，烟多火少，白滚滚的烟向四处弥漫。村子里所有的狗都在现场。几只大狗正昂着头，盯着最高处的烟，双眼亮闪闪的，专注而锐利，再三地纵身扑咬最高处的浓烟。一只狗因为什么都咬不住，自己和自己过不去，几乎发了狂，嘴里直淌口水。一只狗累趴下了，蹲在地上直喘粗气，耷拉着嘴，粉红色的舌头又长又大，抖个不停。狗的反应，明显影响了人的态度。人们脸上都是大事来临的样子。几个男人正从仰止山房的牌匾底下跑出跑进，出来的人手上抱着绣好的手布，还有大大小小的绣花规。那是村里仅剩的几个男人，短手、石靠、阿虎等人都在其中。望枝一心想看见自己的公公，如果看见，她就放心了。董姑娘穿着粉色丝绸睡衣，手上抱着一卷批信，半跑着向望枝迎过来。董姑娘孩子一样扑进望枝怀里，问，怎么办？怎么办？望枝拍着董姑娘的后背说，人没事就好，人没事就好。望枝能感觉到，董姑娘全身的骨头都在抖，心想，连董姑娘也有这样的时候。董姑娘把手里的东西交给望枝，说，帮我拿好，依芸家的番批。望枝知道董姑娘近来正在加紧整理和翻译依芸家的上百封番批，说准备在美国出版，书名就叫《依芸家的番批》。听说番批是董姑娘打扫房间的时候偶然发现的。

火越来越大，烟越来越少。

望枝和董姑娘不能不退后七八步。

望枝犹豫了好久才小声问，哪来的火？

董姑娘说，不知道，我正在翻译这些批，忽然闻到了煤油的气味。

"煤油"二字让望枝两腿一软。闻见了煤油的气味，说明火是有人故意放的。另外，她前天碰巧看见公公在后库石榴树下用煤油清洗自己的一枚石印。那是他的名章，由于很久不用，字缝里嵌满了油渍。他笑着说，不洗干净，我自己都不知道自己是谁了。公公的笑容十分罕见。

全村的老老少少都来了，手布局的姿娘们首先关心手布是不是都救出来了。孥仔们在人缝里钻出钻进，开心极了，乃诚和月英看见望枝，并不来缠她。那几只狗全部累趴下了，瘫在地上喘着粗气，有的咬头搭背，腻歪在一起。大火开始喷向四面八方，再也不可能钻进去一个人了。所有人只能等火自己熄灭。望枝一直没听到公公的声音，公公是闲间当家人，他如果在，不会没声音。

董姑娘被两个姿娘拉向一旁。

望枝发现自己不敢去人多的地方。

后来有人过来问望枝，你手上拿着什么？不是拭屎纸吧？

另一个立即接话，肯定是。

望枝完全明白了，一点没错，这场火是冲着自己来的，迟早要来的一场火。

所有的人都在嘀嘀咕咕，目光都斜向望枝。

两个有名的长舌妇故意大声说着悄悄话：

"阿女放的火，人已经跑了。"

"阿女亲口说的。"

"干得好，干得好，干得好。"

"听说盐灶的教堂也烧了，先烧了盐灶，再烧了银溪。"

"太好了，早该烧了！"

"只能是阿女烧的了，只能是阿女。"

董姑娘回到望枝身边，眼神有了些变化，比刚才平静了，那种平静刺痛了望枝。

望枝说，对不起，对不起。

望枝的眼泪扑簌簌坠落。

董姑娘说，别哭别哭，别又哭了。

董姑娘的口气，让望枝有一种永远哭下去哭下去的冲动。

董姑娘说，不要紧，这正是我们认识神的时候。董姑娘使劲克制住了坏心情，才说出这句话的。

望枝只是哭着说，对不起对不起。

董姑娘说，魔鬼不甘心，千方百计要我们远离神，怀疑神。

望枝牙关开始发抖，说不了话。

董姑娘搂住望枝，声音已经相当理性了，不算什么，不算什么，望枝，我见得多了。

董姑娘要从望枝手上取回番批。

望枝抱紧番批不松手，好像那不是番批，是更重要的东西。

董姑娘说，望枝，你不知道吗？神在考验我们，魔鬼也在考验我们。

望枝看见董姑娘眼睛明亮，和刚才不同，也不像在背书。

望枝松开手让董姑娘拿走了番批。

望枝觉得自己应该躲起来了，永远躲起来不见人，便转身跑回时光里。

望枝立即摔倒了，久久没爬起来。

董姑娘冷眼旁观，不去扶她。

其他人也都静止不动，等着看董姑娘的态度。

董姑娘始终没理会地上的望枝。

8

盐灶那边，教堂背后的三间瓦屋全被烧毁，十米之外的教堂幸免于难，多人被烧伤，一人被烧死。死者是美国牧师的三岁的女儿。

当天中午，县政府派出一支二十人的短枪队进驻银溪村，持枪的士兵把住了出入银溪村的所有路口，只许人进，不许人出。连拜老爷的姿娘和上学读书的学生也不得出去。同时，潮州八邑到处贴满悬赏捉拿郑阿女的通告，有郑阿女的画像，赏金五百两银子，差不多能起半座下山虎。一周后在美国驻汕领事馆和岭东浸信会的双重压力下，潮州各县知事行动一致，在同一时间向境内民众发出知事本人署名的告示。港口、码头、圩场、村庄，张贴在所有热闹的地方。八个县的告示除了署名，内容完全相同：

　　各国洋人在我地安分传教，由来已久，有关条约本已载明。各国教士自向华民租屋购地，建设教堂，应与业主先行议明，如彼此情愿，两无抑勒，即于立契之日，将契呈明领事官，照送地方官，查勘明确，分别税印，即属合法，不得擅行阻挠，免兴仇衅，致伤和气。至教士传播洋教教义，系属条约准行之事，亦当视为合法，传教改教全凭双方自愿，互不干涉。凡系安分传习教之人，均当以礼相待，而期民教绥安。洋人开办之福音医院、孤儿院、学校、绣场，亦在准行之列，各地明理绅耆均宜训束子弟，不得妄生议论，借端滋闹。传教习教民人遇有讼事，应听地方官持平办理，信奉洋教之人不得借教士为护符横行乡里，别教之人亦不可将拜耶稣信道之人骚扰凌虐，本土旧教，如孔孟佛道妈祖等各方神圣，固不应视如寇仇，理悖大众，而忧外侮。

　　自示之后，各宜凛遵。
　　毋稍故违，切切特示。

　　看得出，这份告示是下了大功夫的，是双方再三博弈的结果。告示并没有就事论事，没有单纯针对盐灶和银溪纵火这一具体事件，实中有虚，退中有进，尽可能体现了尊严和硬气，"信奉洋教之人不得借教士为护符"这样的话，说明"借教士为护符横行乡里"的情形早就是事实，不容忽视，而"教士"二字应该包含家门口的外部势力，"各宜凛遵"也无疑包括洋人，口气强硬，巧妙表达了国家尊严。"理悖大众，而忧外侮"，则婉转地表明这样的情况业已存在，并非杞人忧天。同时还绝无仅有地替"本土旧教"说了几句话。清帝退位之后，地方官员大半留任，只不过换了个名称，巡抚改为都督，知县改为知事，他们自然是熟悉几十年前那笔旧账的，洋人、洋教，加上洋枪，虽然时在民国，仍旧是金刚护体，告示的语气微妙地体现了他们的忌惮。这帮"地方官"肯定还记得"巨野教案"，山东巨野县的两名教士被杀，激怒了德国皇帝，于是才有了《中德胶澳租界条约》的签订，大清皇帝拱手把胶州湾送给德国，是"条约准行之事"，可以想象，"盐灶教案"的处理是多么棘手的事情，弄不好韩江平原也会步胶州湾的后尘，而他们仍能举重若轻，一槌双鼓，实属难得。

该告示贴出后的第二天，短枪队撤离，带走了时光里的管家。短枪队让时光里自己选择一个人顶替郑阿女，等郑阿女归案后再放人。管家是时光里的老人手，做管家已有二十余年，全靠他的精打细算，勤俭持家，败落之后的溪前才勉强维持到今天，有资格被人们戏称为"死蛇活尾，死蜂活刺"。时光里少了谁都不能少了这位管家，但是，没办法，时光里除了几个伙计，除了一些长工短工，几乎没有像样的男丁了，管家是唯一合适的人选。他自己也说，没办法，谁让我是时光里的管家呢。他还请求老祖，他走了，由他的老婆继任管家。老祖答应，并说，一定会想办法把你赎回来。短枪队队长喜欢收藏，顺手牵羊，拿走了时光里的一些好东西，比如老祖的那把镶满宝石的烟枪，康有为的草书四条屏，一把花梨木框架，纯错金算星的小算盘，花梨木四出头的两把官帽椅。只有一样东西，老祖恳求留在时光里——吴昌硕的一幅横披，上面写着四个巴掌大的字——荥阳世家，短枪队队长想了想，同意了，忍痛割爱地留下了。短枪队离开后，时光里还发现，祠堂内外的一些镏金浮雕，用刀子刮得乱七八糟，金粉没了，只剩石料。老祖的卧室幸亏没人进去，盖有慈禧太后藏书印的六册《阅微草堂笔记》仍然守在老祖枕边。老祖说，他们如果看上了，也可以拿走。

老祖强调，我说的是真心话。

大家一脸纳闷，都是半信不信。

老祖说，我劝你们再去看看那告示，"我地"二字值千金呀。人们回头再看时光里门口的告示，这才发现了"我地"二字。

为什么"我地"二字就值钱呢？

老祖说，你们都是猪脑子，让乃铿告诉你们。

乃铿说，有我就有他，明说我地，暗指他人。他人是谁？不就是洋人吗？跑到别人家传教、盖教堂、指指点点，老鼠吃猫饭，还有理啦？谁请他们啦是不是？

老祖默默给乃铿竖起了大拇指。

老祖又问另几个人，看看，你们是不是猪脑子？

有人说，乃铿是读人之初、性本善的，我们是读小猫小、小猫好的，能一样吗？

老祖拉长声音说，所以嘛，才要你们读书。

有人故意问，读书读书，愈读愈输，是谁说过的话？

老祖自己回答，我——说过的。

此话引得满场大笑，老祖自己则平静如常。

老祖说，不会听话，就没有好话。

大家只好纷纷收起了笑容。

又过了几天，久久枯坐无语的老祖突然仰头长叹，然后说，短枪队了不起，在银溪村待了七八天，家家户户的饭吃遍了，二三百个姿娘没一个出事的。你们不知道，那几天我每天都替你们捏着一把汗。

老祖这么一带头，很多人都开始回忆短枪队的"了不起"。比如，虽说只让人进不让人出，拜老爷的姿娘和上学的孥仔，有些还是放行了，并没有听见一声半声枪响。比如，批脚是可以随便进随便出的。比如，短枪队士兵挨家挨户搜查郑阿女，只是装模作样地四处瞅一瞅，并没有真的下功夫。比如，士兵们轮流在阿女间间休息，总是客客气气，除了烟酒茶，并没有动别的东西。

后来再没有可挖掘的事情了，有人说，不是长枪，而是短枪，威势就没那么大了。有人甚至感叹，可不是吗？到底是民国天了。

郑步沥每次回银溪，都会把自己看过的一些报纸带回来，送给时光里老祖，有《岭东日报》《星岛日报》《申报》等等。老祖按日期看遍了这些报纸，关于盐灶失火，未见一字报道，那份县太爷署名的告示没在任何报纸上公布，捉拿儿子郑阿女的悬赏令，也没有出现在任何报缝里。

老祖由此判断，儿子可能不会有大事的。

老祖暗下决心，一定要活到儿子回来。

又隔了两三天，老祖把梦梅的那封信和《潮语圣经》找出来，交给望枝，望枝刚接在手上，立即就放在一边，绝不是为了在老祖面前装装样子，而是真的不想看，一个极快的瞬间，就像冷不丁吃了当头一棒。

梦梅用稿费给你买的，老祖说。

望枝异常冷静地摇摇头。

乃铿也在旁边，乃铿给望枝眨了眨眼睛说，你不看我看。

老祖说，乃铿，把信读给你大娘听听。

乃铿故意清了清嗓子，真的读了起来，只读了和望枝有关的那一段。

望枝把两个耳朵堵起来，就是不听。

随后，乃铿又读了《潮语圣经》里的一段：

神呾，在水个中间，着有个穹苍，来分开上下个水。神就造个穹苍，并分开穹苍下个水，及穹苍上个水，就有照生。神叫穹苍做天，有夜昏有明起，就是第二日。

望枝干脆站起身，跑掉了。

望枝的小脚把地面敲得砰砰响。

乃铿继续读，边读边笑，在旁的几个人都听得十分陶醉，也是边听边笑，没想到天天挂在嘴上的潮州话，在《潮语圣经》里变成了这个样子，好像潮州话像人一样出国旅行了一趟，回来后，带上了一点异域口音，能把人笑死。望枝躲进屋里，听见了外面的大笑声，心如刀割，以为人家都在笑自己。

实际上望枝近来的确体会到，时光里角角落落都是冰冷的眼光，老老少少，人人都想把她夹在指缝里，连猫猫狗狗好像都不待见她。

9

　早稻快要收割的时候，时光里收到了梦梅的又一封批。一年中的第二封批，距离上一封已经四个月了，时光里早就等得不耐烦了。时间一长，等批的人等的不再只是钱，更是一个人的声音。这封批是由两个水客亲自从暹罗带回来的。不是批脚，而是水客，标标准准的水客。两个红头船时代的旧式水客，随身带着寄批人委托的钱、物和信，从番畔来，直接送到了国内的收批人手上。这两个人排场不小，搭着有烟辫子的小火船，在还算宽敞的银溪码头停了下来。一伙孲仔一边喊着"看火船喽，看火船喽"，一边向码头这边跑来。码头旁边，接近水面的石阶上蹲着一排洗衣服的姿娘，她们全都停下双手，手指上往下滴着水，拧着脖子看着渐渐靠向岸边的小火船。船上的人并没有马上下船，低处的姿娘们已经发出声声尖叫，因为有洋油的油花一闪一闪从船底下漂来，弄脏了岸边的水。

　两个穿着短袖白裼子和黑色皮鞋的男子走下船来，一个是高鼻梁蓝眼睛的洋人，一个是中国人，像那个洋人的跟班。伸进河面的木板栈桥被他们踩得忽悠忽悠。

　两个水客，是乔治和阿端。

　看见男人，姿娘们的声音立即小了下来。

　岸上的孲仔们也很安静，越小的孲仔越安静，像是被带着烟辫子的火船吓呆了。最小的几个孲仔盯着船头的烟囱，吓得喘不出气，因为银溪的父母们总是这样吓唬孩子的：

"再不听话，叫人迷了去祭烟囱。"

孥仔们绝对相信大人们的话，新船下水，可是要用不听话的孩子祭烟囱，就像用一只鸡祭一样。

上岸前，乔治问，请问时光里怎么走？

一排蹲着的姿娘先是没人吱声，等乔治做出一个有趣的表情后，才有一个穿着月白色高领唐装的雅姿娘站起来，甩了甩两只滴水的手，并不说话。

乔治笑着问，你是郑乃——坚吧？

乔治故意把"铿"读成"坚"。

一伙姿娘马上起哄，嚷嚷声乱成一片。

安静下来后，乃铿说，我不是郑乃坚，我是郑乃铿——你是谁？

乔治用赖皮样子说，我啊，我是水客，有你家的番批。

乃铿说，哪有洋人当水客的！

乔治笑嘻嘻地问，你阿爸是不是在暹罗的郑梦梅？

乃铿说，是呀是呀，是我阿爸。

乔治说，那就对了，我们从暹罗来，带着你阿爸委托的番批。

乃铿便光着脚从石阶上走上去。

乃铿走路很快，在前面带路，长辫子在背后左一下右一下，两个脚板把路面踩得乒乓响，留在路上的湿脚印吸引了阿端的目光。乔治也注意到了，看看脚印，再看看阿端，鬼鬼地笑了笑，暗暗推了阿端一把。

到了时光里，乃铿把两个人交给老祖，马上又回码头了。

乔治笑着对老祖说，我们是水客。

老祖说，别骗人了，你是乔治，他是阿端。

乔治和阿端惊讶不已。

老祖转身从抽屉里取出三张照片，让两人看。

乔治和阿端把三张照片轮流看了，乔治说，这两张照片是我照的，另外这一张，是用我的相机照的，梦梅的这几句话我会背。

乔治放下照片，果真背诵了梦梅注在照片旁边的几句话。

之后，乔治问，"一荆相识"是什么意思？

老祖问，你是考我呢？还是真的不懂？

乔治说，我真的不懂，我的中文还没那么好。

老祖说，有个词叫"识荆恨晚"，我猜，我孙子的"一荆相识"就是这么来的。

乔治问，可是，什么是识荆呢？

老祖说，我猜，荆，应该是韩荆州吧，"生不用封万户侯，但愿一识韩荆州"，这是李太白的诗，从此以后，就有"识荆"或"识韩"之说。

乔治说，我今天认识阿嬷也是识荆恨晚？

老祖哈哈大笑，说，你呀！

乔治孩子般得意扬扬。

老祖问，听说你和我孙子拜同年了？

乔治说，是呀，我，梦梅，还有陈光远——他，阿端的伯父。

老祖说，那你也就是我的孙子了。

乔治急忙给老祖下跪，直接跪在地上，叫了声阿嬷，有模有样的。

老祖笑着说，有个洋人孙子，我也高人一等喽。

乔治说，阿嫲阿嫲，我可不上你的当，洋人华人是平等的，谁也不比谁高。

老祖说，好啊，有这句话我就放心了！

乔治从提包里取出一沓子港币，递给老祖。

这是一千元港币，请数数。乔治说。

老祖把钱接在手上，说，这么多呀，梦梅总不是偷的吧？

乔治说，梦梅呀，现在可是大老板。

老祖问，他赤手空拳，怎么就当了大老板？

乔治又从提包里取出梦梅的信，一个较大的批封，敞开着，批封上写着三行字：请乔治阿端亲呈，祖母大人玉展，郑梦梅缄。另外还有一副女款的老花镜，茶色，无框，水晶玻璃，装在一个精美的黑盒子里。

老祖接过信和眼镜，先看信：

祖母大人懿鉴：

　　适逢乔治同年与友人阿端由暹返唐，乘便附港币一千元，家中每人抹出两元，余者用于爱女乃铿成人礼。另有老花镜一副，祖母读书时用之，镜片为天然水晶石，可增清凉。梦梅年初租十亩薄地，引种木瓜，现已有小园半弓，宿草离离，海风飒飒，日涉成趣，收成可期。谁料万昌老板宋万昌先生迩来思乡愈切，大有时不我待之感，亟欲北归，行三顾之礼，嗒然累日，旧话重提，赠我过半股份，邀我经理其事，垂泣而言曰，汝若不出，则宁愿关门歇业。梦梅窃惭于斯人甚矣，加之素爱批业，不忍视其停废，且恭敬不如从命，故将木瓜园雇人打理，重回批局。万昌先生情深似海，谊重同穴，疑非世有，梦梅能不披肝沥胆、加鞭倍奋哉？率复不赘，余请乔治兄面叙。

　　顺颂祖母及父母大人

金安！

愚孙梦梅

民国六年六月二十日

　　看完信，老祖把眼镜戴上重新看了看信，信上的字一下子变样了，梦梅的小楷全都有了细腻生动笔触，就像刚刚从纸上生长出来的。

　　老祖说，这样一来，我都能蘸着涎水捉跳蚤了。

　　乔治和阿端被老祖的话惹得大笑。

　　乔治和阿端对视了一下，乔治看见阿端微微点了点头。

　　乔治说，阿端你先去旁边随便看看吧。

　　阿端脸一红，起身走了。

　　乔治说，阿嬷，听梦梅说，乃铿还没婚配？

　　老祖说，没啊，正为这事发愁呢。

　　乔治问，我可以学习做一次媒人吗？

　　老祖心里已经猜出几分了，说，当然好呀。

　　乔治说，就是阿端，陈光远的亲侄子，在暹罗给陈光远当司机，潮阳人，今年二十岁，没多少文化，但人很好，我们都特别喜欢。

　　老祖说，这个后生弟，我看不错。

乔治说，是呀，梦梅一眼就看中了。

老祖说，他是父亲，他说了算。

乔治说，阿端已经看上了，是不是问问乃铿？

老祖喊了两声乃铿，没听见回答。

老祖说，我们潮汕姿娘就是这样，见了陌生男人，就主动躲开了。

乔治哼了一声，表示理解。

老祖说，我看有梦梅做主就可以了。

乔治说，现在是民国的天下，婚姻恋爱闹自由了。

老祖摇了摇头，说，没那么快。

乔治说，如果双方都同意，能不能抓紧把婚事办了？阿端这次回来，打算办完婚事，就把乃铿带到暹罗，乃铿可以给梦梅的批局帮帮忙，也可以给陈光远公司干点活。

老祖点头说，我看可以。

乔治看见桌上放着几张新报纸，问，阿嫲，最近国内有什么新事情？

老祖把一张《申报》翻开，指着报上的一则消息让乔治看。

乔治接过报纸，细看那则消息：

北京电　昨晚二时张勋、康有为、梁鼎芬等密谋复辟，自后梁鼎芬即谒黎总统迫请退位，闻清帝宣统即于今朝四时登位，北京市内军警密布。

乔治问，阿嫲，这事您怎么看？

老祖说，国家大事，我无文无墨，岂敢妄议啊。

乔治露出一个诚恳的表情，说，我想听。

老祖问，真叫我说呀？

乔治频频点头。

老祖说，复辟的事，自古有之，别的我不敢说，不过，辫子已经剪了，就不要再复辟了，头发长，见识短，男人也一样。

乔治摸了摸自己的头发。

老祖说，别担心，你头发不长。

乔治笑了。

这时阿端回来了。

阿端说，船东等不及了。

乔治站起来，说，阿嫲，今天我们先走了，船在等，改日再来拜访。

老祖问，要不要写回批？

乔治看了看阿端。

阿端说，还是写吧，回汕头交给批局，免得阿叔等。

老祖便找来纸笔写回批。

乔治和阿端离开书房，四处看了看时光里。

乔治说，老人家同意了。

阿端问，乃铿呢？

乔治说，先说你，你喜欢乃铿吗？

阿端说，我担心我配不上。

乔治说，我看也是。

老祖写完回批，喊，望枝，红鸡蛋煮好没有？

望枝回答，好了，来了。

望枝马上端来两碗姜薯鸡蛋甜汤。

过番回家的人，一进门必须吃一碗甜汤，必须是四个红鸡蛋。

看见望枝，乔治问，望枝嫂子受洗了吗？

望枝假装没听懂，马虎了过去，急忙提着盘子退走了。

老祖的脸色也有些异常。

阿端给乔治挤眼睛，不让他再多嘴。

乔治张大嘴，把一颗大大的红鸡蛋完整喂进嘴里。

老祖和阿端都看呆了。

这鸡蛋，为什么要吃四个？乔治很懂事，换了话题。

老祖说，好事成双，我们潮汕人穷讲究，喜欢双数，认为双数吉利，梦梅每一回寄番批，钱多钱少不要紧，但一定是双数，两元，二十元，二百元。

乔治钻牛角尖，问，为什么是四个鸡蛋，而不是两个？

老祖说，两个少了。

乔治说，可是，四个多了。

老祖说，宁多勿少。

10

这一年的盛夏，溪前匆忙办了两件喜事，一件是乃铿出嫁，另一件是望枝改嫁。乃铿和阿端，双方很快就议定了婚期。阿端急于回暹罗，希望在本次回家期间完婚，并与乃铿同行。另外，由郑步沥介绍，潮梅总司令莫擎宇手下的少将军需处处长黄六昌看上了望枝，黄六昌比望枝小两岁，但见过望枝，并了解了望枝的情况后（能分得溪前一半祖产），欣然同意娶望枝为妻。不过，黄六昌提出了三个条件，一是，望枝不能带两个孩子过来；二是，尽快举办婚礼；三是，属于望枝的那部分家产，先立好地契和房契，待后处置。其时，在董姑娘主持下，已开始在仰止山房原址上修建教堂，打夯的声音每天从早到晚响个不停，让望枝心绪难宁，加上时光里老老少少对她的生疏感越来越明显，让望枝早就觉得时光里不再是自己家了。当黄六昌传来话，愿意尽快娶她时，她甚至当着大家的面大哭不已。

老祖决定两件事同一天办，等于一天出嫁两个女儿。时间定在乃铿出完花园的第三天。古历七月初七出花园，七月初十出嫁。

虽然时间很紧，老祖还是花血本把时光里大略修葺了一番，尤其是被刮去金粉的那些浮雕，如果不修补，实在难看，没脸示人。要修补，则最好仍然是纯金金箔。工匠计算了一下，上一层最薄最薄的金箔，起码需要三公斤金子。时光里的金银早就变卖干净，过上日子了，眼下连半两金子都没有了，别说三公斤。不过，一天的后半夜，老祖独独把郑陈氏、郑白和乃铿叫醒，让这些从来没干过重活的姿娘用锄头和铁锹挖坑。地点是后库的东拐角，一棵石榴树的西侧，走五步的地方。就这儿，你们挖，尽量别出声。老祖指着脚底下，语气很坚定。

怎么不多叫几个人？乃铿问。

傻丁，叫来看戏啊？老祖悄悄说。

三个姿娘已经明白，脚底下藏着宝。

乃铿带头挖起来，一锄头下去，锄头弹开了，地面完好无损。

老祖在乃铿耳边说，别出声呀。

地又硬，又不能出声，怎么才能挖出一个坑来？

三个姿娘实在没一点办法。

乃铿问郑白，阿娘，有没有斧头？

郑白转身离开，回来的时候手上提着一把劈柴的斧头。乃铿接过斧头，蹲下来，左一下右一下，斧头向内斜着砍下去，先砍出一条缝隙，再把缝隙渐渐削宽。三个长辈看出了这个姑娘的可贵，心灵手巧，能娇能硬，从来不怨恨由溪后换到溪前的事，关键的时候，私心总在溪前。同时也发现时光里这么大一个家口，最亲的就是眼前这四个姿娘了，刚好是溪前四代姿娘，谁也不是谁生的，大家因男人联系在一起，而男人，死的死，逃的逃，过番的过番，姿娘们虽然有说不尽的恩恩怨怨，但积年累月，四根麻绳早就打成一条索，朽了烂了也难分你我。

看乃铿累了，郑白接过斧头。

郑陈氏说，阿娘，你回屋里歇着去吧。

老祖没回卧室，而是去了书房。

老祖点上煤油灯，戴上眼镜，开始看几张新报，7月8日和7月14日的《申报》，关于复辟的两则新闻她已经看过无数遍了。

　　今日宣统通电全国改挂龙旗，改民国六年为宣统九年，以张勋之兵护卫宫城，以步军统领之兵警戒市中。张勋自任首席内阁议政大臣，兼直隶总督、北洋大臣，康有为任弼德院副院长。

复辟消息传出后，遭到各界强烈反对，孙中山在上海发表《讨逆宣言》，段祺瑞在天津发布讨逆通电，并组成讨逆军，于12日拂晓攻进京城，在讨逆军的两路夹攻下，辫军一触即溃。次日，京城街头，辫军丢弃之发辫俯拾即是。辫帅张勋仓皇逃入东交民巷之荷兰使馆。做了十二天皇帝之后，溥仪再度宣布退位。

每次看到"溥仪再度宣布退位"这一句时，老祖都会忍不住苦笑一下，并在心里念叨，溥仪不过是个孬仔，不懂得饭香屁臭，他倒罢了，没人知道最苦的人其实是生他的那个人。每次看到"康有为"三个字，也会自言自语，康南海的四条屏幸亏叫短枪队队长拿走了，要不然挂在墙上怪碍眼的。

望枝近来还是睡不好觉，睡时像醒，醒时似睡，后库那边的响动她自然听见了，先站在窗前听了听，断定声音来自时光里，在石榴树那附近。她没忍住，光着脚走出门，顺着墙半步半步靠向后库，看见楼上书房里亮着灯，心里一下子就踏实了。不管老祖带着人在做什么，反正老祖心里已经没她这个孙媳妇的位置了，她可以无牵无挂，放心走人了，上刀山下火海，听天由命。

望枝随即又回到了屋内。

接下来，睡了一个少有的好觉。

三个姿娘用绣花的办法终于挖出了一个一米见方的坑，露出了两个乌蓝乌蓝的猪油钵，都不算大，窄口宽肚，好像长在地里了，乃铿好不容易才抱起来。乃铿和郑白各抱着一个去书房见老祖，中间歇了好几回。

辛苦你们了！老祖说。

老祖亲自揭开两个盖子，草草看了一眼，又盖上了。

你们也看看。老祖的面影变得温润了。

三个姿娘轮流看过，只有乃铿敢耍几句贫嘴，说，一边烧烧的，一边凉凉的。

老祖和两个媳妇都笑了。

咱们溪前还算有点家底吧？老祖问，语调上扬。

乃铿、郑陈氏和郑白三人不约而同，心里的想法竟完全一致，都是断断说不出口的话：老祖呀老祖，你可真能沉得住气，你难道不担心把秘密带进棺材里去吗？

说话的还是乃铿，老嬷啊，万一……

老祖坐回去，问，万一？万一什么？我早就说过了，我只是不敢死。老祖看着两个一模一样的猪油钵，开始吸水烟，吸得很响，吧嗒吧嗒的声音，击打着整个时光里。

老嬷，地底下还有没有？乃铿问。

老祖吐着烟说，再没了再没了，不算少了，光银子够买两条人命的。

三个姿娘没听懂，都在发愣。

老祖说，一条人命不是五百两银子吗？你们什么记性？

三个姿娘这才想起满世界的通缉令。

老祖说，金子不多，二十根大黄鱼，你们可以数数。大黄鱼，不是小黄鱼。

三个姿娘没听过大黄鱼小黄鱼，一动不动，没人敢数。

老祖说，乃铿你看看，是不是咸丰十年的银锭？

乃铿跪在右侧的猪油钵前，揭开盖子，龇着牙，伸手去摸，摸出一枚银锭，一看，侧面果然铸着两行竖行字，左右都是"咸丰十年"，顶端有一行横行字：郑鸿利银号。

老祖微微一笑，说，我没记错。

三个姿娘不只是佩服，几乎惊出汗了。

老祖说，十两的银锭，一百枚，转眼四十年了，时光里完工的那天我亲手埋下的，顶上原本包着红绸子，起房子没花完的钱，整整用了五年时间，没人知道花了多少钱，剩了多少钱。那天也是这样的一弯月亮。

乃铿说，郑鸿利银号，咱们自己家的银号。

是呀，自己家的。这个话题不好深究，老祖避重就轻，感叹说，不过，溪前穷了之后，日子倒好过了。官府、革命党、善堂、闲间、无赖、乞食，都不怎么上门了。以前那可是一大笔支出啊，每年我都有账。

乃铿说，老嫲，拿出一些过日子，剩下的再埋回去。

老祖问，你不要嫁妆了？光着身子出嫁呀？

乃铿说，只要不光着身子就行。

老祖说，你和望枝的嫁妆，都不能凑合，溪后什么样，溪前就什么样。

郑陈氏和郑白都是有话要说的样子。

乃铿给老祖跪下来，哭着说，不和他们比，咱们兔子不跟老鼠打洞。把溪后比作老鼠，只有乃铿敢这么说，但乃铿也是真话，赤心诚意，不含水分。

老祖说，你不比，我比，咱们溪前郑，该翻一次身了。

乃铿依旧哭着，说，咱们比不过人家的！

老祖说，谁说的，我偏要比比看。

郑陈氏说，乃铿说得对，别和他们比，各过各的日子。

老祖哼了一声，说，你们懂什么。

郑白也跪下了，说，望枝是改嫁，和乃铿不一样，桥是桥，路是路。

郑陈氏一看，也跟着跪下来。

老祖用十分冰冷的眼神盯着三个跪着的人，尤其是左侧的郑白，说，望枝和复生没圆房，她还是姿娘仔的身子，是改嫁，也是出嫁，再说她无父无母，我想替我女儿疼疼她。

郑白说，阿嫲让她带走一半家产，已经仁至义尽。

郑陈氏也说了一句，阿娘敢给，望枝敢要，我真是服了。

乃铿用脚跟踢踢郑白，再踢踢郑陈氏。

老祖被烟呛着了，使劲在咳嗽。

乃铿立即站起来，跑过去连连拍打着老祖的后背。

老祖边咳边说，钱是我攒下的，我说了算，有本事你们自己再去攒。

跪着的两代媳妇不敢再说话。

乃铿说，阿嫲阿娘，咱们下去填坑吧。

乃铿把郑陈氏和郑白拉起来，下楼去了。

老祖的目光仍然跟着那两个媳妇。

次日下午，三个匠人在时光里的一间库房里开始打制金箔。工头说，三根大黄鱼就够了，老祖心里很惊讶，表面却很镇定，问，三根就够了？工头说，差不多，差不多，金子的好处就是耐打，可以打得比孥仔的皮肤还薄，一耳勺金子打出的金箔，有一张报纸那么大。老祖心想，原来那些当兵的没刮去多少金子呀，他们好可怜。看老祖没说话，工头说，放心，剩下的还给你，我们尽量省着点。老祖说，那倒不必，你们大胆用。工头说，到时候你看，嫌薄了可以贴两层。

第五天，时光里门外两侧的壁画，院内照壁上的盘龙，祠堂两侧的众多浮雕、木雕，祠堂照壁上半跪的麒麟，不论是不是受过损伤，都通通包上了金箔，暗处一层，明处两层，而金子到底是金子，有和无，多和少大不一样，绝对提神，整个时光里都变得流光溢彩，连土墙都寸寸含金，看得见的和看不见的，全染上了富贵气。竟然还剩下了一根大黄鱼，工头原原本本把它还给老祖。老祖悄悄给老老少少打过招呼，包括三个金匠，如果有人问，用了多少金子？就说，用了整整八斤金子。

同时，家里的长工短工花匠全都出动了，去府城、汕头、隆都、樟林等地采购东西，一趟一趟抬回时光里。船来船往，盛况空前。雨点大，雷声也大。邻居们都听说，两个人的嫁妆，完全是相同的规格，除了明显过时的那部分——如婢女、棺材什么的，其他的，都是尽可能全，尽可能好。有些东西视情况可增可减，但"五桶"，无论贫富，一定少不了：饭桶、碗桶、脚桶、腰桶、马桶。届时老祖还要给每一个客人送红包，光包红包，就得两个人干整整一天。孥仔们早早就在唱《鲤鱼娶亲》的儿歌了：

客鸟喀喀声

厝边有人娶亲情

草猴捎眠床

草蜢担交椅

龟擎灯，鳖打鼓

胡蝇吹知打

沙蜢擎彩旗

水鸡担布袋

田斑来相贺

……

孥仔们故意进时光里唱，唱完有糖吃。

老祖身边跟着个人，提着花篮，花篮里全是糖。孥仔们吃了糖，再齐心协力唱"四句"，他们有一肚子的四句，都是最有好彩头的一些诗句，有些还是触景生情临时作的，你一首，我一首，要多少有多少：

夫妻双双坐床边

共庆同房食甜圆

男才女貌好匹配

双双偕老到百年

……

乃铿和望枝一同找挽面婶挽面的时候，把那天后半夜老祖的一席话，讲给了望枝。当时乃铿和望枝并排坐在矮凳上，两个人都仰着脸，两个挽面婶坐在对面较高的凳子上，手持粉盒，分别给乃铿和望枝的脸上擦粉，乃铿脸上的胎记几乎看不见了。望枝问，乃铿，老祖的原话是怎么说的？乃铿闭着眼睛说，老祖说，望枝无父无母的，我要替她的父母好好疼疼她，乃铿的嫁妆是什么样的，望枝的嫁妆就是什么样的。望枝睁了睁眼睛，问，你没骗人吧？乃铿说，谁骗人天打雷劈。望枝不出声了，但挽面婶说话了，望枝你哭了。望枝这才知道自己哭了，说，我哭三天三夜都不够。挽面婶说，谁不知道你眼泪多！另一个挽面婶说，老祖这个人，真是不一般。挽面婶各取了一根两头接在一起的细线，用唾沫舔湿，打个对折，一头在左手上，另一头用嘴一咬，中间部分在右手拇指上绕两匝，准备正式挽面了。望枝忍了忍，还是问了，老祖给你一个人说的？乃铿说，阿嫲阿娘都在。望枝问，她们怎么说的？乃铿说，都说好呀，都说龙头动，龙尾舞。望枝不再问，但心里不太相信。乃铿这边的挽面婶说，你阿嫲应该不同意，接着又说，你阿娘嘛，更不会同意。两个挽面婶动作一致，先挽眉毛底下的杂毛，乃铿和望枝的嘴虽然闲着，但没办法说话。接下来，从额头顶端开始，线圈交叉在脸上连番绞动，鸟嘴一咬一咬，柔软在瞬间化为锋利，再由锋利瞬间化为柔软，就这样自上而下一路咬了下来。乃铿和望枝的表情相似，都在享受细腻极了舒服极了的疼痛感，都有明显的孪相，给快乐、舒服加疼痛做出的孪相，茫然又沉醉，滋味无穷。后来，望枝说，我倒希望老祖对我狠一点。乃铿问，为什么？望枝说，狠一点，我就好放心走人啊。乃铿没接话。望枝说，你还是屁孩子，懂什么。挽面婶戳了戳望枝的脑门，说，你是好命人，嫁给一个将军，恐怕早就等不及了吧。望枝说，说实话，我一点也不想嫁人。挽面婶问，为什么？望枝说，留在银溪，能听见大家你一句我一句，说我阿娘长什么样，当姿娘仔的时候做过什么事情，嫁人了，就听不见了。几个人反应平淡，望枝说，这是我刚刚想起来的。乃铿面前的挽面婶说，你阿娘和我一起吃过我阿娘的奶，我总是抢不过她。望枝问，还有呢？那位挽面婶问，我能说实话吗？望枝说，你随便说。挽面婶说，你阿娘呀，出口带针带刺，没人能惹得起。望枝问，还有呢？挽面婶在望枝耳边说，多了，不告诉你。望枝说，我真的不嫁人了。大家没猜错，望枝挽干净的脸上，挂着两行长长的眼泪。

乃铿和望枝洗了脸，对着西洋镜看自己，都是眉梢带笑，雅了几倍，不过，乃铿觉得自己脸上的胎印更加明显了，像刚刚贴上去的。

乃铿摸出红包，递给自己的挽面婶。

望枝也摸出红包，递给自己的挽面婶。

望枝的挽面婶说，哎哟，好厚呀。

乃铿的挽面婶问，过两天添箱，到底添一份还是双份？

望枝说，一份，我不嫁了！

乃铿的挽面婶挤挤眼睛，说，那就还是双份呗。

望枝大声说，一份，我不嫁了，真的。

回时光里的路上，望枝的口气变软了，她告诉乃铿：如果由得了我，我真的不嫁。乃铿呸了一声，心想，谁又知道一个人有两个阿娘两个阿爸脸上又带着胎记的苦呢？

你不信啊？望枝问。

乃铿说，鬼才信！

11

　　出花园这件事总是由阿娘主持的。这一天终于来了，好像不是自己来的，而是久久盼来的。从出生那天开始，一直就盼着这一天。十五成丁，十六成人，谁不想快快成丁成人呢。前十五年生活在花园里，被人爱着护着，也被人管着骂着，从今天开始就可以出嫁，可以过番，可以登东山而小鲁，登泰山而小天下。很多孥仔曾经急不可待地梦见过出花园的情景：早晨，一睁开眼睛，看见阿娘坐在床边，那肯定是阿娘一生中最温柔的一刻，阿娘用从来没有过的眼神看着自己的孩子。阿娘手中是红衣红鞋红袜。这身红，规定是由舅舅家准备的，因而显得更加情深意长。穿好了一身红的孥仔静静地坐在床上，略显紧张，如同置身崖边。一个浅沿大底的竹筐里摆放着十二样菜，韭菜、猪肝、汤圆、鸡蛋等等。每一样菜都有一个明确的寓意，孥仔们无师自通，早就心知肚明，比如韭菜是长长久久的意思，猪肝是出门遇贵人的意思。这些东西先要祭给名叫花公花婆的床神，感谢床神在过去十五年里，时时刻刻对孥仔的爱护和保佑，更重要的是，从今以后花公花婆就鞭长莫及了。这一刻，孥仔真的觉得，自己马上要被交出去了，交给另一些神仙了。

　　乃铿，你帮阿娘数一数，有几样菜？大个子郑白弯着腰问。乃铿觉得，这个声音证明，郑白就是自己的亲娘，自己并没有两三个阿娘，任何一个女人都说不出这句话来，只有此刻弯腰站在床边的这个大个子女人才可以。乃铿听话极了，真的在数，认认真真从一数到十二。郑白让乃铿咬一下鸡头，再咬一下鸡尾。乃铿你知道阿娘为什么让你吃鸡头和鸡尾吗？郑白问，还是那么天才般的柔中含悲的声音。这次乃铿心里倒开小差了，忍住笑说，阿娘让我做事要有头有尾啊。

红得过分的乃铿下床了，不容她说话，多多个红包递过来，有老嫲的，有溪后阿娘的，有很多个姑姑的，有很多个妗子的。

望枝大娘也给她递了红包。

望枝大娘泪津津的，就是这样，别人的事她也会流泪。

乃铿推一把望枝，说，你呀！

望枝说，乃铿你雅死。

之后，由望枝带上乃铿去沐浴。

水里漂着十二种花瓣，都是郑白亲自采来的。本该由阿娘郑白亲自陪乃铿沐浴，不过，有时候郑白做事没那么有耐心，她把乃铿交给望枝，说，帮我去。乃铿脱光衣服，站进涂了桐油的杉木脚桶里。望枝将毛巾浸满水，先洗乃铿的上半身，一瓣玫瑰花留在了乃铿的一个乳房上，顺着水滑下来。望枝想起了"施洗"二字，自己好像在《圣经》里，幕天席地，披星戴月，在给别人施洗。为了摆脱这个幻觉，望枝不得不说一句话，你这两个东西比我的还大。想不到乃铿永远那么捣蛋，伸手捏了捏望枝的，说，阿姐啊，到底谁的大？望枝吓死了，往后一躲，问，怎么变成阿姐了？乃铿说，就是阿姐，阿姐阿姐。望枝蹲下，重新将毛巾浸满水，开始洗乃铿的下半身，像一个男人一样充满好奇，乃铿不由得夹紧双腿。望枝说，记住，大后天晚上可别夹这紧哟。乃铿又摸了一下望枝的乳房，其实不是摸，而是拧，边拧边说，拧死你，拧死你。望枝并没有躲闪，只说，没大没小。

整个时光里人进人出，所有的亲戚都来了，近亲远亲，各种番薯藤亲。光时光里和平安里的人就坐了满满十桌。这是时光里近三十年没有出现过的景象。老祖戴着梦梅寄来的天然水晶老花镜，和每一个客人打招呼，时不时给人解释，梦梅从暹罗寄来的，梦梅在曼谷开了批局，做工的有二三十人。

老祖，阿女也在暹罗吧？

勿散咄勿散咄，阿女还不知是死是活呢。

乃铿结婚，梦梅都不回来？

现在还不是回来的时候，捕快不来耳目在啊。

阿女的事，和梦梅有什么关系？

有没有关系由别人说了算。

唉，阿女白放火了，教堂马上建起来了。

建教堂总比割地赔款好吧。

就这样，任何人的任何问话，时光里老祖都能给出一个又妥帖又别致的回答。

12

天亮前，乃铿和望枝一同出阁。

太阳出来后，溪前的热闹才刚刚开始。很久没有重宴宾客的时光里，外埕内埕，各处天井，全都摆满了酒席。但是，快到中午时，有人看见送亲的人早早就回来了，连轿子也回来了，嫁妆都抬回来了。花轿刚落地，乃铿就光着脚走下来，不和任何人打招呼，径自回到侧楼的闺房，闭门不出。

乃铿悔婚了，原因是：在夫家，进村前，花轿刚停稳，乃铿扶起帘子正要下轿，一个阿端本家的疯子跑过来，一把扯去乃铿脸上的红色盖头，提着盖头快速跑远，边跑边喊，快来看，麻脸婆，快来看，麻脸婆。几个不懂事的孥仔也跟着喊，快来看，麻脸婆，快来看，麻脸婆。乃铿重新缩回轿子里，不再下轿。乔治、阿端、伴娘、阿端的父母，以阿婶身份前来送亲的郑黄三番五次给乃铿道歉、求情，好话说尽，都没用。不嫁了不嫁了，送我回家！乃铿说。

四个轿夫不听她的，一动不动。

乃铿把金耳环金项链扯下来，扯一个扔一个，先砸在轿子里，再用脚踢出轿子，引得一帮孥仔一顿哄抢，几个乞食一看是金子，也扑过来，但地上已经干干净净，有人就扯开轿子的帘子，希望再有东西扔出来。

接着扔下来的是一只绣花鞋。稍后是另一只绣花鞋，落在更远处。两只漂亮的鞋子，一只正，一只反，倒是没人敢捡。

娘家婆家的人全都僵住了，没人知道接下来该怎么办。

等了很久，乃铿还是那句话。

有人怂恿阿端，强行把乃铿抱回洞房。

阿端很为难，红着脸说，听她的，送她回去吧。

于是，娶人的花轿只好把人再送回去。

迎亲的人留下了，送亲的人蔫头蔫脑地跟在花轿后面。花轿前面，早晨的太阳正噌噌噌往上爬，红光洒满大地，刺得人睁不开眼睛。路两旁密集的杜果树上，蝉鸣在一瞬间猛烈了起来，喷火一样，久久不息。

留在后面的一个族老压低声音再三道歉：我们失管顾，失管顾。

婆家的人漠然回答：宽行啊宽行，宽宽行！

乃铿一直等到天黑尽才露面，当时她已经不生气了，只是不好意思见人。她觉得自己把攒了十五年的脾气一次出尽了，真是舒服，虽然沮丧透顶，但开弓没有回头箭，只好做出敢做敢当的样子。下楼后碰见几个弟弟妹妹，乃诚和月英一人抱住乃铿的一条腿，月英仰头问，阿姐，你回来了，阿娘怎么没回来？乃铿把乃诚和月英搂进怀里，把两个小脑袋压在自己的乳房上，爱意丛生，好像自己真的结过一次婚，而且生了仔，心跳已经变成一个苍老母亲才有的那种心跳了。

乃铿要去见老祖，向老祖道歉，她想，老祖让她死她就死。她不知道老祖已经命悬一线，老祖下楼的时候踩空楼梯，重重地摔了一跤，然后就陷入昏迷，躺倒之后再也没坐起来。乃铿进屋后，看见老祖睡在蚊帐里，盖着厚厚的被子，周围满是人，全都满头大汗，男人多半光着膀子，整个屋里臭烘烘。三面的床幔一律直直地垂下来，把老祖和外面的人远远隔开，距离好像有十万八千里。

大家让出路，让乃铿走进去。

乃铿跪在眠床边，没胆量撩开床幔。

老嫲，对不起，乃铿说。

静了静，老祖出声了，这让大家松了口气。

乃铿，你活着就好，我担心你会寻短见的。分明是老祖的声音，又不像，一尘不染，颗粒清晰，像被阳光晒过好几天，晒过头了，从极远的地方传过来，带着回音。

乃铿说，我想过，想过死。

一时好安静。谁都不说话。

乃铿能感觉到，有人牙齿咬得咯嘣响。

老祖静了静，又乏乏地说，铿啊，没事，没事，脾性大一点没事，不寻短见就好，你和你阿娘、你阿嫲留下，让其他人都出去。

大家一听，都自觉地退出去了。

屋里只剩下郑陈氏、郑白和乃铿。

仍然是刚才那样的声音：

我知道，我不行了，要死了，不在今天，就在明天。趁我还有半口气，先把家务事交代一下。时光里这么大的家口，得有一个好当家人，我一直觉得，乃铿是最合适的，乃铿这姿娘，有脑子，也有场胆，就像今天，说不嫁就不嫁了，说回来就回来了，不得了，都可以写进潮戏了。我没开玩笑，我说的是真心话。再举个例子，乃铿这姿娘，夹在溪前溪后中间，从来不乱传闲话，该说的说，不该说的不说，一个姿娘，真是不容易，说实话，连我都佩服。还有个例子，你们都知道，那是乃铿五六岁的时候，大门口来了一个卖刀人，是个哑仔，一手提着一把菜刀，在乃铿面前晃来晃去，咕咕哝哝半天说不清要干什么，换成别人早就吓死了，乃铿一点没紧张，明白哑仔的意思后，问，你还有几把刀？哑仔又从篮子里取出两把刀，一共四把刀。乃铿问，一把多少钱？哑仔竖起两个指头，乃铿说，四把刀我都要了，说完便跑回家，把自己的私房钱找出来，再跑回门口，递给哑仔。当时大家都笑死了，我也笑死了。事后我想，这个姿娘将来一定有出息，能成大事。

歇了歇，老祖接着说：

你们两个媳妇听着，时光里这么大的家口，没有一个好当家人不行。我就再做最后一次主，这个烂摊子还是交给乃铿吧，交给乃铿我放心，到了那边也好给祖宗交代。其他人，恕我直言，要么私心大过雷，私藏私得的；要么不长脑子，持不了家；要么呢，鸡肠雀嘴，满嘴是非，能把黄鳝说成水鱼。

虽然老祖躺着没动，但在乃铿的幻觉里老祖是端端坐着的，说"私藏私得"的时候盯着阿嫲，说"满嘴是非"的时候盯着阿娘。

歇了好一会儿，老祖又说：

好在举贤良而任之，咱们潮汕人早就有这样的传统，你们两个媳妇，应该不会有意见。我死了之后随便埋了就好，千万不要大操大办，不要请戏班子，不要做功德。人死如灯灭，我拜了一辈子老爷，其实我心里一点也不信，神神神，有食就有神，无食头就眩，好事坏事都是人干出来的，和神没多大关系，真的有神仙保贺，清朝就不会灭亡了。那点金银还剩不少，留下过日子。另外，我死了，千万别告诉梦梅，风声还紧，村里到处有眼线，他还不是回来的时候。

乃铿正要说话，被老祖挡住了：

好了，快叫人来，给我穿衣服。

乃铿出门打了个手势，一伙姿娘进来，手忙脚乱给老祖穿早就准备好的寿衣。老祖虽然睁着眼睛，但好像没看见周围的任何一个人，只是尽可能地配合着，像一个梦中人。乃铿乘机摸过一把老祖的乳房，还摸过老祖的屁股、肩膀、小脚，好像被母蛇连续咬了几口，手上的不良感受久久不散。乃铿想，一个母亲迟早会变成这样，变成一条温柔的母蛇，心里暗暗庆幸自己是一个犟脾气的姿娘，说不下轿就不下轿，死也不下轿，被唾沫星子淹死也不下轿。乃铿看见郑陈氏和郑白很会穿寿衣，好像她们天天都在练习给别人穿寿衣，表情又严肃又坚定。七层寿衣终于穿齐了。老祖累垮了，躺下直喘气，再没说过一句话。夜越来越深，屋里的人越来越多，外面走廊上的人更多。村里的狗一直在狂叫，时光里的猫都被赶出去了，狗叫声停下来的时候，能听见可怜巴巴的猫叫。谁家的鸽子也咕咕咕叫个不停。老祖身上的被子久久不动一下，有人伸手试试老祖的鼻息，说，有，还有。不耐烦的一些人渐渐走三遍四，留下的人还不少。石靠摸口袋里的糖，没摸出糖，却摸出两条蜈蚣。短手也急忙摸口袋，同样摸出两条蜈蚣。短手沉住气，不声张，把两条蜈蚣放进陈三领子里。

这样的一阵骚乱，都没把老祖吵醒。大家都是经验丰富的人，一致认为今晚应该守到天亮。鸡叫头遍的时候，一人吃了一碗甜汤。鸡叫二遍的时候，又一人吃了一碗甜汤。那甜汤有些怪，闻起来香喷喷，吃起来土腥腥，不过，那正是大家熟悉的味道，证明老祖已经走在不归路上。鸡叫三遍的时候，郑陈氏再爬上床，试老祖的鼻息，比刚才弱了一些，但还微微发热。郑陈氏用眼神告诉大家，死亡正在一寸一寸地降临，就像火在一点一点熄灭。有时候死神会向人们显示自己柔情的一面，绝不仓促行事，似乎要耐心等候一个人咽下最后一口气，连头发丝也停止呼吸。有人说，老祖可能在等一个人。有人立即更正，哪是一个，是两个！这样的情况的确时有发生，一个人不到，一口气就不断，若有若无的一口气，可以延续七八天。这让大家心里有些不安。不过，天亮前，老祖终于走了，走之前两只脚好像向后蹬了一下，郑陈氏再伸手试鼻息，已经冷了。老祖的一头白发也和刚才大不相同，仍旧是白，却是一种吓人的白，不是雪白，不是月白，不是鸟身上的白，不是白帆的那种白，甚至也不是枯白，和所有的白都不同。可以肯定，老祖的一头漂亮的白发，和老祖一同死掉了。老祖不声不响就这样走了，绝不拖泥带水，把自己的死也变成了对后世的示范。

老祖享年九十一岁。再有一个月零五天就是整九十一岁。

一代人瑞说没就没了，大厝林立的时光里一下子就变轻了，好像少了十个人，几百间房子里，全都盛满了哀伤和空虚。

接下来，大家等着看小当家乃铿该如何当这个家。给老嫲守灵的几天时间里，乃铿倒是真的不知不觉当起家来，比如，她决定，当务之急是，归还阿端家送来的所有彩礼，一分钱都不少——听说没出三天，阿端和另一个姿娘结婚了，真是够快的；其次，把老祖的那张硬木雕花大眠床分给阿嫲，那可是全村最漂亮的眠床，据说是老祖的嫁妆之一，请浙江东阳师傅来家里做的，三面围栏是浮雕的海棠花，用真金描过，像是在《聊斋》故事里浸泡过，乃铿相信，阿嫲睡到这张床上，就心满意足了；另外，把六册《阅微草堂笔记》分给阿娘，阿娘偶尔也读读书看看报，看多少记多少，喜欢现学现卖，慈禧和老祖读过的书她接着读一定是高兴的；更重要的是，老祖留下了十三根大黄鱼，先抹出几根，设法把管家赎回来。

为什么必须把管家赎回来？

乃铿认为，有如下几个原因：第一，这是老祖答应过的事情；第二，时光里不能缺少管家，有他在，时光里的日常运转就没问题；第三，把他赎回来，表明时光里是重人情的。乃铿打听过，只要肯花钱，杀人犯都可以赎出来。官府缺官饷，军队缺军饷，海上的军队缺海防饷，他们可以随便找个理由拿人，主要目标当然是有钱人，等着你花钱赎人，就差明抢了。一个管家，三五根金条应该够了。剩下的金条，乃铿打算存一半，另一半拿出来打成戒指，拿到汕头的西堤市场，换成港币。西堤市场乃铿去过，批局主要集中在那一带，一家挨一家，很多从番畔回来的水客用珠宝首饰、金鸡纳霜、白细布、钟表、象牙、棉花等洋货换港币，渐渐成为市场。水客们对批款绝不敢有觊觎之心，但他们可以先在番畔把批款买成洋货，回国后，来西堤市场卖掉，本金如数付给收批人，多出来的部分归自己。所以西堤市场实际上是一个洋货黑市，越来越热闹，每天都人山人海，乃铿手头就有几样洋货是从西堤市场淘来的。乃铿心里有一个如意算盘：把金条换成港币，在汕头成立抽纱公司，除了请生母郑黄在银溪开绣场之外，还可以广泛收购绣品，卖给洋人。不用担心货源，也不用担心销路，生父郑步沥在汕头开洋行，人面很广，和洋人混得很熟，溪后的家族生意遍及中国上海、香港和马六甲等地，这层关系不用白不用。总之，能做的事情很多很多，只要愿意动心思，正滚倒滚都是利，输不了。有管家在家里料理家务和田产，自己就可以脱开俗务，放手做事。可以不嫁人，但不可以不做事。

五天后，老祖下葬。

又五天，管家回来了。

同时收到了阿爸的新一封来批，批封上仍然写着"祖母大人玉展"，可见阿爸至今不知道老祖已过世，随信寄来批款二百元港币，比上一次少了很多，信中注明"用于祖母九十一岁寿礼"，并没有像往常那样，家中老少，人人有份。信中也仍然有"顺致父亲母亲大人吉安"这样的话，说明连阿公因为纵火惹出官司不知逃往何方的事，阿爸也不知道。家里近来的变故实在太多太多，一封回批肯定是说不清的，所以乃铿决定亲自去一趟暹罗，当面给阿爸讲清楚，悔婚的事也亲自向阿爸道个歉。

第四章

1

在石龙军路的万昌批局，敲开总经理办公室的门，乃铿还没开口，她的阿爸郑梦梅就已经泪眼婆娑。因为，乃铿的右手腕上绑着一根普普通通的红头绳，别人看不懂，梦梅一看就明白，家里有人过世了，八成是祖母。在潮汕，丧事结束后，子子孙孙都要戴上"手尾"，表示和死者之间还有一丝看得见的瓜葛。手尾不过是一根简单的红头绳，表达的正是"瓜葛"的意思，其中有修辞，妙在不言中，逝者是男，就戴在左手上，逝者是女，就戴在右手上。一看阿爸在抹眼泪，乃铿眼圈也红了，不过她尽可能保持着克制，放下包袱，从衣袋里摸出另一根红头绳，向阿爸亮了亮。梦梅一看，立即伸出右手，等女儿把红头绳系在自己手腕上。奇怪的是，当手腕上系上红色手尾，悲伤里竟有了些喜悦。接下来虽然还是泪流不止，但因为其中隐约有些喜悦的成分，所以还算好忍受。至于那一丝喜悦是怎么来的？梦梅再三琢磨，怎么都想不明白，似乎明白了，但要讲出来时，又觉得不准确。

梦梅说，快写封平安批吧。

梦梅把万昌的批封和信笺放在乃铿面前。

乃铿静静坐着，一动不动。

梦梅说，快写呀，平安批，越快越好。

乃铿很认真地问，写给谁？

乃铿真的不知道写给谁，时光里的那个老资格的收批人刚刚过世，或者，在乃铿准备写平安批的这个瞬间才刚刚过世，时光里再也没有谁适合做收批人了。一个收批人，原来是用几代人的无数封番批慢慢造就的。她死了，她的死里面竟然藏着另一个死，一个收批人的死。一个收批人死了。

梦梅说，写啊，写给你的祖母啊。

乃铿仍旧坐着不动。

梦梅说，我的祖母死了，以后，该你的祖母收批了。

乃铿的两个眼睛里蓄满泪水。

梦梅说，快写快写，争取赶上明天的船。

梦梅开始替乃铿研墨。

乃铿提起小白云，皱着蛾眉写起来。

祖母大人万福：

　　我于八月二十六日如期抵暹，水陆平安，祈勿远念。在万昌批局与阿爸见面，初谈家事，唏嘘不已。好在阿爸身体康健如初，诸事无恙，我心甚慰，也请家人释念。兹承我父之命，写批报安，顺奉雅银二百元，抹出一百元，用于祭奠老嬷之需，余者请祖母大人支配。

　　顺请

　　大安！

梦梅看了乃铿的信，微微一笑。

乃铿问，阿爸你笑什么？

梦梅说，笑我女儿想事周到，比我强——不过，为什么必须是雅银？

乃铿说，一帮姿娘孥仔，最喜欢收到雅银。

身为批局老板的梦梅其实是明知故问，他当然知道，潮汕地区长期流行着各种银币，仅洋人的银币就有近十种：西班牙十字银币、葡萄牙双柱银币、美国大髻小髻银币、墨西哥的鹰洋、日本的龙洋，再加上清政府的银圆、广东省自铸的龙银、民国政府的袁大头和孙小头，各种银币纯度亮度不一，其中以纯度最高、光泽度最好的鹰洋和龙银最受欢迎。但是，鹰洋和龙银又有新老之别，新的鹰洋和龙银在民间被称作"光银"或"雅银"，有钱人家往往不舍得用，或者束之高阁，或者作为礼物赠人。孥仔们得到一枚雅银，往往高兴得手舞足蹈。侨眷们收到的批银往往以流通很久的旧银圆为主，有时还混杂着一些成色差重量轻的劣质银币，偶尔有一两枚雅银，自然就成了稀罕物。雅银的诱惑力其实早就超越了银币自身的实际价值。

梦梅说，铿啊，你启发了我，我有了个好主意。

乃铿问，阿爸，什么好主意？

梦梅说，以后咱们万昌批局能不能只付雅银不付别的？

乃铿说，当然可以啊！

梦梅问，可是哪里找那么多雅银呢？

乃铿说，可以折本把旧银换成雅银，要的就是名色。

梦梅说，你说得对，要的就是名色。

接下来，在三聘街，在木瓜园，在湄南河边，乃铿用了几次，才把家里近来发生的一堆事情给阿爸讲清楚，包括自己的悔婚。出乎乃铿意料，关于自己的悔婚，阿爸并没有发表任何意见，甚至有些暗暗赞赏。回到批局，阿爸找了一张最新的华文报纸，阿爸多次发表过文章的那份报纸——《汉境日报》，指着其中的一篇文章让乃铿看看。乃铿拿过来一看，题目是《谈中国早婚之弊》，作者不是别人，正是自己的阿爸，郑梦梅。乃铿小声问，阿爸，真的是你吗？阿爸笑嘻嘻地说，当然是我。

乃铿看得很仔细：

夫妇为人伦之本，风化之原，故易基乾坤，《诗》始《关雎》，皆以桃之夭夭，灼灼其华，琴瑟和鸣，人生至乐。虽然，早婚之弊，毋庸置疑。常见少年夫妻，或因情长或因气短，郁其感情，磨其壮志，而成旷夫怨女。古礼男三十而娶，女二十而嫁，意至良，法至美也。然中国人久而违之，有法不依，爽其结缡之期，急欲种族繁盛之故也。据相关医书所记，谓早婚者以血脉不足，所生子女类多柔弱。观国人多骨瘦如柴，精神颓靡，每遇战事，溃不成军，虽难一概而论，然欧美人体格强悍，气宇轩昂，实为重要原因之一也。

中国人身躯之伟岸，史籍早有足称也。文王十尺，汤九尺，曹交九尺四寸，六尺以下谓之儿童。今人至高者，尚不及儿童之数，而十尺九尺者稀见焉。若言与早婚无关者，吾不信也。夫人之年少，天真烂漫，似荷香清漪，蝉声潋朗，气吐风云，如朝阳始出，掀天揭地之事业，待其所以藻绘乾坤，经纬河岳者，而乃狎昵闺房，消耗意志，每不能专心学问，志存远大，亦其势也。转眼而子女满前，不得不为生计所迫，走南闯北，勉力支撑，漏脯救饥，饮鸩止渴，非不暂饱，死亦及之，又何能求完全之教育哉？偶有天资卓越而成大器者，终以庞大家室而耗尽心力，无一刻之暇，靡一日之闲，虽云富贵，亦可哀矣。且所谓富贵者，无非镏金饰银，金仔银仔，起大厝如皇宫，如文辞烂然，而浮于质矣。有更甚者，炫富斗贵，大兴土木，高堂邃宇，精雕细琢，极尽奢侈之能事，十年八年而不竣。呜呼噫嘻，今日奢侈，当年辛苦，虽无脂膏之染，吾未服也。其富若穷，其贵若贱，不穷亦穷，不贱亦贱，其穷其贱，不在衣食，在智识也。

人生不满百，由少而壮而老，有为者不过二三十年。以此匆匆之光阴而消磨于床第妻子之间，斤斤于一家一己之荣华，安往而能有为耶？操风化之权者，何其昧昧焉而不早为之所也。

看罢，乃铿的脸色大变，说，阿爸，你没把我当亲女儿看待。梦梅说，吐屎！乃铿说，你就是没把我当亲女儿看待。梦梅问，阿爸怎么惹你啦？乃铿指着那篇文章说，你既然是这么想的，为什么偏偏让我早早嫁人？梦梅脸一红，说，阿爸写文章，是为了赚点碎银子。乃铿把报纸从眼前拨开，脸色仍然不好看。梦梅走过去，拍拍乃铿的肩膀，说，铿啊，阿爸刚才是开玩笑，别当真啊，实话实说，我是先看上阿端那个后生仔了，阿端是个实在人，家境也不错，不想肥水流进外人田，当父母的，谁不想给女儿找个好人家，是不是？乃铿竟然哭起来了，想起出嫁那天的折腾，想起老嬷的死，哭着说，你就是没把我当亲女儿。梦梅故意大声说，勿散咀！乃铿仍在哭，越哭越委屈，有的没的，新的旧的，所有的委屈都来了。梦梅说，乖女儿，你现在既然是小当家，能不能给阿爸借点钱？乃铿不说话，但哭声小了下来。梦梅在乃铿耳畔说，可不要见死不救哟。乃铿突然衔泪一笑，说，阿爸，你现在不是大老板吗？梦梅关上房门，长叹一口气，说，你不知道阿爸有多可怜。

梦梅坐回到椅子上，点上雪茄，吸了几口，接着说，那好吧，阿爸就给你叫叫穷。万昌批局的确重新登记了，阿爸是法人兼经理，占百分之五十一的股份，全部员工一律留用。宋老板回潮汕养老，他的两个儿子完全从批局退出，经营宋家原有的米行和茶行。我接手的批局实际上是个空壳子，资金流基本空了，只够周转两三个月。批局向来需要给侨民提供一些方便，比如，给远道而来的寄批人提供食宿，有时还要给没钱寄批的人垫付批款，事后结算，免收利息。有些是先收到回批，再支付批款的。你想想，没有充足的流动资金，几乎无法运转。另外，我这个新老板总得给员工涨涨工资吧，要不然，过不了几天，人都要走光了。还有，这三聘街上，批局越来越多，竞争非常激烈，阿爸是新人新手，压力很大。

乃铿听完，无咀无话从箱子里取出两包东西，分别打开，一包是五根金条，黄澄澄的大黄鱼，一包是三枚银锭，祖先们亲铸的大银锭。阿爸，我早知道你手头紧，乃铿说。

梦梅问，你怎么知道？

乃铿说，嘻嘻，不告诉你。

梦梅说，铿啊，阿爸有个建议，你先不急于开抽纱公司，好钢用在刀刃上，和我一起开批局，先把批局盘活，等批局有了起色，再兼营别的，暹罗的很多批局都同时经营银号、米行、茶行、瓷器行、抽纱行。

乃铿说，我没那号本事。

梦梅说，你先在万昌学习半年，然后回汕头，在汕头和银溪开联号批局，我在暹罗，你在唐山，父女合作，没有做不好的道理。

乃铿说，阿爸，我的兴趣不在批局。

梦梅问，说说，你的兴趣是什么？

乃铿说，我的兴趣，一是开抽纱公司，二是办女学。

梦梅说，抽纱，女学，太好了，我支持！

乃铿说，我想马上就办。

梦梅说，还是听我的，先帮我忙，把批局办好。

乃铿问，阿爸，家里的田地和房子，能不能卖掉一些？

梦梅两眼放光，大声说，我看可以，咱们父女二人干脆做一回败家子，田地可以卖掉多一半，房子，除了时光里，再留一处做批局，其余的都卖掉。

乃铿问，真的可以吗？

梦梅说，真的可以。

乃铿说，那我得马上回去吧？

梦梅说，不急，过上一年半载再说。

当晚，梦梅请批局所有员工在一家潮菜馆吃饭，向大家隆重介绍女儿郑乃铿，并宣布，从下个月开始，全员涨薪百分之十。第二天梦梅又听了乃铿的建议，安排几个水客挑着扁担，上街做"行街招"。那是潮汕街头最常见的情景，担子的一头是黄铜的大锣，另一头是长长的布帘，布帘两面写着广告语，可以变来变去。行街招一出现，屁股后面往往跟满孥仔，铜锣声加上喊叫声，会让街市变得热闹非凡，人气浩荡。在曼谷，行街招还是第一次出现，挑担的人，敲一声大锣，喊一声广告：好消息好消息，万昌批局推出新服务，银信到唐，只派雅银，银信到唐，只派雅银。布帘的两面也是这些话：万昌批局新服务，银信到唐，只派雅银。效果十分显著，当天的业务量就增加了几倍，寄批人在门前排起长队，见头不见尾。当天回不去的侨胞，需要在批局寄宿，客房已经不够用了。原来的寄批量，只需要一个月回潮汕一次，后来每个月必须增加一次，上旬一次，下旬又一次。最多的一次，批银高达五千两，不能不包下一间头等舱，增加两个水客一同前往。

万昌批局的小当家乃铿于是有了三四个绰号，小财神、招财猫、小福神……因为，自从她来暹罗之后，批局人气大旺，每天人进人出，钱银像水一样往进流，挡都挡不住。有人大老远来寄批甚至是为了一睹"小财神"的芳颜，运气好的话，还想和她说上几句潮汕话。连多年收不回来的呆账，也有人主动送上门来。乃铿亲耳听见，她脸上的胎记被人们描述成蝴蝶的样子，而不是枯叶的样子。有一天，乃铿意外听到了一个新的绰号，麻脸西施，更意外的是，她发现自己一点都不生气，心里先是一惊，紧接着便坦然接受了——好吧，我就是麻脸，我是麻脸西施，怎么啦？后来有人当面喊她麻脸西施，她也会欣然答应，尽管觉得脸上烧乎乎的。再后来麻脸西施广泛流传开来，代替了小财神、小当家、招财猫、小福神、郑乃铿，甚至代替了万昌批局，人们大老远跑来寄批，就说去看麻脸西施。远道而来的人不知是不是故意的，在批局的客房里住过一宿，回去便会添油加醋吹个没完。

梦梅干脆把批局完全交给乃铿，由她独自打理，自己则回到郊区的木瓜园，一边种木瓜一边做起了寓公，"青灯有味，游屐无心"（梦梅语），读读书练练字，隔一日写一篇文章、吟几首诗，发表在《汉境日报》上，自以为过的是神仙般的日子。

没过几天木瓜就成熟了，个头、品相和味道都远超过怡保。木瓜半熟时，梦梅就用自己的米体书法在木瓜上刻了一些通俗易懂的字句，如"和为贵""四季平安""春华秋实""吉祥如意""一笑倾城""野渡无人""天涯何处""青山不管人间事"《史记》读罢才五日"……待木瓜长大熟透之后，字的笔画就凸起来，字形也有变化，憨态可掬，好像是神仙随手写上去的。梦梅亲自荷了一担这种品相的木瓜上街试卖，竟被一抢而空。和当初在怡保看见的一样，人们蹲在路边，打开就吃，把瓜瓤甩得满地都是，苍蝇像炸弹一样扑过来，黄澄澄的瓜瓤一眨眼就变黑了。又是乃铿的一个主意——她建议卖木瓜的时候，同时卖木瓜种子。每十粒种子装一个小袋，售价是一个木瓜的价钱。结果，木瓜和木瓜籽卖得一样好。

万昌种子公司就这样萌芽了。

万昌批局和万昌种子两翼齐飞，后来居上，成为暹罗潮商的后起之秀。当然，潮商之间同样有争斗，同样有忌恨，同样有你死我活，在这方面，他们不比任何人更省事。

某一天，梦梅失踪了。

人不在木瓜园，也不在批局，到处找不见，连续几天没音讯。大名鼎鼎的麻脸西施终于显示出她孩子气的一面，见人就哭，央求所有认识的人，帮忙寻找她阿爸。

梦梅失踪第五天的傍晚，林阿为夫妇开车从海边经过，突然，采儿说，停车停车！林阿为缓缓停下车，问，怎么了？采儿看着泱泱海面说，你听——林阿为仔细听，除了海浪声什么也听不到。但采儿坚持说，她听到了梦梅的吼叫声，从海湾的深处传过来。有一次，潮人商会的雅集上，梦梅给大家表演过自己的吼叫功夫，梦梅说，自己的吼声能传四里远，没法验证，于是换成用吼声让左近的一块玻璃破碎。结果真的做到了。刚才，采儿固执地认为，她听见了梦梅特有的吼叫，从海面上飘过来。

林阿为知道，四五里之外有一个无人岛。

蔺采儿恳求，雇船去岛上看看。

于是两人立即雇了一条岸边的小船，逆着潮汐划向海湾正前方。

靠近无人岛时，林阿为喊，有人在吗？

听不见任何回答。

问了好几遍，都是如此。

林阿为想掉头回去，采儿坚持上岸看看。

转了半个岛，后来在一个石洞里找到了梦梅。石洞是一处明显的滑坡体，各种或直或斜的石头支棱在那儿，顶上又被一块横向的巨石遮盖，形成一个鬼斧神工的中等石洞。梦梅的手和脚都捆死在一块竖立的礁石上，就像背着一块石头在行走，走累了，垂着头睡着了。先前那几声吼叫应该耗尽他最后的力量。好在他还有热热的鼻息。林阿为和蔺采儿立即把他送到医院，经抢救，脱离危险。

关于自己是如何来到岛上的，梦梅始终只字不说，秘而不宣。出院后，一切恢复正常。区别只是，多了两个救命恩人。林阿为夫妇，成了他的救命恩人。他们自己也乐于承认，于是潮商界好像人人都知道，林阿为夫妇救过郑梦梅的命，并且说得神乎其神，比事实上玄乎了几倍。有一次，很意外，林阿为和蔺采儿没有同时出现，只有蔺采儿，不见跟屁虫林阿为。蔺采儿说，我一直不敢肯定，当时我是不是真的听见了你的吼声。梦梅心照不宣，用迎合的态度说，我也不知道，当时我是不是吼叫过。

2

一年后乃铿要回唐山，全批局的人一致反对。

于是乃铿只好留下，换作梦梅回去。

临行前，乃铿说，阿爸，回去一定要小心，别让官府抓走了，赎金很高的。

梦梅笑着说，放心，我会小心的。

梦梅离开曼谷没几天，麻脸西施又遇到了重大考验。六世泰皇认为，中国人在暹罗挣了钱，不在侨居地消费，而是悉数寄回国内，是不仁不义、自私自利的行为，造成暹罗税收减少，内需疲软，破坏了暹罗经济，所以设置了高门槛，出台了一些新办法，向所有批局发来正式公告：

一、寄批人须先行登记，领取寄批证。

二、寄批证每年更换一次，一人只能申请一证。

三、严禁批局收揽无证者和证件过期者的批款，违者吊销执照。

四、每个家庭只允许一人办证。

五、每人每月寄款不得超过十元港币，超额部分加收管理费。

六、各批局只准予接收寄批人在唐家属的生活用款，严禁接收用于商业投资和政治捐助的批款，违者吊销执照。

七、废止大包称重总付邮资的办法，改为逐封批信单独查验，纳足邮资，加盖日戳和邮政储金邮戳方可寄发。

一时间所有批局陷入恐慌。实际上多一半寄批人是中下层贫苦侨民和低收入的契约劳工，他们流血流汗，省吃俭用，把节省下来的钱寄回家赡养老人补贴家用，每月寄款原本极少，很难超过十元港币。批局向来采取照顾贫侨的政策，每一百元只收手续费一元，对于富户，则适度多收费用，以多补少，移宽就紧。批局盈利一向要靠大额批款，一者，挪用大额银票来回捎货，这边买进那边卖出，那边买进这边卖出，从中获利；二者，批局真正看重的是汇率，利用不同货币之间的兑换赚取汇水。暹罗当局的新规等于给所有批局判了死刑，如果真的按新规办，就只好关门歇业了。虽然潮人在暹罗有皇亲国戚的美誉，这一次也起不了丝毫作用，潮商会和批局联合会动用各种关系上下奔走，也未能说服六世泰皇。所有批局团结起来，连续三天组织了和平示威，华文媒体也纷纷发声支持，依然于事无补。

而乃铿，又一次证明她是一个少年天才，真的是"眉头一皱，计上心来"。她想出的办法也很孩子气，简单极了：你要求我每封信都要贴邮票？好吧，我用邮票将批封上"外付雅银××元"的字样给遮住，以普通国际信函寄往汕头，普通信函和银信合一的番批是两码事，只需贴足邮票而已。同时批局再抄一份秘密清单寄往汕头，汕头那边的同号或代理批局以清单为准发放批款。

暹罗华侨的番批历来由曼谷第八邮政局专门受理，这个局就在三聘街街尾，其中的雇员一半是潮汕人，同一块血地上的人，知道潮汕有数不清的人等着番批过日子，他们自己也是每个月寄番批回家的，就算早就识破了个中小把戏，也只会睁一只眼闭一只眼，装糊涂，马虎过去，如果是麻脸西施亲自上门，就更是没话说。乃铿的这个办法后来又发展出很多很多小办法，被南洋各国的潮帮批局广泛采用，比如，以少代多，为了蒙混过关，不能全是普通信函，还得有一些番批，那好，批封上只写实际批款的十分之一，或者更少，其余的用清单的方式处理。批脚把批款送达后，在批封上勾去原来的数字，改为"实付"的数字。又比如，化整为零，把大额批款分解成若干小额批款，收信人是同一个人，或者编造几个名字，实际上是同一个人。再比如，使用暗语，只要两边的批局能看明白就行，"奉上烟纸伍拾片"，汕头的批局会翻译成"奉上港币五十元"，后来变得更为简略，像文字一样符号化，只以"片"这个字代表港币，"壹佰片"，就是"一百港币"。"饼干贰拾片"，就是"港币二十元"。糖花、猪油、花生、番薯、狗、羊、猫、斤等等，都拿来作暗语，都有确凿无疑的含义，两边批局的工作人员心照不宜，很难搞错。诸如此类的暗语越来越多，经过频繁使用，几乎形成了一门新的语言，可以编一本辞典了。

为了让回批和来批保持统一口径，每一封信里专门夹了一份说明书，指导侨眷如何写回批，如何使用暗语。可以说，这些暗语如同看不见的血脉，把国内外的潮人史无前例地紧紧联系在一起，大家心往一处想，劲往一处使，生死与共，天涯咫尺。久而久之，个别暗语甚至长期保留下来，成为方言的一部分，至今都在使用。这也给语言学研究提供了方法，语言最初就是生活本身，每一个字每一个词曾经都有一部鲜活的成长史，无数种力量共同促成了一个字一个词的诞生，每一个字身上，每一个词身上，都还保留着出生时的阵痛，虽然可能不再是钻心之痛，但余痛隐痛一定还在，只要愿意聆听，方法得当，就一定能够听见。

小当家乃铿完全当起了万昌的家，在乃铿的管理下，万昌批局和万昌种子进入了良性发展的黄金时代。管理万昌整两年后，小当家乃铿才首次来了例假。当时，她蹲在厕所里，毫无防备，手上只捏着一点点纸。终于来了，终于来了。她心里尖叫了一声，虽然没有出声，但她的脑仁都感到了明显的震动，耳膜有微微的撕裂感。终于来了，终于来了，这是她唯一的想法。她早就知道，每一个女人都有这么一天，每一个女人都是血身子，要么一次把血流干净，要么流一辈子，一个月流一次。时光里的女人们个个都是她的老师，不过没有任何人教过她第一次应该怎么办。和她想象的不同，原来，她的身体里藏着一座火山，沉睡了十六七年，如今终于喷出火来。水汪汪的火，向下燃烧的火，乘她不备，从她的身体里溜走了。她知道，流出去的东西绝不会像家鸽一样返回旧窝。如果运气好的话，以后每个月还会有这么一次。如果运气好，从今以后，每个月，她将会忍受这么一次：身体里的火山，准时喷发一次。那个瞬间，她像一个醉汉，相当有自知之明，深知自己无力自为，一动不动，没做出任何挽救的努力。她想起了买四把刀的那个下午，没人知道她为什么要一口气买下四把刀。她自己也一直含含糊糊，以为是别人解释的那样：这个孪仔心善，有胆。此刻她突然想起来了，和心善有胆没一分钱的关系，她之所以把哑仔的四把刀都买下，是因为当时她看见了血，在她眼里，刀就是血。村里一个番客回家第一天就用菜刀杀死了自己的女人，女人流了很多血。那个女人正在煮甜汤，被丈夫劈头盖脸剁了几刀，并没有马上死掉，从灶间爬向厅堂，用肠肠肚肚在天井里画了一道弯弯曲曲的血路，蚂蚁在里面疯狂奔走，大声呼喊，整个村子都听到了蚂蚁的声音，而她永远记住了那道宽宽的血路。所以当时她心里才有了个想法，问哑仔还剩几把刀，把哑仔的刀买光，哑仔就没刀杀人了，一个男人手上有刀，迟早会杀人的。她还想起了自己毅然悔婚的那天早晨，太阳噌噌噌地升高，把半个世界都染红了，连树上的蝉鸣都是红色的，正像那个死在丈夫手下的女人的血和蚂蚁的尖叫。此刻她也才明白，"麻脸婆"只是她悔婚的借口，她悔婚的真正原因是，她怕男人，尤其怕名叫番客的男人。她从小就认为，所有的番客一年四季躲得远远的，就是为了突然回来杀死自己的女人，除非他们死在番畔，没有音讯。万万想不到她自己如今也是一个女番客了。

第五章

1

当年，梦梅回汕头，创建了两个联号批局，一个在汕头的升平路96号，几分钟就可以走到码头，另一个在银溪村，把半容小筑改造为批局，除了万昌的业务，还接受南洋各国抵汕的银信，再送至潮梅各地。大部分员工都是银溪村和附近村庄的村民。有些是亲戚，包括番薯藤亲。鉴于批局的特殊性质，所有员工都要签一份承诺书，除了不贪污、不积压、不丢失批款等承诺之外，还有一条，所有人必须先做一年批脚，成为一个合格的批脚后，才可以转任其他岗位。另外，人人都要有一个德高望重的人做保人。梦梅自己则是狡兔三窟，经常在暹罗和潮汕之间来回走动，真的成了一个走水的人。如同荡秋千一样在暹罗和潮汕之间荡来荡去。远离祖地，他当然没有忘记橄榄担的忠告。他必须一直待在海上，一直看不见任何大陆，任何城市，任何村庄。在汕头和银溪逗留一段时间，心里就会发痒，就要找理由离开。在曼谷，尤其在三聘街上，他也不愿意长期居住，因为他一向认为三聘街是另一个祖地。他更喜欢在曼谷郊区的木瓜园里，做一个寓公。木瓜园里的几个雇工都是暹罗本地人，听他们叽里咕噜说着暹罗话，看着他们懒懒散散天塌下来都不急不忙的样子，他心里就觉得舒服安生。但是，在木瓜园里住久了，常常会想念海豚和深蓝色的大海——茫茫夜色中，成群结队的鲸鱼和海豚在波浪表面向同一个方向神秘游动，比辽阔草原上的万马奔腾还要壮观，还要不可思议。即使光线很暗，即使人在船上，也能感受到整个海面在剧烈摇晃，快翻过去时，再回到原有的位置，接着又翻向另一边。比鲸鱼和海豚多无数倍的是大鱼小鱼和虾兵蟹将，它们原本在各自的水域安详游弋，意外被巨大的潮流卷挟过去，闷头闷脑地奋力追赶，生怕落在后面，遭到遗弃。天与海之间原有的空气好像被快速榨干，被那些大个的鲸鱼海豚以及数不清的小鱼小虾吸尽了，苍茫大海，这个巨大的肺里一时没有丝毫空气了。突然，几只海豚竖着跳起来，让月光变得滑滑的湿湿的，降落的过程中缓缓横过身子，奋力砸下去，砸进海水。可以想象那些傻乎乎的鱼虾瞬间被砸晕了，尤其是其中那些领头的，于是所有的鱼虾就乱了阵脚，不知不觉进了鲸鱼和海豚的肚子。那样的大海真的令人想念，像猫想念腥味一样想念。宽宽的夜幕，无边的波浪，和唐诗宋词无关的月亮，一艘船和它的倒影，再加上鲸鱼海豚什么的，这几样东西合起来，就是世界上最美最美的享受。所以没办法，过不了多久，他就会买一张船票，以水客的身份漂泊在大海上。有时是自己一个人，有时的确是和万昌批局的其他水客一起。

就像被死亡追赶，就像死亡手中的逃犯。每次在海上，在连续多天看不见任何陆地和岛屿的深海里，才觉得安全，就像珍珠缩回到贝壳里，逃离了生，也逃离了死。没有了时间，没有了恐惧，没有了令人心惊的猫头鹰的尖叫。别人会晕船，他不会，他早就不会了，再厉害的颠簸也不会。在海上看到的一切，与其说是用眼睛看见的，不如说是用身体感受到的——不但是用脚心和屁股，而且是用心用肺用肝感受到的。颠簸就是生活的全部，要的就是颠簸，持久的颠簸，颠簸滋生宁静，滋生幸福。持续的颠簸中连智慧都在持续增长。回到岸上时如同去过一回冥界，死过一回，现在又重生了。一次再一次地回到岸上，等于一次再一次地重生。一次再一次地对那个言之凿凿的宿命发起挑战，世界上最谦逊的挑战，世界上最自觉的逃亡。来和去总是头等舱，一人一舱，每天仍然保持在家里的大多数习惯：早起晚睡、读书看报、走走路、踢踢腿、喝喝茶、占占对、写写文章，等于把生活搬到了大海上。有几次还在船上打过老鼠，常有不知哪个国家的老鼠在船舱里秘密活动，他常和水手们一起追打老鼠，其中有说不尽的乐趣。有一次追来追去，一只肥大的跑不动的老鼠最后无处藏身，跳进大海，一伙人气喘吁吁看着大而无当的海水，成为世界上最强大也最无奈的战败者。老鼠消失在大海中，一伙追打老鼠的人一个个像丢了魂似的，一脸的疲惫和不甘，久久地凝视着翻滚不息的蓝色海面。船上也有蚂蚁和蟑螂，一次，几百只蚂蚁们齐心协力搬运一只死蟑螂的情景，曾经令他惊心动魄，泪流满面，但他说不清自己被什么东西感动了。总之，船上的生活并不单调，那是另一种丰富，另一种热闹。无论在汕头上岸，还是在曼谷上岸，第一件事就是去戏院看一场地道的潮戏。那种由童伶们出演的成人故事。那种被甜蜜化的残酷，被幼稚化的苍老。他同样说不清，上岸后为什么必须先看一场潮戏？

梦梅在海上漂到了四十岁。接着又漂到了五十岁。接近五十岁的那几年几乎全年在海上，一年十二个月，有十个月在海上。生意顺风顺水，除了不赚积恶钱，别的钱能赚则赚，种子公司、电灯公司、抽纱公司、女子学校、批局、医院、钱庄、义庄，绝对是遍地开花，蒸蒸日上。

有感于当年和宋万昌在曼谷义山亭的所闻所见，梦梅发家之后，在汕头置地数百亩，创办了纯公益的万昌义庄，专门寄厝无主尸体或暂时不能入土为安的灵柩。义庄投入使用后的第一件事，就是租了整整一艘大火轮，把曼谷义山亭内有意愿迁回国内的灵柩，和一些无主遗骨无偿迁葬至万昌义庄。

为了感谢和纪念宋万昌，所有的公司仍然以万昌命名。宋万昌先生已于多年前病故，两个儿子在每一家名叫万昌的公司里都持有百分之四十九的股份。很多人认为不必这样，梦梅则毫不动摇，坚持如此。可以说，溪前郑不仅挽回了声誉，而且实力和影响力渐渐超过溪后郑，溪前溪后也捐弃前嫌，重新成为郑氏双雄。溪后为什么总是躲着溪前？谜题也终于解开了。原因不过是一点迷信而已：溪后怕沾上溪前的晦气和霉运。现在好了，溪前不仅晦气霉运一扫而光，反而如日中天，不光生意做得很大，人也好好的，郑阿女快七十了，还活着，据梦梅亲口讲，父亲先在外面流浪过几年，后来上了凤凰山，成为闽粤赣边区游击队的一员，曾多次秘密下山筹过款，仅仅从梦梅手里拿走过几千两银子，后转移至福建，在乌山建立伤兵站，是伤兵站的负责人，因为父亲熟悉一些治疗跌打烧伤的裤头方，一大把年纪，打不了仗，但可以治治病，被大家称作"红军阿爸"。

1937年6月10日，梦梅整五十岁。这一天，梦梅人在汕头，在自己的海滨别墅——梅园里，隆重为自己的五十岁做生日。

梦梅的五十大寿想低调都不行，除了亲朋好友，潮汕各界名流争相前来贺寿，包括各国领事馆的一些要员。但是，令人们大吃一惊的是，当日本领事馆的富田书记官带着一个台湾籍的翻译官前来求见时，被梦梅婉言拒绝。梦梅提前给门卫交代过，日本仔来了，就说今天的寿宴因故临时取消了。

之所以如此，原因如下：

一、目前中日双方正处在交战状态，东三省虽然远离潮汕，却是国土的一部分，不能有损国格。而且日本仔胃口不小，虎视眈眈，显然不会满足于只侵吞东三省。梦梅无意做一个抗日英雄，但是，他不能不做一个"明白人"。做一个明白人，这是阿嫲的再三教诲。二、次子乃聿在蒋先生的眼皮底下工作，不能影响他的前程。三、自己手下的医院前些天刚刚做过一个日本仔的尸检，结果十分蹊跷。此人名叫林文峰，在距离汕头三十公里的庵埠行医，医术高明，深受欢迎，自称是日本人，实际上却是台湾人，会说日语、国语，还会说潮汕方言。事后搞明白，祖籍正是潮州府城，祖父时代迁至台湾。据事后了解，林文峰死前，他妻子突然回台湾了，带走了家里的重要物什。几天后林文峰在诊所一命呜呼。远在汕头的日本领事馆知道林文峰的死讯，甚至早于诊所里的伙计。几个日本军官带着记者，第一时间坐火车赶到庵埠，明明是心中有数的样子，还假装惊讶，四处拍照取证。当地警方也及时出现，以林文峰是中国人为由，拒绝日本人转移尸体。后来，双方共同把尸体送到汕头的医院做尸检，在汕头警方的坚持下送进万昌医院而不是福音医院。有日本人给院长塞红包，暗示院方做出他杀结论，院长打电话向梦梅汇报，梦梅回答，尊重事实。随后，和梦梅多少有些来往的富田书记官亲自打电话给梦梅，希望医院做出日本人希望的结论。梦梅还是回答，这件事，只能尊重事实。解剖结果出来了，死者的心、肝、胃等内容正常，不含常见农药、安眠药、老鼠药等成分，没有任何毒素，也没有任何外伤，排除谋杀他杀可能。日方哑口无言，不好狡辩，只能作罢。据了解，林文峰事件发生的前后几天内，汕头海面上陈列着四艘日本军舰，大炮卸开炮衣，直指汕头市区。驻汕部队李汉魂师紧急布防，并增援一个旅，以防万一。几天后，国民政府外交部特派员刁作谦抵汕，与日方交涉后，四艘军舰才灰溜溜撤走。又过了几天，林文峰的老婆从台湾回到庵埠，用潮汕话挨家挨户道歉，再三说，对不起，对不起。有人问，对不起什么？对方一时回答不了，有人再问，林大夫是汉奸吗？那女人半惊半喜，先说，是是是，紧接着又否认，不不不。大部分潮汕人并不知道发生过这么一场秘密风波，因而也就不理解一介商人郑梦梅为什么有胆量把富田先生拒之门外。郑梦梅自己则是越想越后怕，接下来会怎么样，实在难以预料。这时候橄榄担的忠告再一次在耳边响起，两天后梦梅便悄悄离开汕头，搭船前往暹罗。事先专门回银溪，带上了小儿子乃诚。乃诚死活不肯离开时光里，被梦梅臭骂一顿才勉强跟来了。

2

乃诚的个子比梦梅高半头，看上去身强体壮，如果不刮胡子，甚至令人望而生畏，但是，眼神却不撒谎，乃诚从来不和别人对视，偶尔看一眼别人，马上就闪开，目光软得像骄阳下的薯秧，也不敢离开梦梅半步，走路总是躲在梦梅身后，常常还要拉着梦梅的衣服。梦梅无论如何都想不通，小时候那么讨人喜爱的一个孩子，一个已经当上了父亲的人，怎么竟是此等模样。俗话说别人仔易大，其实，番客仔更易大。乃诚是怎么长大的，身为父亲，自己实在没多少印象。他对乃诚的印象，还停留在乃诚和月英刚刚处在变声期的那个年代——还记得当时他曾想过，再过一两年，两个孩子的嗓音就不适合唱潮戏了。眨眼之间，乃诚已经是另一种声音，表面看来是音域宽了，实际上是完全变了，说难听一点，嗓子好像生锈了，要么不说话，要么说一句话能噎死人。身为父亲，他竟然丝毫说不清儿子身上到底发生了什么。据说所有番客的儿子都和母亲更亲，原因不言自明。这次把乃诚带在身边就是想离开潮汕这个环境，在外面找机会和乃诚谈谈心，想办法打开他的心结。另一个原因藏在心里，说不出口：他几乎肯定日军迟早会占领潮汕。

在船上，梦梅父子多数时间待在头等舱的一间客房里，极少出去。原因之一是乃诚怕见人，另一个原因是梦梅觉得自己是逃兵，心中有愧。梦梅试着和儿子谈话，但儿子总是假装睡不醒，不愿和他说任何话。

早晨，海上日出刚刚冒红。梦梅把儿子拍醒，让他快看窗外。

乃诚揉着眼睛，扫了一眼窗外，对耀眼的海上日出没半点兴趣。梦梅说，诚啊，我一晚上没睡着，想来想去，觉得对不起你。乃诚说，我知道你没睡着。梦梅笑了，说，说明你和我一样，也没睡着。乃诚不承认也不否认。梦梅试探着问，你睡不着，在想什么？乃诚憋红了脸，说，我在想，当年坐船去日本的事情。梦梅问，你去日本是哪一年？乃诚马上答，1928年3月1日，从汕头出发，经过福州，再到高雄。梦梅问，一行多少人？乃诚略略想了想，答，八个。梦梅心里想开个玩笑，暗暗下了下决心，才笑着问，有没有姿娘？乃诚谨慎了一下，说，有，有一个。梦梅的胆子大了些，没正经地问，有没有姿娘仔喜欢过你？乃诚微微一笑，坚定地摇摇头。梦梅说，我不信，你这么英俊的后生仔，肯定有人喜欢的。乃诚面色徐徐凝重下来，看向红艳艳的窗外。这时，太阳已经从海面上骤然弹起，下方好像在滴水。梦梅不敢再问，心里其实已经很高兴，过去几年里，和儿子说过的话加起来都没刚才多。他想，只要打开一个口子就好办了，以后慢慢再聊。梦梅说，海上日出，永远看不够啊。乃诚看着快速升高的太阳，久久无言。梦梅说，我没去过日本，以后也想去看看。乃诚说，妈的，日本有什么好看的。梦梅觉得儿子这话大有态度，儿子这么观点明确的说话已属罕见，想抓住机会继续说下去，又担心打草惊蛇，硬硬忍住没往下问。

　　船上是两顿饭，日出后一顿，日落前一顿。梦梅说，咱们去吃饭吧。乃诚是大身板，容易饿，咽了咽唾沫，立即跟梦梅出去了。船东是洋人，所以早餐是西式的，牛奶面包香肠水果之类。就餐者也大半是洋人，邻桌的一家人在做餐前祷告，动作整齐划一，下巴齐齐向上扬起。乃诚好像被牛奶呛了一下，猛咳了几声，面色乌乌，汗滴白白。祷告中的一个姑娘瞪了乃诚一眼，又重新闭上眼睛。好在乃诚没看见。梦梅急忙扶着乃诚出去，来到甲板上。甲板上人很多，转了半圈又回到头等舱。梦梅掏出手布给乃诚擦汗，被乃诚一把推开。乃诚说，你出去，出去。梦梅只好出去。梦梅回到餐厅，祷告的一家人已热热闹闹开始用餐了。

梦梅吃完饭，带了一份回来。乃诚已经把自己收拾干净，神色安闲了许多。梦梅说，你吃，我出去走走。梦梅在甲板上抽了半根雪茄，不放心儿子，终究又回去了。乃诚说，你别担心，我没事。梦梅几乎落泪，儿子竟然知道安慰父亲，知道父亲在担心，也知道自己没事——没事，几乎就等于承认有事。梦梅能够想象，儿子这句话虽然简单，却有难以描述的心路历程。梦梅说，我没担心。之后便躺下看报，在汕头港，他买齐了报童手中的所有报纸，《南方日报》《兴华报》《商报》《民国报》《民生报》《新岭东日报》《公言报》等，多份报纸上都有万昌公司的广告，还有他本人的诗文。过了很久，乃诚带着歉意说，刚才我想起我阿娘了。梦梅愣了一下，问，你——阿娘？梦梅一时竟不清楚乃诚的阿娘指的是谁，但很快就明白了，乃诚说的是望枝。望枝跟着军人丈夫离开汕头十几年，一直没有丝毫音讯，下落不明，想找都没办法找。家里还留着她的一份房产和田产。而乃诚和月英至今没有改口，把他叫二爸，把郑白叫二娘，要么含糊其词，什么都不叫。整个银溪村，整个时光里，没任何人认为这是一个问题，既然他们仍然生活在时光里，富富有有，有那么多人爱护。梦梅立即放下报纸，坐起来，看着乃诚。乃诚的两个眼珠子像刚剥开的龙眼，水汪汪的。梦梅被这双干净清澈的眼睛感动了，说，我也想你阿娘了。乃诚突然用两只大手抱住头大哭起来。梦梅过去要抱抱乃诚，被乃诚一把推开。

3

在曼谷没几天，7月8日的华人报纸纷纷披露，昨日深夜，日军向宛平县城开火，并向北平、天津大举进攻。有一个似曾相识的理由：一名日军士兵在卢沟桥附近演习时失踪，日军要求进入宛平县城搜查。正如那个分不清是特务还是汉奸的医生，在庵埠开诊所的第一天就接受了任务，要把自己的死变成一场战争的导火索。不同的是，那一次，遭到拒绝后四艘军舰并没有强行开炮，也许他们根本没把潮汕放在眼里。宛平守军同样拒绝了日军的搜查要求，拒绝的理由非常谦虚，无非是，现在是深夜，老百姓已入睡，如果必须搜查，等天亮后再说。但日军立即用早就准备好的炮击代替搜查。既然人人看出是遮羞布，遮一遮就可以了。

之后的几个月内，天津、北平、广州、上海相继失守。这段时间，南洋各国的批局，生意倒是好过以往，寄批的人天天踏破门槛。因为，侨胞们知道国家正陷入战乱，比以往任何时候都思乡心切，又意识到潮汕夹在上海和广州之间，迟早也会失守，寄钱回国的愿望大增，很多人都来批局赊账寄批，提前把一两年的钱寄回去，以防万一。写批的人手不够用，身为老板的梦梅也和乃诚一人支了一张桌子，在门外写批。第一天乃诚羞羞答答，不敢抬头看寄批人，不知道如何和寄批人交流，第二天第三天就好些了。连续几天下来，乃诚变得开朗多了。

下面是乃诚代写的第一封批：

母亲大人尊前：

　　敬禀者，近闻倭寇向我国不宣而战，北平天津上海广州均已失陷，又闻吾地南澳岛几番易主，终陷敌手，日军飞机每日在韩江两岸低空侦察，炸桥毁路，同胞死伤无数，我料来者不善，敌进犯潮汕为期不远。前日接吾母回批曰，我妻刚生一子，母子平安，乡里仍显平静，诸事如常，去年稻谷收获甚丰，米价甚昂，家中尚有积蓄，嘱儿不必省食俭用，精神皆在家中。儿读之不禁目汁如雨，夜不能寐，几乎成疾。苟一时战事发生，汝等妇孺，手无缚鸡之力，苦状可知，宜须镇静，无得惊慌，并望囤些钱物，以防困厄。

　　兹付国币五十元，顺致
妆安！

　　　　　　　　　　　儿　得全敬上
　　　　　　　　　民国二十六年十二月四日

写完最后一个字，对方要求乃诚给自己读一遍。这是应该的，写批先生一般都会把写好的信给寄批人读一遍。但乃诚显然很为难，他犹豫片刻，终究还是读了，读到"前日接吾母回批"这一句时竟然泣不成声，试了好几次都没法继续下去。见写批人乃诚哭成泪人，寄批人得全也跟着哭起来。

梦梅过来，替乃诚读信，梦梅的声音比乃诚大几倍，前方的人都能听见。想不到，梦梅同样没有读完信，读到"精神皆在家中"

这一句时再也读不下去了，和乃诚一样哽哽咽咽，泪下如雨。大家一看连郑老先生也哭了，就像同一块大绸子被同一双手撕开一样，越来越多的人跟着哭起来，有人根本不清楚为什么哭也在哭。队形突然散开了，只见人们东倒西歪，全都闭紧眼睛张大嘴巴在哭。

暹罗的潮州八邑会馆在第一时间就成立了"暹罗华侨筹赈祖国难民总会"，陈光远任会长，郑梦梅、林阿为等人任副会长。起名字的时候，梦梅建议把"唐山"二字改为"祖国"，大家一致同意。而之所以称作"筹赈祖国难民总会"，是考虑到这样就不会受到暹罗当局的干涉，"筹赈祖国难民"是不违反有关规定的。开会讨论的时候，与会者达成共识，所筹款项，除了用于救济难民，也用于抗日救国的一切方面，包括军饷。十几个会长副会长带头捐款。会长一百万国币，十几个副会长各五十万国币。

随后，曼谷批局联合会也紧急开会，担任会长已经多年的郑乃铿建议，各批局印制新的批封和信笺，在批封和信笺上印上"抗日救国""敌忾同仇""抗战到底""抵制日货""坚持到底"这样的标语，或者刻成印章，盖在每一封批信上。另外，乃铿还建议，国难当头，唐山志士舍命，番畔侨胞舍财，抗日救国，人人有责，所有侨汇，无论多少，都要抽出百分之二作为个人捐款，由批局在受理时代收。凡是捐过款的，批封上盖一个"批捐"的小印章。

翻过年，梦梅接到父亲来信，希望梦梅帮忙购买一批枪支弹药，运到汕头港。天津、上海、广州等港口被日军占领后，汕头港成为唯一可用港口，重要性大大提升，各种军需物资，如汽车汽油、枪支弹药、医疗器具等等，进入汕头，再由汕头转运至全国各地。接到父亲来信，梦梅既高兴又为难，高兴是因为知道父亲还活着，为难是因为枪支弹药已经很难运出暹罗。人人都知道，暹罗政府一贯采取亲日政策，早就开始对离港货物进行严密检查，不允许任何和抗战沾边的物资运往中国，甚至公开打击战争筹款行为，前些天刚刚驱逐过二十名在暹华侨。

梦梅找老朋友陈光远、陈阿端、林阿为、蔺采儿等人商量，请大家出出主意。林阿为说，我可以帮你搞到五百支最新款的毛瑟长枪，怎么运到唐山你自己想办法。陈光远也是相似的表态，枪是他的，子弹是我的，怎么发运是你的事。梦梅默默盯着蔺采儿和陈阿端，蔺采儿说，怎么躲过检查是你的事，我负责运到汕头。陈阿端红着脸，拍着脑门，问蔺采儿，你怎么运到汕头？蔺采儿说，我有个堂弟，刚刚承包了一艘火船，只要能躲过检查，运到汕头肯定没问题。陈阿端眼珠子一转，很有信心地说，这么点事情也做不了，咱们就白做潮汕人了。陈光远说，别卖关子了，快说。陈阿端说，把货交给我，我来办。陈阿端是老实人，肯定没撒谎，但是大家更想听听，怎么才能躲过检查。陈阿端说，先把枪支弹药装进不透水的箱子，再把箱子用锁链穿起来，挂在船尾，沉入海底，等出了港再捞上去。几个人哈哈大笑，陈光远说，还是笨人最聪明。郑梦梅作揖说，那就拜托各位仁兄了。

陈光远和林阿为搞到货，交给阿端。阿端从附近的造船厂买了几个大木箱，用桐油里里外外刷了几遍，晾干后沉入水中做过试验，沉水前，点燃一根长长的绒线，用碟子放在箱子底部，几个小时后，箱子被捞上来，打开一看，里面全是烟，很干燥的烟，绒线则燃成一条曲折的灰蛇。于是长枪和子弹分别装了箱，各三大箱，又用蜡液和桐油把箱子的缝隙反复处理过，外面写上"玻璃制品，小心轻放"的字样，再交给蔺采儿。在某个深夜，林阿为、蔺采儿夫妇亲自把货送进码头，轻松逃过检查。这个时辰的岗哨是一个当地老朋友，事先也给过一点好处。当地人早就熟悉潮汕人的做事风格，愿意为他们帮忙，并预备好捞点好处。接下来东西由蔺采儿的堂弟接走，剩下的事情他打保票，绝无问题。但林阿为夫妇还是上船亲眼盯着几个船工把六个箱子用绳索捆绑好，再将箱子缓缓沉入海中，绳索的另一端拴在船尾暗处。主要的检查在启航前，暹罗警察会带着警犬上船，查得非常仔细。

次日中午，林阿为、蔺采儿夫妇和陈阿端等人先后来到码头对面的小茶馆里，一边喝茶一边等蔺采儿堂弟的火船顺利开走。

可是，迟迟不见火船有动静。

几个人只好上船去查看。

船上，五个暹罗警察和两只警犬已经检查完货舱，眼下正在检查客舱。很显然，他们事先得到情报，认定船上有违禁物品，不找出来不罢休。乘客们大声嚷嚷，加上林阿为、蔺采儿的巧言求情，警察们才算认输。

火船的大烟囱开始冒烟了。

火船缓缓启动，全速冲进海面，烟辫子越拉越长。

大家明白，一定出了奸细。

幸亏奸细只知其一，不知其二：不知道东西藏在水下。几个人摩拳擦掌，下决心要揪出奸细，如果是汉奸，就决不轻饶。东西还没运到汕头港，这边，奸细已经逮住了，真的是汉奸，亲亲的汉奸。林阿为手下的一个潮汕老乡，和林阿为沾亲带故，是林阿为家里那个老婆的远房侄子。这让林阿为很为难，既不能打也不能骂。蔺采儿甚至不让林阿为把事情说破，蔺采儿认为，这件事情只能当家事对待，称作汉奸是小题大做。只是她忘了，林阿为是一个可爱的粗人，不懂得掩饰，接下来的几天，他把不能用拳头和嘴巴说的话，用眼睛说出去了，他的眼神总是杀气十足，那个远房侄子当然有感觉，每天生活在恐惧中，于是干脆把事情做绝，一枪打死林阿为，子弹直穿胸部左侧，立即又补了一枪，接着瞄准自己的脑袋，开了一枪。左轮手枪是林阿为的。地点就在林阿为的花园别墅的二楼。听到三声枪响，花园里的蔺采儿急忙跑上楼去，一看就明白怎么回事。慌乱中的蔺采儿首先把电话打给了梦梅。梦梅是采儿能够想起的第一个人。

梦梅开车赶到现场，看见的是两具尸体。林阿为倒在康有为的四条屏下，血流了一地，几乎积了一手掌厚。林阿为的远房侄子倒在斜对面的窗户下，脑门裂开，血把脸完全染红了。

他缓缓退出来时看见了采儿。

采儿从走廊另一端走过来。这极像是梦中的一幕，梦梅曾经有过的那个梦，采儿从走廊的远端走来，就像从湖的对面游过来，向自己游过来。

梦梅问，报案了吗？

采儿说，还没有。

梦梅问：怎么不报案？

采儿没有回答，像是傻掉了。

在梦梅的指导下，采儿这才报了案。

采儿用当地话报案的样子可怜极了，不像原来那个采儿。像纸做的一个人。全身发抖，声音也发抖，整个人薄薄的，又薄又脆，不用费力就能撕破的样子。这样的采儿，任何事情，哪怕针尖大的事情，都做不了，更别说保护自己。这个情景让梦梅大为吃惊，也才意识到，一个雅姿娘真的很脆弱，比所有人都脆弱。潮汕有话，主慈被奴欺，雅女损儿婿，现在看来，雅女首先损的是她自己。

梦梅又打电话给陈光远，请他马上来林府一趟。梦梅听到了自己的声音，同样是空的，薄的，缺少定力的，自己也成为脆弱的无力自为的一个人，需要旁边有人陪伴才安全。暹罗警方向来是慢性子，陈光远先到，等了整整一小时，警察才到。因为是中国人的案子，几个警察态度敷衍，漫不经心地拍完照，提取了指纹脚印，在案发现场对蔺采儿、郑梦梅和陈光远分别做了讯问。

结论是清楚的，他杀加自杀。至于杀人动机，蔺采儿说出了自己的猜测——只涉及家事部分，没提及偷运枪支弹药的事。不过，那的确是一条有可能杀人的动机。暹罗警方没有耐心，也没有必要刨根问底。

由采儿做主，两具尸体被临时停放在义山亭。

采儿不敢独自留在林公馆，只好跟着梦梅去了梦梅家。

在梦梅家，采儿一个人还是不敢睡，就和乃铿睡在一起。次日一大早，采儿嚷着要见梦梅。乃铿跑出来找梦梅。乃铿的声音不小，阿爸，人家找你呢！"人家"二字被咬得别有韵味。梦梅看见采儿头发杂乱，整个人神志恍惚。梦梅越过采儿，要去拉开窗帘，采儿尖声喊，别拉！语气相当可怕。梦梅手足无措，不知道该怎么办。采儿哭着说，林阿为死了，一个大活人说死就死了，这个世界怎么还动来动去的？你看大街上，车还在跑，人还在闹。采儿的语气真真切切，真的在为此生气，为此伤心。梦梅听懂了采儿的意思，想笑又不敢笑，就顺着她的思路说，是呀，这个世界，向来不把一个人的哀乐冷暖放在心上。

采儿随即又要求梦梅先出去。

梦梅乖乖退出去了，再一次看见采儿时，她已经恢复正常，衣冠整洁，但发型变了，中间的头发往后梳，两鬓的头发也往后梳，在后面拢住，绾起，插了一支凤头钗。还有，采儿把自己右手腕上的玉手镯敲碎了。断成了几截。梦梅知道，那是一对举世无双的玉手镯，种水一流，左右手各一个。梦梅心里吃了一惊，这才想，采儿为什么吃惊，一个大活人好端端地死了，这个世界竟然还动来动去的？那么在采儿看来，这个世界怎么样才是对的呢？现在梦梅终于知道了，肯定是，像她的玉手镯这样，断成几截才是对的。同时梦梅也借此相信，林阿为和蔺采儿真的是打不散拆不开的一对鸳鸯，也才发现，自己原来对蔺采儿估价不足，没发现她身上有一股子烈气。回头再一想，更是对的，潮汕姿娘，尤其是府城姿娘，够软够柔，有时候甚至是羸弱，柔和弱底下藏着一股子烈气，不到时候不表现出来。身为男人的梦梅倒有些自惭形秽了。

凑巧的是，几天前梦梅刚刚收到过乔治从英国寄来的信。乔治回英国已经十几年了，偶尔会给梦梅和陈光远打个电话或来封信。每封信都是用纯正的汉语写的。

最新的这封信，全文如下：

梦梅细弟如晤：

离开中国越久，我就越是想念中国。准确地说，是潮汕。

更准确地说，是府城。我之所以一直住在府城，有两个原因：一是，我喜欢乘火车在汕头和府城之间来回穿梭，在狭小的车厢里，途经风景如画的山岗、大大小小的榕树林和人工池塘点缀的美丽乡村，就像在欣赏一个巨大的天然公园，有时还能从水牛身上看到吸足了牛血疾速膨胀并猝然滚落的蚂蟥。那一路真是愉悦极了。另一个原因是，我认为府城是整个潮汕地区的心脏，汕头不是。汕头具有所有港口城市共有的优点和缺点，鱼龙混杂，洋不洋，中不中，新不新，旧不旧，烟火气太浓，嘈杂多于安静。

另外，离开中国越久，我就越是不能原谅自己在中国的所作所为。除了你已经知道的，这封信，就让我谈谈我在中国的"私生活"。刚到汕头的时候，我就发现，生活在潮汕的外国人，是十分有趣的一群人。传教士，有三种情形，要么是单身女传教士，要么是和妻子一同前往中国的男传教士，要么是单身男传教士，但事实证明他们是清教徒。这确保了传教士阶层不会在中国惹出风流韵事，引起中国人的反感，影响传教活动的正常进行。西方传教组织显然早有防备，尽最大努力维护了宗教的严肃和自尊。不过其余那些官员和商人就不一定了。据我所知，英国领事馆的单身男人或明或暗都养着一个或多个中国情妇，还不时出入潮汕妓馆。中国的一个成语，声色犬马，简直就是给他们准备的。我还记得当时汕头的行情，一个雅姿娘，不过值五十元，最高不超过一百元。养活一个雅姿娘，每月只需花四五个大清银圆。有些穷人，会主动找门路，把女儿卖给洋人。英国领事馆的一位翻译（名字我就不说了），则堂而皇之地称他的中国情妇为"我的中国妻子"。当时的我，不是没有拒绝过，面对诱惑，面对深深的孤独和寂寞，我想守身如玉，可是我做不到，我年轻的身体渐渐失去了抗拒的能力。1907年的夏天，天气实在太热，我伯父李蔚然当年的生意伙伴里奇邀请我去他在海边的大宅居住，我接受了他的好意安排，频频出入汕头欢场，经常带女人回大宅过夜，包括日本、法国、西班牙、美国等国女人——所谓"西娼"。这样的"快乐生活"持续了两年之久，我便遇到了阿桃。你知道的，阿桃，是我在里奇那座大宅附近的海滩上遇着的，那天风很大，阿桃光着脚提着小竹筐在海边的石缝里捡拾生蚝，每捡一个，就用石头敲开蚝壳，把小小的蚝肉揪出来，放进一个瓦钵里，她的身材丰满而性感，皮肤黧黑，长长的辫子被风吹得上下飞舞。她的样子让我想起了曾经见过的一个情景：狂风大作，岸上只有一棵小树，风从海上来，把小树狠狠吹向大陆，小树大幅度倾斜，几乎要被连根拔起，令人担忧，但是，那棵树始终抓牢地面，不向大风屈服，像抽象派画家的一幅杰作。两个形象叠加在一起，让我心里爱欲丛生，当然也有浓浓的情欲，我实在分不清两者的区别。我说，这些蚝我买了。她说好啊，我帮你洗干净，蚝要用海水洗，不能用淡水洗。我问，为什么？她说，用海水洗才新鲜。她把瓦钵里的蚝用海水洗了又洗。我说，可是我只会吃不会做。她说，你家有鸡蛋吗？我说，鸡蛋，当然有啊。她说，你可以用鸡蛋烙蚝烙。我大着胆子问，你能帮我吗？她想了想，同意了。我把她带到里奇的大宅，吃了她亲手烙的蚝烙。我并没有和她做爱，而是直接跪在她面

255

前，向她求爱。从此她就成了我的固定情人。我们每天都去海边的一条河里抓鳗鱼挖河蚬，过着幸福的二人生活。有了阿桃之后，我再也没去过一次欢场。后来我把她带到府城，我们像一对真正的恋人一样过起了小日子。她接连生下两个调皮鬼，女儿安娜，儿子阿瑟。

随着两个孩子渐渐长大，我陷入了两难境地。在文化上，我毕竟是异乡客，我订阅来自英国本土的杂志和期刊慰藉心灵，我给两个孩子教英文又教汉语，我尽可能用国际主义的胸怀指导我们的生活，但是，后来我还是做出了世俗的选择。我把安娜和阿瑟送回英国，请我妈妈抚养他们，让他们接受英国本地的教育，可我没勇气承认，他们是我的亲生骨肉，我告诉我妈妈，安娜和阿瑟是我在中国收养的孩子。后来，我妈妈把两个孩子送进克利夫顿学院读书，这所学院是私立寄宿制学校，两个孩子的中国面孔常常遭到同学们的嘲笑和侮辱，再加上他们学习成绩也不尽如人意，无奈之下只好换到另一所学校。但还是遇到了相同的情况。

我妈妈来信要我立即回国，否则她将把两个孩子扔到大街上。我实在不知道该怎么办，我告诉阿桃，要回，咱们一起回，我绝不一个人回去。阿桃是最可爱最理智的一个姿娘，她看出了我心里的秘密，主动提出，她不会跟我去英国，因为她不愿离开自己的父母。她说，她只有一个要求，把两个孩子抚养成人，将来认不认她这个阿娘都无所谓。我还没答应，某一天，她竟然偷偷离开了，不知去向。我把房子和一部分存款留给她父母，就离开潮汕，回到英国。我终于见到了我的两个宝贝，阿瑟长得像个小乞食，而安娜正像我第一次见到她母亲的样子，健康，阳光，美丽，只是当时她母亲脸上没有雀斑。

在我的亲自照料下，两个孩子各方面都有长足进步，后来我把安娜送至瑞士洛桑附近的避暑胜地沃维，那是一个风景如画的城市，安娜在那儿学习法语和音乐，如今已是一名很好的音乐家。阿瑟一直在英国上学，大学毕业后成为英国驻印度使馆的一名文官，几年才能见一次。我自己始终没有再婚，算是对自己的小小惩罚吧。每当夜深人静之时，想起阿桃，我心里总是认为，阿桃是我的妻子，不是"我的中国情人"，完全是我的妻子，此生我唯一的妻子。后来我托关系找到了她，她已经嫁人了，又有了几个孩子。

另外还有大哥赠送给我的那个暹罗姿娘，赖拉，在曼谷的那几个月，一直都是赖拉陪伴着我，详情就允许我不再细说了。

近几日总是夜不成眠，整夜整夜地失眠，要么便是睡得很轻，每夜好像都有七八个小鬼扛着我的头盖骨，蜂窝一样的头盖骨，在全世界飞来飞去，想卖个好价钱，只是没人要。我的头盖骨底下无非是一些密密麻麻的个人私欲和廉价忏悔，就像我们在怡保吃木瓜时看见的苍蝇那样，我自己觉得重要，在别人眼里一钱不值。现在，我把头盖骨底下的东西全部说给你，我亲爱的细弟，目的还是自私的——也许说给一个人，自己就能够睡个好觉了。

顺便问一下，那个来自潮州府城的雅姿娘蔺采儿还好吗？

另外，深受中华文明恩泽的日本开始对华全面宣战，我虽然远在英国，每每念及中国景况，便忧心如焚。欧洲也大不平静，战云密布，一场世界大战恐怕在所难免，愿上帝保佑中国，保佑世界。

顺付英镑二十元，妥收之后，乞即回批是荷。

专此，并颂

台安！

乔治　顿首

民国廿七年瓜月八日

信里面真的夹着两张十元的英镑，能猜想乔治当时一脸调皮，甚至笑出了声，一头英式卷毛在剧烈抖动。信是用恭笔小楷写的，颇有些《灵飞经》的味道，练《灵飞经》是梦梅给乔治布置的任务，看来乔治还算听话，回英国后没少下过功夫，因为稚气，更显可爱，令梦梅想起"士别三日当刮目相看"这样的话。

有一种怪动机，梦梅让采儿看了这封信。

匆匆看了信，采儿说，一团糟。

梦梅一笑，用试探的语气问，你说，我怎么给乔治回信？

采儿的目光直逼梦梅，为什么问我？

梦梅有点胆怯，说，乔治早就对你有意思，念叨了半辈子。

采儿"呸"了一声，说，那是他的事！

之后，采儿突然要回林公馆，态度颟顸，似乎准备迎接林阿为死后的一切挑战。世界还在动，就由它动去。生活还得继续，有很多善后事情等着她处理。她不能倒下。

梦梅开车送采儿回林公馆。

梦梅在林公馆坐了片刻，就回来了。

万万想不到，几天后，乔治出现在曼谷。

原来乔治和陈光远通过电话，知道林阿为死了，便马上飞抵香港，再转机曼谷。三兄弟时隔十多年后再度相聚，每人都顶着半头白发，三双目光不约而同都是朝上看的，白发倒像是见面时的信物了。然后马上就开起了玩笑，梦梅摸着乔治的头发，说，没想到黑头发会变白，一头金发同样会变白。乔治说，上帝是公平的，不会压过任何人。陈光远说，上帝不公平，把大部分浪漫给了洋人。乔治和梦梅都听懂了陈光远的弦外之音，乔治嘴快，马上说，上帝是公平的，把同样多的浪漫给了中国人。梦梅和陈光远相互看了看，似乎要从对面脸上看出"浪漫"。乔治抢先又说，不过，潮汕人把浪漫还给了上帝，只留下了驴生拼死。梦梅和陈光远，两张脸以同样的速度变得悲凉无比。我们宁愿要浪漫，陈光远说。梦梅没说话，但眼神里有非常相似的意思。乔治长长地叹口气，故意压低嗓门，说，没办法，你们从来不浪漫，我早就看出来了。陈光远问，你怎么看出来的？乔治说，我搜集过大量潮汕歌谣，表达爱情的歌谣极其少见，连百分之五都不到。梦梅和陈光远又相互看看，真的想不起任何一首爱情歌谣。乔治说，即使有，也总是羞羞答答，酸酸苦苦，很少有大爱大恨，比如：月斜三更门正开，长夜横枕意心怠，短命冤家无口信，望断肚肠无人来。陈光远说，"短命冤家"正是浪漫呀，亲到不能再亲，才说短命冤家。梦梅这时想起了一首，轻声唱出来：山上青青是嫩叶，水底青青是嫩芽，面前有个娇娥妹，宽行两步等兄来。随后乔治单独去林公馆见了蔺采儿。

4

1939年的端午节，6月21日凌晨，日军飞机开始对汕头市进行集中轰炸，停泊在海上的三十艘日军舰艇同时向市内密集开炮，稍后，地面部队三千多人登陆汕头，兵分三路大举进犯市区。第二天，汕头沦陷。

数日之内，潮汕八邑纷纷失守。汕头的批局在战前已开始后撤或者关门，物资和批银基本停运。国有邮政业务还在正常运转，邮政人员适当超越政治，保持中立，照旧上班，这是国际惯例，所以，国内外以及国统区和沦陷区之间的邮政往来仍然畅通无阻。日本人基本做到了对国际惯例的尊重，另外，他们一开始不太懂批局业务，所有批款都交给一家日本人开的台湾银行处理，后来渐渐明白了，所有从邮局寄来的侨汇都要交给一个新成立的机构——侨委会驻汕办事处，经过严格检查，大额汇款会被视作抗战捐款，全数扣留，小额汇款则会加盖一些宣传印章，如"与日本合作，可以振兴侨胞在南洋之势力""帮助中国人之革命""大东亚共荣"之类，还要强征百分之十甚至更高的管理费，实际上用于军费开支，用中国人的钱打中国人。公开的私营批局和未登记的地下批局的批款则有可能被没收，或者换成日军发行的军票。没多久，整个南洋和国内的批局体系完全陷入瘫痪。

半年后，梦梅收到万昌批局银溪分号负责人从邮局寄来的信，描述了乡里现状：灯山上，日军把北帝庙改造成了临时据点，但是，其中只住着两个日军士兵。一个在山顶持枪放哨，并没有随便鸣枪，也没有大喊大叫；另一个时不时骑着马在村中巡逻，有时还会把半路上遇着的某个孥仔抱在怀里，在村中转来转去。虽然不过是两个日本仔，两人并没有烧杀抢掠，可是，整个村子气氛森严，如同地狱，村民们大气都不敢出，每天静悄悄地躲在家里，不串门，也不外出。有人私下嚷嚷，其实一人撒一泡尿就能把两个日本仔淹死，可是，就是没人敢下手。唯一可以自由出入的人是教堂知事董姑娘，她利用自己的特殊身份帮了大家很多忙，经常外出买食物和药品回来，送给需要的人。有时候还充当万昌批局银溪分号的批脚，和揭阳汕头隆都等地的批脚秘密联系，接收批银，转递回批。村里目前还没有饿死过人，有董姑娘的功劳。不过，她从外面带食物和批银回来，不能引起日军的注意，必须让手中的东西看上去是自己一个人用的，还得用十分隐蔽的办法送给急需救助的人。至于董姑娘以外的人，一个都别想离开。有人试图从银溪游向对岸，在河中央中了枪，尸体浮出水面，带着血缓缓漂向下游。除此之外，日本仔还算客气，并没有像传说的那样烧杀抢掠，他们想打打牙祭了，就会敲开谁家的门呜里哇啦比画一番，要鸡要鸭要鹅，没人敢不给。但部分人家已经断灶了，煮粥的米都没了，有人把路上的马粪捡回家，用水洗，洗到最后马粪没了，手心里剩下几粒没消化干净的玉米，可以煮粥喝。最不幸的一个消息是，月英正在厝内给孥仔喂奶，孥仔突然大声哭起来，刚好听见外面的石板路上传来马蹄声，月英急忙用手捂住阿孥的嘴，由于太过紧张，不小心把阿孥给捂死了。梦梅流着眼泪看完信，不敢让乃诚看，但乃诚就在身边，不让他看，反倒让他有了不祥之感。他夺过去，看完后号哭不已。乃诚闹着要回唐山参军，马上回唐山，杀日本仔。梦梅说，有比回去参军更重要的事情。乃诚用祈求的眼神看着父亲。梦梅说，我们必须马上找到一条新的通道，恢复番批业务，要不然会饿死一大批人，饿死的人可能比日本仔杀掉的人还要多。

乃铿也在旁边，她说，阿爸，我也在想这个问题。梦梅说，水路不行，可以走陆路。乃铿说，陆路几乎不可能，全要靠人力，要穿越几个国家。乃诚尖声说，再难也要想办法。梦梅说，太好了，乃诚说得对，再难也要想办法。梦梅又说，从小我就听说，有一条背烟土的线路，从云南进入缅甸老挝边界的高山密林，最远可以到达暹罗的清迈府，搞到烟土之后再原路返回，一路向北，回到潮汕。乃诚敲着桌子说，明天就走。梦梅说，好，明天就走。乃铿你给我们准备两身旧衣服，再准备两件裆裤，把近阶段积压下来的所有批信整理一下，只要清单不要信，把所有批银兑换成金条，再准备些零花钱，最好是港币、英镑，或者法郎。乃铿说，阿爸，我也想去。梦梅说，你留下处理家里的事情。乃铿说，阿爸，你一大把年龄了，还是你留下。梦梅说，别多言了，听我的。乃铿说，那就等过完年吧，马上过大年了。梦梅说，好的，正月初四出发。过年的几天，乃铿亲手用防雨防晒的专用油布缝了两件裆裤，前后都有直筒袋，每个袋子一寸宽、半尺深，可以装两三根金条，右侧特别缝了个较大的袋子，装得下一把手枪。另外还缝制了两件傣族特征明显的外衣。

初四这天，梦梅和乃诚出发了。

两人的裆裤里都是金条，有两种，十两重的大黄鱼，一两重的小黄鱼，都是万昌银庄自己灌制的，铸有银庄的字号。每人的裆裤里装了十根大黄鱼，五十根小黄鱼，由积压了两年的上千封批银兑换而成，等于每人一夜之间突然长了十斤肉。路远灯芯重如铁，更别说背着十斤金子。而且，十斤金子好像比十斤任何东西都沉，十斤水，十斤石头，十斤粮食，都远远轻于十斤金子。梦梅的褡裢里还藏着一把手枪，外面罩上一件傣族外衣，倒是看不出有什么异常。他们先乘车北上，经南邦府，第三天就到了清迈府，接下来的路全是山路险路，只能靠两只脚了，背着十斤金子徒步穿越缅甸、老挝两国之间的漫长边境，进入云南。那是由陆路回到唐山的最近线路，但是人人都知道，那条路连本地人都不敢走。从清迈开始，连续走了两天，进入传说中的原始森林，最难走的路才算真正开始。父子二人，一个是老人，一个胖子，每人还背着十斤金子，原始森林里忽高忽低，深一脚浅一脚，有时有路，有时没路，走不了几步就气喘吁吁，大汗淋漓。但是，梦梅身上的汗似乎少很多，梦梅的上半身基本是干的。乃诚并不羞愧，心想，谁让自己是个胖子呢？梦梅猜到儿子在想什么，问，诚啊，你为什么不问我，我身上的汗都跑哪儿去了？乃诚首先想起了自己，从额头抹了一大把汗，说，胖人汗多，这还用问！梦梅说，我也汗多，我身上的汗都从屁股那儿流下去了，你看——梦梅脱掉鞋，让乃诚看，鞋壳里果然湿淋淋的。梦梅说，我小时候跟着一个潮戏武老生学的，武生在舞台上要有深厚的武功基础，重阵势，用力气，要综合展示武功、嗓音、身段、眼风，甚至还要懂一点杂技功夫，要在几秒钟内把两三张桌子叠起来，还要从那上面翻过去，很容易出汗，但又不能让汗从脸上、身上明着流下来，怎么办？就要练功，比如，腋下各夹一个鸡蛋，手里各抓两个鸡蛋，从三层高的桌子上翻上翻下，鸡蛋不烂，还不出汗。乃诚大口喘着气，问，为什么不教我？梦梅说，要用内功和久久之功，十天八天学不会。乃诚说，那就算了，权当减肥呗。梦梅说，但是你也可以试试看，通过内功的引导和意念的暗示，让汗少一点，让汗沿着屁股流下去。乃诚接下来试了试，有一些真切感受，好像不仅仅和出汗有关。梦梅都能看得出来，儿子走路的感觉，增加了许多从容和静气。

又走了半天，说什么也走不动了。再加上父子俩不约而同开始拉稀，拉得四肢发软，还发烧，畏寒，全身每个关节都酸痛难忍，服了随身带的奎宁也不管用，头都抬不起来，别说走路。梦梅的手指还被石头划破了，有了发炎症状，伤口发红，隔了一天，又化了脓。乃诚背着父亲找到一个村庄，在一户傣族人家借宿一夜，服了一钵当地人用马蹄草熬的汤，两个脚心各贴了两片蒜头，才有些好转。梦梅拿出事先画好的路线图，和这家人比画来比画去，没人能明白他们想干什么。有人从另一个村子找来一个懂汉语的中年人，自称中国人，姓朱，名叫朱知秋，暹罗名雷阿，是朱元璋的后代。明朝末年逃到果敢，再从果敢迁至此地，早就加入暹罗籍，自己这一代已经是第十代，每一代男丁都还有一个中国名字，也必须学习中国话。梦梅说，因为日军侵华，所有港口均被封锁，水路不通，我们父子打算找一条近路回中国，阿弟能不能帮忙带带路？雷阿眨眨眼睛，心里显然有些思虑，漫不经心地说，先去我家休息几天再说。梦梅和乃诚就转移到雷阿家，在雷阿家又逗留了两天，病基本好了。和雷阿混熟之后，才说了真实意图。雷阿说，这条路是可以走，经过缅甸、老挝的交界地带，可以到云南的车里、佛海等县，但起码要走一个月，高山密林，十分危险。除了大蛇猛兽，还有毒蜘蛛什么的，防不胜防。更糟糕的是，大部分路段是三不管地区，没有人烟，只有土雷。缅甸和老挝两国的地方势力关系很复杂，到处埋着各方自制的土雷，只有他们自己知道怎么走才不会踩着土雷，另外，也只有到了昆明，才能找到银行和邮局。雷阿建议走另一条路，他早年曾经在安南、暹罗、老挝、柬埔寨一带做过小买卖，熟悉另一条路：从曼谷向东北方向走，经过呵叻府、孔敬府、莫肯府、那空拍侬府，渡过湄公河，经过老挝的那曲市，翻过长山山脉，就到了安南境内。乘车一百公里可以到河内，从河内乘车向北，可以到老街，或者同登。也可以从河内乘车向东，到海防，河内、海防之间五六十公里，海防是海港城市，水上交通很发达，从海防乘船可到广州湾，也可以到芒街，芒街的对面就是广东的东兴镇，东兴虽小，肯定有银行和邮局。

雷阿果然是老江湖，讲得头头是道。梦梅两眼放光，希望雷阿帮忙带路，雷阿露出为难之色。梦梅说，阿弟，报酬你不必担心。雷阿说，我担心我的关节炎，就是那些年走路走出来的。梦梅说，能坐车我们尽量坐车。雷阿说，我马上五十了，实在怕出远门。梦梅说，我五十多了都不怕。雷阿真的在犹豫，看起来真是畏途，不想多走路。梦梅递给雷阿一根雪茄，给他点着。乃诚比梦梅还焦急，插嘴说，阿叔，你出个价吧。雷阿半真半假地说，和钱没关系。乃诚说，你出个价，放心出。梦梅看了乃诚一眼，不让他乱插嘴。梦梅大大方方解开外衣扣子，露出棱角分明的褡裢，从胸口的一个袋子里摸出一把钱，雷阿认出是法郎，除了法郎还有别的。梦梅并没有数，把手中的纸币全部递给雷阿，雷阿没伸手，但态度已经有了明显变化。梦梅说，你把我们带到河内就可以，另一半到了河内再给你。雷阿的舌头变大了，结巴着说，我和家里人商量一下。雷阿去了另一间屋子。乃诚暗示父亲，把外衣扣子系好。梦梅只是咧嘴笑了笑。雷阿回来了，说，舍命陪君子，咱们出发吧。

三个人高高兴兴上路了。

正如梦梅所说，能乘车搭船就不走路。

两天后，渡过湄公河，故意在那曲休息了一天一夜，攒足精神准备走雷阿认为最难走的一段路，翻越长山。雷阿说，这一段路最可怕的还不是别的，是瘴气。密林中又热又湿，林子里积满了腐殖物和动物尸体，如果染上瘴气，会发高烧，几小时内就能把人烧死，所以他们在那曲特别采购了药物、口罩和雨衣。

由于准备充分，又有雷阿带路，过长山时万幸没遇到大麻烦，但也有些小波折，先是遇到了从来没听过也没见过的一种野兽——北狗豺。北狗豺是雷阿的说法。

当时，三个人正在走一段长长的下坡路，又陡又滑，乃诚摔倒了好几次，满身满脸都是泥巴，好在他始终没有埋怨。梦梅心想，主动带着孩子栽跟头，这才是一个父亲应该做的，虽然晚了点，但还来得及。忽然听见身后有奇怪的声音，走在最后面的雷阿急忙喊，快蹲下，快蹲下！梦梅和乃诚反应有些慢，雷阿又喊，快蹲下！三个人全都蹲下后，梦梅和乃诚看见半坡上站着一只土黄色的大家伙，很像大狼狗，獠牙外露，目光阴怪，和坡下的三双眼睛遥遥对视，故意露出漫不经心的样子。雷阿说，千万别站起来。梦梅仍然蹲着，但悄悄摸出褡裢里的手枪，凭直觉朝大家伙头上放了一枪，没想到子弹钻进了大家伙的嘴巴，好像过了很久才听到枪响，大家伙的脑袋向下闪了一下，掉头就跑，屁股在山坡上一颠一颠，因为路面打滑，姿势很难看，像一头老母猪在跑。梦梅随即又放了一枪，大家伙身体立即朝一边扭了一下，并没有倒下，仍旧在跑，转身钻进路边的丛林，随即传来痛苦的嗥叫声，一声又一声，久久地停留在某个地方。当又一声嗥叫声传来时，梦梅也吼叫了一声，梦梅并没有用全力，就已经令整个山林微微颤动了。停顿了好一会儿，大家伙又在嗥叫，声音有气无力。梦梅又连续吼了两声，算是过瘾。事后雷阿介绍，大家伙名叫北狗豺，专门从背后发起突然袭击，和狗的脾性差不多，只要立即蹲下，做出捡石头的样子，它就不敢动了。

即将下山的时候又遇到一具死尸，靠在一块石头上，双腿叉开，大张着嘴，像是在大口喘气，实际上死掉了，嘴里面爬满蚂蚁，白白的牙齿上全是蚂蚁，满脸红色的蚊子，像一盏盏小灯笼。看死者长相，应是中国人，尸体仍旧完整，并没有明显的臭味，说明死去没多久。雷阿说，快走，小心蚊子。梦梅发现死者的两个鞋底几乎磨破了，敞开的外衣里也是褴褛，心想死者总不会是批脚吧？便捡起一根树枝拨开死者的外衣，敲了敲褴褛，听见了噗嗒噗嗒的声音，那又细又硬的金属声，身为银庄老板的郑梦梅再熟悉不过了，他把手伸进褴褛的小口袋，摸了摸，已经百分之百肯定是金条，抽出一看，没错，大黄鱼。快来看，这是什么？梦梅把金条在石头上轻轻一叩，铮铮作响。雷阿和乃诚看见金条，急忙退了回来。梦梅蹲下来，又接连摸出几根大黄鱼来。看来咱们是后来者，早有水客走这条路了，梦梅说。雷阿问，什么是水客？梦梅说，我就是水客，专门揽收和递送番批的人。雷阿没说话，使劲咽着唾沫。乃诚的大身板挡在雷阿面前，说，阿爸，批银受法律保护，土匪盗贼都不敢动，是不是？梦梅抬头看一眼乃诚，面含笑意，说，是呀是呀，没人敢打水客和批脚的主意。梦梅把死者褡裢里所有的金条都摸出来，边摸边数，总共三十根，都是大黄鱼。梦梅发现褡裢贴身的那一面也有个口袋，里面藏着东西，正是预料中的批款清单，用蜡纸包起来，有七八页，粗看全是陌生地址和姓名，细看时则发现，尾页有一个长方形的黑色钢戳，其中的文字自上而下依次是：

暹罗清迈

永成批局

电话233

明摆着，此人身上的所有批信都是由清迈的永成批局独家揽收的，收批人则集中在闽南泉州、漳州、龙岩等地。阿爸，怎么办？乃诚问。梦梅说，咱们摊上了，没有选择，只能帮忙把东西带出去，还要想办法把每一封批交到收批人手里，梦梅说。没必要吧？雷阿嗓音干哑，就像三天没喝过水。梦梅说，没办法，都是同行，不能见死不救。雷阿说，我看咱们干脆分了吧。乃诚说，绝对不行，声音低沉而有力。梦梅抬头看一眼雷阿，也说，绝对不行，在咱们唐山，遇到盗贼抢劫批款，如果袖手旁观，都要治罪，私吞批款更是罪上加罪，抓住要砍头的。雷阿说，这鬼地方，天高皇帝远的，也不是唐山，怕什么。梦梅干脆把自己的外衣脱下来，亮出贴身的褡裢，抽出一根金条，说，你看，我身上也全是金条，是唐山上千个家庭的救命钱，天高皇帝远，良心有多远？不就隔着一层肚皮吗？雷阿咽了一大口唾沫，眼神变得半实半虚。梦梅说，阿弟啊,你不知道番批的规矩,心里有想法是正常的,不能怪你,我看这样吧,帮忙帮到底,送佛送到西,别急于回家,帮我把这些金条背到唐山,送到收批人手里,顺便也看看你的祖国现在是什么样子,别忘了你姓朱,名叫朱知秋啊。雷阿盯着那一堆大黄鱼,眼神也变成黄金的一部分了。的确,一大堆大黄鱼,一大片纯正的金黄色,把阳光里的黄金,树林里的黄金,全都引了过来,全世界好像都是用黄金堆积而成的,连乃诚脏不拉唧的全脸胡和浑身泥巴也是黄金的颜色。只有梦梅置身黄金之外,他说,阿弟,来吧,蹲下,抽根烟。雷阿蹲下,接住梦梅递过去的雪茄。梦梅擦着火柴,先给雷阿点着,他发现自己的两只手竟然在发抖。乃诚的嗓门还是很大,阿爸,我能不能抽根烟?梦梅笑了,说,好啊,男子汉,抽根烟怕什么。乃诚费了很大劲才点着烟,食指和拇指笨拙地夹着烟卷,如同扛着一棵大树。雷阿始终盯着那堆金子,只是因为做不到把目光移开。人高马大的乃诚突然跨前半步,毫不客气地站在雷阿和金子之间。一时只剩下三个人默默吸烟的声音。

梦梅问,阿弟,回过唐山没有?雷阿怪声怪气地说,没有。雷阿似乎不能不用这种奇怪的声调说话。梦梅尽可能平声静气,问,不想回自己的国家看看吗?雷阿不由自主地向一边拧着脖子,不吱声。梦梅拍了拍雷阿的肩膀,笑了笑,说,这一趟你就辛苦一下,好好跟着我干,顺便回唐山看看,以后你如果愿意,来我公司工作,待遇从优。家里人也可以来我公司干。我在暹罗和唐山都有公司,由你选择。雷阿直勾勾地看着梦梅,还是不说话。乃诚用有些失控的声调突然喊了一声"阿爸!",梦梅抬头,用眼神示意乃诚沉住气。梦梅说,你可别小看我,我是水客,也是水客的老板,万昌批局的老板，说话算数。雷阿终于表态了，好吧，听大哥的！梦梅伸出手，说，一言为定。雷阿抓住梦梅的手，也说，一言为定。乃诚一直抿着嘴，直摇头。

三个人在路边不远处挖了个浅坑，把死者草草掩埋了，在旁边的树上刻了记号，就是233这个数字，然后，梦梅让雷阿穿上死者的褡裢，重新上路。

出山后等车等了一天一夜，之后乘车到了河内，在河内住了一夜。住宿前先找到安南国家邮政局，给清迈府的永成批局打了电话，讲了路遇对方水客尸体，并临时掩埋的情况，向对方保证，一定会想办法把全部批款安全送达。电话是梦梅打的，乃诚和雷阿就在旁边。梦梅的声音很大，是故意让雷阿听见的，让雷阿明白，批局是一个把道义和责任视作生命的行业，千真万确，没有骗人。

从邮政局出来，发现街上有不少华人批局，大部分闭门谢客，有一家名叫振顺盛的批局却开着门。批局的老板李开钳，一开口就听出是老乡，出生在安南的潮汕海阳人。据李开钳介绍，安南的番批业务因为同一个理由同样处在停顿状态，振顺盛先前做过尝试，把钱和信分开，通过银行和邮局分别寄出，信收到了，三个月后钱退回来了。另外，来自暹罗的金条因为成色好，秤头足，在河内备受青睐，可以兑换港币或国币，但是，港币和国币只能寄到国统区，如果寄往沦陷区，港币和国币就和废纸差不多，剩下两种可能：一是把金子运到沦陷区，用金子直接支付，二是把金子、港币或国币兑换成汪精卫政权发行的储备券或日本人的军票。实际上只剩下后一种可能，所以，梦梅决定继续背着金子上路，到了东兴再想办法。

当晚在振顺盛批局好好吃了一顿饭，还喝了点酒。由李开钳的妻子吴如英亲自掌勺，做东兴菜。吴如英就是东兴人，父母兄弟都在东兴，自己说，对东兴熟得不得了。虽然所有的菜都偏咸偏辣，和潮州菜大异其趣，毕竟算是"唐山"的味道，吃得真是既贴心又贴肺，但到底还觉得欠一点什么。

梦梅说，好想看一场潮戏。

梦梅说的是真话，他总是用看潮戏来解乏纾困的。他真的觉得累极了，不是因为背着金子走远路累，而是因为提心吊胆累——当然，梦梅只是随口这么一说，并不指望在安南能看到潮戏。想不到李开钳一听马上说，我带你们去看潮戏。于是就去潮人社区看了一场野台子戏，《柴房会》，从小就看，看过不知多少遍。李开钳觉得不好意思，梦梅却认为这不要紧，潮戏的突出特点之一不就是老戏多苦戏多吗？老戏苦戏，百看不厌。从小就看的一出戏，看到老，还会流眼泪。苦呀，苦呀，虽然总是老一套，但是，不苦不算戏，不老也不算戏，跟着熟悉极了的剧情和人物滴上几滴眼泪，那真的叫过足了瘾。如果是全新的戏，一切都要从头来，先要从不信任开始，从吹毛求疵开始，等看进去了，已经接近尾声，效果会大打折扣。

莫二娘　苦呀！

（唱）阴风惨惨夜露寒，孤魂冷落无依傍！

含冤负屈向谁诉，饮泣黄泉泪不干！

可叹奴，生前受尽磨折遭奸骗，冤丧异乡无人怜。

莫非人间尽是亏心汉，世上难寻仗义人？

哎苍天唅！待何时得吐怨人间？

忍悲愤，离孤家，飘荡荡，归柴房。

莫二娘（入房，见室中有异，又闻蚊帐内鼻息之声，揭帐探视）啊！是何方狂汉，酣睡在帐中？

（科）对了，不免将他弄醒来！

（科，用袖一拂，老三翻身下床，鬼魂隐坐灯下）

李老三　哎啫！怎呢静静跌落眠床下？

（坐地搔首）吁嘘！骤然鸡母皮浮浮，没造化，恐是鬼来相交缠。

（一怔，但又镇定）哎，定是日间走路疲倦，困落混乱，才会踢掉被，跌落眠床下。

（科）别疑神疑鬼，还是再上床睡吧。

（刚站起来，一转身见莫背坐灯下，大吃一惊，跌落下面）

灯灯，灯下是谁？

（莫见李怕，急站起来，想上前解释，李"呀"的一声，翻个跟头躲在床角）

哎哟，鬼鬼鬼……

莫二娘（见状，默默自语）又是一个怕鬼的人。（不忍惊他，背转身子，不禁一声）苦呀……

李老三（原想蹑足逃走，闻声站住）咦！欲呾是鬼，为何站在一边哭哭啼啼？我精神把定，放开胆量来共你看一下。

（科）哇！原来是一个女子。

（科）这就奇了，半夜三更，姿娘无归家。

（想定）唔是偷走路，便是躲苦债。

（科）哎哈！嬲耍嬲耍，一男一女，勿时间误会，有嘴咂无话，我叫伊快快出去。

（向莫）喂！你这女子，好没规矩，须知男女有嫌，速速与我出去！

莫二娘　哦！客官既然晓礼，就不该睡在奴的卧房。

李老三　呀……担柑卖完，存担柑担。喂！顺顺勿咂混，房是你个，阿义焉有邀我来？

莫二娘　啊……既是店家糊涂，奴便不怪。

李老三　哇！先咂就赢，慢咂输八成。也罢，你既不怪，我也怪不，今请你"二山相叠"——出，出，出！

莫二娘　是你出！

李老三　你出！

莫二娘　你出，你出！

看到此处，雷阿悄声对梦梅说，我看不懂，出去走走，在外面等你们。梦梅已经被女童伶扮演的莫二娘迷得不知身在何处了，只是稍稍侧侧脑袋，对雷阿点点头。不过，梦梅马上摸了摸自己身上的褡裢，硬邦邦的，同时想起雷阿同样背着褡裢，那可是五十根大黄鱼啊。梦梅微微有些不放心，很想中止看戏，跟出去，但又实在舍不得不看。散戏后，戏场外找不到雷阿，回到振顺盛批局，也不见雷阿的踪影，批局的客房里，原本背在雷阿身上的那个褡裢藏在被子底下，其中的五十根大黄鱼，剩下四十九根。乃诚说，操，我早就看出来不是好人。梦梅说，别骂他，只拿走了一根金条，是厚道人。李开钳也说，还算是厚道人。

梦梅对李开钳夫妇颇有好感，请求二人一同前往东兴，李开钳有些犹豫，吴如英马上答应了，接着她冲丈夫说，你兄弟那点破事有这事重要吗？咱们不也发愁沉批越压越多吗？在振顺盛批局借宿了一夜后，天一亮四人便乘车赶往海防。

5

半天就到海防了。在海防又住一夜。早晨从海防港上船，在海上一天一夜，次日深夜到了芒街。芒街和东兴之间不过隔着一条河，名叫北仑河，有桥，桥长最多一百米，这边安南，那边唐山。距离唐山还有最后一百米，李开钳夫妇无所谓，梦梅父子却神情凝重，甚至有些悲戚，眼里只有东兴没有芒街，不用问就知道，他们急于把最后一百米甩在身后。李开钳夫妇在一旁悄悄议论如何过境，他们有边民证，梦梅父子没有，如果办证，只能住一晚上，等到天亮。梦梅父子不用商量，意见一致：离自己家只剩一百米了，傻瓜才会在别人家住一晚上，天亮再过去。吴如英的意思是跟着她混过去，李开钳认为不妥，大家身上都背着金条，万一被发现了，后果不堪设想。一股股凉风从东兴那边轻巧地吹过来，已经能感觉到东兴固然是边陲小镇，却是一个相当繁华的小地方，有一种特有的中国式小富庶、小生机、小滋味，用鼻子都能闻出来。李开钳夫妇各持己见，争论了足有一根烟的工夫。这时走过来一个人，看穿戴不像是边检人员。一开口，说着纯正的中国话。他说，现在是旱季，河里没多少水，前方几百米处，可以直接过河的，都不用脱鞋。梦梅知道此人是蛇头，问，怎么收费？蛇头问，几个人？梦梅说，四个人。李开钳夫妇听见了，快步赶过来说，两个人两个人。蛇头说，一人五块，西纸。西纸即西贡纸，法国人发行的，梦梅一听就明白。李开钳摸出几张西贡纸，递给蛇头，说，二十块，四个人的。蛇头拿到钱，草草看了一眼，立即转身，朝西边走了，四个人急忙跟了过去。

不湿鞋是夸张，但真的只是湿了鞋。

上了岸，一串串湿脚印已经印在唐山的大地上了。哈哈哈哈，乃诚挥动双拳，冲着更大的一眼看不尽的唐山大笑不止。第一次听见乃诚这样放肆大胆的笑，梦梅心里很感动，差点哭了，心想，这一趟如果只有这个收获也就够了，二十年里，最近的这二十天自己总算有机会以身作则，陪着有问题的儿子，行过万里路，亲眼看到了儿子的变化。啊，中国，我回来了，乃诚在喊。梦梅也想吼那么几嗓子，但到底怕吓着人，张不开口，只好把自己心里的吼声变成两句联：

　　送批车停芒街口
　　寻国人指东兴镇

梦梅把联念出来，李开钳夫妇直说好。

乃诚不甘落后，也随口诌了两句：

　　退半尺安南
　　进一步唐山

梦梅给乃诚竖起大拇指，说，比我的好，比我的好。乃诚有些扬扬得意。梦梅说，以后多撰些联。乃诚问，阿爸，我从来不写诗不填词不撰联，你知道为什么吗？梦梅问，为什么？乃诚没深没浅地说，诗和词，包括联，不过是押韵对仗的游戏而已，太简单了。梦梅说，瞎说！简单的东西不简单！乃诚说，有些简单就是真的简单。父子俩的对话让一旁的李开钳夫妇一脸惭愧，连连摆手告饶。吴如英说，去我家住吧？梦梅说，还是住客栈，今晚得好好睡上一觉。乃诚也说，是，还是住客栈。乃诚现在变得话多起来了，有机会说话马上就会开口，好像刚刚学会说话，口风里半是佶聱半是新鲜。吴如英带二人住进一家熟人开的客栈，就在北仑河边，窗外就是芒街，一伸手几乎能摸到对面河边的树枝。李开钳把帮忙背在身上的褡裢也留下了。梦梅父子脱下所有的衣服，再脱下褡裢，感觉全身失重，几乎不会走路了，需要适应新的重力。乃诚四仰八叉躺在床上，长胳臂长腿的样子让梦梅惊讶，心想这孩子没有十尺，八尺足够。梦梅先洗了澡，换上一身新衣服，马上出去了。梦梅问过乃诚，乃诚说自己很累，不想出去。梦梅想，敢于拒绝了，好事情。有几次还说脏话，操，狗日的，诸如此类。前些年可不是这样，不说话也不骂人，只会偶然露出凶蛮劲。羔羊的凶蛮。

东兴既然不大，梦梅打算当晚就把东兴看一遍，除去褡裢之后，整个身体也跃跃欲试，想好好体会一下突然少掉十斤肉的感觉。第一个发现就让梦梅大感亲切，东兴的大厝小厝虽然样式和潮汕大不相同，但有一样东西完全一致：多为砖瓦贝灰建筑。贝灰是用贝壳蚝壳烧制而成的，方法很简单：把贝壳蚝壳集中在一个露天的灰窑里，攒到足够多的时候，用不成材料的各种杂木焚烧，烧透

276

后用冷水扑灭，就是上好的贝灰。用贝灰砌成的墙，不仅坚固耐久，而且始终有一定的药味散发出来，有清热解毒的功效。小时候，孪仔们经常用没有燃尽的贝灰烤番薯，把番薯埋进又白又细的贝灰，在旁边捉几回合迷藏，番薯就熟了。焦黄焦黄的番薯沙沙甜甜，没有任何食物能香过它的味道。记忆中，洪乌辫的那枚金戒指，就是用贝灰烤熟的一个大番薯换来的。再后来，梦梅就成了洪乌辫的戏迷，到处撵着看洪乌辫的戏。纵是饥寒相煎逼，一出朱门誓不归——此刻梦梅才发现，洪乌辫的声音被自己从潮汕带到了南洋，又从南洋安全地带回国内了。

梦梅因为儿子乃诚的变化，心里很高兴，转眼转了好几条街，仲凯街、松坡街、中山街，街上多为商行店铺，也多有银行、钱庄、茶楼、酒楼、妓馆、戏院、客栈，只是没找到一家批局，这座小城紧挨番畔，但和番批毫无关系。大半夜，街上还有黄包车跑来跑去，一闪而过的黄包车上有洋人的面孔，也有熟悉的穿长衫跷二郎腿的模样，有男，有女，都还是逍遥自在、行不知往的样子，好像并不知道天津、北平、上海、广州等城市已经失守，也不知道日本有一个"三个月灭亡中国"的狂妄计划。

继续走，看到了法国领事馆，独此一家，全东兴并没有第二家外国领事馆。接着又看到了邮政储金汇业局——防城港市邮政储金汇业局的派出机构。有邮局，有银行，可以办理储汇业务，各国货币能够自由兑换，这是批局最不可或缺的一个条件，梦梅心里的一块石头落地了。另外一些条件，东兴也是要什么有什么：百密必有一疏，日本仔占领了东南沿海的所有大港口，唯独忽略了东兴这样一个藏在犄角旮旯的小口岸，据说东兴港目前是国内唯一可用的港口，船来船往，人进人出，成为战争状态下绝无仅有的"生命线"，大量军用和民用物资由此进入；而东兴的地理位置也是恰到好处，大部分南洋番批——暹罗的、老挝的、柬埔寨的、印度的、安南的，甚至石叻的、槟城的、马六甲的，都可以通过陆路由此入境，艰苦卓绝的长途跋涉过后，多一步路都不用走就置身唐山，然后以脚底下的小镇为中转点，把番批发至国内任何地方，沦陷区可能有些麻烦，非沦陷区则一定没有问题。

梦梅听见了自己激越的心跳，也听见了自己心里的声音：

东兴的第一家批局，一定是万昌批局。之后大家就会蜂拥而至。只需要从东兴给沦陷区和国统区各寄一封批，就能试出结果来。那么，睡一觉就可以行动了。

第二天李开钳夫妇找了一大堆朋友来和梦梅父子见面，其中有几位就是振顺盛的水客和批脚。大家的思路渐渐趋于一致，那就是：慎重起见，先做试验，通过东兴的邮局或银行寄少量的钱分别给国统区和沦陷区的侨户，有了结果之后，再做下一步打算。不过，这样的话，梦梅父子就要在东兴枯等一段时间。梦梅觉得，与其在东兴枯等几个月，不如亲自走一趟，回潮汕实际考察一番。

李开钳瞪大眼睛问，背着金条吗？

梦梅说，是啊，不背金条有什么用。

大家全都反对，没有一个人不反对，都认为眼下是战乱时期，是最坏的时期，民风不古，一路上散兵游勇、趁火打劫者肯定不少，背着几十斤金子上路，凶多吉少。

梦梅信心很足，坚持要走。他的信心来自番批本身，他说，这一路所经过的大部分地区都是著名的侨乡，老百姓是熟知番批的规矩的，这些规矩已经存在了几百年，早就深入人心，就像没人敢动神龛上的供品。

李开钳说，就怕散兵游勇，兵油子来自四面八方。

吴如英说，别忘了，还有日本人。

梦梅不说话了，似乎动摇了，眼神其实比刚才还坚定。梦梅想知道儿子的态度，对此有浓厚的兴趣，故意问乃诚，儿子，你的意思呢？乃诚板着脸说，没什么可怕的，最多不就是死吗？梦梅盯着乃诚的眼睛说，你不怕我就不怕。乃诚的眼神里有一种平素不具有的气质，几乎有点视死如归，声音洪亮地说，我不怕。看到梦梅父子决心已定，李开钳说，既然这样，我有个建议，梦梅兄年纪大了，你留在东兴，我带上我们的两个批脚，带上枪，和乃诚一起走。乃诚马上说，我阿爸不能留下。李开钳问，为什么？乃诚突然变成另一个人，低下头不说话。梦梅也不说话，他心里明白儿子还需要自己，儿子的问题还在。吴如英拍拍乃诚的肩膀，说，你爸年纪不小了。乃诚显得异常紧张，全身发抖。梦梅说，还是我去吧，给我派两个人也好。吴如英说，那还是我和开钳去，我是女人，有些事女人出面比男人管用。李开钳也说，这样好这样好。

事情就这样说定了。

当天梦梅分别给兴宁和汕头的两个老侨户各寄了五十元国币，省了写信，从邮政储金汇业局寄出去，寄批地址是吴如英东兴家里的地址：防城港市东兴镇中山路30号。兴宁的批直接寄到侨户手里，汕头的批请揭阳的魏启峰批局收转。魏启峰是梦梅的老朋友，魏启峰批局是潮汕地区最早的几家批局之一，目前已经传了三四代人，在暹罗、石叻、汕头和揭阳老家都有点，水客和批脚最多，也最职业，最有经验，整个潮梅地区，没有他们找不到的地方，另外揭阳目前也还是所谓缓冲区，可以说是半沦陷状态，距离已经完全沦陷的几个市县最近。梦梅估计，由魏启峰批局中转一下，是很有可能送到侨户手中的。

又休息了一天，四个人上路了。

线路是一伙人事先反复推敲过的，原则是，尽量沿沦陷区的边缘走，又不能绕得过远，以免走太多冤枉路，同时兼顾路况好坏，力争多乘车多搭船少步行。最后选定的线路是：东兴—钦州—梧州—贺州—清远—韶关—河源—兴宁。到了兴宁，向东北可去梅县、大埔、蕉岭，再远，可去闽南的漳州、厦门、泉州，向东南，就是潮汕大地了，全都是侨民集中的地方。

6

三个男人穿上褡裢，马上找回了负重而行的快感。长期负重，负重也有快感。特别是从曼谷一路走来的梦梅父子，早就觉得金子是身体的一部分。事实上，这一路走来，瘦掉的赘肉差不多等于金子的重量，尤其是年轻而虚胖的乃诚。如今走在唐山大地上，心情又有很大不同。三个潮汕人还有说不完的话，喝工夫茶，唱潮戏，讲古，斗歌，逗笑，此行看上去倒像是一次难得的快乐旅行。

从东兴到贺州的几天时间，真的很顺利，有车坐车，有船搭船，饿了吃饭，累了住店，以至于让他们觉得，动身前的种种担忧实在有些小题大做。但是，从贺州到韶关的这段路恰好相反，要多辛苦有多辛苦，山路多，大部分时间需要翻山越岭，更糟糕的是，时不时会遭遇日本飞机的轰炸，越是接近潮梅地界，敌机轰炸的频率越高，后来他们不得不改为白天休息，夜间行走。

进入韶关境内，担心的事情还是发生了。皓月当空，一伙匪徒从两边的荔枝林里跳出来，把他们从两面围了起来。匪徒手上的工具不是枪，不是刀，而是锄头、扁担、梭镖这类东西。四个人中，最先发声示强的竟是乃诚，他身上突然爆发的匪气比劫匪们还要多。你们要干什么？乃诚的声音气贯长虹，听不出一点紧张来。一个矮个劫匪说，我们不要命，只要钱。乃诚说，我们满身都是钱，你们敢要吗？矮个劫匪愣住了，另一个瘦高个劫匪说，钱又不咬人，凭什么不敢要？乃诚说，阿哥，听清楚了，我们是批脚！矮个劫匪说，批脚是什么东西，我们不懂。梦梅已经听出这伙人是惠来近海那一带口音，潮汕话里带一点客家话的味道，那一带也是知名侨乡，不可能不知道批脚。你们是惠来人吧？梦梅问。矮个劫匪说，少废话，什么惠来不惠来，来钱来钱来钱！想不到还是乃诚首先站了出来，他无声无息先把外衣脱掉，再把贴身的褡裢解开，脱下，赤着上半身，把硬邦邦的褡裢丢在矮个劫匪面前，咣当一声，说，不怕断子绝孙你就拿走。矮个劫匪吓了一跳，捡起褡裢，谨慎地摸了摸，问，什么东西？乃诚哈哈大笑，说，别担心，不是炸弹，是金条，三十根，还有一份番批的清单，有名有姓，也许还有你们惠来的，如果没瞎眼，就仔细看看。矮个劫匪很难相信褡裢里都是金条，问，真是金条？你没撒谎吧？乃诚胆子已经越来越正，姿态里甚至还多了些自命不凡，大声说，朗朗乾坤，昭昭日月，天底下只有我们批脚从来用不着撒谎。矮个劫匪说，那我就不客气了。瘦高个凑过来，小声说，看样子真是批脚，放人家走吧。矮个劫匪想了想，说，带他们回去，看大目哥怎么说。吴如英用软媚的东兴口音说，这位阿弟啊，我身上也全是金子，要不要也脱下来？矮个劫匪瞅了瞅吴如英，说，我们劫财不劫色，劫色嘛，也得劫个划得来的。吴如英笑了，跨前半步，问，看不上老娘是吧？矮个劫匪退后一步，说，我们不缺女人，缺银子。吴如英说，我兄弟把三十根金条给你了，拿走啊，拿走啊！拿走啊！矮个劫匪又摸了摸手中的褡裢。

之后，四个人被蒙面带走。走了最多十分钟，到了一个地方，周围的风变小了，能闻到木头燃烧后残留的烟味和熏肉的气味。大目哥，快醒醒，矮个劫匪的声音。名叫大目的人声音扁扁地问，抓到大鱼了？瘦高个说，这几个家伙说他们是批脚，背着一身金条。一听金条，大目立即来精神了。大目的声音还是扁扁的，只是由低变高了：把他们的眼罩拿掉。四个人的眼罩被一一撕去。

四个人看见煤油灯下坐着一个后生仔，给人的突出印象就是眼睛大，大得离谱，一双手两只脚也很大，像个落入凡间的神仙。煤油灯和天空的满月之间有一种神奇的联系，如同那满月也是由此人点着的，一高一低，照亮人间。看得清，这是一间临时搭建而成的大草棚，后面的竹帘是卷起的，不远处的山坡上是香蕉林，从那边渗透过来的绿意，一层一层，其中含着清晰可感的山影，含着白天留下的热浪。大片香蕉树后面闪着柔光但没有声音的，应该是弯弯的流水。两棵看不见树冠的树干上拉着绳子，挂着洗过的衣服，有男人的，有女人的，还有孩子的。

你们真是批脚吗？

你看，我有批脚证。

大目接过吴如英递去的批脚证，就着煤油灯把眼睛眯小了，看了又看，说，安南的批脚，女批脚，我还是头一次见。吴如英指着身旁的李开钳说，他是我丈夫，也是批脚，你们潮汕人。大目问，潮汕哪儿的？李开钳自己说，故意用潮汕话，海阳人，在安南开批局。大目说，嗯，是海阳口音。李开钳说，日本仔占领了各大港口，水路封闭，我们从暹罗跋山涉水一路走来，给老乡们送批银，听说这两年饿死了不少人。大目说，是呀，我们也是刚刚从占领区逃出来的。乃诚问，这样说来，你们不是劫匪？大目抬头看一眼乃诚，说，这位大哥，先坐下，喝杯茶。乃诚便以大哥的风范招呼大家坐下。刚才那一伙人忙着找来所有能坐的东西，凳子、石头、蒲团之类。矮个劫匪开始点火烧水、洗杯烫杯，准备泡茶。梦梅掏出雪茄，给大目扔去一根。大目没接住，掉在地上，弯腰捡起来，放在眼前仔细看了看，端起煤油灯，点着烟。梦梅把口袋里的雪茄都拿出来，递给矮个劫匪，示意他发给他的手下。乃诚馋了，直咽唾沫，梦梅也递过去一根。矮个劫匪斟好三杯茶，说，喝茶喝茶。只有三个酒盅一样大的小杯子，刚够啜半口，大家换着来，这是潮汕工夫茶的规矩，每一泡都要烫杯，杯子内外有洗不净烫不掉的茶垢，不要紧，茶是新的，茶香里溢出"凤凰山"三个字，半口下去，神清气爽。下一泡另三个人再喝，一来二往，神奇的效果就出现了，劫匪和批脚的界限被抹去，不知不觉成一家人了。乃诚的嗓音变清亮了，好茶，好茶。大目说，你们可能很久没喝家乡的茶了。乃诚说，是呀，今天的茶恐怕一辈子忘不了。大目说，这位大哥别担心，批脚的钱你送给我我也不要。乃诚说，那就更是忘不了了。

接下来大目讲了他们这伙人的来历。

大目姓杨，刚才的一伙人都姓杨。他们全是惠来狮头寨人。狮头寨背山面海，有一座祖上传下来的大围寨，始建于明朝，距今五百多年，寨门口有一个彩色的狮头浮雕。全村一大半人祖祖辈辈都居住在围寨里。日本仔肯定是看上了大围寨，想把围寨作为后方的一个军事据点。几天前的一个早晨，村民们吃罢早饭正要出工，几百个日本军人突然开进村子，堵住寨门，只允许老弱病残空手离开，挡下来的人全都是年轻力壮的后生仔和长相好看的姿娘仔。一开始大家以为，可能要给日本仔出苦力了，到后来才明白，日本仔要把留下的人全部杀掉，免得把他们放出去，成为抗日斗士。姿娘仔先被轮奸再被杀害，个别雅姿娘则被关押起来。从寨门口出去的人，加上因为住在寨子外面而侥幸逃走的人，不足三分之一。他们这伙人便是其中的一部分，他们拖家带口一路向西，好不容易逃到韶关。到了韶关，才发现韶关是一个非常热闹的地方，广州和汕头、潮州的党政军机关早就迁到了韶关，许多国民党军政人物和巨商富户、一大批知识分子和青年学生也纷纷撤退到韶关。韶关目前实际上是广东省的抗战省会。最适合做的事情就是占山为王，发些偏财。

　　听完大目的介绍，乃诚第一个说话，口气高冷，是以往不可能有的样子：你们最应该做的事情不是拦路抢劫，是去打日本仔。大目说，这位大哥说得对。大家看看大目再看看乃诚，看出大目差不多能做乃诚的父亲，但谁也没笑。乃诚说，我为你们感到羞耻！大目还是那句话，这位大哥说得对，说得对。梦梅一直在观察乃诚的表现，此时认为该收场了，从裤裆里掏出一把国币，说，这些钱留给你们，我们该上路了。梦梅取钱的时候，故意露出了同样插在裤裢里的手枪。那把手枪快速闪了一下，让气氛立即变得严肃了。大目愣了一下，说，不要不要，我们有钱。乃诚说，你们最好不要再拦路抢劫了，有本事就去给乡亲们报仇，就去参军抗日。大目点头哈腰，说，一定，一定。梦梅放下钱，示意一直赤着上身的乃诚穿回裢裢。大目亲手把裢裢穿在乃诚身上。大目说，这位大哥，一身好骨头。乃诚说，我是杀猪的。这时月亮已经换了位置，比先前暗了许多，星星也少掉了一半，不过，那毕竟是韶关的月亮和星星，甚至也可以说是潮汕的。

四个人重新上路，心事重重。

吴如英说，乃诚兄弟，真是好样的。

乃诚说，阿爸，把手枪借我用一下。

梦梅把手枪抽出来递给乃诚。

乃诚举起手枪，冲着月亮放了一枪。

月亮只是晃了晃，没有掉下来。

7

农历四月初九，终于到了兴宁。梦梅父子掐指一算，从曼谷到东兴，再从东兴到兴宁，走了三个月零五天，把整整一个春天一步一步走完了。所有批银，除了被雷阿偷走的一根大黄鱼，其余部分没有一厘一毫损失。儿子，咱们这一趟，算不算长征？梦梅问乃诚。乃诚说，当然算啊，咱们这是父子二人的长征，两个人的长征。梦梅说，是呀，所有的父子，一生中都应该有一次父子二人的长征。乃诚郑重其事地叫了声"阿爸"，说，谢谢你陪我。梦梅说，这一趟的最大收获是，我让我的儿子重新成为我的儿子。乃诚听懂了，本来就很浓的眉毛变得更浓了，显示出一种清晰的内心活动，梦梅想，再也不用小心翼翼和他说话了。梦梅原本想知道，乃诚在日本的一年到底发生了什么？一个出发时一切正常的后生仔为什么提前回国，变成了又一个痟番客？现在他突然没兴趣知道更多，因为他的儿子已然是一个气概不凡的男子汉了。

兴宁是一个不大的县城，由于濒临沦陷区和缓冲区而变得异常重要，它的眼皮底下就是广大的潮梅地区，和梅县、大埔近在咫尺，距离潮州、揭阳不过几十公里，对于刚刚经历过"长征"的几个人来说，几十公里和牙齿一样长。四个人住好旅舍后连饭都顾不上吃，就找到从东兴寄过批的那家侨户，一问，对方半月天前就收到了批款，已经给东兴中山路30号写了回批。据了解，日军人力有限，沦陷区，日军主要集中在汕头、潮州府城、澄海、潮阳等主要城镇，一些位置重要的乡村要么由小股日军把守，要么完全由汉奸组成的"维持会"管理，一些偏远村庄，想看见一个日本仔并不容易。另外，日军的主要兵力驻防在韩江两岸，榕江和练江则较为宽松，想想办法，由榕江、练江搭船，潜入到潮汕各地并不困难，批脚们只需要抹去自己的批脚打扮。就是说，不用犹豫，应立即在兴宁租房子成立批局，就地招募批脚，以兴宁为据点，东北向福建漳州、龙岩、厦门、泉州，甚至福州，东南向广东潮汕地区投递南洋批款和书信。

这样的话，一条新邮路就打通了：

曼谷、河内、海防

东兴、钦州、贺州

韶关、河源、兴宁

梦梅建议兵分三路，马上行动：

李开钳夫妇负责把福建的那部分批送到侨眷手里，确保万无一
失，争取不出现一封沉批死批，顺便向闽帮批界介绍新邮路；乃诚
留在兴宁，首先给乃铿写信报平安，并向她说明秘密邮路的高度可
行性，另外，负责在兴宁马上成立批局、招聘批工，同时成立一
个南洋华侨抗战物资在国内的接收中心；梦梅自己，则准备先到揭
阳拜见老熟人魏启峰先生，争取在揭阳建一个点。他知道，没有谁
比魏启峰批局的人更熟悉榕江两岸的人文地理，由他们负责向沦陷
区转运批信，能省很多事。顺便回一趟汕头和银溪，召集万昌批局
旧部，和魏启峰批局形成内外呼应。有人指点，梦梅如果打扮成商
人，进入沦陷区绝无难度。因为汕头港的一些走私船只并没有因战
事受到太大影响，不法商人的走私行为始终未曾停止，他们和日军
将领及国民党军队将领往往有千丝万缕的联系，一些国统区的国民
党军队将领隔三岔五就脱下军装，扮作商人出入汕头，逛妓院进烟
馆，或者黑白合作，挣一点毒钱偏财。也有很多做小买卖的商人从
沦陷区进进出出。为了确保批银的安全，梦梅先把此行背回来的金
条放在兴宁，只带一些零花钱，只身前往揭阳。梦梅本来就是商
人，原本不用化装的，不过，五十有余的年龄和若有若无的儒雅，
倒是官气十足，所以他不能不特别打扮一下。戴一顶灰色毡帽，穿
一身黑色香云纱唐装衣裤，一下子就变成商人了，一个还算有钱的
商人。从国统区到缓冲区，所见所闻的确大不相同，逃亡的百姓、

炸毁的房屋、死尸、弹坑越来越多，甚至随处可见日军的钢盔、太阳旗和种种军用品。残垣断壁上的标语往往也是有头没尾，需要猜想，比如，不论军民人等，能活捉一名日军者，奖——后面的几个字被炸飞了，大概是奖国币多少元；又比如，当汉奸者——后面的字可能是"可耻"或"杀无赦"。能看全的标语梦梅也记住了几条，比如，打倒臭日本；中国与日本一衣带水，但誓不两立；人人出力，大家救国，宁死不做亡国奴。梦梅判断，这些标语都是民间语气，应该是老百姓自发写的，而第一条，一定出自女子之手。一架日本飞机坠毁在甘蔗林里，几十个农民抬着飞机残骸不知要去哪儿。有人喊，三山国王显灵了，三山国王显灵了。这让梦梅想起自己已经很久没拜过任何一位老爷了，从曼谷开始，直到兴宁，一路上见到过无数庙宇，只记得赶路，没工夫进去烧个香。

买了一匹大黑马，骑马到榕城，见到了魏启峰。一路上，听见马蹄声人们都会吓一跳，有人甚至会拔腿就跑。魏启峰从家里迎出来时也是一脸不安。梦梅下马后，故意缓缓脱掉毡帽。梦梅喊了一声"启峰兄"，魏启峰仍然没认出他是谁。梦梅说，启峰兄，你好悠闲啊。魏启峰这才笑了，说，哎哟，梦梅兄，你从哪儿来？怎么还骑着马？梦梅说，我从曼谷骑马回来。魏启峰显然不信，说，别骗人啦。魏启峰家门口有拴马桩，本次恐怕是有史以来第一次真的拴上了马。我想先给三山国王烧个香，梦梅说。梦梅刚才看见了三山国王庙，就在几百米外。魏启峰开玩笑，三山国王是我们揭阳的老爷，你也拜？梦梅说，听说三山国王显灵了，真的吗？魏启峰说，大脊岭战事紧啊，日本飞机掉下来好几架。梦梅说，看来真的有三山国王帮忙。

三山国王被潮汕地区，包括一些客家地区视为一方水土的守护神，由来已久，据说有上千年的历史，相传韩愈贬任潮州刺史时，因水患厉害，民不聊生，曾祭拜过三山国王，三天后真的雨过天晴，从此以后三山国王开始受到前所未有的尊奉。三山国王庙香火很盛，三进院子，人满为患。庙里还供奉着佛祖、观音、财神等各路神仙，但是今天最受敬仰的还是三山国王，原因不难理解，三山国王和妈祖恰好相反，妈祖是海上的神，三山国王是山上的神，代表国土、疆土、家园。梦梅本来想，自己回到国内需要给三山国王报个到，就像人死了家人要帮忙去报地头一样，态度里多少有些得过且过，不过还没有走进庙门，只是看见庙门上檐持续飘出的带状烟雾，神经立刻绷紧，热血瞬间冲上脑门，暗暗取下毡帽，提在手上。三山国王的大殿这边排着三条长队，到了大殿门口三条队再合并成一条队，拥挤但不混乱，所有人的表情都是相似的，沉静、诚实，含着忧虑，每个人的忧虑也都很一致，不难解读：不能上战场和日本仔血拼，就在三山国王面前烧个香磕个头。

魏启峰问，我们收到过一封从东兴寄来的批，是你寄的吧？梦梅问，收到了？送给收批人了吗？魏启峰说，早就送到手了。梦梅问，揭阳和汕头之间，可以自由往来吗？魏启峰说，我的批脚们自有办法。梦梅问，什么办法？魏启峰说，他们装成善堂的人，专门在榕江里收尸，这年月，最不缺的就是尸体，榕江里漂下来的尸体，有自己人的，也有日本仔的，有阵亡将士，也有饿死的百姓。善堂的人，的确比以往任何时候都忙。梦梅说，好办法，好办法。魏启峰说，这一两年，批局业务大大减少，但我们魏启峰批局没有歇业，所有批工不放假，有批时送批，没批时就把批局当作善堂，帮善堂到处收埋和处理尸体，近三个月，仅仅从榕江里就捞出了两百具尸体。梦梅问，日本仔的尸体怎么处理？魏启峰说，善堂的宗旨是慈悲济世、抚孤恤寡，不用政治眼光看人，再坏的人，死了无非是一具尸体，没有国籍，没有主张，所以日本仔的尸体，如果方便就交给日军，如果不方便，就先埋起来，做好标记。梦梅问，没人反对吗？魏启峰说，有一次我也在场，在处理一具日军尸体时，有个批脚用扁担抽打尸体出气，另一个批脚把尸体的嘴巴撬开，给嘴里撒尿，叫我给当场制止了，我说，咱们打着善堂的名义做事，就应该用善堂的逻辑思考。梦梅说，启峰兄，依我看，善堂的事，还是由善堂去做吧，咱们抓紧把批业恢复起来。魏启峰问，怎么恢复？梦梅说，我真是从曼谷经老挝再经安南，一步一步走回来的。我考察的结果是，开辟一条由陆路转运番批的路线，完全可行。魏启峰说，愿闻其详。

从三山国王庙里出来，回魏启峰家的路上，梦梅基本说清了开辟新邮路的设想，魏启峰表示完全相信，并愿意立即参与创建。

魏启峰派了两个批脚跟着梦梅，先回到兴宁，取来梦梅父子从暹罗带回来的金条，在揭阳兑换成三种货币：国币、储备券和军票，马上着手解分、递送。看见有活干了，批脚们高兴得活蹦乱跳，有人甚至流下热泪。重新看见批银，到底有多高兴，只有批脚们自己知道，就算是批局的人，不是批脚，也难以体会。身为老板的魏启峰和郑梦梅，也不见得可以理解。当然，他们高兴的另一个理由是，用不着天天和尸体打交道了，更重要的是，用不着装成善堂的人尊重侵华日军的尸体了。

魏启峰还专门派了四个人划着船护送梦梅回银溪。四个人已经是老手，大家仍旧打扮成善堂的人，一个是和尚，两个是雇工，一个是船工。平底的船舱里载着一口棺材，棺材边上挂着四个大字，善堂，慈善。船头插着一面红十字的小旗。从榕江顺流而下，进入内海，越过汕头市区，再折入韩江口，逆流而上。出榕江口的时候，日军哨所的人早早认出是善堂的人，不仅不检查，反而露出了少许尊敬和肃穆，就差敬礼了。入韩江口的时候，魏启峰手下的人希望梦梅委屈一下，躺进棺材里躲一躲。因为，韩江警戒级别明显高了很多，检查更严，人人都要出示日本仔颁发的良民证，没有良民证绝对不放行。梦梅没办法，只好躺进去。

大约半小时后，有人敲棺材。

梦梅扶起棺盖，钻出来，揉着眼睛，看见了久违的韩江风景。用这种方式看韩江是万万没想到的，眼前的韩江就像刚从自己的目光里落下来，有新生婴儿般的气质，眼前并没有一个日本仔，也没有一面太阳旗。

　　风景如画
　　如之奈何

梦梅心里无端冒出这样八个字，而心里的真实感受，却远不是这八个字可以表达的。风景如画，如之奈何——风景如画，如之奈何——他不知道，当他这样再三重复时，心里的难言之痛，是重了还是轻了？

逆流而上，船速很慢。

后来，下游开过来一艘日本电船，船上载着几辆军车。由于汕头到潮州的铁路在战前已被中国军人主动炸毁，日军只好用船转运军车，目的地肯定是潮州府城。电船的四周站满日军士兵，都荷枪实弹。日本仔的脸越来越清晰。梦梅已经来不及钻进棺材了，他也不想再钻进棺材，除非死了之后。

你们是干什么的？那边有人问。那边是纯正的中国人口音，这让梦梅心里很不是滋味。我们是善堂的，出来收尸！这边，梦梅回答。喂，棺材里有人吗？那边问。棺材是空的，你们需要可以拿走。梦梅的声音逆着风传了过去。那边一时不知道怎么回答了。棺材是空的，你要不要？梦梅又问。我们不要，你们自己留着，那边终于知道怎么回答了。操你妈！梦梅的嗓门小了一半。

明明是两个中国人的对话，却"你们""我们"的，这让梦梅心里一阵恶心，在对话结束之后更觉得恶心，恶心的原因好像不在对方，而在自己这边。好像舌头背叛了自己，刚才说话时自己的舌头就是汉奸。

电船上的几十张脸重新变模糊了。

半小时后，远远就看见银溪的小渡口上也有岗哨。船渐渐近了，梦梅看清楚，站在前面的两个岗哨是村里人，两个年轻人，一个叫大筐，一个叫海生。不过，他们身后坐着一个日本仔，身上背着步枪，刺刀闪亮。梦梅相信大筐和海生不会为难自己，但心里还是有些紧张，心跳不由自主变快了。

和尚也一起上了岸。事先说好，梦梅只在家里看一眼就马上乘船离开。梦梅取下灰色毡帽，对大筐和海生笑了笑。大筐和海生故意板起脸，说，请出示证件。梦梅带着腔调，大声说，我刚从暹罗回来，哪有证件？大筐和海生弯了弯腰，没有吱声。和尚拿出良民证，递给大筐。那个日本仔凑过来，问，你们是干什么的？和尚抢先说，阿弥陀佛，我们是善堂的，我认识这位先生，顺便送他回家。梦梅从口袋里摸出事先准备好的一块怀表，递给日本仔。这次梦梅管住了舌头，没说"太君好"之类的话。日本仔悄悄收下怀表，指示大筐和海生放行。

梦梅带着和尚安静地走向时光里，谁都没说话。经过银溪教堂的时候，看见教堂的侧门是半开着的，院内没一个人，地面很干净，几只瘦小的麻雀在台阶上一跳一跳，红砖楼的二楼传出风琴的声音，缺少了合唱的《奇异恩典》显得十分孤寂，准确地传达着一个老传教士此刻的清教徒式的内心世界。好看的彩色玻璃旁边有正在爬高的忍冬草。连空气都是巴洛克风格，被潮汕嵌瓷和木雕改造过的巴洛克风格。梦梅知道，董姑娘现在有另一个秘密身份——万昌批局的批脚，很想见她一面，但又不能见，怕引起日本仔的怀疑。除了教堂，家家户户都关着门窗，听不到任何声音。看不到任何一个孥仔在外面玩耍，甚至看不到一只鸡一只鸭一只鹅。时光里的门和窗也都紧闭着。梦梅先轻轻敲门，再使劲敲。有脚步声从门内传过来，月英的声音：谁呀？梦梅说，是我。门开了，里面站着瘦弱的月英。梦梅和和尚走进去。月英问，阿爸，乃诚呢？梦梅说，乃诚过几天就回来了。梦梅先进了祠堂，上了香磕了头，和尚也跟在后面上了香，磕了头。

月英从火巷里跑进去了。郑陈氏、郑白等人匆匆迎了出来。怎么你一个回来了？郑白问。梦梅说，乃诚在兴宁，过两天就回来。郑白一脸担心，但不敢多问。梦梅说，别担心，乃诚的病好了，完全好了。郑陈氏问，真的吗？真的好了？梦梅说，阿娘，咱们乃诚是好样的，病完全好了，过几天就回来。说这句话时，梦梅眼圈发红。郑陈氏和郑白看见梦梅的表情，更加忧心忡忡。梦梅说，阿娘，我马上要走，告诉批局的人，我在汕头等他们。郑白嘀咕了一句，马上就走，不如不回来。梦梅问，怎么说话呢？回来看一眼不行吗？郑白硬忍住没说话。再一次经过教堂的时候，看见董姑娘正在清扫掉在路上的杧果。

梦梅小声说，谢谢您！

董姑娘说，我是个大闲人，有事尽管吩咐。

梦梅说，真是太感谢您了！

董姑娘问，你家望枝有消息吗？

梦梅说，没有，不知死活。

8

汕头仍然是汕头，开埠半个世纪积攒下来的繁华盛景，并没有变成想象中的废墟瓦砾。灯红酒绿，人来人往，比先前更像"小上海"。妓院、烟馆、当铺、饭店、客栈照常营业，生意红火。纸礼行、棺材铺的生意似乎是最好的，随时能碰见抬棺材的人和手持纸礼的人。满街都是算命的、刣猪的、耍猴的、卖报的、卖唱的、变戏法的、摆地摊的、乞食、诗丐、流浪汉、盲人歌者。弹痕枪眼旁边，汕头市民照旧过着悠闲的生活，天还不算很热，已经有不少人光着膀子，摇着扇子，坐在街头巷尾能吹着风的地方，喝茶、下棋、打麻将。日本宪兵见惯不惊，背着枪在茶摊麻将桌之间绕来绕去，有些甚至会受邀坐下来喝几口茶。

远远看见几十个日军士兵排着长队，个个满身是土，有的斜戴钢盔，有的光着头，光着脚。走近一看，才明白那地方是慰安所，门两旁是红纸黑字的大字标语，遮住了原来的对联，一看就是日本人笔下的汉字，笔画肥肥的，字形丑丑的，大胆追求俗艳，不担心别人不喜欢，结果还真的让俗艳有了些文气雅气。汉字中间夹着两三个不难猜出的平假名：圣战大胜之勇士大欢迎，身心棒棒之大和抚子。"大和抚子"这个词，有些耳熟，梦梅仔细想了想，好像在乃诚的梦话里听到过。从曼谷到兴宁这一路，父子二人有很多机会偷听对方的梦话，乃诚就说，听到他在梦里面喊过采儿的名字。日军队伍直接从门内拐出来，越接近门的地方越拥挤，门口的人早早就解开裤子，提在手上，队伍后面的人全都踮起脚尖，你推我搡。

受影响的似乎只有机关、学校和批局，领事馆、会所、妓院、烟馆照常运行，国民政府的机关或者衙门或者变成了日本人的什么机构，比如宪兵司令部、监狱、侨批管理委员会等等。学校的牌子还在，校园里空空荡荡，死气沉沉，花花草草发起了热情洋溢的倡议，给四处的衰败和死寂镶上了金边，就像心灵手巧的潮汕姿娘那样。所有批局歇业，大部分把牌匾摘掉了。梦梅专门前往小公园，特意路过升平路96号，看见万昌批局完好无损，街上的招牌和门顶的木匾摘掉了，门两边的木刻对联还在：

三江出岭以东苍苍汤汤
一纸回情之重亲亲子子

是梦梅的联，也是梦梅的字。

门上贴着两张白纸的封条，一上一下骑在门缝上，分别写着四个字"因故歇业""敬请谅解"，还盖着几个万昌批局特制的护封章，另有若干如意章和福星章。

小公园还是那个花花世界，各色人等穿行其间，从中央向四面延伸的街道会自然地把人流导向一个核心，再由核心疏散开去。核心就是中山亭，正是因孙中山而得名。全名为"中山纪念亭"，纪念孙中山曾三度抵汕。此刻中山亭那边挤满了人，气氛异常，有人凑近有人躲开，躲开的人面色惊恐。梦梅赶过去一看，亭边悬着一颗人头，一旁立着牌子，写着几个字：延安间谍蔡希德。梦梅退后几步，蹲在街边，点着一根先前吸过一半的方头雪茄，猛吸了几大口。

随后梦梅从正平街回到梅园。

梅园大门紧闭，但看不出破坏的痕迹。

梦梅想，日本仔看样子打算给足郑某我面子。不过这倒更让他感到不安。他相信富田不会放过他。富田不太像一个不记仇的人。

他多了个心眼，决定不回梅园。他打算找客栈住一两天，然后赶快回到兴宁、揭阳那边。批局的手下怎么才能见到他？这让他一时有些犯难。无论如何，他打算先住下再说。住进汕头最好的中央旅舍后，他有了主意。他回到升平路96号，等街上没人的瞬间在两个封条上各写了一个字，中，央。

晚上，他去造访郑步沥。万万没想到，在那里遇见了十年没见的一个人——他的亲生儿子，腹中和乃铿互换的郑仰衡。郑仰衡从上海圣约翰大学毕业后，又去法国留学两年，回国后在银溪见过一面，转眼已经满十年了。后来听说去了延安。这正是他在中山亭旁边点燃一根雪茄的原因，"延安"二字让他想起了郑仰衡。郑仰衡叫他"二爸"。从小便是这么叫的，双方当然早就习惯了。你从哪儿来？梦梅问。郑仰衡稍稍停顿了一下，说，我从延安来。梦梅心里一沉，又问，还回去吗？郑仰衡又停顿了一下，看了看郑步沥，终究没往下说。郑步沥说，我正在劝他，让他马上离开汕头，我劝不动，你劝劝吧，你比我亲。郑步沥的风凉话多少证实了梦梅的猜测：郑仰衡和今天的死者可能有相同的来历。郑步沥的话刺激了郑仰衡，再不说实话，两位父亲就该争风吃醋了。郑仰衡说，我们这次回到广东，带着一个重要任务，以商人的身份进入敌占区，收集敌军情报，针对日军中大量的台籍官兵，包括敌占区的不少台胞，做一些策反工作，我们一行四人，其中一个已经牺牲了。梦梅问，今天挂在中山亭上的那位？郑仰衡点头。郑步沥说，所以我才劝他马上离开汕头，我估计四个人的身份全部暴露了。郑仰衡说，不会的，我们是分头工作的，另外三个是安全的。梦梅不说话，因为他实在不知道该怎么说。你说话呀，郑步沥用力推了一把梦梅。梦梅问，那位同事是怎么落在日本人手里的？郑仰衡说，有人告密。梦梅问，告密者是谁？郑仰衡说，暂时还不知道。梦梅想，如果不是被同事出卖，那就还好一点，但他并没有把心里的话说出来。郑步沥说，迟早的事情。郑仰衡笑笑，说，除非被我的两位父亲告密。梦梅和郑步沥都冷着脸。郑仰衡说，我现在的名字叫林培英，培养的培，英雄的英，溪前溪后的人就你们两位父亲知道，我这一次也没打算回银溪。两位父亲，梦梅第一次听到这个说法，心里热乎乎的，又有说不出的滋味。郑仰衡凝视着两位父亲，目光就像从延安看了过来，而身份也好像反过去了，如同一位年老的父亲在看两个年轻的儿子。郑仰衡站起来，说，我走了。两位父亲坐着不动。郑仰衡向两位父亲深深地鞠了一躬，立即掉头走了。

两位父亲一动不动，听着重重的脚步声击打着木质的楼梯，两个男人脸上相似的表情，仿佛在说明，世界上真的有"两位父亲"这回事。

国难当头啊！梦梅说。郑步沥不接话，眼睛里有泪花。梦梅奇怪，自己的心倒有点硬。从小他就知道，郑步沥总是心最硬的那一个。鱼总是他从银溪里摸上来，交给郑步沥处理的。儿子大了，由不了我们，梦梅感叹。郑步沥心里有句话，只是说不出口：溪前的儿子，才是这样。梦梅说，你也注意安全。郑步沥叹口气，说，我是商人，我对政治没兴趣，怕什么。这话让梦梅很不舒服，因为，这话显然是溪后说给溪前听的，这句话同时是这句话的幽灵，一个古老的幽灵，远远大于两位父亲的年龄，含着洋烟的味道，含着夕阳中到家的番批的味道。梦梅不能不说话，不能不替溪前说话：刀架在头上的时候，哪有什么政治不政治！

乃聿有消息吗？郑步沥问。乃聿向蒋先生请缨上前线打仗，出任二十七军四十六师师长，梦梅说。前线？哪个前线？郑步沥问。山西，太行山区，梦梅说。那里好像是敌后战场吧？郑步沥问。梦梅一笑，问，你不是对政治不感兴趣吗？郑步沥辩解，报纸我还是经常看的。梦梅说，是呀，现在的国是，已经不能算政治了。郑步沥说，蒋先生也太小气了，才给咱们乃聿一个师长！梦梅说，二十七军军长是咱们潮汕人，乃聿主动要求到二十七军的。郑步沥说，有老蒋这个后台，乃聿前途无量。梦梅故意叹口气说，能活着回来就算好。郑步沥的语气变柔软了，问，乃铿在那边怎么样？梦梅有点动感情，说，乃铿啊，十六两，翘翘的，只可惜——看得出，郑步沥早早就猜出梦梅要说"只可惜"这样的话，提前露出一种反感的神态。再和郑仰衡联系起来，两位父亲不约而同有了类似的推想：如果当初不换胎会怎么样？郑仰衡还会给延安做事吗？郑乃铿还会悔婚并一直单身到现在吗？

梦梅回到中央旅舍时，衣服都没脱，就睡下了。梦梅几乎做了一整夜噩梦。每一个梦都大不相同，但又十分相似，像出自一个鬼才之手的同一个梦境的不同版本。

第三天下午4点左右，梦梅打算上街转一圈，然后就去揭阳，再去兴宁。梦梅莫名其妙走进了三达巷，那是一个僻静冷清的居民区，巷子很窄，行人很少。梦梅打算到附近的崎碌市场看看，想了解一下如今的市场是什么状况。刚刚从巷口出来，正要转向外马路时，看见西边有一堆人，正向东边走来。人群的头顶飘着一面太阳旗。梦梅站住没动，等人群靠近自己。身后的巷子里，也跑出来不少人。梦梅不由自主向人群迎过去。这时听见了一个声音：阿爸阿爸，再见了，再见了，我要为国捐躯了！过了好几秒钟，梦梅才反应过来，是郑仰衡的声音，郑仰衡所喊的"阿爸"，不是别人，正是自己。同时梦梅也看清了，一辆常见的三轮人力车上，坐着一个被捆绑起来的中国人，正是儿子郑仰衡，背后插着一支竹片，脖子上的绳索把头勒得微微后仰，始终注视着人群中的自己，面带微笑。的确是微笑，像出花园那天才有的笑容。人力车的速度很慢，儿子的笑容有时间深深刻进他记忆里。

梦梅久久地向儿子招着手。

梦梅始终说不清，当时自己是否对儿子微笑过？

梦梅一直定定地站着，不跟过去。

梦梅也始终想不通，自己哪来那么大定力？

为了不看见儿子的尸体同样被挂在中山亭示众三日，梦梅立即离开了汕头。后来听说，最多半小时后在数百名老乡的注视下，郑仰衡在崎碌附近的葱茏顶被砍头，之后郑仰衡的身体被丢在葱茏顶，脑袋被送至中山亭，同样示众三日。前方的牌子上写着这样几个字：延安间谍林培英。

9

乃诚的工作效率极高，在兴宁成立了批局，名为万昌批局兴宁分号。这是兴宁有史以来的第一家批局。最早的批工是狮头寨的那一伙人，男女老少，共三十多个人。接着又有了魏启峰批局、振盛顺批局。不久梦梅等人又回到东兴，在东兴也创建了万昌、振盛顺和魏启峰的联号批局。东兴也有了有史以来第一家批局。之后的两年时间里，这条邮路完全替代了原来的海上邮路。更重要的是，很多抗战捐款和物资也是通过这个途径辗转进入国内的。批局的出现，大大带动了东兴和兴宁两地的发展，一批专门服务于批局的银行、银庄、客栈和镖局应运而生。1942年年底，日军偷袭美国空军基地珍珠港，这个小小岛国的军国心态暴露无遗，一时间，战争版图全面铺开，延伸至印度支那半岛、马来半岛和菲律宾群岛。当然，日本人很快就发现了这条邮路的存在，想尽办法进行封锁和破坏，终究未能奏效。陆地和海洋毕竟不同，这边堵死，还有那边。钦州贺州韶关走不了，就走玉林梧州韶关，玉林梧州韶关走不了，就走南宁桂林衡阳韶关，无非是多走些路。

10

1945年夏天，侵华日军已是强弩之末。农历五月初五，乃诚回银溪给母亲做生日，之后在家里住了一夜。五月初六的早晨，天刚亮，乃诚走出时光里，前往河边，准备搭船离开。一个日本宪兵看见他，端着枪迎过来，用日语和手势要求他蹲下。乃诚听懂了，只是站住不动，从衣袋里摸出一包香烟递过去，对方冷笑着接在手上，直接扔进路边的臭水沟。乃诚以为对方要钱，又摸出一把钱，对方又接住，又扔进臭水沟。这时银溪那边突然冒出几个人头，都是日本仔。接着是更多的人，像一个中队，都带着枪，裤腿塞在马靴里。上了岸之后迅速排成三列，接受一个中尉训话。中尉个不高，挎着腰刀，牵着一只大狼狗，仁丹胡子像剪纸，可以剥下来。乃诚懂一点日语，听明白了中尉嘴里的几个词：大日本，皇军，统统给我杀掉，男女老少一个不剩。乃诚急忙掉头要走。一声枪响，子弹擦着乃诚头皮飞过去，整个脑袋一时木木的，就像从天上砸下来一颗冰雹，从脑壳上弹开了。乃诚只好原地站住，等另一声枪响。给我蹲下，蹲下，身后的日本仔喊。乃诚只好蹲下来。

这个人，就是郑梦梅的儿子。身后的士兵告诉中尉。

中尉说，先把他捆起来，留在最后。

身后的士兵问，教堂里那个美国女人怎么办？

中尉说，少废话，她不是美国女人，是中国批脚！

随后乃诚被五花大绑起来，押到日军的小火轮上，关进船舱。乃诚透过窗户看见日军兵分三路，一路沿着银溪向南，一路沿着银溪向北，一路朝村子中央跑去。风从下游吹过来，银溪里的水好像在倒流。

乃诚想起了仰衡哥哥的笑容。那个笑容正因为是听说的，含有一定想象，所以比亲眼看见的还清晰和生动。乃诚也便试着笑了笑。

乃诚久久地盯住村子那边。

过了一泡茶工夫，第一拨村民被押过来了，其中就有头发花白的董姑娘，她穿着一件碎花真丝旗袍，走在最前面，走得很慢。

太阳出来了，照亮了他们的脸。

接着是第二拨，第三拨。

乃诚看见溪前溪后两家的人都在第三拨，原因是他们离码头最远，他们的穿戴明显比大家好很多，阿嫲阿娘月英都低着头。

所有人都来到了码头边。

乃诚想，乡亲们可能以为要出远门，要搭船去一个想不到的地方。

乃诚笑不出来，但也不是很悲伤。

中尉抽出银光闪闪的腰刀，举起来向下微微一压。

董姑娘第一个被押上船来。

她身后的人要跟上去，被挡住了。

董姑娘一直被带到甲板上，后面跟着三个日本仔，两个抓着董姑娘的胳臂，一个跟在身后，手扶腰刀。中尉随后也跟过来。

中尉说，把郑梦梅的儿子带过来。

船舱的门突然被打开了。

乃诚被带走，来到董姑娘身边。

乃诚和董姑娘的蓝眼睛对视了一下，两个人都笑了笑。

有没有你阿娘的消息？董姑娘的声音很温柔。

没有，一直没有，乃诚说，语气消沉。

你阿娘啊，总是完不成最后一跳，董姑娘说，面含浅笑。

乃诚完全没听懂这句话，一脸纳闷。

最后一跳，你阿娘总是完不成，董姑娘配上一种抬下巴的表情。

乃诚眨了眨眼睛，大约懂了。

你还记得咱们第一次见面时，你问我的话吗？董姑娘又问。

乃诚的表情仍然消沉，只摇头没说话。

董姑娘用乃诚当年的童音说，你长着这种眼睛，想看见什么就能看见什么吗？

乃诚略略一笑，说，想起来了。

这时中尉用目光下了马上动手的命令。

董姑娘被押到甲板边上。身后的士兵抽出长柄腰刀，侧过身，跨开腿，做好抡刀的架势。董姑娘的头飞出去，落入河中。董姑娘的头在水面上滚动不止，直到董姑娘突然睁大眼睛，张嘴咬住水面上的一根芦苇。

董姑娘的身体还在两个士兵手上，剩下的半截脖子很平整，静悄悄，几秒钟之后才有血珠子一颗一颗均匀地渗出来，像红色的露珠，露珠生露珠，越生越多，就变成了红色的溪流，有些从衣领内流了下去，有些钻进圆圆的喉咙。左边的士兵神态有些异样，不由自主松开手，董姑娘的身体倒向右边的士兵。右边的士兵急忙跳开。董姑娘的身体向右扭了半圈，靠近屁股的旗袍裂开了缝，屁股把整个身体带倒在甲板上，被右边的士兵用力踢了一脚，从栏杆下滚入河中。

乃诚发觉自己全身在发抖，但还好。

乃诚终于看明白了，这就是日本人，这就是海对岸的那个民族。沉东京，浮南澳，潮汕地区一直流传着这句话，南澳是汕头附近的一个岛，这句话包含了什么意思，有无数种解释，但至少表明，东京和南澳相距不远。所以有不少潮汕学子前去日本留学。十年前乃诚在早稻田大学留学一年，把自己变成一个病人，提前回到潮汕。得病的原因很简单，他爱上了一个日本姑娘，一个会说几句中国话的大和抚子，名叫山入端和子，她从来不笑，脸色有些黑，算不上漂亮，但的确柔情似水，举手投足里总有一种冷血的温柔，尤其在说中文近义词的时候，会把"联系"说成"勾结"，把"满意"说成"满足"，把"招呼"说成"问候"，把"郑重其事"说成"一本正经"。山入端和子跟着他学中文，他跟着她学日语，没几天她就把他带上了床，在床上，她冷热参半，忽冷忽热，完全无法预料，但是，正是这种感觉让他痴迷不已。不到一个月，她就突然不跟他"勾结"了，她总是躲着他，拒绝和他见面，他在她宿舍门口堵她，堵了三次，她就到处说他是神经病。于是他就真的成了神经病，不得不提前中止学业，一走了之。十年过去了，他一直搞不懂日本人，尤其搞不懂日本女人，此刻他总算看明白了。他们的残忍和他们的温柔，他们的残暴和他们的谦逊，都是极致，距离很远，又很近，说变就变，根本不需要时间这种东西。他们有能力也有热望把一切变成审美，包括分手和杀戮。他们让你死，就像是赠给你一件稀世的珍宝。那原本是留给自己的，现在分出一部分，赠送给你。杀人的快感差不多是自杀的快感。"三个月灭亡中国"，是在表达他们幻觉中的快感。对他们来说，失败从第四个月就已经开始了。

第二个人头落进河里了。

第三个人头、第四个人头也落下去了。

节奏始终稳定如一，不快不慢。

太阳已经有一竿高，需要微微仰起头才能看见。第二十个人被砍头后，河面上的风突然大了起来，把一股血腥味准确地送入乃诚的鼻孔，乃诚很恶心，极力在忍，终究没忍住，就像晕船的人那样势不可挡，哇哇哇吐个不停，早晨吃过的东西还没消化，打在甲板上，溅脏了两个日本仔的马靴。

乃诚被一马靴踩倒在地。

左边的士兵用日语要求乃诚用舌头舔干净他的马靴。

乃诚假装听不懂。

另一个士兵指着甲板上的呕吐物，同样用日语喊，他妈的，自己舔干净。

乃诚还是假装听不懂。

前一个士兵揪住乃诚的头发，把乃诚的脸压向呕吐物。

中尉喊，好了好了，别磨蹭了。

中尉拍了拍手中的大狼狗，它跑过去，替乃诚舔净了甲板。大狼狗的舌头一卷一卷，舔净甲板后，又去舔两个日本仔的马靴。最后，大狼狗盯着乃诚的脸，乃诚吓得倒吸了一口冷气。好了，中尉喊。大狼狗不情愿地缩回身子。这个意外事件改变了日本仔的计划。接下来，他们不再一个一个地砍头，而是十个十个地砍。这样一来，速度就快了很多。马上轮到溪前溪后那拨人了。

乃诚用日语哀求，先杀我吧。

中尉很吃惊，用日语问，你的，会说日语？

乃诚用日语回答，会说一点。

中尉说，既然会说日语，那就等一等，让你多活几分钟。

乃诚还是用日语说，求求你们了。

这时下一拨人已经到甲板上了，阿嬷、阿娘、月英都在其中。乃诚跪在甲板上，满脸脏东西，完全没个人样，但大家还是一眼就认出了他。月英扑过去，抱住乃诚，用衣袖擦乃诚的脸，直到被一个士兵一把拎走。

人们看见乃诚居然在笑。脸上的脏物遮住了一半的笑，另一半笑才更突出。那是有些家族特征的笑，时光里男人特有的笑，也是流传了上百年的溪前式气质。

乃诚说，大家别紧张，咱们也算是为国捐躯了。

月英说，乃诚你千万不能死啊。

乃诚仍然笑着说，没事，死就死，不要紧。

月英很着急，说，你不能死，你一定要想办法找见咱们阿娘。

乃诚微微愣了一下，眨眨眼睛，没说话。

月英更大声地说，听见没有，我说阿娘，一定要找见阿娘。

郑陈氏说，乃诚啊，你不是懂日语吗？你可以给他们当翻译啊。

乃诚说，阿嬷，没事，咱们一起死！

刀起头落。十颗头在同一个瞬间飞出去。不过，不知是有意还是无意，这十颗头，其中的八颗落在了甲板上，两颗滚进河里了。

小火轮一时剧烈地摇晃起来。

乃诚尽可能用标准的日语说，好样的，我佩服你们，佩服你们大和民族。

中尉问，说说吧，为什么佩服？

乃诚说，毫无疑问，大和民族是全世界最优秀的民族。

中尉问，你说的是不是真话？

乃诚说，绝对是，绝对是真话，老子已经没能力说假话了。乃诚想不到自己会放声大笑，一点都用不着装，笑声自然而豪放，直接源自心底，把一切都释放出去了，包括恐惧——对任何东西的恐惧。一伙日本仔被乃诚笑得浑身不舒服，有人几乎想拔腿跑掉，其中的四个日本仔急忙把甲板上的八颗人头从头发上拎起来，一手一颗，提上岸去，仿佛担心八颗人头会被乃诚的笑笑活，重新回到各自的脖子上。四个日本仔先把八颗人头随便摆在岸边的草丛中，八张脸，面向任意方向，后来，一个日本仔用精益求精的眼神看着八张脸，让八张脸全都冲向东边，即甲板所在的这个方向。八张脸，一字排开，祭品一样静静地陈列在辽阔的祭坛上——天和地之间，再也找不到这么大的祭坛了，八颗人头像是用自己祭奠自己。

中尉注意观看乃诚的反应。

乃诚十分冷静地凝视着岸上的八张脸。

中尉问，你刚才是不是说，大和民族是全世界最优秀的民族？

乃诚说，绝对是，没人比你们更优秀！

中尉问，那么你说说，大和民族优秀在哪儿？

乃诚说，我的日语很有限，这个问题太复杂了，我说不好。

中尉的态度还算诚恳，说，随便说说。

乃诚说，好了好了，快动刀吧，老子等不及了。

中尉说，给我一个理由，饶你不死。

乃诚坦荡地笑了笑，说，别放屁了，快动手吧！

中尉说，我喜欢你，你说怎么办？

乃诚说，哈哈，快别，别侮辱老子了！

中尉说，你只需要再给我一点点理由，我就饶你不死。

乃诚不由自主地看了看八张脸，好像听见了一个声音，八颗人头中的一颗发出的声音，月英的声音，你一定要找见咱们阿娘。同时，瞬间他似乎回想起千万件事情。

总之他有些动心了，不抱希望地问，真的？

中尉说，真的，谁让我喜欢你。

乃诚的嗓门极度发干，脸红通通的，说，我会唱贵国国歌。

中尉说，太好啦，唱唱看。

乃诚先是咬紧牙关，绝不张嘴的样子。突然，乃诚想通了，清了清嗓子，看了看东边那一轮大大的红日，便开始唱《君之代》，是那位日本姑娘教会的。乃诚是不错的男中音，很适合唱《君之代》。甲板上的日本仔被感动了，全都站直身子，面朝太阳，跟着他唱起来，其中好几个唱出了热泪。

中尉小声说，给他松绑。

两个士兵解开乃诚身上的绳子。

中尉还是小声说，你走吧。

乃诚正在迟疑，几步外的一个日本仔突然把血淋淋的腰刀插进自己胸膛里，左一下，右一下，再左一下，右一下，直到人和刀一同倒在甲板上。旁观的日本仔并没有太吃惊，其中一个还过去弯下腰补了几刀。

乃诚看了看中尉，哼了一声。

中尉说，好了，快走吧。

乃诚看了看八张脸，转过身扑通跳进河里。

乃诚在河对面缓缓上了岸。

乃诚踩着半膝深的沙子，每走一步都很费力。

乃诚不由自主地回过头去。

他马上找到了斜对岸的八张脸。八张脸很模糊，但是，八双眼睛齐刷刷地看着他，他想扭过头去，却无论如何也做不到。他只好在草丛中坐下来，在八双眼睛的视野内坐下来，一动不动。后来他躺下了，躺在草丛中，双臂自然地向两边滑去，掌心向上，两个眼睛看向没有一丝云彩的深蓝色天空。

重新游过河，回到村子里，和日本仔哪怕和一个日本仔同归于尽。乃诚脑子里有了这样的想法，有试着思考的努力，只是试试自己的脑子还会不会想问题，试试自己还是不是一个大活人。完全不足以让他真的像男子汉一样坐起来，站起来，游过河去，和日本仔，哪怕和一个日本仔同归于尽。事实上，他全身上下没一点力气，因而也没有恨。没有哪怕一丁点恨。这说明，恨也是需要一点力气的。他倒是知道奇怪，自己为什么不恨？为什么静悄悄？所以他特意看了看自己的一双手，恰如想知道自己有没有手。有，不仅有，而且是一双大手，他闻了闻手指，闻到了臭味，于是他觉得这是一双又脏又难看的大手，连细细的绒毛也是脏脏的难看的样子。又看了看自己的两只脚，两只大脚，像两只猪脚，又脏，又丑。他掐了掐右脚的外侧，没感觉到疼。两只鞋子不知跑哪儿去了。鞋子什么时候什么地点不在脚上了，丝毫想不起来。那是月英亲手做的一双棕丝木屐。远处的房屋和近旁的树木好像都在悄悄说话，所有的耳语都冲向他，冲向这个全村唯一活下来的人。每一种耳语都心知肚明，这个人用《君之代》换来了一条命，当年没有白去日本。他闭上了眼睛，他觉得自己的脑子还是坏了，不知道恨，不知道羞，不知道接下来该干点什么，哪怕是逃跑，哪怕是回到河对岸，随便做点什么。真的什么都不知道，吐口痰都不知道，放个屁都不知道。河对岸的八张脸从河面上飘过来了，全都悬在半空中，蜻蜓一样低着头，近距离地盯着他。不是八张脸，是九张，其中一张是他自己的。他睁了一下眼睛，然后又闭上了。睁眼，闭眼，是他此刻唯一能做的事情。一直没有恨，也没有羞，一直就这样静悄悄躺着，直到发觉村子那边热乎乎的。

他撑住地吃力地坐了起来。不知道什么时候起雾了，浅浅的雾，只遮住了远处的东西，村子仍然清晰无比。但是，村子的每个角落都在冒烟，有些地方火光冲天。雾气和烟味相混合，让他想起镰刀生锈的味道，刀刃上有血斑，不知何时留下的血斑。狗叫声猪叫声鸡叫声同样是镰刀生锈的味道。

一群鸽子訇然而起，飞向南边。

银溪岸边，成排的夹竹桃在奋力摇摆。

一对红色蜻蜓在飞舞中交媾。

一只受到惊吓的狗母蛇从草丛中跑过，跑得极快，但他伸出右脚，踩住了它长长的尾巴。狗母蛇用四只脚支起胖胖的身子，向左向右，大力扭动，令他有些头晕，他差点松开了脚。后来，狗母蛇回头死死地盯着他，两只眼睛又圆又大，把整个天空都拉低了。他的脚心开始发痒，耐心在减少，但他咬着牙不松脚，不放它走。他迎视着它，向它露出狞笑，直到它重新向左再向右大幅度地扭动身子，终于成功地挣断了自己的尾巴，仓皇钻进草丛。他从小就知道狗母蛇是可以随便欺负的，老人常说，男人不能做狗母蛇，任人打任人欺。不过，刚才倒是他一生中第一次欺负狗母蛇，他想起小时候自己是害怕狗母蛇的，有一次还被一只大大的狗母蛇吓晕了，不敢告诉别人。他知道，过不了多久狗母蛇的尾巴又会长回去的。他想，这可能是人们喜欢欺负狗母蛇的一个原因。他抬起脚，看见了那半截小尾巴，灰中带黄，还在微微摆动。他把它捡起来，举在眼前，歪着头细细看了看，心里突然很恶心，立即扔掉它，扔进两米外的河里。他突然没事干了，不过这个瞬间他心里略略疼了一下，眼睛底下也冷飕飕的，他知道自己哭了，一个好几年都不哭一次的人哭了。

他伸手去摸脸上的眼泪。

这个动作证明他的确还活着，没有死。

他又伸手摸了摸脸的另一侧。

事实再一次证明他没死，他还活着，他是全村唯一活着的人。既然活着，就还可以做很多事情，比如，流眼泪，摸两侧的脸。

他又扶着一棵夹竹桃站起来。

他最后看了一眼对岸的八张脸，做了一个深呼吸，然后毅然别过脸去，走向远处。他准备回兴宁去，兴宁的批局也算是一个家。

到了兴宁，才可以自由呼吸。

在兴宁的大街上，他列出架势，张大嘴贪婪地呼吸了好几回。

为什么叫敌占区？他总算是明白了。

接下来他用两天的时间不动声色地安顿好兴宁、揭阳两地的批局事务，任命好临时负责人，然后带着杨大目等八个人前往杨大目的故乡狮头寨。他原本以为，自己打算做的事情是，想办法把阿娘找见，给月英有个交代。但是，后来他觉得当务之急应该是带着杨大目等人回他们的故乡狮头寨一趟。

这一天是农历的五月初九。

他们算过，潮汕沦陷整整六年了。

快到中午的时候，杨大目的老婆挑着一担老妈宫粽球和熟鸡蛋，从狮头寨南侧露面，先大大方方走向狮头寨的寨门，看到日军守兵之后，再匆忙逃向对面的大水塘那边。杨大目等四个人事先埋伏在水塘边的芦苇丛里。水塘和寨门之间最多有一百米的距离。现在，杨大目的老婆正走向寨门，从芦苇丛这边看过去，杨大目的老婆是一个风情款款的乡村姿娘，戴着斗笠，穿着木屐，月白色的汗衫被两个乳房顶得老高，挑着重重的担子走路时乳房很难不一晃一晃。她身后，躲在芦苇丛里的四个人，手中没有像样的武器，无非是斧头、菜刀和铁壶。铁壶里冒着热气，里面是刚刚烧开的鱼露。杨大目的老婆已经接近寨门了，一个日本士兵迎了过来。看见日本仔后杨大目的老婆停住了，接着转过身，步伐变快了，被日本仔吓坏了的样子。日本仔喊，站住，站住。杨大目的老婆只管向准备好的方向跑，跑了二三十米假装摔倒，竹筐里的老妈宫粽球和白煮鸡蛋跌出一半，在地上滚来滚去。杨大目的老婆拾起担子继续跑，又跑了二三十米，再次摔倒，坐在地上一动不动。

那个追过来的日本仔拾起一个老妈宫粽球，剥开就吃。老妈宫粽球咸一半甜一半，咸馅主要是乳猪肉、腊肠、虾米、莲子、栗子，甜馅主要是乌豆、红豆和糯米，前者多，后者少，两者完美地结合在一起，还不串味。乃诚知道日本人也是过端午节的，同样要吃粽子。那个日本仔果然一吃就上瘾了。

粽子，粽子，日本仔向寨门口喊。

寨门口的几个士兵一听，全都跑过来了。

可以看见寨门口只剩下一个士兵了。

杨大目的老婆站起来，抹着眼泪。

五个日本仔中的两个直接跑向杨大目的老婆。

杨大目的老婆转身就跑，步态有些假。

站住站住，给我站住，后面的日本仔喊。

杨大目的老婆真站住了，但开始回身缓缓往后退。

此处离芦苇丛仅有十几米。

两个日本仔放下枪，搓着手，痴笑着逼近杨大目的老婆。

杨大目的老婆继续缓缓后退。

寨门那边，仅剩的一个士兵离开寨门，向水塘这边张望。躲在寨墙后面的乃诚和另外两个人光着脚沿墙跑向寨门，然后斜扑过去，从身后迅速制服了那个士兵，堵死他的嘴，抢下他的枪，剥下他的衣服，再一刀劈断脖子。从芦苇丛方向看过去，寨门口平静如常，仍有一个士兵把在那儿。

这边，两个士兵被杨大目的老婆成功地引入芦苇丛。杨大目等人轻松把两个家伙推倒并顺势摁进稀泥中，没让他们发出一声尖叫，他们挣扎了几下就死掉了。中间的三个士兵舒舒服服蹲在地上，吃了粽子吃鸡蛋，嘻嘻哈哈说着什么。杨大目的老婆很聪明，看准时机，双手从两侧遮住嘴，开始发出一声声浪叫。中间的三个士兵抹抹嘴，拾起枪，争先恐后朝芦苇丛这边跑过来。杨大目的老婆一边浪叫一边在芦苇丛中打着滚，让芦苇丛荡来荡去。三个士兵进入芦苇丛之前丢下了枪。埋伏中的四个人，一人爬过去收枪，三人各盯准一个日本仔扑过去。落在后面的一个日本仔肩膀上先挨了一菜刀，发出一声惨烈的尖叫，紧接着又挨了一刀。另外两个急忙回头，双方形成对峙。杨大目的老婆一刀砍在靠近自己的那个日本仔的后脑勺上，一下子要了那家伙的命。还剩下一个日本仔，见势不妙，想跑出去，被四个人轻松捉拿。杨大目说，鱼露，鱼露。杨大目的老婆提来铁壶，把滚烫的鱼露从此人的头顶浇下去，未经过滤的金黄色鱼露由细变粗，哗啦啦流下去。鱼露已经在池子里发酵过大半年，含有高盐，腐蚀性非常强，眨眼之间，此人头皮炸开，面部严重变形，头皮和五官被自身的重力迅速拉下去。此人的嘴巴早被棉花堵死，完全喊不出声音来。

这时寨门那边传来了密集的枪声。杨大目等人弯腰跑出芦苇丛，看见寨门口聚集着不少日本仔，正在东张西望。这边的五个人干脆大步冲过去，三个人端着日本仔的枪，两个人提着菜刀和铁壶。五个人歪歪扭扭跑向寨门口，没跑几步，几声枪响，三个人接连中弹倒下了。另外两个继续往前冲，很快也倒下了。子弹是从对面的黑色屋顶上射过来的，有人趴在屋顶边上，在射击。

寨门口的那三个人一开始就缴获了一挺机枪和一支步枪，乃诚本来就带着枪，父亲的那把勃朗宁手枪，于是三个人都有了枪。

三个枪手一时变得胆子很壮，也很冲动，互换了一下眼神便直接冲进寨子，见人就开枪。里面不光有军人，还有穿便服的人，有些是穿和服的日本姿娘，有人穿着白大褂，还有一些孥仔。三个枪手躲在门洞的另一端，打死了正面的十几个日军后，离开寨门，端着枪向寨子深处走去，边走边扫射，又打死了七八人。不久，三个人相继从背后中弹，倒在路上。几个日本仔追过来，用刺刀刺破了三个人的肚子，然后回身跑出寨门。乃诚知道自己的一堆肠肠肚肚滚出来了，热乎乎地垂在外面，一点也不疼，同时知道自己并没有死，头脑相当清醒。乃诚用双手把肠肠肚肚捧回肚子，刚一松手它们又顶出来了，好像它们的体积突然大了几倍，肚子里盛不下了。恰好看见几米外有一个钢盔，一点一点仰面挪过去，捡起钢盔，盖住伤口，再用长长的水布缠在腰上，扶住墙试着站起来，竟然真的站起来了。

大肚子乃诚此时两手空空，不过他看见了那挺机枪。他走过去捡起机枪，回到寨门口，对准门外的几个日本仔又是一番扫射。后来乃诚中弹了，身子从左向右狠狠一扭，腰上的水布挣断了，钢盔滑下去了。乃诚被自己的肠肠肚肚坠倒了，倒下去的过程里乃诚的知觉以均匀的速度一点点失去。

11

在东兴，梦梅听说银溪全村人被杀后，立即做出判断：日本人快要投降了。因为他们开始了结一些私仇了。全村人，乃诚是唯一活下来的人，连美国人董姑娘都死了，不知乃诚是怎么做到的。更重要的是，人们不知道如何评价乃诚，这个全村唯一活下来的人。但是，十天后就有了答案。据报载，狮头寨一战，郑乃诚等八人以斧头、菜刀和滚烫的鱼露为武器，杀死三十八个日本仔。

梦梅从东兴回到兴宁，吩咐手下人抓紧处理沉批，收集整理回批。因为战死者、饿死者、流亡者、迁徙者为数甚多，很多番批无法及时投递或退还，成为沉批和死批，数量惊人。据魏启峰批局的不完全统计，仅揭阳一个县，在1943年一年内，就饿死八万多人，外逃两万多人，被拐卖儿童两万多人，被日军杀害五万多人。其中的二分之一正是侨户，一向靠批款为唯一生活来源。而据万昌批局了解，梦梅的家乡饶平隆都，原有七十多个自然村，其中半数村子成了无人村，已经没人可死了，另一些村子"一半外逃一半绝"。隆都也是著名的侨乡，是侨眷最集中的乡镇之一。从以往经验看，沉批和死批的处理是最为麻烦的，最费时间和人力，任何一家批局都必须不计成本，认真对待，千方百计寻找下落。"责任""诚信"这些说法都说远了，因为，责任和诚信是可以守可以不守的。唯一与事实相符的说法是，批局在处理沉批死批的时候，把每一封批信，视作和性命同等重要的东西，绝对没有摇摆和犹豫的可能。所有的沉批死批，批局必须穷尽一切办法加以寻访，不轻易做出"查无此人"的结论。有时一封沉批死批可能传了好几代批脚，终究都没有找到主人。抽屉里只要还躺着一两封沉批死批，这家批局就是有污点的，污点不在别处，在批脚们的心上。一封沉批死批的存在，往往会让一个老年批脚死不瞑目。所以，立即处置有史以来最大规模的沉批死批绝对是当务之急。另外，战争一旦结束，国内侨眷一定会在第一时间致函寄物报平安，番畔的侨民同样也会在第一时间给国内寄款寄物写信，弥补多年来的亏欠，询问家乡在战争中的损失情况。完全可以肯定，批局的业务届时会大大增加，也就是说，侨批业将在战后迎来一个大发展的机遇。

在中央旅舍住了几天后，梦梅更加确信日军气数已尽，为了抢占先机，他决定马上回暹罗，重启万昌的海外批业。日军对汕头港的控制已见放松，香港和汕头的航务不知不觉已悄然恢复，但主要是私人商船。

7月25日，梦梅登上开往香港的祥发轮，计划在香港转乘飞机前往曼谷。船很简陋，据说是由渔船改装而成，船底是老旧的铁壳，船舱是新搭的杉木，载重四百吨。货舱全是木炭和草纸，客舱里挤满了人，大概有二百人之多，大部分是中山大学等高校的大学生，他们听说学校即将回迁，迫不及待赶回广州，等候复学。没有头等舱、二等舱之分，但因为情况特殊，人人欢天喜地。

因为船舱实在拥挤，很多人宁愿一直留在甲板上。梦梅也始终站在甲板上，吹着清凉的海风，听稚气未脱的大学生们七嘴八舌议论时局。抗战结束，内战开始，国共合作必将终结，这是大学生们的一致看法。梦梅突然明白了，自己为什么急于离开汕头？批局的事当然是一个原因，其实另有奥秘：乃聿已经升任为二十七军的副军长，二十七军是蒋介石的嫡系部队，而父亲郑阿女一直留在福建乌山，多次受到共产党的嘉奖，假如内战开始，如何面对这两个人，手心手背都是肉，他能做的就是给他们钱，但是，他实在不知道应该把心交给哪一个。

船是下午3点启航的，天黑前他没进过船舱。船头站一会儿，船尾再站一会儿。他发现，站在船头看海和站在船尾看海，会看到完全不同的海。在船尾，总是看见死去的人，祖父祖母母亲老婆儿子儿媳，早死的，新死的，全都排成队，跟在船后面，不是特别悲伤，但眼泪多得很，流个没完。在船头总是看见活着的人，父亲儿子儿媳女儿孙子孙女，也是排成队，朝眼前扑来。

一夜摇晃，平安无事。

次日早晨8点，祥发轮停靠在汕尾港。一停就是四个小时。货舱里增加了三百多罐花生油和一批鱼干，其中一百罐花生油货舱里放不下，只好放在人行道上。而且又挤上来四十个乘客，大部分也是学生模样。有人向船东发火，也有人表示谅解，特殊时期，好不容易才通航，船东也是替乘客着想。

但是，水面早就超过了吃水线。

正午时分船又开了，行驶更加缓慢。

两个小时后，要命的事情终于发生了。不是沉船，比沉船好不到哪儿去。有人大喊，着火了，着火了。果然，大股浓烟正从船的尾部冒出来。当时梦梅仍旧留在甲板上。梦梅想，这种事情一定会发生，因为从一上船人们就开始不希望发生事情。不希望发生的事情总会发生，这可能是一条定律。船舱里的人开始疯狂跑向甲板。每个人都带着一屁股浓烟。海风吹进船舱，黑烟迅速从船尾漫向船头。之后，船尾最先喷出小股明火。三五个船员提着水，朝火里浇水，不起丝毫作用。货舱里的那些花生油、木炭、鱼干，搭建船舱的杉木全都是绝佳的燃料。加上空透的海面和恰到好处的海风。没人指望火被扑灭。有人已经带头往海里跳了。

几分钟内火势已经锐不可当，甲板上可以站人的地方越来越少。跳下去的人越来越多，很多跳海的人并不会游泳。海水泱泱，却不会像舌头一样卷上来，舔灭船上的火。此时的海比任何时候都大而无当，也比任何时候都冷漠无情。几尺之外就是水，无穷无尽的水，却无法用来灭火。梦梅早就观察过岸的距离，至少有三千米，而且时间正是一月中潮水最凶猛的几天，初三潮，十八水，他在心里默默念着口诀，相信全船二百多名乘客，有能力游上岸的人绝不会超过十个。他本人如果愿意活下去，当然没问题，他天生就会游泳，从小就是水鬼佛。

他分明听见了阿嫲的声音：

水鬼佛，水鬼佛，阿佛，阿佛……

这声音好像来自昨天，甚至比昨天更近。

所有的事情都好像发生在今天和昨天之间。

他发现他对三千米外的海岸线了无兴趣。他很想立即回到昨天。回到昨天，就能见到祖母、母亲、老婆、乃诚、月英等人了。

更多的人嘭嘭嘭跳下去了，如同在比赛跳水。

船底下，救命救命的声音密密麻麻。

杉木搭建的船舱在疾速垮塌。龙骨大概是另外的木头，还在顽强支撑。几只海鸥侧着翅膀在火苗顶端飞来飞去，发出和人极相似的尖叫。更高处是几片似乎在冒火的薄云。船周围的汤汤海水显得愈加冰冷。梦梅从来没见过此等模样的海，实在是冷漠极了。但是，在大火面前，跳进水里是唯一可行的选择。船体附近，浮尸成堆，男尸面朝下，女尸面朝上，很少有例外。即使如此，仍有人接连往下跳，如同被大火赶下去了。连船东、水手和船员们也跳下去了。

梦梅则坚持不跳。他知道他只要跳下去，就很难不游上岸。他在出花园之前就救过至少十个人。他可以一边游泳一边唱歌。

阿公阿公，一个姿娘仔不知从哪儿跑过来，抱紧他的左腿。

宝贝，你认错人了，他蹲下后说。

他马上想起来了，姿娘仔八九岁，从汕尾上船，一家老老少少有七八口。很多人都记住了这家人，尤其是这位辫子长长的姿娘仔。她令他想起了那个名叫洪乌辫的女童伶。

阿公阿公，姿娘仔拼命喊，拼命摇晃他。

梦梅突然就抱起姿娘仔跳下去，双双没入海水中，几秒钟后又浮了上来。姿娘仔喝了一大口海水，用双手死死搂住他脖子。他朝姿娘仔脑门重重给了一掌，姿娘仔的两只手马上就松开了，身体也变柔软了，他左手托住姿娘仔，让她仰面浮在自己的左前方。他先让自己的心平静下来，让自己成为大海和海浪的一部分。从小他就知道游泳主要不是靠手和脚，而是靠心，让心平静如水，就出不了事。海水和河水大有不同，所有的海浪都是慢慢涨、快快跌，游泳的人只要不害怕，在涨幅和跌幅间找到平衡就没问题。姿娘仔吃了他一巴掌，又呛进了一大口海水后，突然明白了，她其实学过游泳，多少有些水性，她应该尽可能配合他，自己游。他鼓励她，宝贝，别怕，有我在。她用强装镇定的声音说，我，我不怕。他看见波浪外面有金色的光斑，细看是棕榈树的影子，阳光照亮了树梢，他问她，看见棕榈树了没有？她说，没看见。他把身子向后一划，顺势把她举向浪峰的顶端，让她看海岸那边。她说，看见了。他说，好，咱们不急，慢慢来。当他们开始游向棕榈树的时候，前方全是尸体，大部分是年轻人的尸体，有些脸已经在船上混成半熟。他们需要随时变换方向，才能绕开那些撞来撞去的浮尸。大约半个小时后浮尸大大减少。附近有人在喊"救命啊救命"，他犹豫了一下，只好装作没听见。他没办法救所有的人。

他问姿娘仔，想不想听我唱歌？

姿娘仔没说话，不相信他会边游泳边唱歌，也没兴趣此刻听人唱歌。

他说，我从小就会边游泳边唱歌。

她的半边脸埋在水里，没吱声。

他侧过脸，真的唱起来：

正月二月掇柑皮

三月四月卖杨梅

五月六月煮草粿

七月去抢孤

后面的几句是姿娘仔接着唱的：

八月来卖芋

九月绕鱼鲜

十月粜新米

十一十二鳌羔钱

一年过了又一年

他说，你唱得比我好。

姿娘仔说，这首儿歌我唱过。

他问，你还会唱什么？

姿娘仔说，还唱《挨呀挨》。

他说，唱给阿公听好不好？

姿娘仔便扭着脖子，把头枕在海面上，轻声对他唱：

挨呀挨

挨米来饲鸡

饲鸡叫咯家

饲狗来吠夜

饲猪还人债

饲牛拖犁耙

饲阿弟来落书斋

饲阿妹来雇人骂

这首儿歌他从小也会唱，祖母和母亲都教他唱过，本来，他想和她一起唱，又怕干扰了她的声音，便一直一声不吭，静悄悄地听她唱完，才说，好听极了，好听极了。他觉得她的声音让他看见了家乡的灯山，山上的菠萝、杨梅、石榴全都在瞬间开花了。好像家乡的花向来是听到这样的声音才会开花的。他还想起了乌橄榄和白米粥的味道，他好想快快上岸，就着橄榄菜、巴浪鱼、咸驳壳喝一大碗白粥。尤其是祖母亲手煮的白粥。这样的想象虽然委屈了姿娘仔如此好听的声音，但它是真的，橄榄菜、巴浪鱼、咸驳壳和白粥，他相信，世间一切的香味，都是从这一组简单的关系中产生的，世间一切的香味如果不能像一碗白粥那样，事关亲切和温暖，就不能称作香味。接下来他们没办法唱歌了，因为真的有一座山向他们移动过来，把他们高高顶起，抛向蓝色的天空，几乎一伸手就能抓住灰灰的海鸥翅膀。棕榈树在他们的下方，整个大地都在海的下方。原先是海水汪汪的地方，现在隐约出现了陆地和树，甚至是好几层陆地和树，每一层都不一样。先前的那些棕榈树，还有棕榈树后面的山影，转眼就像气泡一样消失了。他们也突然失重了，从高空垂直坠落，他觉得海水挤压着自己的脸，几乎能把两个眼珠子挤出来，所以他很担心她，不知道她会怎么样，他侧着身子到处找，都没找见她。阿公阿公，终于传来了她的声音。他看见她回到了刚才唱过歌的地方，那地方浮着一个黄铜包角的木箱子。他喊，快，抱住它。他快速向她游过去。他要把她拉过来，她抱住木箱子不松手。他说，现在放开它，有我在。她仍然抱紧木箱子不松手。他抬起脚，一脚踢远了木箱子。她胡乱扑腾了几下，喝了几大口水才重新找到了信心和安静。他们再一次游向棕榈树。

这次他们一口气游了至少半小时。

棕榈树越来越高大，好像眼看要升到天上去，把整个陆地和大海都能轻松提起来。山影也渐渐变清晰了，简简单单的山影，刚出生的山影，真是亲切极了。好像有山影在，就不会死人，死了的也能活过来。海水里有了死鱼烂虾的味道。他突然有些心急，打算最多再用半小时游上岸。这一心急便有了麻烦，水性似乎消失殆尽。再加上离岸越近，海浪就越是没规律，每一股海浪都有不同的流速，头上的浪一个流速，腰间的浪一个流速，膝盖处的浪又是一个流速，在不同流速的浪和浪之间跌跌爬爬，特别消耗体力。又过了至少一个小时，终于上岸了。

他们呆坐在沙滩上，目光空虚，一动不动。之后梦梅先站起来，带着姿娘仔来来回回找她的家人。转了无数圈，没找见任何一个家人。姿娘仔后来开始冲着大海大喊，阿公阿嫲阿娘阿爸——

一家八口人，没找见任何一个。全船的幸存者共二十人，比梦梅预计的多了一倍。阿公阿嫲——阿娘阿爸——没有人在乎一个姿娘仔的大声呼叫。海面上，祥发轮已经没有了船的样子，连一丝火星都没了。转眼间一船人就消失了。二百多名新青年的生动面孔说没就没了。

宝贝你叫啥名字？梦梅问。

我叫攀惜，姿娘仔的声音非常沙哑。

家里还有什么人？梦梅问。

没人了，一个都没了，全在船上。攀惜说，忍耐着悲伤。

那就做我的孙女吧？梦梅说。

攀惜看一眼梦梅，没有表态，眼神湿蒙蒙的。

梦梅蹲下，抚摸着攀惜湿漉漉的辫子，才发觉攀惜的牙齿在微微打战。

梦梅说，不怕，宝贝，有我在。

攀惜默默给梦梅点了点头。

小山背面有个小村庄，名字叫平海。之所以活下来二十个人而不是十个人，是因为村里的十几个渔民刚好在岸边织网、晒鱼干，凡是有点水性的人都下海救过人。之后十几个渔民带着二十个幸存者准备前往平海村。所有的死者似乎迅速变成了亡灵，在海面上飞翔，而且几乎可以用肉眼看见。所有的幸存者像一家人，一对苦命夫妻的苦命的孩子，大大小小，都是一样的苦相。大家乖乖地来到平海村。转过身，背对大海后，人人都变得很听话，浑身精湿，十分认命，说走就走，把大海和亲人、行李、船票忘得一干二净，就好像幸存者和身后的大海是共谋关系，双方共同谋划并成功实施了这场灾难，所有该幸存的人都幸存了。

村口有一座妈祖庙，庙门很小，是袖珍版的妈祖庙。海边的村庄一般都少不了一座妈祖庙，有些很大，有些很小，不过，眼前的这座庙实在太小，一次只能进去一个人，而且必须先在外面作完揖，再跪进去，磕完头，退出来再作揖。里面的矮桌上摆满最时新的水果，像抛过光，还有一些冒着热气的粿品，表达着人们对妈祖最赤诚和最单纯的敬仰。二十位疲惫的幸存者十分自觉地在外面排着长队，一个一个去给妈祖敬香磕头。每个人都是一模一样的可怜相，仿佛共有一个被海水泡软了的灵魂，连天空的云彩都是发窘的样子，几乎要落下来护住他们，连妈祖本人都惊呆了，一脸母亲般的愁容。轮到攀惜，她却不进去，说，我不能拜妈祖。梦梅问，为什么？攀惜安静的黑眼珠直勾勾看着他，小声说，我信基督。

进了村，那几只平时很凶的大狗竟然都一声不吭。它们也是惊呆了的样子，摇着尾巴看着他们。梦梅看见一个老人在吸烟，又长又粗的竹杆烟筒，一头着地，一头在嘴边，每吸一口便吐出一口诱人的白烟。梦梅实在忍不住了，向老人走过去。老人一看就明白，把烟筒让给他。他吸了两口，整个人才一点一点活过来了，灵魂先活过来，接着，全身上下，脚和手，眼睛和鼻子，甚至湿湿的头发，都以可感受的速度活过来了。后来的几口烟，梦梅甚至不得不闭上眼睛体会着一个烟鬼对这个失而复得的世界的由衷赞美。吐出口的烟就是全部的赞美了。

村里的一个富户愿意提供旅费，打发二十名幸存者离开平海，前往香港、汕头、汕尾，去哪儿由自己选择。在这户富人家休息了两天两夜后，梦梅带着攀惜来到香港。

在香港的一个朋友家又住了两天，经这位朋友介绍，梦梅和攀惜乘盟军的一架军用飞机到达曼谷。在香港时，梦梅给乃铿发过电报，所以乃铿带着曼谷侨批界近百人来机场迎接，光小轿车就有二十辆。他们甚至组织了几十个中学生敲锣打鼓，拉着长长的横幅，上面写着：热烈欢迎第一亲人从祖国带来好消息。"第一亲人"几个字写得格外大。其实，大家的本意很明确：郑梦梅是战后来自祖国的第一个亲人。想不到，把"个"这个字去掉，成为"第一亲人"，有意外效果，更准确地表达了大家的复杂心意。欢迎人群中也有采儿。采儿现在是万昌批局的重要股东之一，几年没见，采儿见老了，虽然线条还在，风月有增无减，鬓发还是海派名媛风格，斜下来遮住了半个额头，却遮不住老相。这让梦梅心里忽然生出一丝怨恨来，不是对人的，是对时光的。

采儿递给梦梅一束鲜花，香槟色玫瑰里夹着两枝白色的百合。梦梅先接住，再把花递给攀惜。她呀，可是我的救命恩人，梦梅说，并把攀惜抱起来，介绍给采儿。采儿不明白梦梅的意思。梦梅说，说来话长，慢慢告诉你。梦梅让小攀惜把采儿叫"阿嫲"。小攀惜叫了一声"阿嫲"，然后扑进采儿怀里。梦梅说，我是阿公，你是阿嫲，你同意不同意？采儿半笑着点点头。然后梦梅又让攀惜把乃铿叫"阿娘"。攀惜便又眨眨小眼睛，看着乃铿，叫了声"阿娘"。乃铿把攀惜抱进怀里，亲了亲她的脸。

这一幕让梦梅心里很感动，超出想象的感动。乃铿一直没结婚，追求的人很多，但她坚持认为，时光里老祖是被自己气死的，所以她要用不结婚来惩罚自己，而且固执己见，任何人的任何劝都听不进去。身为父亲的梦梅，心里当然比谁都难过，比谁都着急，但同样没办法。此刻乃铿亲攀惜脸蛋的瞬间，梦梅看见，有浓浓的母爱从乃铿的眼睛里流了出来，他心里念叨：我女儿本应该是一个优秀的母亲啊。他的感动，一半是辛酸，另一半的确是感动。他想，以后就让小攀惜做乃铿的女儿吧，这可能是天意，而且是太深刻的天意。小攀惜是在一场海难中由他亲自救上来的，不是她，他可能也死掉了，这样的天意是无法用语言说清的，只有感动，只有感动。除了辛酸和感动，还有一些惭愧在里面。惭愧的原因也是清晰的：他一直夸乃铿聪明、勤快，此刻才突然明白，自己是猪脑子，自己一直不知道乃铿在用忙来忙去麻痹自己，用一种潮汕式的不容侵犯的高贵掩盖心里的空虚。

回市区的路上，小攀惜看到了尖顶的基督教堂，执意要下车。没办法，整个车队只好停在路边，静候小攀惜进教堂为自己死去的家人祈祷。教堂是中国人建的，院门两侧的对联是雕在石柱上的红色隶书：基督复活，春回大地。进了院子，再走十几步才是教堂。院内十分安静，没有人影。半小时后，小攀惜出来了，仿佛换了一个人，眉眼明亮，饱含光泽，像是从花圃里回来的。

攀惜刚才在祈祷什么？有人问。

我祈祷我阿公他们的灵魂早日升入天国，攀惜说。

向谁祈祷呢？又有人问，暗含诱导。

向万能的主啊，攀惜老老实实回答，小眼睛亮晶晶的。

问话的人笑出了很大的声音。

乃铿站起来，用目光暗暗制止发笑的人。

攀惜倒是习惯了，显得平平常常。

我为一船的人都祈祷了，攀惜不理会大家的态度，很认真很大声地说。看得出，这是她长这么大干过的最重要的一件事情。

又有人忍不住嘻嘻笑了起来。

攀惜还是不理会他们，饱经沧桑的小样子。

乃铿说，我们小攀惜真好！

很多人都看见乃铿的眼睛里全是母爱，笨笨的母爱，声音也变得嗲声嗲气。

梦梅也看见了听见了，表情伤感。

12

1945年8月15日，日本宣布无条件投降。一周后，梦梅带着万昌的几名水客，把战后的第一批番批押回国内，有近千万元港币，还有相当数量的物资。所有批封和信笺都是特别赶制的，印有各种与抗战胜利有关的吉祥语、图案和邮戳。一艘巨大火轮，被暹罗数十家批局承包了。同行者还有采儿。

和以往任何一次不同，这一次火轮刚刚驶出暹罗湾，拐过金瓯角，一船人就已经觉得到家了，因为东边开阔的海面就是南中国海，海水后面的岛屿依稀可见，从岛屿那边吹来的风已经有家山的气味，不知谁真的喊了声"到家了"，所有的人都跟着喊，到家了，到家了。很多人在甲板上蹦蹦跳跳，声嘶力竭大喊大叫，好像真的到家了，马上就能见到亲人了，有人甚至已经泪眼迷离。

海上的第三个日出如期到来，但没几个人愿意早起看日出，一船人多半是行乌水的老油子，他们认为海上风景是世界上最单调、最乏味的风景。每天的日出，的确是大海里最值得看的风景，太阳先是露出一小半，再成半圆，终于奋力跃出海面，先是梨形，再是浑圆，一时变得红霍霍的，成为世界上唯一伟大的东西，的确振奋人心，令人的内心发生了一次自己和自己之间的重要诀别。那种情景看一万次也看不够。但是，看罢日出呢？日出之后还有什么？无非是，又一个无聊又无趣的一天，接下来大海上再也没什么值得一看了，除非再等着看日落，太阳直直地坠入大海。所以，大部分人都选择睡懒觉。把时间睡过去，把更多的时间睡过去，实在是一大本事，让人羡慕。梦梅却保持晚睡早起的习惯，睡得再晚，早起的时间固定不变，总是凌晨5点起床，去甲板上走走路，练练声，如果旁边没人，向远方吼上三声。他便成为少数几个幸运的人之一，看到了从北边远道而来的一艘大军舰。高高的炮塔暴露了它的身份。三门高射炮指向天空，炮口黑乎乎的，令敏感的人全身发紧。船上挂着两面旗帜，一面是熟悉的青天白日旗，一面半是熟悉半是陌生，是美国的星条旗。随即看见甲板上站着几十个穿白色制服的士兵，粗看全是外国士兵，细看时才发现主要是中国士兵，外国军人最多占三分之一，集中在第二层。一层又一层的军人全都军姿齐整，威严极了。那是一种由人表达的高于人的威严，令人自矮三分。潮汕人对洋人早就见惯不惊，所以并不多想。只有个别读书人才想起了"盟军"这个说法，是呀，这一次，美军是我们的盟军。我们刚刚取得的那场胜利，不只是中国人抗日战争的胜利，更是整个盟军的胜利，是全世界反法西斯战争的胜利。当船和船渐渐接近，中间只剩下一条河的距离时，两边的人都露出了相似的表情，十分亲昵地打量着对方，眼神传递着相差无几的寂寞，在相互打量的一瞬间，那寂寞很难说是增加了还是减少了。但是，脸和脸、眼神和眼神之间的那种亲，却是确定无疑的，亲，亲，真的亲，除了是国人和国人之间的亲，更是人和人之间的亲，几天几夜没见人，突然见到另一拨人，相互印证了这个世界到底还是人的世界。

乡亲们好，军舰那边有人大喊。

有几句是英语，"哈罗哈罗"那样的。

这边，梦梅等人也扯开嗓门大喊，乡亲们好，乡亲们好。

两边的船速一致慢下来，慢下来。

对面有人大声喊着问，你们从哪儿来？

梦梅用双手护住嘴，大声回答，我们从曼谷来，要回汕头，你们呢？

对面又有人喊，我们要去收复黄山马峙。

梦梅等人听明白了，有人喉头哽咽，奋力鼓掌，有人向对面竖起大拇指！一伙人这才发现，自己比自己原本以为的还要爱国。对一个番客来说，有一个国家可以爱，而且是一个可以挫败侵略的国家，该多好呀！

对面回答，祝你们一路顺风！

军舰率先开始加速了，军舰并没有变小，而是变大了。

这边的人使劲向军舰挥手作别。

那边传来一个声音，等你们下次经过时，黄山马峙就改名了。

这边，梦梅用自己特有的大嗓门问，改成什么？

那边大声回答，改成太平岛，记住，以后叫太平岛。

梦梅等人喊，太平岛，记住啦，记住啦。

后面的话就完全听不清了。

有人想起来了，刚才的军舰身上就有三个大字：太平舰。

太平舰，太平岛，有人这样念叨。

太平岛，太平舰，又有人反过来念叨。

随后从船舱里跑出来很多人，左顾右盼，什么都没看见。一伙人围住梦梅，要梦梅讲刚刚到底发生了什么。梦梅指着远去的军舰说，咱们的军舰，中国海军。实际上有两句联正像烟一样从梦梅心中徐徐升起：

> 岛称太平，家山从此得太平
> 我名梦梅，阿母生我曾梦梅

每次占得一联，他都高兴得像个孩子。不求其妙，先图其快，取快当前，自我陶醉，是他凑对占联的要诀之一。既然在时光里写诗填词是一大忌讳，那么就退而求其次，凑对占联，以此为人生行乐的一种方式。所以，偶有联出便觉得眼前无人而不自得，心里的那种快意，没有任何一件事可以与之相提并论。当然最好有佳人在旁边欣赏吟诵，所以他急忙回舱内去找蔺采儿。经过大厅的时候，发现很多人正在收拾大厅，把临时堆放在厅内的行李和椅子转移开，准备要跳舞，诗一样的钢琴声已经响起来了。跳舞了，跳舞了，跳舞了，有人喊。抗战胜利啦，快来跳舞啊，黄山马峙改名太平岛啦，快来跳舞啊，另有人喊。肖邦的钢琴圆舞曲令人心热，梦梅把还没洗脸的采儿拽进舞池，用颇有些轻狂的舞姿跳了起来。

采儿盯着梦梅的眼睛问，怎么了？

梦梅故作神秘，偏偏不说。

咱们这些长年行乌水的人，心里都有个大窟窿，随后梦梅说，语调悠长。他用长长的语调模拟着大大的乌水，有伤感也有夸耀。

采儿的神情仍然很慵懒，打着哈欠。

一个大大的血窟窿，填不满的血窟窿，梦梅说。

只有"唐山"两个字才能填满？采儿问，采儿是认真的，又有迎合梦梅的一面。

梦梅有些吃惊，给采儿竖起了大拇指。

只有刚刚成为战胜国的那个国家才能填满？采儿又问，这一句就纯粹是迎合了。

梦梅开心地一笑，说，采儿真聪明！

其实所有人的心都是一个血窟窿，采儿说，这一句实际上还有迎合的意思，却是真心话，而且不小心戳到自己心上了，一时很疼。

梦梅说，是呀是呀，所有人的心。

刚才，在采儿心里，所有人的心其实是一个人的心，她本人的心。所以她不满意梦梅对自己的认可。她相信男人——再细心的男人，终归都是粗人。

梦梅看了看窗外的海面，说，我想出去。

采儿知道梦梅的瘾又犯了，想吼几声了，立即跟着他出去了。

两人来到甲板上，面朝茫茫公海。

梦梅静了静，然后用双手护住嘴，朝公海深处连吼三声。

采儿用两个食指塞住耳朵。

两天后火轮驶出公海，渐渐靠近香港。

火轮将会在香港停留一晚上。

眼看就到香港了，太阳正在徐徐落下。连续几天太阳都是从海里上天又落进海里的，此刻却不同，太阳正要落到连绵不绝的山丘背后了。

快看呀，快来看呀，一船人全都失声尖叫，盯着那一轮巨大的落日，就好像这是一船人共有的一项苦功：终于把漫漫长夜遗弃在海面上了。大大的夜晚正准备独自栖息在海面上。海面上那个夜晚显得有些懊丧。随后人们变得稍稍安静了，落日归山，而不是掉进海里，在一群真正的家乡还有些距离的返乡客眼里，是对乡愁的盛大预演。一切有依归的东西都是乡愁的模样。之后，一艘牵引船款款地迎了过来，用缆绳把火轮带向码头。周围满是船，大大小小的船。还有不少被战火"毁容"的军舰，有些还是日本军舰。船与船之间几乎看不到水。不远处的山坡上，房屋高高低低，灯火明明暗暗，再一次点燃了一船人的热情，潮汕口音的大喊大叫表达着略略有所收敛的欣喜若狂。船头拐了个大弯，终于泊好的时候，高楼林立的城市风貌才像画卷一样徐徐打开，扑面而至。船上又一次明显的沉默说明，刚才有相当多的人误以为香港即汕头，至少，潮湿和闷热的感觉像汕头，湿热的空气里有熟悉的气味，有老菜脯、鱼饭、橄榄、油干的气味，有人甚至在咽唾沫。梦梅和采儿比大家安静一些，倚着栏杆，尽可能探出身去。两人已经说好要下船吃些东西。实际上，梦梅的意思是在港口附近的旅店里住一晚上。他和她其实还未曾拥抱过。假若不做点什么，甚至对不起此时此刻的月亮，花萼一般美丽的月亮，战后的月亮。还有刚刚丢在身后的大海，被潮汕人称作乌水的大海。过去几年连乌水都不能行了，眼下这趟是战后第一次行乌水。而徐徐靠近的香港，将是战后第一次要踏上的故土。

船还没有最终停稳，出了一件令人扫兴的事情，一个人跳海了。一个据说十年没回家的老者，带着番畔长大的儿子终于回到家门口了，却毫无预兆地纵身跃入海中，秃顶的脑袋在冒着油花的水面上闪了几闪就消失了。大家看出，明明是一个会游泳的人，却故意消失在船舱底下。他的儿子，十四五岁，很英俊的一个后生仔，用异乡口音的潮汕话哭着说，刚才还好好的，刚才还好好的。

　　梦梅对采儿耳语，怀乡病犯了。

　　采儿没听清，问，什么病？

　　梦梅还是耳语，怀乡病，咱们都有啊。

　　一听这话，采儿的脸上确实有了一层薄薄的病容，锁骨从两边把一张憔悴的美人脸高高举起，开始变白的头发有些乱，额头有细细的皱纹，眼神在一瞬间也变成了梦梅所说的那种病该有的样子。很老很老的病，书卷气很浓很浓的病，唐诗宋词里常见的病。那种病的一大特征就是沦落相，软弱、孤单、华丽的样子，懒洋洋的、蜂蜜色的、可观赏的样子。这个病，与其说源自梦梅的提醒，不如说和故乡的突然靠近有关。在抵达香港之前，眼里只有唐山，没有潮汕。或者说，潮汕藏在唐山里，就像橄榄核藏在橄榄里。现在眼看到香港了，故乡一下子现身了，就好像故乡是被意外发现的。正因为故乡的出现，一个远行归来的人才瞬间成为沦落人。天涯之所以是天涯，是因为不远处有故乡；故乡之所以是故乡，是因为不远处有天涯。故乡和天涯，此刻都在不远处，都在相互的视野里，此刻是最适中的距离，既不过远，又不过近。故乡，将会越来越近。而天涯，所有的天涯，只好不情愿地缩进沦落人的白发里、皱纹里、眼风里，成为一种钻石一样的疾病，成为番客们特有的表情和眼神。可以夸耀的疾病。不疼痛的疼痛。不瘙痒的瘙痒。又因为恰好出现在一张迟暮的未曾生育过的美人脸上，所以更显得醒目，如同生长在水边的花朵会更加妖冶，更加迷人。只是，梦梅并没有特别注意此刻的采儿，因为他也正沉溺在个人的内心活动中，用楚楚可怜的口气自我挖苦，终于呀，终于死在家门口了！仿佛刚才跳海的那个人不是别人，是另一个自己，或者，像是在生意场上被一个人抢了先机。

梦梅看着采儿说，咱们下船吧。

人们开始争先恐后地下船，伤感的脸，漠然的脸，各种各样的脸，突然挤作一团，雪崩一样拥向陆地。采儿始终攥紧梦梅的手，一方面真的怕，怕自己会被任何一阵小旋风卷走；一方面似乎对自己缺乏信心，担心自己也会步人后尘，在上岸前选择轻生。直到双脚终于踩上坚实的陆地采儿才松了口气。

梦梅带着采儿来到爱群酒店。

梦梅是这里的常客，住过多少次已经记不清了。每次经过香港，轮船都会停一晚上，船上的富人们总会下船住店休息。心里痒痒了，少不了找一个时髦女郎喝两杯，放浪一番。但梦梅向来不会，因为女人向来是一个忌讳。除了祖地和诗，还有女人，梦梅不敢碰的三样东西。梦梅熟门熟路，带着采儿走进港口左侧的爱群酒店，登记好之后，高个子的服务生帮他们提着箱子，引导他们上了三楼靠近海湾的一个房间。打开门，服务生拉开窗帘，透明的落地窗外面就是海，永恒的大海。服务生走了后，采儿越过梦梅首先去了窗边，认出了那艘来自曼谷的火轮。甲板上只剩下一盏灯，灯光下只有一个人，一个哭泣的男孩。更远处的海面上有一盏红色叉形灯。叉形灯的上方是月亮。外面的光线被窗玻璃过滤成柔和的蓝色，令采儿的侧影显得异常美丽。梦梅从身后搂住采儿，轻轻吻吻她的头发。两人保持这样的姿势久久不变，四只眼睛同时盯着不远处的一盏灯和一个人，还有那盏红色叉形灯。

维持了二十多年的淡淡的痴情终于等到今天这一刻，化腐朽为神奇的一刻。如果没有今天这一"化"，也许什么都没有，连腐朽都没有。但终于等到了化的一刻，化出了神奇，化出了痴情，化出了爱，化出了一段长长的牵挂史。这几乎不是他和她的功劳，而是造物和时间的功劳。有人死了，有人离开了，他和她还活着，于是才有机会相爱。转念一想，一切又像是他和她的阴谋，他俩似乎一直心照不宣在等着这一天，等着世界上只剩下他和她的这一天。

这等来的欢爱虽然平庸，有不劳而获的嫌疑，但也足够销魂，足够难忘。梦梅五十有余，采儿年近五十，早就是羞于说爱的年龄，但刚才的确挺吓人的，两把老骨头几乎要把对方磨成灰。某个瞬间，梦梅突然想起了乔治的那封信。这令梦梅深受打击。当时他把乔治那封信交给采儿，自以为纯粹是为采儿着想，为一个舍不得的人着想，现在看来，似乎又不尽如此。采儿不跟乔治去英国，一定和那封信有关。可是，当时他老婆郑白还活着，说他有多大私心，又有些牵强。他有点才情，但不风流，更不放荡，至少是，不敢风流，也不敢放荡。他爱着蔺采儿，可是他从来没打算说出口，他宁愿永远把这份感情藏在自己心里，像潮汕的老菜脯那样放二十年三十年，放出油。总之当时他绝没想过有朝一日娶她为妻。所以他不承认自己是一个小人，不承认自己让采儿看乔治的信是出于一己之私。他一整夜没睡好。酸溜溜的感觉一直伴随着他。

次日早晨回到船上的时候梦梅用怪怪的口气说，好想从海里游回去。采儿没多想，只是抓紧他的手，反复抚摸着他的手心。梦梅说，你肯定没听懂我的意思。采儿拖着好听的长声调说，我听懂了。梦梅冲着船尾快速合拢的波浪，相当顽固地说，你没听懂。采儿说，那我——可就乱猜了？梦梅说，千万别猜怀乡病。采儿诚实地说，我差点要说这三个字，怀乡病。梦梅说，再想想，是别的。采儿眼珠子一转，说，噢，知道了！梦梅问，说出来呀，什么？采儿说，你肯定想起了那个英国人，其实，没有那封信，我也不一定会跟他去英国。梦梅很感兴趣地问，为什么？采儿说，我是一个中国女人，而且是潮汕女人。梦梅问，你从来没动摇？采儿认真想了想，说，老实说，略略动摇过。梦梅嘴下留情，不再追问。采儿说，我动摇过，因为我毕竟是一个弱女子，而且年老色衰，无儿无女。梦梅意识到此刻说什么话里都有毒。采儿求梦梅，不说他了好不好？梦梅搂住采儿说，好吧，不说他了。

1945年9月28日上午9时许，在汕头外马路北侧的"交际楼"（日军更名为"大东亚会馆"，事实上是日军指挥部）的二楼会议室，举行了受降仪式。郑梦梅应邀参加，他和汕头各界要员一百多人共同见证了这一历史时刻。中国对日受降长官徐景唐中将，美军代表高路士上尉，日军第二十三军田中久一中将的代表富田直亮少将，在相关文书上分别签了字。

梦梅见到了富田书记官。

富田故意躲着梦梅，但后来还是面对面相遇了。

梦梅说，富田先生，好久不见。

富田深深地弯下腰，说，梦梅先生，对不起。

梦梅问，对不起谁？我的国家，还是我的村子？

富田说，对不起，都对不起。

梦梅紧咬牙关，表情可怕。

富田小声问，你儿子郑乃诚应该还活着吧？

梦梅一字一顿地说，不，他死了！

富田问，真的吗？我听说，当时留下了一个活口。

梦梅说，十天后他还是死了。

富田问，真的吗？能不能告诉我，他是怎么死的？

梦梅说，他……死在了狮头寨。

富田问，狮头寨？惠来的那个狮头寨吗？

梦梅说，没错，惠来的狮头寨。

富田说，狮头寨我们死了三十多个人，既然这样，那我们是不是扯平了？

梦梅说，扯不平，绝对扯不平！

富田说，梦梅兄，你别忘了，我不过是一个外交官。

梦梅说，你自己知道，你杀人无数！

富田说，如果战争不结束，我们还会继续杀人，我，还有你，还有很多人。

梦梅说，实在可惜，我已经没办法杀死你了。

富田说，罪过在战争，不在人，战争如果继续，杀人就还会继续。

梦梅，不，你没资格这样说。

富田说，是战争纵容了报复，纵容了许许多多的人性恶，难道不是吗？

梦梅说，银溪的上百号人死于你对一个人的报复？

富田说，抱歉，战争给我提供了方便。

梦梅说，你是一个恶魔，百分之百的恶魔！

富田说，请告诉我，谁又不是？谁不是恶魔？你郑梦梅就不是吗？

梦梅嘴唇发紫，说，我当然不是。

富田冷笑了两声后，转身走开。

梦梅冲着富田的背影，用唇语说了句脏话。

富田马上又回来，问，你家的《阅微草堂笔记》在我手上，哪天还给你？

梦梅没有犹豫，说，你带回去陪葬吧。

富田说，不，一定要还给你，明天你在哪儿？

梦梅闭紧嘴唇，没有回答。

富田问，明天你会去参加营老爷活动吧？

梦梅犹豫了一下才点点头。

富田说，好的，那就明天见。

次日的天气实在是好极了，无风无雨。除此之外，还有说不出的好，匪夷所思的好。汕头市举行了有史以来最盛大的一次营老爷活动。提前几天人们就开始准备了，所需费用由包括郑梦梅在内的九位富豪捐款，这九个人每人至少捐款三百万港币。单单为营老爷所购置的各种物件就耗资一千万港币。位于外马路和升平路交界处的老妈宫，里里外外进行了彻底整修。全城八条主要街道暂停一切商业活动，到处挂满喜庆的标语和彩旗。一大早，周边乡村的数万人就从四面八方涌进市区，守在街头等待营老爷的队伍经过。所有能站人的地方都挤满了人。

上午9点，妈祖金身被搬出来，安放在一顶结实华丽的轿子里，两边是两尊护法，一尊长着很多顺风耳，一尊瞪着一对千里眼。尽管两尊护法更加威猛奇异，但人们的兴趣只分了百分之十给它们，百分之九十的注意力都在轿子里。此刻的妈祖，似乎不是金身而是肉身，是血肉丰满的妈祖娘娘。

以下是营老爷队伍的概貌：

最前方是妈祖的轿子，由四名后生仔抬着。

轿子两旁的护法各由两名后生仔抬着。

两名号手在吹号，声音神秘、提神、令人肃穆。

两名后生仔抬着一条大大的六字标语：抗战胜利万岁。

两名后生仔抬着另一条标语：祖国万岁。

两名后生仔，各提着一个大灯笼。

八名后生仔举着八面官衔牌，两两并排而行，官衔有赏戴双眼花翎、赐紫禁城骑马、诰授光禄大夫、钦差大臣、太子太保等。

二十名荷戟兵勇，两两并排而行。

十八面四字标旗，由身着盛装的后生仔两两平抬，旗语均是吉祥语：国泰民安、寿山福海、四海升平、封侯拜相、尧天舜日等等。

两面又高大又华丽的竖幡。

八名绅士都穿着褐色绸缎长衫，戴草帽，两两并行。

十六名男女乐手，走在一顶极大的遮阳篷下，一边缓慢行走一边奏乐。十六名乐手，十六种乐器：椰胡、二胡、提胡、二弦、大三弦、小三弦、深波、钦仔、大钹、小钹、唢呐、洞箫、月锣、笛子、尺八、曲锣。

九个出了大钱的富人都身着老式官服。

郑梦梅走在九个人的最前面，不仅因为他捐款最多，更因为他是红顶商人，没办法，另外八个人执意要他走在最前面。没多久，他开始左顾右盼，他似乎从人群里认出了自己所有的家人，还有所有银溪村的村民。这场盛大的营老爷活动之后，一切似乎都会回到原初的样子。

挑夫六名，挑着五颜六色的糕饼和茶水。

乐班，乐手们敲锣打钹，形态自由、活泼、酣畅，那声音把宇宙万物联系在一起，把天地间最活泼、最机灵、最明亮的东西联结在一起。

平板推车，一位纸糊的骑马的童女。

十顶绣花小绸伞，举在十位美丽的姿娘仔手上。

第二批乐班，弹奏各种乐器。

平板推车，百鸟朝阳的竹子的根雕。

平板推车，五只鹅的根雕，有真鹅的自信。

平板推车，三个后生仔在喝工夫茶，和坐在自己家里一样。

案子上，根雕拼成的一群大狗小狗，情态宛然。

两名盛装的护卫，押着三十二名日军士兵，他们均由本地人化装而成，一看就知道是假的。大部分时候他们做出俘虏的样子，有时候则会露出戏台上丑角们才有的滑稽情态，意在表明他们的真实身份，并顺便逗逗笑。日军投降后并没有立即撤走，押一些日本人前来游街示众原本很容易，但是竟然没有，事先经过一番激烈争论，终究由舞台形象代替，这说明潮戏的故乡——潮汕地区的人，是深谙戏剧伦理和君子风范的，不过这个细节注定会被大部分人忽略。

白色的大醒狮，舞狮者十分卖力，忽上忽下，技艺高超，那样子足以点燃最冰冷的血液。石头如果看见了，也会拥有灵魂。

二猴推车，车载纸糊的海豚。

骑马的童子两名。

扮作步兵的童子两名。

潮戏人物二十名，都是童伶，男童伶女童伶各十名，都是戏的精灵。

平板推车，摆着一些精美的黑色玉器。

盛装的护卫两名，押着三十二名慰安妇，有朝鲜女人、中国女人，也有日本女人，全都浓妆艳抹，有穿旗袍的，有穿和服的。

平板推车上的白色玉器，与前面的黑色玉器故意形成反差。黑玉和白玉，似乎不只是黑和白，也不只是玉，而是整个东方文明。

身形高大的护卫两名。

锣鼓队热情似火，无比壮丽，足以触及灵魂。

二轮推车，装饰极为细致，车上有二童女，其一端坐，其一立于孔雀头顶上，一流的平衡术令人叹为观止，很多人追着观看。

平板推车，童男童女各一，均为真人，童男直立，右手平伸，手上是一把打开的扇子，扇子上站着雅死了的童女，看不到任何支撑物，没人知道她是怎么站在扇子上的，童男又是怎么手持扇子且一动不动的。

又是乐班，极为自如放任的弹奏，好像和营老爷活动无关。

骑马的童子两名，年龄稍大的童子。

水客三名，批脚三名，均为标准打扮。

平板推车，童男童女各一，均为真人，童男手持利剑，剑尖站着童女，看不见任何依仗支撑之物，没人知道他们是怎么做到的。

又是乐班，任性又暗含克制的样子。

平板推车，童男童女各一，均为真人，童男肩膀上立着一把彩伞，伞盖边缘立着一位童女，无数双眼睛都在寻找其中的秘密，却是白费功夫。

八尊一丈高的纸质国民党士兵。

八尊同样的纸质共产党士兵。

八名幼童，举着八面绣幡，幼童衣着华丽，绣幡精美绝伦。

十二名后生仔，抬着一座小庙的模型，像一座真实的庙，蓝釉金底，能看见庙里面的神仙牌位，牌位上的字迹则无法看清。

各式糕饼模样诱人，但没人咽口水。

平板推车，一架磨盘，二位童女在磨豆腐，豆汁从磨盘四周徐徐流下。

平板推车，珊瑚和奇石搭成的假山，山上有几只猴子。

又是乐班，伟大的音乐，令某机关门前的两尊石狮子突然有了弹性，眼眶里也有了眼白，蹲在那儿的样子成为看世界的标准姿势。

四面一模一样的三角标旗，绣工极美。

逼真的盆景，盆景中央三名童女面含微笑，那微笑过于灿烂，有毛茸茸的质地，所以，看上去像植物在微笑，恰如盆景的一部分。

十八名乡绅，都穿着深蓝色的长褂。

三十二名强壮的后生仔举着一条一百来米长的巨龙，舞动不止，如同真龙。

锣鼓队，雄浑有力的锣鼓声能把一切震醒。

三十二名汉奸，都是真正意义上的汉奸，"汕头治安维持会"的会长汤聘臣和他的一伙下属，另外还有一些秘密汉奸，胸前都挂着各自的名字，如汉奸汤聘臣……他们经过之处，人们扔脏物、吐唾沫、踢裤裆、撕脸。

……

以上内容最多是整个场面的百分之一。

没有人能够全面准确地描述此次营老爷活动。

营老爷活动在当天正午圆满结束。

风尘仆仆的妈祖金身重返老妈宫宝座。

有人大声喊，神归其位，神归其位，神归其位啦。

很多人失声痛哭，哭得撕心裂肺，好像妈祖娘娘是流浪了几十年才终于"归其位"的。

一脸疲惫的梦梅回到万昌批局，一进门，看见了又熟悉又陌生的一个人，富田，穿着一身中式便装，胆子不小，仁丹胡子并没有刮掉。富田指着柜台上一个长方形的花梨木匣子，说，明天我就要回国了，这是你家的《阅微草堂笔记》。梦梅不恰当地微微鞠了一躬，还差点说了声"谢谢"。不过富田倒是先说了"谢谢"，非常感谢你们！他说。梦梅问，感谢我们什么？富田指了指人潮滚动的街道，说，营老爷队伍里的那些日军——你们真是用心良苦。梦梅说，是我的主意。富田给梦梅竖起大拇指，说，不愧是礼仪之邦。

梦梅说，可惜啊，礼仪之邦遇上了一个坏邻居。富田微微一笑，说，你们中国有一句老话，打是亲骂是爱。

富田很快就离开了万昌批局。

门外就有人力车，富田就近坐上一辆人力车，说，大华路11号。

路上人很多，人力车先是走走停停。

富田后来变急躁了，能不能跑快一点？

人力车夫是黑脸盘，一看就是一个老实人，但脾气不一定好，他尽可能跑起来，在没完没了的人丛中拐来拐去，越跑越快，但这个黑脸盘的老实人心里突然有个疑问：日本已经投降了，凭什么我还要听日本仔的？

"黑脸盘"随即把车子缓缓停在路边。

你下来，你，你把我送回去！"黑脸盘"给富田做着不难看懂的手势。

富田僵在车子上，丝毫没看懂对方要自己做什么。

"黑脸盘"态度很坚决，大声说，他妈的，我让你下来，你，就是你，你下来，送我回去。

富田急忙伸手摸出一把钱递给"黑脸盘"。

"黑脸盘"毫不客气地抓过钱，收起来，仍旧说，他妈的下来下来，你送我回去。

富田没办法，只好下车，乖乖当起了车夫。

富田拉着人力车在拥挤的人流中跑来跑去，漂亮的仁丹胡子在风中一抖一抖。有人认出车夫竟是日本仔，跟在后面大声起哄，日本仔，日本仔。先是四五个人，再是八九个人，尾随着人力车，一直跟到万昌批局门口。

富田放下车子，钻进万昌批局。

在批局门内，富田呼哧呼哧喘着粗气。

梦梅兄，快救命！富田大声喊。

富田的眼神里充满哀求，令梦梅想起童年的一个情景，他把一只狗母蛇堵在墙角，狗母蛇倒立在墙角时那种弯曲的绝望的目光。

梦梅一看就明白，近来经常发生这样的事情：日本仔需要乔装打扮才敢出门，即便如此，也很容易被中国人认出，死在鞭抽、掌掴之下。实际上这正是梦梅建议营老爷队伍里的日军由中国人扮演的真正原因。

梦梅展开双手堵在万昌批局门口。

交给我吧，我来处理，梦梅说。

人们推推搡搡，群情激奋，个个都像一枚炸弹。

杀了日本仔！杀了他！

打断他的腿！打断他的腿！

杀了他杀了他，杀了他杀了他！

在这样的喊叫声中，梦梅想起了银溪村那场大火，想起了全村的和全家的死者，一时心跳怦怦，脖子左侧的血管也嘣嘣嘣跳个不停，心想，这笔账该了断了。他很想默许面前的这伙人杀了富田，借刀杀人，免得自己亲自动手。杀了他杀了他！杀了这个狗日的日本仔！人们在持续喊叫。几分钟之内，门前的道路已经被人流淹没，喊叫声越来越大。不知为什么，梦梅心里的念头突然发生了变化，他打算饶过富田。他的心似乎软弱了一下，意志力瞬间瓦解，就像曾经偶尔出现过的那样。他来不及细想，先把富田从后门送出去，让富田沿后巷快快逃走。

富田走了几步，马上又回来，叫住梦梅，凑在他耳边说，梦梅兄，这一次算我们输了，不过请你等着看，十年之后，中国和日本，到底谁是执亚洲牛耳者。梦梅还没来得及吱声，富田便转身离开了，留下了傲慢的背影。梦梅回到前门，看到门外拥挤的人群，勉强开口说，请大家记住，我们可不是战败者。这话只是受富田影响而来，他自己并不十分清楚确切的意思。同样，也没有任何人听懂了他的意思。于是，他试着换了一个说法，我们是战胜国，我们是不是应该有一点战胜国的样子？这一次，一些人似乎稍稍听明白了。他趁热打铁，抓紧又说，如果必须杀人，你们来杀我吧。人们一下子安静了几许，都在扪心自问，杀自己人？有这个必要吗？他说，不杀我，大家就请各回各家吧。人们相互看看，刚才那股子亢奋之气说没就没了，真的有几个人先退走了，更多的人也就跟着走了。当万昌批局门口的人流基本散尽后，梦梅发现自己头上在冒虚汗，额头湿淋淋的，全身肌肉发酸，没一点力气。刚才，他做出了理性的选择，但是，他马上开始埋怨自己，他厌恶那个故作理性的自己。天黑前他什么事也没干，花了很长时间才让自己平静了下来。

随后听说富田还是死了。

回到大华路的领事馆后，立即切腹自杀，一分钟都没耽搁。当时天刚黑，梦梅从批局出来，正准备走进附近的老妈宫戏院看戏，专门献给抗战胜利的一出潮戏，还没开始，人们在门外议论着营老爷活动中的种种趣事。听到富田自杀的消息，梦梅心里略略一震，心想，娘的，日本仔好像只有这么一种死法。接着又想，用不着亲自报仇了。之后进戏院开始看开台戏《八仙庆寿》。

[幕开，东方朔上场，金母跟上。

[套"点绛唇"三脚介（散板）

金母　众仙下山来，鲜花遍地开，一声钟鼓响，引动众仙来。

东方朔　呵！（鼓介）

金母　我乃瑶池金母是也，今日蟠桃大会，理该相邀众仙，到此华堂聚会。东方朔。

东方朔　在。

金母　今日蟠桃大会，命你相邀众仙，到此聚会，岂曾齐到？

东方朔　未有齐到。

金母　若是到来，报我知道。

东方朔　领法旨。（同金母下。鼓介。）

[八仙有序上场。

[套"新水令"三脚介（散板）

东方朔　众仙请。

众仙　请。

东方朔　众仙，今日蟠桃大会，你等岂曾齐到？

众仙　都已齐到。

东方朔　既是齐到，同请金母。

众仙　领法旨。有请金母！

金母　来了。（鼓介）

（念）南山松柏老，北斗七星高。

众仙　金母在上，我等稽首！

金母　少礼。

众仙　是。

金母　众仙。

众仙　在。

金母　今日蟠桃大会，你等岂曾齐到？

众仙　我等都已齐到。

金母　既是齐到，可将寿字摆开。

众仙　领法旨。

〔众仙摆开寿字科，吹鼓介。

金母　众仙，今日蟠桃大会，理应吟诗一首，各联一句。

众仙　领法旨。

金母（念）　五湖蒙蒙春正晓。

汉钟离（念）　仙风习习红尘渺。

李铁拐（念）　报道瑶池金母家。

张果老（念）　仙人聚集蓬莱岛。

曹国舅（念）　摘取蟠桃献华堂。

吕洞宾（念）　长生哪得安期枣。

韩湘子（念）　昔日昆仑不纪年。

蓝采和（念）　天恩雨露知多少。

何仙姑（念）　沧海桑田几变迁。

东方朔（念）　蟠桃易熟人难老。

众仙　好，好一个蟠桃易熟人难老！

后台众唱 　五湖蒙蒙春正晓

　　　　　仙风习习红尘渺

　　　　　报道瑶池金母家

　　　　　仙人聚集蓬莱岛

　　　　　……

没等到开台戏演完，梦梅就抽身离开了。

富田的死渐渐令他心绪不宁，八仙们轮流联句的时候，对下一位即将说出的诗句心生恐惧，但仍然耐住性子听完了。待后台众唱的时候，他突然意识到，富田说给他的那几句话其实是临终遗言：梦梅兄，这一次算我们输了，不过请你等着看，十年之后，中国和日本，到底谁是执亚洲牛耳者。

梦梅回到家，草草冲了凉，早早就睡下了，但是，整整一晚上，他一分钟都未能合眼，富田的那几句话，慢性毒药一样，把他搞得神魂颠倒，一身一身地冒冷汗。

第六章

1949年4月，国共决战已经到了最后时刻，解放军百万大军在长江北岸一千里的战线上向南岸发起强攻，局势不可逆转，国民党军队败局已定。梦梅拒绝了儿子郑乃聿的迁台建议，也没有听从父亲的规劝留在国内，而是和采儿一起重返曼谷，成为永远的华侨。

1957年，梦梅满七十岁了。

梦梅已经有整五年没用任何形式回过国内了。六十五岁之前，他还有雄心壮志，每隔两年，总要重走一次从曼谷到东兴，从东兴到兴宁的那条漫长邮路，全程徒步，独来独往，不要别人陪伴。每到一个地方，会给家里寄一封明信片，贴上当地的邮票，盖上当地的邮戳。六十四岁那一年，在曼谷寓所做生日那天，子女们提出要求，这个生日过后，决不允许他重走东兴邮路了。他把手中的酒杯放下，说，可以听你们的，那么，今天这个生日就不做了。子女们只好退而求其次，由乃铿代表大家说，最多再走一次，还得有人陪。梦梅说,可以,全程徒步,你们谁陪得了?大家看来看去,没人能够做出"全程徒步"的承诺,实际上也没人有时间全程陪他。结果,六十五岁生日到来之前,梦梅最后一次重走了东兴邮路。

1958年6月29日,身在曼谷的梦梅给广东兴宁中国银行寄出了第三封信。前两封信没见回音,他不服输,又写了第三封信:

兴宁中国银行鉴:

　　敬启者,兹据泰京中华总商会奉我政府谕令,转知侨胞,对抗战期间侨胞寄存祖国各地中国银行之存款通融登记,将折合人民币发还存户,政府此一维护侨益贤明之措施,深受侨众钦佩。民国三十四年(1945),本人的儿子郑乃诚以暹罗万昌批局及兴宁同名联号之名义,存放兴宁县中国银行一年期二笔共港币一百八十万元,指明郑乃诚、郑梦梅任何一人可单独领取。惜存单及印鉴均已遗失,二存单存放时间及编号则幸存,分别为:郑乃诚于民国三十四年三月十八日存放兴宁县中行三十万元港币,定期一年,列32143号,又,郑乃诚于民国三十四年三月二十八日存放兴宁县中行一百五十万元港币,定期一年,列23673号。二笔存款均系抗战期间无法正常投递的侨户批款,因故错过1953年重新登记之机会,理当视为华侨国内存款处理,乞依手续折算人民币,汇交本人为荷。本人拟回国继续寻访批户,实在无果者,拟以其款在国内择地创建"抗战时期沉批博物馆",以为日军侵犯我国之间接证据,并警示后人勿忘国耻,居安思危,振兴中华。来信请寄:泰国曼谷石龙军路54号万昌批局郑梦梅收。

又费了一些周折后，梦梅收到兴宁中国银行从国内寄来的汇款，以港币一元兑人民币零点四二七元的标准结算，共计人民币七十六万八千六百元。收到这笔汇款后，万昌批局逐一征求了所有能找到的寄批人的意见，大部分寄批人都无心收回批款，愿意交给万昌批局，创建抗战时期沉批博物馆。

梦梅和采儿立即启程回国了。

起初国内外的家人都不赞成他们回国，担心国内的华侨政策一旦有变，古稀之年，委决不下。但是，他说，我早就过了怕死的年龄，五十岁之后的每一天都是赚的，有什么好怕？六十岁之后他经常放心大胆地对家人说，现在我随时可以死，以任何原因死。这话是幽默也是真心话。"随时可以死，以任何原因死"，倒似乎成了"不死"的原因，让他轻轻松松又活了十年。七十岁之后他几乎有了死的渴望。他并不十分清楚，死的渴望可能是回家的渴望，落叶归根的渴望。那个阶段他急需一个回国的理由，办一个和番批有关的小小博物馆，是再好不过的理由。回到汕头后经过梦梅和采儿的艰苦搜寻，一部分沉批终于找到了下家。

之后，抗战时期沉批博物馆正式成立。

建成后，晚年的梦梅不再出门远行，要么整天待在博物馆里，守着成千上万封沉批死批发呆，要么仍然抱着一线希望，以一个最最普通的批脚的样子继续走乡串户，或步行或骑自行车，四处寻访，又有不少原以为毫无办法的沉批死批到底被救活了。

再后来，梦梅开始逐渐丰富抗战时期沉批博物馆的内涵，满世界收集各个时期、从各个国家寄回国内的番批，让博物馆渐渐成为较为全面的具有史学、文学、人类学等广泛学术价值的侨批博物馆。比如，他找到了一封较早的批信，寄出地点是石呠，寄出时间是"丁十二月十三日"，"丁"是丁卯年，但不清楚是哪一个丁卯年，梦梅推断，最晚应该是1855年。因为这封批是典型的水客封，折叠式，封信合一，正是早期水客封常见的样式。封信合一，即在纸的一头写信，折叠后留出空白，写上收信人的地址和姓名以及寄信人的地址、姓名和钱数。这封批的收信地址前面有"淼生兄带交"的字样，实际上是由淼生等四名不同的水客几经转手，终于带到揭邑桃美都登岗（今揭阳市登岗镇）的。四名水客都盖了章，其中一枚正是淼生的。背面则写着一句"信到酒力三十文"，说明收到信后，家人要付给水客工钱三十文。

这封批的内容很简单：

双亲大人金安：

敬禀者，儿在十月之间往入铭柿港等地抛鱼摸虾以取微利，与明辉明俊兄弟同住。承便付去大龙银六元，家中应用。

冬安不一

他还找到了距离最远的一封番批，来自南美洲的秘鲁。

这封批的内容如下：

母亲大人尊前：

敬启者，儿画押卖身，二月初二登英船盖尔内尔号离汕，后知受骗，前往交趾支那是假，前往古巴是真，谁料其真亦假，漂流三月有余后终在南美洲之秘鲁国上岸。船上时日，生不如死，纸不胜书。桎梏加身，而节饮食，淡水奇缺，自饮其尿。两过赤道，酷热难耐，时有瘟疫，虽未毙而已投之海中。四百余人，日有所减，上岸时存活不足其半矣。到工之后，视同牛马，凌虐非礼，无所不至。更兼身困鸟岛，每日挖掘鸟粪，奇臭无比，从此不信造物以人为贵。适逢梅县廖兄回里，顺托一信并洋银十元，到时查收。

男　喜胜

咸丰八年八月廿一日托

这封信只是半张残纸，没信封，没任何印戳，是标准的"裸批"，而且是唯一能找到的来自秘鲁的番批，十分珍贵。梦梅专门查阅过海关资料，找到了一条线索：1858年3月，一条名叫Gulnare的英船，满载四百三十二名华工离开汕头，目的地正是秘鲁。信中所说盖尔内尔号应该就是这条船了。当时的汕头还没有开埠，是非条约口岸，但外国船只已经公然出没，从事苦力贸易了。

1976年，存在了数百年的侨批业被成熟的邮政和银行体系完全取代。1977年，九十高龄的梦梅在汕头居所安然辞世。有趣的是，他一直说，最多活到九十岁，不能比阿嫲还长寿，结果真的活了九十岁。阿嫲九十一岁，他九十岁，够谦虚了。更有趣的是，梦梅的最后一口气咽得很不容易，用了整整半个月，当时已经穿好了寿衣，只剩下半口气，若有若无，一直咽不了，偶尔睁开眼睛时，嘴唇会微微翕动，没人知道他在说什么，有一次他伸手抓了抓采儿的辫子，这一次采儿不能不猜对了，采儿问他："乌辫？"他点头，然后闭上眼睛，半口气还是不咽。一听"乌辫"二字，全家人马上明白了。大概在1944年前后，梦梅在东兴遇到过一个在安南河内做生意的潮汕人，名叫马乔，据说生意做得很大，二人和另一伙老乡一同看戏，看完戏马乔请客吃饭，饭桌上回忆自己从小在潮汕长大，爱看潮戏，尤其喜欢看一个名叫乌辫的姿娘仔的戏。梦梅就打断他，讲了用烤红薯换金戒指的故事。大家笑过之后，又说抗战时期，戏班的日子不好过，有些撤退到国统区继续演出，有些散了歇了。饭后马乔突然说，请梦梅带一份批银——一百万港币，交给洪乌辫。梦梅请马乔写批，办理寄批手续，马乔说免了，不是有口信附银吗？梦梅一听此话，也便同意不必办理任何寄批手续，直接收下一百万港币。之后回到潮汕，经打听，洪乌辫一直在揭阳的洪正顺戏班，变声之后不再演戏，而成为"教戏先生"。潮汕沦陷后，洪正顺戏班仍旧勉力维持，有时还专给日本人演出。日本人认为，中国潮戏和日本能剧相似，实在无聊的时候，可以把潮戏视作能剧，并强行要求洪正顺改戏，在潮戏里加入能剧元素。为了生存，班主被迫同意，可是身为教戏先生的洪乌辫坚决反对。两人因此争吵，乌辫说，我宁可走人。班主说，那你就快快走。洪乌辫去了哪儿？没人知道。梦梅手下的批脚找到洪乌辫的老家——十分偏远的一个小山村，家里人也没人知道洪乌辫的下落。于是，一百万港币就一直是一封"看不见的沉批"。解放后，万昌批局没放弃对洪乌辫的寻找，而且终于找到了，只是她已更名为方紫，这是她原来的名字。她死不承认自己就是曾经的乌辫，所以拒绝接受天上掉下来的一百万港币。据子女们分析，她一直不想让外人知道自己曾演过戏。她本人做女童伶的经历多有苦痛，这是一，另外，解放后，一些拒不废除童伶制的戏班老板被枪毙或被判刑，洪正顺的班主因为和日本人有过合作，是最早被处决的，曾经在洪正顺干过半辈子的洪乌辫自然不愿意提起那段生活。而马乔，前不久在越南大规模排华事件中，和全家二十几口人一同遇害。这一百万港币，既无法投递，又无法退还，就成为梦梅心中的一大心病，眼下更让他"死不瞑目"。于是全家人出动，抱着做做样子的态度，重新寻找昔日乌辫、今日方紫。没太费力，在附近一个小区里找到了，老太太还活着。幸运的是，如今她不再忌讳自己的女童伶和教戏先生经历，而是大方承认，并愿意给面子，收下一百万港币及其三十年的利息，计划设立一个"乌辫奖"。梦梅听了家人的描述后，微微一笑，开口说话，说了一句莫名其妙的话：天呀，在世受罪啊！不知在说乌辫呢，还是说自己呢。之后便咽下了最后一口气。2004年，国内首家侨批文物馆在汕头成立，它的前身正是郑梦梅的抗战时期沉批博物馆。2013年6月19日，广泛分布于广东潮汕、珠海、中山、阳江、江门、福建漳州、泉州、厦门、福州等地的约十七万件侨批档案正式申遗成功，成为"世界记忆遗产"（Memory of the World）。因为，它除了"具有近代中国国际移民的集体记忆"外，还在"同类国际移民文献中具有独一无二的突出价值"。

附

董姑娘把依芸家的那些番批译作英文，名之为《依芸家的番批》，在美国出版了。书在董姑娘被日军砍头后不久面世。原稿不知所终，很可能和银溪教堂一同被烧毁。当天，整个银溪村被日军先抢劫，后纵火。

本书作者请朋友把《依芸家的番批》的序和部分书信回译为中文，尽可能还原了其中的潮汕气味。为了便于今天的读者阅读，改干支纪年为公元纪年，和寄信人一并用小标题标出。信中的抬头、结尾和署名从略。

董姑娘的序

译者在中国南方生活了二十年，而且至今仍然居住在这里，其中大部分时间逗留在中国东南部潮汕地区韩江附近的一个村子——银溪村，熟习了当地方言，结识了很多当地妇女。译者曾在银溪村买下一处老厝，组织村中部分妇女在其中纺纱刺绣，把当地的传统女红和西方的抽纱工艺结合起来，并加以创新。所有绣品均由译者收购，销往美国和欧洲国家，使这些妇女不用出远门就有了收入，而且不再独守空巢。大多数妇女的丈夫都下了南洋，在暹罗、安南、石叻、马来等国出苦力或者做生意，往往三五年都不回家，有些甚至死在途中。村中常常只剩下妇女和孩子。由于人多地少，再兼风灾雨灾频发，留在家里的人通常无事可做，全靠男人从国外定期寄回的钱银维持生计。收到钱的同时通常也会收到一封或长或短的信，两者合起来，被称作番批。

我买下的这座老厝的女主人，名依芸，已在多年前上吊自杀。依芸的未成年的儿子被娘家人接走。一日，在打扫卫生的时候，我偶然发现了这些信，番批的剩余部分——书信部分，共有一百封之多。我以为，时过境迁，这些信中的文字变得更为重要，可以帮助外国人理解中国这个神秘古老的国家，故挑选其中较有实际内容者译为英文。这些信只是来信，没有回信。有些是父亲写给女儿的，有些是丈夫写给妻子的，收信人都是依芸。

中国有很多少数民族，各地民风和口音虽然差异很大，但都使用相同的文字，认同共同的文化，各民族对中华文明有高度的认同感和归属感。历史上曾有若干个少数民族管理国家的时期，但都渐渐被强大的汉唐文明所同化。朝代变来变去，而源远流长且自成体系的中华文明始终没变，生机盎然。我们可以把这种文明称作文化血液，中国人就是靠这种血液凝聚在一起的。远离京城的潮汕地区大概可以视作中华文明的活化石，历经改朝换代而未曾有明显改变，中华文明的优点和缺点，在这里都更为突出。我的远游足迹曾遍及该国广大地区，我以为就中国文化遗存的完整性和代表性而言，潮汕地区都是独一无二的。性格决定命运，不论对一个国家，还是对一个人，都是如此。这些番批所折射出的故事和感情远不完整，但也可以作为参考，让我们从一个侧面了解他们的由来、想往和他们的苦衷，以及他们根深蒂固的人性、民性和种族特色。

中国人相信多子多福，所以只要条件许可就会多娶多生，其目的不见得是感官享乐，也不见得与爱情有关，而可能有严峻的生存需要，多一个儿子就多一条出路，万一其中一个儿子出息了，整个家庭的命运就会随之改观。因此，常有这样的情形：兄弟多人共同管理一个公司。其中一个发家了，便有义务把所有弟兄带出去，包括未出五服的堂兄弟。兄弟之间也总能和睦相处，长幼有序，尊上爱下，和谐之状如同本来如此，非关道德伦理。这也雄辩地解释了中国社会为什么容易滋生家族势力和裙带关系。这里的人们普遍重男轻女，因为男人可以传递香火，可以走南闯北，可以从事冒险事业，可以成为家族的顶梁柱，女人则终究会嫁出去，去祭拜"别人家神"，所以一个普通家庭的母亲生育三个女儿后，往往会把第四个、第五个送人，卖为婢女，甚至遗弃、淹死、掐死。一个女人，只有在生了儿子之后才有资格与婚姻共存。换句话说，儿子是一个女人的账户，有了儿子这个账户，女人的一生才有保障。女人的价值是整个社会价值的残余部分，三从四德，忍辱负重，相夫教子，温柔安静，均是如此。很多女人一辈子的唯一事业是拜老爷，丈夫远涉重洋，生活在一个不知有多远的番邦，女人们的牵挂也不由自主跟到了想象中的国度，拜老爷，显而易见的目的是请各路神仙保佑父亲、丈夫或儿子平安到达，平安归来。在很多人看来，潮汕人信的是乱神，他们信所有的神，哪怕是叫不出名字的神，实际上，他们的宗教无非是平安，或者说平安才是他们的信仰，至少是女人们的信仰。女人们心心念念三求四拜的，无非是最基本的东西，安安顺顺，一点也不奢侈。我永远不会说中国女人的坏话，平心而论，中国女人的命运实在有其深刻的历史根源和社会原因，而女人们，自然而然地成为文化包袱和社会不公的受力点，成为生活在一座庞大的社会机器最末端的一群人，成为被迫承受的一群人，顺理成章且不被质疑地成为受害者，非常值得同情和理解，好在这种情形已在悄悄地发生转变。

中国人在大局面前最有自我牺牲精神，在遇到外敌入侵时最能舍身卫国，最能团结一致——常常是可怕的团结。有时候，让他们团结起来很困难，有时候又很容易，就好像他们的种族特点就是如此：他们的思维是一种绝无仅有的群体思维，他们在大规模的群体性羞辱无限逼近时才会同时觉醒。对他们来说，团结，就像是应急手术，到了不能不做的时候才会被迫安排。事先往往麻木不仁，忽然就能众志成城。中国人极愿以礼待人、以诚相交，不首先侵犯他人，但也高度自尊，向来有"人若犯我，我必犯人"的原始冲动。家族与家族之间，村庄与村庄之间，阵营与阵营之间，也经常发生冲突，甚至是你死我活的械斗。这种极易被激活的群体的受挫感和荣誉感让我不能不做出如下推断：自古至今，中国历史一直在改朝换代，有些发生在眨眼之间，安稳的日子刚刚开始，又一次兵荒马乱出现了。潮汕地区有句谚语"千年田八百主"，表达了人们对盛衰无常的忧虑。恐惧感和焦虑感这样一代代地积累了下来，差不多成为精神基因的一部分。这种藏在血液里的恐惧感和不安全感可能正是他们易于团结起来的深刻根源。他们崇尚强权，趋炎附势，又极为仰慕正义，若有人刚正不阿，为民请命，他们就会奉若神明，代代传颂。他们情绪多变，患得患失，时智时愚，时而文雅时而粗野，无法预料。他们中的很多人乐于助人，修路建桥，善举多多，但也利欲熏心，唯利是图。他们热爱诚实劳动，相信富从斗升起，有惰人无惰田，生意细细可发家，但又有一颗渴望发横财的心，因而很多人好赌成性，血液里的赌性随时可能发酵。他们最能勤俭持家，十分信赖辛勤劳作，但又贪图享乐，醉生梦死，鸦片鬼比比皆是，不分职业高下、家境优劣。他们崇拜皇权，做梦都渴望皇恩加身，但近来的情况又完全相反，树倒猢狲散，全国上下陷入军阀混战、党派林立、争论不休的局面。他们喜爱讲大道理，但是所有的大道理都斗不过小道理，公义斗不过势力，规则斗不过潜规则，打官司就像摔跤比赛，势力强大的一方必胜。所以他们压倒一切的愿望常常就是投靠一个有势力的群体，或者共同扶持一个势力，其可以想象的互惠之利能够驱使每个成员为之倾尽全力，拧成一股绳。中国人个个是哲学家，即使有些人完全不知道老子、孔子是谁，也不妨碍他们成为哲学家，生活的方方面面都能刺激他们的哲学思维，所以他们也总是处理危机和困境的大师。他们崇尚读书，认为万般皆下品，唯有读书高，几乎每个村子都有私塾和义学，由乐捐善款或公田收入所维持，穷人家的孩子也能上学。但读书的功利性很强，谁都知道读书是为了改变命运、升官发财，哪怕是最为贫寒之士，只要学业有成，丹陛之下，各色顶戴，均可得之。其中的一些人因为读书成为真正的君子，成为全社会的良心。在这个国家，有多少小人就有多少君子，小人和君子互为镜子，从对方身上得到了自我肯定的力量，小人宁愿舍弃君子的清誉，而想尽办法为自己捞取实利，君子则需要说服自己不眼红小人的实利而自得其乐，比如，安贫乐道、以德报怨、躬自厚而薄责于人、成人之美、己所不欲勿施于人等等。不过，常见的情形是，小人在合适的时候会摇身一变成为君子，君子也有可能不小心或不得已做了小人。做小人还是做君子，可能是中国人，尤其是中国知识分子，一生中永远都丢不掉的两难选择。中国人对人的评价也往往非黑即白，非君子，即小人。《周易》是一本哲学著作，又是一本用来占卜的书，共有六十四卦，有些卦"利君子不利小人"，或者相反。君子、小人之外，也就有了第三类人：伪君子。换句话说，中国人习惯于把人分为三种：君子，伪君子，小人。伪君子的地位似乎比小人还低，因为小人一般在明处，是看得见摸得着的，伪君子则躲在暗处，防不胜防。一个人，一旦曾经是君子，或者曾经是小人，后来走向自己的反面，中国人就不知道如何评价了。白居易的几句诗表达了类似情形："周公恐惧流言日，王莽谦恭未篡时。向使当初身便死，一生真伪复谁知。"如上所述，在中国人身上很容易就能找到优点，也很容易能找到缺点，但是，这并不能说明我就看懂了他们，也不能说明我在嘲笑他们，我在诱导仇恨。不，在我看来，他们就是我们，他们的问题就是我们的问题。我们的优越感常常是浅薄的，缺少人道主义的胸怀和眼光，也缺少良心和诚实的紧迫性。和所有古老民族一样，比如犹太人、希腊人、印第安人，他们和他们的文化，像太阳，有数不清的斑点，但依然是太阳，光芒四射。整体批判任何一个民族都是十分危险的。这是我多年来在中国生活的一个体会。我个人已经是他们中的一员，一直深爱着他们和他们的文化，包括他们的缺点。当然，宣称喜爱他们是容易的，正如宣称反感他们。无论如何，要想了解他们，认识他们，看到他们的丰富、复杂和单纯，需要真心实意，需要爱和宽容。我相信，一个具备这样复杂性格和无限可能的文明古国，在未来的亚洲舞台甚至世界舞台上一定会担当主角。中华民族人多势众，头脑精明，坚忍不拔，一定能够在五十年或百年之内繁荣昌盛起来。这个国家注定会紧随美利坚成为全球之主导角色。我坚信这样一个国度的人民必将给另外四分之三人类的命运带来重要影响。

这些来自番邦的底层百姓的批信，在当时，其主要功能是寄钱回家，顺便附言，时过境迁之后文字部分则变得更有意义。

涉及经济方面的资料，英语国家的读者可以按二点五银圆折合一美元、四先令计算。在中国的民国初期，一银圆可买七十斤大米，到了1931年，可以买到二十五斤大米、二十斤茄子。可见银圆的购买力越来越低。

耶稣说，我来不是送和平，而是剑。我在中国看到了无数次战争，每一次新的战争看上去都像是最后一次，然而，过不了多久另一次战争又会开始，胜利的一方又会分裂成若干阵营和派系，各阵营和派系之间又会出现不可调和的纠纷，于是新的战争又开始了。民国代替大清之后，朝廷降将，官吏残余，民军头领，各方势力层出不穷，光汕头埠就有十三个司令。自己人之间的嘴仗和战争还没有分出胜负，外来侵略又纷至沓来。关于战争，我实在说不了什么。但是，我想说，我要请求你们宽恕，因为我经常在怀疑很多事情：我们所从事的上帝的事业是否有伪装的成分？我们工作的目的是否正是我们一贯竭力否认的——为了支配和称霸？西方文明是否需要意识到自己的边界？因此我也经常不知道应该把剑还是和平送给中国人，我经常会忘记自己是一个传教士。我更想当一个画家、一个史学家、一个翻译家，做一些实实在在的工作。

再一次请求你们的宽恕。

是为序。

1905年5月1日，父亲来信

依芸女儿，你与让美自小便有婚约，理当钦守。现婚期将近，宜中止同文学堂学业，待字家中，随汝母学些歌册和家务，日进道德，至为紧要。汝素号伟勇，志不输男，深得我心，然此次来信署名佩骅，比之如骏马，四海奔腾，令父陡增忧虑。我女既名依芸，远胜佩骅。芸者，植物也，苟能开花，虽为微物，自亦可人。《诗经》中有一首《蓼莪》云："蓼蓼者莪，匪莪伊蒿。哀哀父母，生我劬劳。"莪亦小草，能令晋朝王裒读之而堕泪者。我家本以诗书过活，父因欠债数目较大，而远渡重洋，来叻谋职，匆匆已整三年。近来转任此间华侨子弟学校教职，繁忙但有趣，月薪翻倍，勿念为盼。

1905年8月17日，父亲来信

回批收悉，汝字清秀，笔笔有来历，文句也通顺，阅后心中大慰。信中有言，欲重返同文，或出外学医，我意万万不可。姿娘读些诗书，增些文雅之气，则已足矣，多则未必有益。"女子通文识字，而能明大义者，固为贤德，然不可多得；其它便喜看曲本小说，挑动邪心，甚至舞文弄法，做出丑事，反不如不识字，守拙安分之为愈也。"明末陈继儒此语，可谓至言。我意如有志于医，可在家读些医书，兹付去《金匮要略》《初等文范》两书，汝可用功。又言让美读书时常嫌学堂饭菜差，学业马虎，字迹潦草，所书不知作何许字也，甚至厌烦伊行路摇晃之态，为父读后不禁莞尔，如见汝儿时情状。汝自细聪慧，好为直言，为父不以为夸，今则不同，出阁后恐为人讥，万勿等闲视之。

1905年9月17日，父亲来信

知汝与让美婚期定于农历十一月二十三日，父预计十月半北归。汝信中主张摒弃闹洞房、吹拉弹唱、大宴宾客之陋习，又有"勿令人知"云云，虽不无道理，然风化如此，不可强违。况此事由男方做主，我方不宜多加干预矣。汝之言行每与常人不同，心更奇焉，若为男子，则属可贵可喜，今寄女身，难逆其命矣。且柔情不逊雄才，幽兰亦足飒爽，婚后生活，正如汝母汝姑汝姐，敬老敦亲琐事稠，哺儿育女繁难多。还望我女多向汝母汝姑汝几位姐姐学习，功夫细细可荣身，女子无才便是德，此话定然不假。千万，千万。

1906年9月20日，父亲来信

来信悉，知汝在乡里祠堂教书，初有男女学生多人，可喜可贺。多则教多，少则教少，事事得以从容，家务亦能兼顾。我意如将来家事渐丰，以义务授课为最佳，何必计较区区书金耶。可先教蒙童唱唱歌册，背背唐诗宋词，说说唱唱中更易识文断字，熟悉人文历史。歌册七字句，四句一韵，不需伴奏，有故事，有章回，三五成群，齐声诵唱，相互影响，可以预见效果定然不错。记得潮州府城义安庄李万利商行多有歌册销售，尔家离府城不远，让美如闲，可前往购买。《唐诗三百首》《笠翁对韵》《赋学正鹄》，均灿然者矣，可令蒙童抄读之、背诵之。书之为事，北碑南帖，妩媚雄犷，各驰其道。颜柳欧赵，《兰亭》《书谱》，均可范之。其要者，唯心使臂，臂使指，指使管矣。内志正，外体直，蓄势而行，意在笔先，力至毫末。其转也，方翻之，圆绞之。其端也，一往情深，三叹而逝。其入也，笔笔有藏。其出也，无往不收。其映带也，切忌随意，不以笔画视之。其章法也，虽在千里，如同一室。其挥洒也，如武者出拳，眼花缭乱，实则有序。是知八法之传，尽于永字。人之生也，耳欲闻，目欲见，口欲言，手欲作，心欲思，私门讲学，闻见言作思，除此别无秘籍。

暹中尔翁姑近况何如？

1906年11月25日，父亲来信

汝言让嗜赌如命，常常离家，跟着戏班一路行一路赌，往往一去就是一半月。输个精光时，会动手打人。有时又会发誓戒赌，恨不得砍下手指。此种情形，非让一人，凡是赌徒，多见如此，砍了右手，用左手赌。我意汝可与让一同教书，让之算术优于汝，又喜博弈，何不教童子算术棋理？千斤重担，夫妻二人各担五百，取长补短，岂不乐哉。让可在祠房收拾一间居住，日间读书授课，夜间相励学问，有事可做，则不至身如浮萍，四处游荡，自误误人。让如欲学镶牙，我有一友人姓潘者，大埔县人，在汕头小公园开铺多年，非百银不镶一牙，三年所赚，可起一座下山虎，曾为一洋人镶两颗金牙，得银五百。让若有意，我即致函。以让聪明，倘能专心，学成之日可期矣。

学成后回乡里开铺，日有所进，何乐而不为。如对教书镶牙均无兴趣，作田饲猪未尝不可，不致为人轻看。总之，干什么都强过踏踏踩踩、一无定踪。当牛还能换得一把草呢。有脚就有路走。人家越是轻看，就越是要泡出茶色来，让他们看看。

1907年3月8日，让美来信

十八日汕轮抵暹，与父母大人欢聚，未能及时寄批报安，实在抱歉。今付大龙银三十元，抹出五元给岳母大人，又给你学童各抹一元，余做家用。你一人在家，不可独睡，切宜叫人相伴。我意可叫你学童二三人相伴。父母大人身体粗安，药材生意近来平常。自离故乡以来，思前想后，立志痛改前非，常以葫芦自勉。葫芦者，大者在后。昔日之我，只是葫芦之前一半，在暹之我，当是葫芦之后一半，贤妻放心，假以时日，我必将干出一番惊天动地之事业来。

1907年3月20日，父亲来信

依芸女儿，接回批，知让美不日前已往暹罗，投尔翁姑。令我又喜又忧。喜在男儿志在四方，暹京有尔翁姑管顾，自可放心。伊非愚戆者，随其父母做些药材生意，前途可期。其忧者竟有甚于喜。我地男丁出洋，祖祖辈辈，由来已久，在外之人，其中辛酸一言难尽。至于守家之人，其苦其累，其茕茕，其哀哀，多遭忽视，今我为父，方能设身处地，稍稍有些体会矣。我本最担心让美出洋，故有前函之出言激烈，欲刺起自奋，就地创业，唯独未敢提及出洋一事，孰料竟逼伊南奔。呜呼，一旦出门，何时归去，则成天问。羁旅之人，不言守土。歧路瞻望，难共枕席。忍令乡愁，沦于夷狄。逐月寄批，反哺心切，然批终非情，钱终非义。功不补患，声散弦留。目下家务由汝一人自理，门户火烛尤当小心，事事更须检点，身体如有小恙，宜当及时调理。

1907年5月2日，父亲来信

知让有批来，且以"葫芦者，大者在后"自比，良可期也。人贵在通，一通百通。潮地有话，不赔算大赚，只要肯吃苦，愿意驴生拼死，必定有盼头。汝宜度外置之，安心安为，专心教学，自为保重，至为切要。

1907年7月13日，让美来信

依芸贤妻，回批收悉，知你处求学童子渐多，早晚皆忙，夜常不眠，为夫甚为挂念。今寄补脑汁三支，每日服用，可解劳累、失眠、健忘等症。此药为法国出品，以大枣、小麦、龙胆为主要成分，制成复方。为我家药店代销之物，每支售价百铢，很受曼谷富人喜欢。你先服用一试，定有好转。另寄阿司匹林三盒，此乃美国所产之新药，也为铺中代销。此药可治头痛、牙痛、关节痛，在消炎、退烧、解毒方面均有明显疗效。

可送岳母大人一盒，其余由你留用。

1907年11月15日，让美来信

兹承便付去大银十五元，到时查收。近半年家批乏寄，因药铺生意大亏，年8月16日夜八点半钟，被番贼破门而入，店内数百来银被劫，我一人在店中，与贼搏斗，受些薄伤，大命平安。且喜父母大人当晚同赴姐家，未受惊吓。次日父母回店，听我详述遭劫之状，见我伤无碍，破财更不介意也。大年将至，思乡心切，我欲近日回唐，年后师从岳父友人习镶牙。

1908年2月15日，父亲来信

侬芸女儿，来信悉，所抄让美之信亦悉。又言伊姐家人传言，让美每月收入，不敷其吸烟之费用也，且其姐加以规劝，不但不听，甚至也不到姐家。以此推论，吾恐其在暹日久渐熟，旧病复发，与不良之人为友，很难不赌。潮谚言乡里大，难免有糜烂，暹罗吾乡人众，是另一乡里耳。我疑此次遭劫，恐贼喊捉贼也，拿铺里钱出外赌博，不赢反输，只好如此，尔翁姑未必未识破也。

旧习难改，自古而然。本约返梓，而爽约若此。因何而爽，则一字不提。汝对远人颇生愤色，为父心亦焦迫。以我为汝代想，撕不了藏在人家脑子里的东西，今宜容他慢慢来，我乃少受种种痛苦。暹中人自细贪玩，父母失管，冰冻三尺，非一日之寒。我女万勿生厌恶之心，于伊无损，于己有害。汝可否择日过番，在暹生活一年半载，待有身孕再回唐山？一者为他着想，男人做了父亲后，会有一变，上有老下有小，再不改变，除非顽石。让美只是贪玩，不是拉屎毒死狗的东西，偷人也偷自家的，总还有救。二者为汝着想，有个儿孩，汝之地位，随之而变，天伦之乐，亦可减孑然之苦矣。

此嘱，此嘱。

1908年5月3日，让美来信

依芸贤妻妆次，回批收悉，语言甚壮，毫不留情，我猜你拳脚捏出汗了。愚夫自知理薄，再三读信，不禁大汗淋漓。你最知我德行，迷恋竹战，始自年少，在唐山时赢多输少，来暹罗后逢赌必输，去年至今不知输了多少。故先前有离暹回唐的念头。又觉我是臭到滚的人，回到乡里，除了猪呛狗吠，还能如何。泰山泰水大人乃属父母，愚夫非敢漠视，置之度外，更无此理。愚夫自忖非丧尽天良之人，日日思悔改，日日不能改。暹中父母亲友绝无放任，他们苦口婆心，好话规劝，母亲大人甚至曾向我下跪矣。我并不是头脑迂腐，实是有长处不可抹杀也。再给我两年时间，二十岁之前，一定让你看到一个全新的我。

兹付去港币五十元，至时查收。

1909年3月23日，父亲来信

依芸我女，转眼又一年过去，阿某既不返梓，亦无一文番批寄回，汝言他是死是活与尔无干，信末署名却为"怨生"，岂不自相矛盾也。父以半生之经历而有感曰，人生倘能不为孔方兄所困，得"清心"二字已属难能可贵。汝今学童渐多，每有邻村孥仔慕名而来，虽无余财，勉可自立，何患让之远近耳，郁郁自苦，大可不必，怨生之叹，哀音绕梁，令父整夜难眠。汝知书达理，应知世界高等之女子，提倡独身主义者甚多，尤以欧美为最。有夫如阿某者，不如没有，聊以独身视之，便无系累。无论如何，已成婚姻，当钦守，万不可打退堂鼓。我意汝可螟蛉汝二姐之子为子，父已同时致信汝二姐，料当赞同。

1909年6月22日，让美来信

春入鸟能言，风来花自舞。

芸妻如抱，逢便寄去光银洋一百元，到时查收。整一年未有寄批，也无音讯，因夫与福建好友杨汉松及英国人查理，三人合伙在清迈府以北缅甸山区挖锡矿，失踪数月，父母大人思劳过度，面形大瘦，料你也难免挂虑，甚或大骂大咒。近日回曼谷，父母大人笑我，口音有变。实不相瞒，我如今会说福建话，亦半通英语，半懂暹罗语。我有言在先，让美非迂腐之人，亦非没良心之人，只是葫芦之命，大者在后，且无心守在药材铺，平流死水，赚几个救命钱，还要日日听父母双亲三姑六姨恶嘴毒舌，管神管佛。功夫细细可荣身，到荣身时身已老，让美等不及也。锡矿目下仅是第一年，以后会一年好过一年，不出三年，必定发家。我在曼谷小住几日后，将重返缅甸矿中，彼地土匪如毛，日夜横行，恐滋事矣。待他年衣锦还乡时，再与贤妻把酒叙阔。恕不一一，余言后陈。

1909年8月8日，父亲来信

依芸女儿，知让美近况，甚喜。古云知耻近乎勇，我言知耻胜乎勇。锡矿之事，有英人查理加入，我料不会有事，可放心矣。

螟蛉事为何迟迟未见答复？

1910年6月8日，让美来信

依芸我妻，接到回批，如获面谈。锡矿生意，辛苦之极，常在山中，经月不入城市。而英人查理是矿主，一人独占百分之七十股份，我与汉松带领矿工日夜操劳，饥一顿饱一顿，于股份仅各占百分之十五矣，故财利无积，深为自叹。汝催我回家一节，我思之再三，仍觉暂非良期。至于汝之猜疑，实不相瞒，愚夫轻去其乡，漂流四海，倦飞依人，不得已而在此纳妾，暹罗人氏，今已生子。汉松亦如斯，汉养二妾，我则一

374

也。我地有言，草头结发如山重，让美虽愚，时刻未忘，卿与我青梅竹马，继而结为连理，卿之大，无人可以取代矣。愚意欲与你斟酌，我二三年内回唐，看来甚难，意想努力求利，满载而归，酸咸与共，以待来日。惜汝膝下并无一男半女，为夫甚为牵挂。岳父大人谓螟蛉汝二姐之子为子，或他处寻养，我亦赞同，或男或女均无不可，特付港币二百元，以为此项费用。

1910年8月21日，让美来信

芸妻如晤，前几日收到岳父大人自叻来信，嘱我做桃梗，虽云飘浮，其根在下，植于泥中，飘浮虽远而不失其根，勿做土偶，与泥俱化，渺无踪迹。让虽不才，懂其大略。岳父大人似谓我在洋纳妾可矣，而勿弃贤妻。又兼暹中父母大人逼迫上道，岂敢盘桓，兹定于本月尾启程返梓。

1910年12月28日，让美来信

依芸爱妻，我于11月2日顺利抵暹，一路安顺，与你分别忽已二旬，时时念念。你已有孕在身，我思之十分欢喜，唯忧你于执鞭事用心过度，又于家务事用力过勤，我意各宜雇人代劳为要。此地万事我亦知小心，你切免挂念是盼。顺付鹰洋六十元，并英文笔三支、肥皂六块，届时查收。

1911年6月28日，让美来信

依芸吾妻妆次，数月未通音讯，方此之时，感修途之多艰，独怆然而涕下。缅甸矿事，因与英人查理生隙，我与汉松已于近日退出矣。起因如后：我与松带矿工挖矿时，遇见一侧矿苗甚丰，特意避而不进，偏转绕行，使巷道与矿苗擦身而过，愈行愈远，迫使查理另寻新矿，欲将此处留待他年，我和松另行开掘。无奈事露，查理出言不逊，以"支那猪""东亚病夫"之蔑称辱骂我等，遂失和气。我等在矿中如牛马，出生入死，每事必问，无厚利可获，不得已而出此下策。久居其下，必无发展之期，甚或性命难保。幸有前矿已遭废弃者，实为富矿，我等正欲稍事休整后，见机行事耳。汝孕期过半，盼多休养，老爷保贺，母子平安。

兹付大银十八元，区区微意，贴补家用。

1911年10月15日，父亲来信

客路三千，执笔彷徨。让美汉松之事，辄为泪下。我意汝可致信严词罢之矣，与英人查理相争，胜负未战已分焉。吾恐天地不仁，以让松之辈为刍狗也。让若无意北归，可使之来叻，我在叻之三益公司有若干股份，可转由伊持之。让不为非分之干，而冀蛟龙之获，自可期矣。

1912年5月10日，让美来信

　　芸妻如面，回批收悉，吾儿丁酉望斟酌安排，从俭为是。上月父亲寄有六十元，来信并未提及，岂有收到？兹寄港币十六元，以补不足。岳父盛意，让美感激不尽，然男儿当自强，羞啖馈蔗之甘，我妻谅之。吾儿之名，宜随暹中长子，长子名若璨，次子名若恒，此亦暹中父母大人之意也。

　　余容另叙，祝母子平安！

2020-8-10初稿　汕头
2020-10-19二稿　珠海
2021-6-15三稿　珠海